人生天地间，忽如远行客。

灵隐通玄音，佛龛绕禅意。

披发缓冕敏，拔刀正罡气，

一襟豪侠志，天地伴传奇。

缥缈

PIAO
MIAO

典藏版

③

天咫卷

白姬绾 著

青岛出版集团 | 青岛出版社

图书在版编目（CIP）数据

缥缈：典藏版. 3 / 白姬绾著. -- 青岛：青岛出
版社，2025. -- ISBN 978-7-5736-3237-1

Ⅰ. I247.5

中国国家版本馆CIP数据核字第2025HW9297号

PIAOMIAO3（DIANCANG BAN）

书　　名	缥缈3（典藏版）	
作　　者	白姬绾	
出版发行	青岛出版社（青岛市崂山区海尔路182号）	
本社网址	http://www.qdpub.com	
邮购电话	18613853563	
责任编辑	李文峰	
特约编辑	侯晓辉	
校　　对	王子璠	
装帧设计	千　淼	
照　　排	梁　霞	
印　　刷	三河市良远印务有限公司	
出版日期	2025年6月第1版　2025年6月第1次印刷	
开　　本	16开（640mm×920mm）	
印　　张	22	
字　　数	371千	
书　　号	ISBN 978-7-5736-3237-1	
定　　价	49.80元	

编校印装质量、盗版监督服务电话　4006532017　0532-68068050

目　录

盛唐，长安。

西市坊间，有一座神秘虚无的缥缈阁。

缥缈阁中，贩卖奇珍异宝、七情六欲。

缥缈阁在哪里？

无缘者，擦肩难见；

有缘者，千里来寻。

世间为什么会有缥缈阁？

众生有了欲望，世间便有了缥缈阁。

第一折　白玉京

第一章　鸵　鸟

春风吹面，杏花落满头。

元曜提着一只精致的鸟笼，走在初春的长安城中。最近，长安城中掀起了一股赏鸟的风潮，他要去平康坊为一位当红的歌伎送她买下的会唱歌的红点颏①。

平康坊又称平康里，位于长安最繁华热闹的东北部，酒楼、旗亭、戏场、青楼、赌坊遍布，当时的歌舞艺伎几乎全部集中在这里。

元曜来到一家名叫温柔乡的乐坊，为歌伎送红点颏，账目交接清楚之后，就准备回去。他走到庭院时，一个贩卖仙鹤的老翁牵着一串仙鹤来到温柔乡中，打算售卖。

老鸨见仙鹤很精神，有心买鹤来装点庭院，就和老翁商量价钱。一些正在排练歌舞的艺伎听见有仙鹤，纷纷跑来庭院看热闹。

元曜被人群堵住了，一时间走不出温柔乡。他从来没见过活的仙鹤，也不急着回去，就站在人群中看热闹。

仙鹤一共有五只，被一只接一只地用绳子绑着脚，连成一串。它们接近四尺高，体态颀长而优美，气质高洁如仙。

仙鹤的喉、颊、颈都是暗褐色，身披白如霜雪的丰盈羽毛，长而弯曲的黑色飞羽呈弓状，覆盖在白色的翅羽上。

仙鹤们用灵动而水润的眼睛不安地望着周围，长长的喙里发出嗝啊嗝啊的声音。

不过，元曜仔细看去，最后一只鸟与前四只不同，它的体形比仙鹤大

---

① 红点颏，一种食虫性观赏鸟类，又名"红颏""点颏""红喉歌鸲""红脖""野鸲"。它与蓝喉歌鸲、蓝歌鸲称为"歌鸲三姐妹"，是我国名贵的笼鸟。

一些，体态肥笨滑稽，棕色的羽毛乱糟糟的。它长着一颗圆乎乎的小脑袋，脖子长而无毛，脚掌上有二趾。

老鸨嫌老翁要价太高，摇着花团扇道："四只仙鹤，你要五十两银子，未免太贵了。前天，对街的长相思买了一对天竺的孔雀，才花了十两银子。"

老翁笑道："花里胡哨的孔雀哪里比得上高洁的仙鹤？达官贵人们爱的就是一个高雅的品味，您买了仙鹤，保证生意兴隆。老朽这也不是四只仙鹤，是五只，这个价钱已经很便宜了。"

老鸨瞄了一眼仙鹤，蚕眉微蹙，道："哪里有五只仙鹤？！明明是四只。"

老翁笑道："老朽虽然不识字，但还是识数的，这一条绳子上明明穿五只鸟嘛。"

老鸨撇嘴，道："一条绳子上穿着五只鸟是没错，但最后那一只又丑又笨的怪鸟我可不承认它是仙鹤。"

老翁回头看了看第五只鸟，迷惑地道："它不是仙鹤吗？"

老鸨以为老翁用怪鸟冒充仙鹤骗钱，讽刺道："它如果是仙鹤，那您老就是神仙了。"

众人哄堂大笑。

人群中，一个西域来的厨子笑道："老头子，那是鸵鸟[①]。把鸵鸟冒充仙鹤来卖，你是想钱想疯了，还是把我们全都当瞎子？"

鸵鸟被众人嘲笑，倏地把头埋到了翅膀下，似乎有些伤心。

老翁再向鸵鸟望去，不由得一愣，仿佛幻梦骤醒，叫道："又是这只妖怪！它总是把自己当作仙鹤！老朽捕捉仙鹤时，它三番四次地混入仙鹤中。老朽卖仙鹤时，它又用障眼法迷惑老朽，混入仙鹤中被卖，每次都被人识破，害老朽丢脸，妨碍老朽的生意！"

老翁生气之下，拿手里的藤条抽打鸵鸟。鸵鸟急忙躲避，但老翁气势汹汹，紧追不舍。鸵鸟行动笨拙，躲避不及，挨了好几下。藤条狠狠地抽打在鸵鸟身上，它无力地扇动翅膀，发出了几声哀鸣。

[①] 《册府元龟》："永徽元年五月，吐罗国献大鸟，高七尺，其足如橐驼，鼓翅而行，日三百里，能啖铁，夷俗谓之鸵鸟。"

众人看见老翁抽打鸵鸟，觉得很滑稽，都哈哈大笑。

元曜看不下去了，跑过去拦在老翁和鸵鸟之间，道："请老伯不要再打它了！"

老翁怒道："它是老朽的鸟，老朽爱怎么打就怎么打。老朽先打死它，再把它卖去酒楼做菜肴。"

鸵鸟眼泪汪汪，十分恐惧，又将头埋在了翅膀下，一副听天由命的样子。

元曜于心不忍，对老翁道："您出一个价钱，小生把它买下了。"

老翁见元曜这么说，眼珠一转，狮子大开口："十两银子。它虽然丑笨了一些，但也不是常见的鸟类，况且个头很大，必须这个价钱才卖。"

元曜怀中揣着刚才送红点颏时歌伎付的三十两银子。他取了十两给老翁，买下了鸵鸟。众人都觉得元曜太傻，花十两银子买一只大笨鸟，议论纷纷。

元曜牵着受伤的鸵鸟离开了温柔乡，垂头丧气地走出平康坊。他有些苦恼：他擅自取用了十两银子，回去怎么跟白姬交代？！

在一个三岔路口，元曜解开了拴鸵鸟的绳子，放鸵鸟离开。

"请自去吧。以后，不要再冒充仙鹤了。"

说完，元曜就走了。

鸵鸟睁着又大又圆的眼睛，望着小书生离去的背影。

一会儿之后，鸵鸟突然抬脚，飞奔向小书生，跟在他身后。

元曜发现鸵鸟跟着他，驱赶了几次，都赶不走它，只好把它带回了缥缈阁。

缥缈阁。

一只黑猫懒洋洋地坐在柜台上，一边吃香鱼干，一边喝着青瓷杯中的罗浮春，十分惬意。

元曜带着鸵鸟走进缥缈阁时，离奴大叫道："书呆子，你买一只骆驼回来干什么？！缥缈阁可没有多余的地方养坐骑。"

元曜道："不是骆驼，是鸵鸟。它是鸟。"

鸵鸟垂下了头，十分羞涩。

见离奴大白天就喝酒，元曜忍不住道："离奴老弟，你的酒瘾越来越大了。大白天也喝，你要是喝醉了，还怎么干活？你不干活，小生也得陪着你被白姬扣工钱。"

离奴有些喝醉了，脸颊上浮起两团红晕，笑道："嘿嘿，书呆子你勤快一些，替爷把活儿都干了，不就不会被主人扣工钱了吗？柴房里还有一些柴没有劈，书呆子快去劈柴。"

元曜很生气，道："小生已经替你去平康坊送了红点颏，今天不会再帮你干别的活儿了，至多我们两个都不要领工钱。"

"书呆子真斤斤计较。去年你生病的那几天，你的活儿全都是爷替你干不说，爷还要一天两次地替你煎药。爷一句牢骚都没有，从日出忙到日落，任劳任怨。"

元曜没法反驳，只好道："嗯。可是，离奴老弟你又没有生病。"

"酒瘾也是一种病呀。"

青瓷杯空了，黑猫伸出爪子去拿酒坛。

很意外，黑猫摸了一个空。

黑猫回头，发现酒坛被移了位。鸵鸟不知道什么时候走了过来，正把小脑袋埋在酒坛里，咕噜咕噜地喝酒。

黑猫大怒，纵身而起，去抓鸵鸟："大笨鸟，居然敢偷喝爷的酒？！"

鸵鸟大惊，拔腿而逃。

酒坛被鸵鸟的嘴一撞，将它的头整个盖住了。鸵鸟顶着酒坛飞跑，眼前黑乎乎的，什么也看不见，跌跌撞撞地往后院去了。

离奴、元曜急忙去追鸵鸟。

春草茂盛，碧绿如茵。

白姬穿着一袭水云纹纯白罗裙，挽月光色鲛绡披帛。她梳着半翻髻，发髻上插着一支镶嵌青色水玉的金步摇。她拿着一把小花锄，在草丛中走来走去，不知道在干什么。

鸵鸟头顶酒坛，没头没脑地朝白姬奔去，从背后将她撞翻在地，从她的背上、头上踩过，然后一头撞在了古井边的绯桃树上。

砰！酒坛碎裂，鸵鸟也轰然倒地，两脚朝天，不省人事。

元曜、离奴站在廊檐下，看着这一切猝不及防地发生，一个吃惊地捂住了嘴，一个伸爪捂住了眼。

白姬趴在草地上，半晌没有动弹。

元曜、离奴对望一眼，急忙跑去一动也不动的白姬身边。

元曜把白姬扶起来，才发现她脸色煞白，浑身冰冷。

离奴伸爪探了探白姬的鼻息，不由得张大了嘴巴，道："好像，没有呼吸了。"

元曜闻言,急忙伸手去探白姬的鼻息,果然没有呼吸了。可能,她是被鸵鸟踩死了。

元曜的眼泪哗啦一声流下,他伤心地道:"白姬,你活了一万年都没死,今天怎么竟被一只鸵鸟踩死了?!"

离奴也很伤心,泪眼婆娑地走向古井边,准备投井殉主。

"主人去了,离奴也不想活了。"

元曜急忙去拦黑猫,道:"离奴老弟,请不要乱来,至少,先把白姬的丧事办了,再说别的。"

黑猫流泪,道:"也好。把主人的后事交给书呆子料理,爷也不放心。"

元曜擦泪,道:"小生先去买一口棺材回来?"

"不用买棺材了,主人是天龙,应当海葬。我们把主人的尸体抬去东海,放进海里。"

元曜发愁道:"东海与长安之间千里迢迢,怎么抬得去?只怕咱们还没走到东海,白姬的尸体就已经先腐坏了。"

离奴想了想,道:"不如先把主人的尸体烧成灰,然后把骨灰带去?"

"好主意。"元曜道。

离奴、元曜一边哭泣,一边去柴房搬柴火,将柴火堆在白姬身边,准备把她烧成灰。

元曜去查看昏死在桃树下的鸵鸟,发现它只是晕厥,微微放心。

离奴道:"把那只大笨鸟也烧了吧。"

元曜道:"它只是昏过去了,还没有死呢。"

黑猫龇牙道:"它踩死了主人,应当给主人陪葬。"

元曜道:"它又不是故意的。说到底,都是离奴老弟你喝酒惹的祸。"

黑猫哭道:"所以,离奴决定陪主人一起死。"

元曜流泪。一想到再也见不到白姬,他就觉得非常伤心,仿佛心都碎了。

元曜、离奴在白姬身边堆了足够的柴火,拿来了火石。他们正准备点火时,白姬倏地坐起身来,伸手捂住了脸,浑身抽搐。

"白姬……诈尸了?!"元曜大惊,火石掉在了地上。

黑猫一跃而起,伸爪拍向小书生的后脑勺,骂道:"笨蛋!什么诈尸?是主人复活了!"

元曜抱住头，嘀咕："诈尸和复活有什么区别……"

黑猫走向白姬，流泪道："主人，您活过来太好了……"

元曜见白姬捂住脸发抖，有些担心，道："白姬，你的头没事吧？要不要小生去请一个大夫来？"

白姬放下手，用凌厉如电的目光扫向黑猫和小书生。

黑猫和小书生不约而同地打了一个寒战，觉得白姬不大对劲。

"主人，您没事吧？"

"白姬？"

白姬倏地伸出双手，左手抓住小书生的衣领，右手掐住黑猫的脖子，将他们拎了起来，口中发出男子的声音："猫妖、书生，那条狡诈的龙妖在哪里？快叫她出来，本国师有性命攸关的急事！"

他们仔细一听，白姬口中发出的声音是光臧的。

光臧是大唐的国师，住在大明宫中的大角观里。他是李淳风的弟子，精通玄门奥义，深得武后器重，也被长安城中的千妖百鬼所敬畏。[①] 不过，光臧太过醉心于长生之术，爱炼丹胜过捉鬼伏妖，因为吃了许多不明丹药，他的头发和眉毛都掉光了，还常常被白姬以假的长生药骗走钱财。

白姬上次捉弄了光臧之后，怕他来寻仇，在缥缈阁布下结界，让他永远也找不到缥缈阁。今天，不知道为什么，白姬竟然变成了光臧，或者说，被光臧附身了？！

"那条龙妖在哪里？在哪里？！"白姬以光臧的声音吼道。

"呃……"

"嗯……"

元曜和离奴不知道该说什么。

"白姬"一边使劲地摇晃元曜和离奴，一边以粗犷的声音道："快叫龙妖出来，这飞魂之术太消耗体力，本国师撑不了多久了！"

---

① 编者按：作者用丰富的想象力为读者虚构了一个发生在唐朝的传奇故事。作品中描写了各种妖魔、鬼魅等，借鉴了中国古代志怪小说的表现形式，整体构思属于志怪小说的文学创作范畴。现实世界中并无鬼怪，书中描写的世界虽光怪陆离，但其精神内核是积极的，引人向善的。希望读者在阅读过程中，能感受到中国传统文学想象力的瑰丽和文学形象的多面性。

"主人……出门了……"黑猫晕头转向地答道。

"白姬"吼道:"她去哪里了?!"

"大概……是一个叫西天的地方……"元曜晕头转向地答道。

"白姬"松开手,离奴、元曜双双摔在地上。

"白姬"喃喃道:"那龙妖居然去西天了……等她回来,你们告诉她,本国师被困在白玉京,受尽了折磨。看在相识一场的分上,请她去白玉京救救本国师……你们一定要告诉她……本国师认识的人中,只有她能救本国师了……"

白姬光洁的脸庞上流下了悲伤的泪水,元曜和离奴觉得这应该是光臧在哭泣。

没有征兆的,白姬突然两眼翻白,抽搐了几下,无力地倒在草地上。

过了好一会儿,元曜和离奴才敢凑过去查看。

白姬脸色煞白,浑身冰冷,仍然没有呼吸。

元曜和离奴又哭泣着将白姬放在柴火中,准备把她烧成灰。

元曜一边哭,一边问道:"离奴老弟,刚才是怎么一回事?"

离奴一边哭,一边摇头:"不知道。"

元曜哭道:"白玉京是哪里?"

离奴哭道:"天上。"

元曜哭道:"如果小生没听错的话,光臧国师似乎被困在白玉京,正在求救。"

离奴哭道:"主人都死了,谁还管牛鼻子,让他给主人陪葬吧。"

元曜正要点火,白姬又倏地坐起身来,她的眼睛直直地望向虚空。

元曜大惊:"光臧国师又来了?!"

离奴急忙匍匐在地上,哭着解释。

"国师大人,您听差了,离奴刚才没有说让您给主人陪葬……"

白姬回过头,用迷惑的眼神望着离奴和元曜,道:"离奴,轩之,你们在干什么?为什么我身边堆了这么多柴火?"

元曜、离奴见白姬活过来了,十分高兴,破涕为笑。

"太好了!白姬,你活过来了!"

"太好了!主人没有死!"

"怎么回事?我的后脑勺怎么这么痛……"白姬伸手摸了摸后脑勺,发现那里肿起了一个小包。

元曜和离奴七嘴八舌地把白姬被鸵鸟撞倒,并被踩了后脑勺,以及她昏死时被光臧附身来求救的事情说了一遍。

白姬望向湛蓝的天空，若有所思地道："白玉京……"

"白玉京是什么地方？"元曜好奇地问道。

白姬道："此世有六界，三十六重天，白玉京在第五界的玉清天之中。"

小书生呆呆地望着天空，听不懂白姬在说什么。不过，他大约明白了，白玉京应该是一处很远的仙宫。

"白姬，光臧国师在求救……你会去白玉京救他吗？"

"不去。"白姬斩钉截铁地道。

"为什么？"

"道士和非人是天敌，光臧和我也是敌人。他被困在白玉京回不来，对我来说再好不过了。"白姬笑眯眯地道。

想起光臧求助时的无奈和悲伤，元曜于心不忍，道："光臧国师来请求你帮助他，说明他信任你，没有把你当敌人。"

"可是，我把他当作敌人呀。"白姬笑道。

"呃。"元曜被噎住了。

看来，光臧国师得自求多福了。

第二章　红　樱

白姬站起身来，突然想起了什么，看了看空空的双手，又摸了摸衣袖，然后弯腰在草地中找东西："糟了！红樱之珠不见了！离奴，轩之，快帮我找一找。"

"什么红樱之珠？"元曜迷惑。

白姬趴在地上，在草丛中仔细地翻找。

"一种仙界植物的果实，模样像一颗珊瑚珠，约莫小拇指指甲大小。"

元曜、离奴开始跪在草地上翻找。

三人伏在地上，在木柴和草丛中翻找了许久，也没有找到红樱之珠。

元曜忍不住问道："这红樱之珠是什么东西？"

白姬道："有一位客人家的白兔走丢了，捎信来缥缈阁托我帮她寻找。

那兔子最喜欢吃红樱之珠。我嫌四处奔波寻找太麻烦了，打算在缥缈阁中种上红樱之珠，然后守'珠'待兔。"

这条龙妖太懒了！元曜在心中想。

"红樱之珠是仙界的植物，在人间的土地上不一定能够长出。我刚才用花锄在草地上画了一个符阵，以保证红樱之珠能够顺利生长。"白姬向符阵望去，因为她还没画完符阵就被鸵鸟踩晕，元曜、离奴又来来去去地搬运柴火，符阵已经看不清了。

白姬叹了一口气，道："唉！符阵也被打乱了！轩之，你继续找红樱之珠。离奴，你把这一地的柴火收拾一下。"

"好。"元曜应道。

"是，主人。"黑猫应道。

小书生继续趴在草丛中寻找红樱之珠。

离奴一趟又一趟地把木柴搬回了柴房。

白姬走到绯桃树下，围着昏死的鸵鸟转了一圈，红唇挑起了一抹诡笑。

离奴问道："主人，要把这只冲撞您的大笨鸟烤熟吃了吗？"

元曜赶紧道："它不是故意的。白姬，请不要吃它。"

白姬笑道："我一向宽容大度，怎么会和一只鸵鸟记仇？它既然是轩之买下的鸟，等它醒了，轩之就把它养在缥缈阁里吧。"

元曜很高兴，道："太好了。小生还担心你嫌它丑笨，会责怪小生花十两银子买下它。"

"啊，轩之不提，我还忘了，那十两银子，我会从轩之的工钱里扣。"白姬笑眯眯地道。

元曜想咬断自己的舌头。

元曜找遍了院子也没找到红樱之珠，白姬说他办事不力，又扣了他十天的工钱。元曜心中悲苦，但又没法反驳，只能拉长了苦瓜脸继续找红樱之珠。

晚上，鸵鸟醒了。它睁着大眼睛，在院子里走来走去，十分迷茫。

元曜喂鸵鸟吃草，它不吃。

离奴喂鸵鸟吃香鱼干，它也不吃。

白姬给鸵鸟倒了一杯酒，它很高兴地喝了。

离奴气呼呼地道："书呆子居然买了一只酒鬼鸟回来？！"

元曜挠头，道："呃，它好像真的很喜欢喝酒。"

鸵鸟喝了几杯酒之后，醉了。它开始在月光下学仙鹤展翅跳舞，口中

13

发出嗝啊嗝啊的声音。它笨重的身躯跳起舞来十分滑稽，声音更可笑。

离奴捧腹大笑："这只大笨鸟不会以为自己是仙鹤吧？哈哈哈！"

元曜有些窘，朝鸵鸟喊道："不要再把自己当仙鹤了，会被嘲笑的。"

白姬看见鸵鸟学仙鹤跳舞，居然没有笑。她取了一支笛子，将笛子横在唇边，吹起了一首空灵而婉转的曲子，为鸵鸟助兴。

鸵鸟听见白姬的笛声，十分高兴，更加沉醉于自己的舞姿之中。

离奴变成一只小黑猫，跑到草地上，和鸵鸟一起跳舞。

元曜提着一盏莲灯，继续在院子里寻找红樱之珠。白姬答应他，如果他找到红樱之珠，就不扣他的工钱了。

一些夜游的妖怪听见白姬的笛声，纷纷来到缥缈阁的后院，加入了跳舞的行列。不一会儿，草地上千妖乱舞、百鬼纵歌。

一只皮鼓化成的器物妖把鼓槌递给元曜，让他敲自己。元曜不敢拒绝，只好接过鼓槌，和着白姬的笛声敲皮鼓。

白姬见元曜敲皮鼓，笛声忽然一转，吹起了一首活泼欢快的曲子。元曜配合白姬的旋律敲鼓："咚——咚咚——咚——咚咚咚——"

月光下，庭院中，千妖百鬼嘻嘻哈哈，舞动得更欢乐了。

鸵鸟十分高兴，仰头望着夜空，圆润而明亮的眼眸中映了两轮明月。

白姬让离奴拿出美酒，招待千妖百鬼。缥缈阁中举行了一场妖宴，妖怪们玩得很尽兴，明月西沉时才散去。

深夜，白姬、离奴都去睡了，元曜还想继续寻找红樱之珠。但是，敲了许久的皮鼓，他的手臂酸痛，不方便提灯笼，于是他不得不明天再继续找，也去睡下了。

鸵鸟睡在元曜的被子上，把头靠在元曜的脖子边，小声地打着呼噜。

元曜撵了鸵鸟几次，让它去后院睡，但它总会在小书生睡着时再跑来，睡在他的被子上，小书生也就随它去了。

第二天，元曜在晨光中醒来，鸵鸟还在呼呼大睡。元曜打着哈欠穿上外衣，去后院的古井边梳洗。他刚走到回廊，就吓了一跳，睁大了眼睛。

青草中，一夜之间长满了某种藤蔓植物，青翠而柔嫩的叶子下结了一串又一串的红樱之珠。红珠碧叶覆盖了大半个后院，色泽鲜艳的红珠子上还带着清晨的露水，看上去美丽而诱人。

元曜张大了嘴，心中思忖：这下子找到了满院子的红樱之珠，不知道白姬会不会给他涨工钱？！

离奴起床之后，也看见了满院子的红樱之珠，十分惊讶。离奴摘了一串红樱之珠，放进嘴里尝了尝，转惊讶为高兴："吃着和樱桃差不多。今晚，爷来做一盘樱桃鱼。"

元曜额上见汗，道："这不是樱桃……而且，还不知道这东西有没有毒，能不能吃……"

离奴道："兔子都能吃，它怎么会有毒？书呆子放心吃吧。"

元曜还是不敢吃。

日上三竿时，白姬起床了。她看见满院子的红樱之珠，有些惊讶："哎？居然长出来了？看来，昨天的红樱之珠是掉进土里了。还好，符阵没有完全失效。"

元曜苦着脸道："这红樱之珠是不是长得太茂盛了？小生早上看见时，它才覆盖了半个院子，现在已经长满整个院子了。"

白姬采了一串红樱之珠，摘了一颗放进嘴里，笑道："生命力旺盛是一件好事。我倒没有料到它的长势这么好。这下，不仅可以引来白兔，我们也可以尽情地吃了。"

离奴道："主人，离奴打算采一些红樱之珠，做红樱之鱼。"

白姬笑道："红樱之珠口感有些酸涩，再采一些做蜜饯吧。用马老太君送的镜花蜜腌渍的红樱之珠，一定很美味。"

黑猫挠头，道："离奴不会做蜜饯。"

白姬笑道："胡十三郎很会做蜜饯，去年送来的青梅脯和杏脯都很好吃，去请十三郎来做吧。"

"离奴讨厌那只臭红狐狸！离奴去请那狐狸，那狐狸一定会摆臭架子，嘲弄离奴，离奴会很没面子。"离奴很不高兴。离奴和胡十三郎一向不和，是死对头，每次一见面，都会打起来。

白姬掩唇笑道："红樱之珠腌成蜜饯之后再做鱼脍，想必会很美味。"

离奴闻言，口水哗啦，妥协了。

"主人的蜜饯比离奴的面子更重要。如果那只臭狐狸对爷狂妄无礼，等蜜饯做好了，爷再收拾那臭狐狸。"

白姬拍了拍黑猫的头，笑道："十三郎来了就是客人，不许故意欺负人家。"

"主人，臭狐狸还没来，你就胳膊肘朝外拐，离奴太伤心了。"

元曜忍不住道："是离奴老弟你太霸道了。十三郎还没来，你就想着收拾人家了。"

"闭嘴。"黑猫骂道。

元曜不敢反驳。

离奴出门去翠华山找胡十三郎了。

最近平康坊有无头鬼作祟，白姬穿上男装，扮成"龙公子"，带着几张符咒坑银子去了。小书生留在缥缈阁看店。

缥缈阁的生意十分冷清，元曜坐在大厅中一边喝茶，一边读《论语》。

鸵鸟在后院玩累了，跑来找小书生讨酒喝。小书生怕它喝醉了发酒疯，只给它喝茶。鸵鸟很不高兴，用嘴啄小书生，小书生没有办法，只好给它倒了一杯罗浮春。鸵鸟心满意足地喝了酒，又跑去后院学仙鹤跳舞。

元曜不经意间抬头时，发现一道金色的人影在缥缈阁外走来走去。

缥缈阁虽然位于西市，但并不是真正存在于西市中。天上琅嬛地，人间缥缈乡，缥缈阁并不存在于真实的世界中，有缘之人可以从真实的世界走进缥缈阁，无缘之人看不见缥缈阁。

从真实的世界来看，缥缈阁外应该是一条幽僻的死巷，不是大街，不会有行人。那么，门外的金色人影是谁？

如果是有缘之人，他为何不走进缥缈阁？

如果是无缘之人，他为何在死巷外徘徊？

元曜心中好奇，放下书本，走到大门边。他向外望去，看见了一名金衣青年。

金衣青年约莫二十岁，看上去不像是大唐人。他的面容刚毅俊朗，身材魁梧精壮，穿着一身窄袖胡服，一头蓬松的卷发，左耳上穿着一大一小两个圆形金环。

在阳光下看去，金衣青年的眼眸呈淡金色，和妖化的白姬的眸色一样。他脸色十分憔悴，神情也很焦虑，似乎有烦忧的心事。

金衣青年在缥缈阁外走过来走过去，仿佛看不见缥缈阁的大门，也看不见站在门边观察他的元曜。

凭着直觉，元曜觉得金衣青年应该是非人。他在金衣青年身上没有感受到恶意，又见其神色焦虑，就开口道："这位兄台好像有忧心之事？"

元曜一开口，仿佛有某种屏障在一瞬间轰然坍塌。金衣青年一下子看见了缥缈阁，看见了元曜，脸上露出惊喜的表情，道："我找到缥缈阁了！"

金衣青年的声音有些耳熟，元曜感觉以前似乎听见过。他仔细看了看金衣青年，青年十分陌生，他并不认识，疑心自己听错了："兄台在找缥缈阁？"

金衣青年点头，走到大门边，却似乎有某种顾虑，停住了步伐，不敢走进去。青年试探着问道："我能进去吗？"

元曜笑道："当然可以。缥缈阁就是开门做生意的地方，欢迎八方之客。"

金衣青年道："你能伸出手吗？不然，我进不去。"

元曜伸出了手。

金衣青年抓住元曜的手，迈步走进缥缈阁。这一步看似平常，他却仿佛从一个世界踏进了另一个世界。

走进缥缈阁之后，金衣青年明显舒了一口气，朝元曜笑道："谢谢姑父。我终于进来了。"

听见这一声"姑父"，元曜如梦初醒，也瞬间忆起了这是谁的声音。他张大了嘴："你是……？"

金衣青年倏地化成了一只鬣毛飞扬的金色狻猊，雷声道："姑父，我是狮火。你忘了我吗？"

狻猊的声音如同惊雷，震得元曜两耳疼，双腿发软，险些摔倒。

元曜大窘道："不要乱叫！小生不是你姑父！"

狻猊是白姬的九个侄子之一，是光臧的灵兽，一向和光臧形影不离。

白姬在缥缈阁外布下结界，阻止光臧进入，狻猊也被结界阻隔，看不见缥缈阁，进不来缥缈阁。元曜在缥缈阁内与狻猊搭话，才打破了结界，元曜伸出手，狻猊才能走进来。

狻猊没有将小书生的辩驳听进去，焦急地道："姑父，姑姑在哪里？我有急事找她。"

元曜道："小生不是你姑父！白姬去平康坊卖符咒去了。"

"她什么时候回来？"

"一般来说，晚饭前会回来。"

狻猊径自走向里间，坐在青玉案边。

"我在这里等姑姑回来。"

"也好，小生去给你沏一杯茶。"元曜道。

狻猊将头搁在青玉案上，眼睛滴溜溜地注视着元曜，道："我不喝茶。如果可以，请姑父给我燃一炉香。"

狻猊爱好静坐，喜欢香炉中逸出的烟雾，只要眼前有一炉香，可以静坐一整天。

"小生不是你姑父！"元曜吼道。他取了一把紫檀香，将香放入一尊镂空的博山炉中点燃之后，盖上山峰状的炉盖，将香炉放在了青玉案上。

狻猊陶醉地望着从香炉中逸出的一缕缕白烟，神色安静而满足，似乎连焦虑也暂时忘记了。

元曜来到后院，发现红樱之珠长势惊人，短短一个时辰之内，不仅铺满了整个院落，还蔓延到回廊中了。

鸵鸟躺在院子里，全身埋在苍绿色的藤蔓中，只留一颗圆乎乎的头颅在外面。

元曜暗自心惊，有些担心红樱之珠继续蔓延，长到屋子里去。

刚过申时，白姬就回来了。

白姬走进里间，狻猊急忙从香烟中回过神来，道："姑姑，你终于回来了。"

白姬看见狻猊，微微吃惊："小吼，你怎么进来了？"

狻猊道："是书生让我进来的。"

白姬瞪了小书生一眼，元曜赶紧给她倒了一杯茶。

白姬在狻猊对面坐下，道："你来缥缈阁有什么事？"

狻猊忧愁地道："我是为了国师而来。半个月前，云中君邀请国师去天上玩，国师就去了，一去半个月，没有任何消息。"

白姬喝了一口茶，笑道："天上一日，人间一年，人间虽然过了半个月，但国师在天上也许才喝了一杯茶而已。"

狻猊道："恐怕没有这么简单，国师一定是在白玉京遇见麻烦了。最近，我常常做梦，梦见国师在白玉京受苦，无法回来。我的梦一向有预知性，我不会弄错。"

白姬笑道："想必是国师要成仙了。成仙之前，他总得受点儿苦，才能脱去凡胎，位列仙班。"

狻猊不相信，俯首恳求白姬："国师一定是遇见麻烦了。姑姑，请您带我去白玉京寻找他。"

白姬道："三十六重天，可不是能够随意来去的地方。"

狻猊垂下了头，道："您一定有办法。"

白姬道："天路杳渺，不知祸福，这一去前路艰险，我和光藏没有'因果'，没有必要为他冒险。"

狻猊将头垂得更低了，恳求道："求姑姑带我去白玉京。"

一想到光藏昨天附在白姬身上来求救的情景，元曜的心中就涌起一阵不忍，他对白姬道："昨天，光臧国师也算是来缥缈阁了。今天，狮火也走进了缥缈阁。他们都算是缥缈阁的客人，你既然有办法，就不能袖手旁观。"

"什么？！国师昨天来缥缈阁了？！"狻猊震惊。

元曜道："没错。国师是来求救的。正如你在梦中所见，他被困在白玉京了。"

狻猊哀号道："可怜的国师！苦命的国师！我早就劝他不要去天上了，他却不听我的话。"

狻猊哭声不止，元曜对白姬道："你就帮帮狮火吧，狮火是你的侄子呀。"

白姬抚额，道："好吧。我去白玉京。"

白姬答应得这么干脆，倒让元曜有些意外——白姬何时变得这么听从他的劝说？

白姬叹了一口气，解答了小书生的疑问。

"如果我袖手旁观，轩之一定会天天拉长苦瓜脸唠叨这件事，与其如此，不如去白玉京算了。即使我也像光臧国师一样回不来了，也强过听轩之在耳边唠叨抱怨。"

"你这是什么话！"元曜生气地道。

白姬对狻猊道："我可以去白玉京寻找光臧，不过'一物换一物'是缥缈阁的规矩，你拿什么跟我交换？"

狻猊想了想，道："我攒了几包烟雾很浓的香，一直没舍得用，可以送给姑姑。"

"我不喜欢烟雾太浓的香。"白姬道。

狻猊想了想，又道："国师偷偷地在大角观的八卦楼下埋了他最珍贵的宝物，以为谁都不知道，其实大家都知道。您将国师救回来，我就把他埋下的最珍贵的宝物悄悄地挖出来送给您。"

贪财的白龙双目发亮，道："一言为定？"

"一言为定。"狻猊道。狻猊想，自己挖国师的宝物是为了救国师，国师也不会有什么怨言。

白姬对狻猊道："你先回大角观等我的消息。"

"好。一切就拜托姑姑了。"狻猊行了一礼，诚恳地道。

第三章　鹤　仙

　　猰狳离开之后，白姬匆匆走向后院，去找鸵鸟。

　　红樱之珠已经长到回廊了，藤蔓交错缠绕，幽碧森森，一串一串的果实红如血滴。

　　元曜望着满地的苍藤和红珠，十分担心。

　　"白姬，这红樱之珠的生命力太旺盛了，它不会长满整个缥缈阁吧？"

　　白姬也有些担心，道："可能是符阵被破坏的关系，红樱之珠反而开始肆虐了。按照这个长势，轩之今晚得睡在红樱之珠上了。"

　　元曜苦着脸道："你赶紧想一个办法，让它不要再长了。"

　　"覆水难收，长势难遏，我也没有办法。"白姬摊手，乐观地道，"等红樱之珠把地下的养分汲取光了，它也许就会枯萎了。而且，往好的方面想，这么多红樱之珠，做一年的蜜饯都绰绰有余了。"

　　元曜拉长了苦瓜脸。他十分担心红樱之珠继续生长，吞噬了缥缈阁，他们就得搬出去睡大街了。

　　白姬走入庭院中，拨开重重苍藤，寻找鸵鸟。

　　"嗝啊嗝啊。"鸵鸟仿佛知道白姬在找它，倏地从藤蔓中探出头，模仿仙鹤的叫声。

　　"你在这里呀。"白姬笑着在鸵鸟身边蹲下，小声地和它说了一句什么。

　　鸵鸟仿佛能够听懂白姬的话语，嗝啊嗝啊地回应。

　　白姬和鸵鸟你一言我一语地对话，元曜隔得太远，白姬的声音又小，他听不清她在说什么。元曜很好奇白姬和鸵鸟说了什么，但也不敢多问。最后，白姬站起身，望向苍茫的天空。

　　鸵鸟也抬头望向天空，圆润而清澈的眸子中装着整片天空。

　　约莫傍晚时，离奴从翠华山回来了，带着一身伤痕。元曜用脚指头也猜得出来，离奴又和胡十三郎起了冲突，打架了。但是，当白姬问离奴怎么受伤时，离奴说："路上不小心摔了一跤。那只臭狐狸说明天来。"

　　白姬也没追根问底，只道："里间的货架上有菩提露，治疗外伤效果很好。离奴，明天晚上我要出远门，你也跟我一起去，我不放心把你和十三郎一起留在缥缈阁。"

每次，黑猫和红狐狸撞在一起，就会发生激斗，缥缈阁也会被毁。

"那再好不过了。离奴也不想整天看着九尾狐那张臭脸。"离奴也不问白姬要去哪里，就答应了。

"你们同具九尾，相煎何太急？离奴老弟，你应该和十三郎好好相处。"元曜在里间给黑猫涂抹菩提露时，这么劝道。

黑猫白了小书生一眼，道："除非日月星辰都在脚下，瀑布倒着流，火在水中烧，爷才有可能和臭狐狸好好相处。"

"这些都是不可能的事情。"元曜嘀咕道。

"所以，爷不可能和臭狐狸好好相处！"黑猫生气地道。

元曜被噎住了。

白姬用白纸剪了八串铃铛，用朱砂笔在每一串铃铛上都写下了"兔铃"两个字。她将八串纸铃铛烧了，纸灰被风吹散之后，灰烬中露出了八串精巧的铜铃。

白姬吩咐元曜将铜铃分别挂在缥缈阁的八个方位，元曜一一挂好了铃铛。他觉得有些奇怪，春风吹过时，铜铃在风中摇曳，却没有声响。

元曜问白姬道："这些铃铛怎么不响？"

白姬悠闲地喝茶，道："因为兔子没来呀。明晚，我们去白玉京之后，必须请十三郎帮着捉兔子呢。"

"我们？！小生也要去白玉京吗？"

"当然。难得去天上一次，轩之不想去开开眼界吗？白玉京是一个非常神奇美丽的地方呢。"白姬笑眯眯地道。

元曜有些心动：白玉京，听名字就很美。

白姬又笑眯眯地道："如果时间充足，我们还可以去月宫一游，见一见嫦娥仙子。嫦娥仙子是一位绝色大美人，连月光下盛开的雪色木樨花也比不上她美丽。"

元曜更心动了。从小，他就听说月宫里住着美丽的嫦娥仙子，一直对月宫十分神往。

"好。小生去。"元曜答应了。

见元曜一脸期待的表情，白姬促狭地笑了："现在，月宫中正缺一位捣药郎，轩之如果能够吃苦，倒是可以去试一下。这样，你就可以天天看见嫦娥仙子了。"

"小生不会捣药，也认不全药材……不对！小生没有想天天看见嫦娥仙子！小生对仙子绝无不敬的念想！"

看见面红耳赤，努力争辩的小书生，白姬哈哈大笑，心满意足地飘走了。捉弄小书生，是这条龙妖的三大乐趣之一。她的其余两大乐趣，一是宰客，二是奴役小书生。

离奴今晚做了红樱之鱼，鱼的味道很诡异。白姬、元曜只吃了一口鱼，就都不肯再吃第二口了，离奴只好自己吃掉了大半盆红樱之鱼。

鸵鸟的晚饭是一大盘红樱之珠，还有三坛葡萄酒。白姬对鸵鸟很慷慨，竟把自己珍藏着准备夏天喝的西域葡萄酒也拿出来给它喝。

元曜不明白白姬为什么对鸵鸟这么慷慨，心中很迷惑。

月亮升起，清辉满地。

今晚的明月还有一角缺口，明晚才是满月。红樱之珠已经蔓延到大厅了，元曜十分惊恐，白姬也没有办法，只劝元曜忍耐一下。

元曜没办法睡在大厅了，白姬让他和离奴一起睡里间，离奴不愿意，但又不能违逆白姬，只好勉强同意了。

元曜、离奴铺好各自的寝具，并排躺在里间中。

吹熄灯火之后，离奴很快就睡着了，发出了细微的鼾声。

元曜无法入睡，在安静的黑暗中，他似乎能够听见红樱之珠的藤蔓正在疯狂生长的声音。不过，渐渐地，元曜也困了，坠入了梦乡。

第二天，元曜醒来时，天已经大亮了。琥珀色的阳光透过苍翠的藤蔓和木叶的缝隙洒落，变成了一种略暗的金绿色。

元曜的头脑还不清醒，对扑面而来的大片金绿色还无法适应。他怔怔地望着爬满绿色藤蔓的窗户和房梁，头脑中一片空白。

离奴睁着眼睛平躺在元曜旁边，早已经醒了，但不知道为什么，没有起床。

离奴瞥了一眼元曜，道："书呆子，你醒了？"

元曜如梦初醒，答道："醒了。"

"那继续躺着吧。"

"为什么要继续躺着？"元曜不解。

离奴叹了一口气，道："因为，我们都被藤蔓绑在地上了。"

元曜低头，这才发现自己和离奴都被蔓延到里间的红樱之珠缠得结结实实。他试着挣扎了一下，完全没有办法挣开桎梏，只好也和离奴一样睁着眼睛躺着。

日上三竿时，白姬披散着头发打着哈欠走下爬满藤蔓的楼梯，她的头发上还挂着几串红樱之珠。白姬一边走，一边发愁道："红樱之珠已经长到我的枕边了，这样下去不是办法。咦，轩之，离奴，你们怎么还没起床？"

元曜、离奴已经被藤蔓淹没，只剩两颗脑袋留在外面。

元曜苦着脸道："一觉醒来，藤蔓就把小生给缠住了，没办法起床。"

离奴也道："主人，离奴快被勒死了。"

白姬从缠着藤蔓的货架上取下胡刀，割断元曜和离奴身上的藤蔓，元曜、离奴才坐起身，开始活动手脚。

放眼望去，缥缈阁几乎已经被红樱之珠覆盖了，连货架和柜台上都是青藤。

白姬有些忧郁，元曜十分惊恐，离奴也不太习惯。

元曜劝白姬把红樱之珠拔了。

白姬道："先忍耐一下，等找到兔子再拔吧。况且，也不知道能不能拔掉它。"

中午，胡十三郎来拜访了。虽然身上有几处抓伤，但是小红狐狸还是很有精神，端正地坐在白姬面前，礼貌地道："因为昨天突然受伤，某来迟了一天，真是十分抱歉。"

说着，胡十三郎剜了黑猫一眼，小狐狸昨天受伤是因为和黑猫打架了。

白姬笑道："十三郎能来就已经很好了。货架上有菩提露，对外伤很好。离奴，去拿菩提露给十三郎。"

黑猫很不乐意，但又不能违逆主人的话，不高兴地取来菩提露，没好气地将其放在胡十三郎跟前。

小狐狸别过了头，不去看黑猫。

"多谢白姬。"

白姬笑道："其实，除了做蜜饯，我还想请十三郎帮着照看缥缈阁几天，以及捉一只白兔。"

小狐狸竖起了耳朵，道："照看缥缈阁？捉白兔？"

"没错。"白姬对小狐狸低声说了几句话。

小狐狸神色严肃地点头，道："某一定尽力而为，不负白姬所托。"

冰轮东升，圆月如盘，长安城中清辉遍地。

缥缈阁已经被红樱之珠彻底覆盖，森森郁郁。

因为没有地方睡觉，小狐狸在回廊中用藤蔓做了一个吊床，还细心地用鲜花做装饰，让吊床看上去十分漂亮。

元曜夸奖小狐狸手巧，白姬夸奖小狐狸心细，小狐狸十分高兴。

黑猫见了，挖苦道："跟女人似的，也不嫌丢人。红红绿绿的，品位也俗气。"

小狐狸很生气，但忍住了。

"算了。元公子说，大丈夫应当心胸宽广，某不和你这种小肚鸡肠的人计较。"

离奴十分生气，想去扑咬小狐狸，但因为白姬在，不敢放肆。离奴眼珠一转，拿藤条做了一只小狐狸，用爪子挠它解气。

小狐狸见了，气得脸发绿，但想到离奴今晚就要出远门，忍下了这口气。

元曜望着浩渺的夜空，苦着脸道："白姬，小生有些害怕，能不能不去？"

"不行。"白姬斩钉截铁地笑道。

鸵鸟卧在元曜旁边，嘎啊地叫了一声，用小脑袋蹭元曜的脸，似乎在安慰他不要担心。

元曜对鸵鸟道："你又不去天上，不会明白小生的担忧。"

鸵鸟又嘎啊一声，似乎在反驳。

白姬笑道："谁说它不去？它也会和我们一起去天上。如果没有它，我们去不了白玉京。"

元曜疑惑不解。

白姬神秘一笑，也不为元曜解惑。

子夜时分，圆月变得虚幻，如透明一般。

白姬从衣袖中拿出一个手掌大小的玉瓶，打开瓶塞，对玉瓶中吹了一口气。一团似有似无的烟从玉瓶中盘旋上升，直上夜空。

元曜望着夜空，什么也看不清。

不过，圆月似乎变得更虚幻了。一缕半透明的五色云雾缓缓下降，落在缥缈阁的后院中。

鸵鸟踱步到月光下，仰头将五色云雾吞入了口中。

当五色云雾都被吸入鸵鸟的腹中时，鸵鸟开始如仙鹤一般翩翩起舞。

白姬将玉瓶收入衣袖中，笑眯眯地望着鸵鸟。

元曜窘道："它居然还把自己当仙鹤。"

白姬笑道："它本来就是仙鹤。不仅是仙鹤，它曾经还是天上的鹤仙。"

白姬的话音落下，一道五彩光芒闪过，肥笨的鸵鸟不见了，在鸵鸟翩翩起舞的地方，站着一只体形优美、羽毛洁白的仙鹤。

仙鹤的头顶有一点王冠般的赤色，它睁着灵动而水润的眼睛注视着白姬和元曜，口吐人言："吾能恢复鹤仙之身，再上青天，实在很高兴。"

白姬笑道："这只是您的一次小劫数，您已经度过了，就安然无事了。时间不早了，请鹤仙如约带我们去白玉京。"

仙鹤道："等吾召唤同伴。人间太险恶了，吾要将人间所有的鹤都带上三十六重天。"

白姬刚要阻止，仙鹤已经飞走了。

元曜吃惊，道："白姬，这是怎么回事？"

白姬道："这只鸵鸟是天上的鹤仙，因为喝醉酒，犯了天规，被仙人惩罚变成鸵鸟，来人间受劫。只有吃到月宫中的五彩云，它才能恢复鹤仙之身。我和它定下了约定，我让它吃到五彩云，它带我们去白玉京。"

"啊，原来，它真的是仙鹤！"元曜舌挢不下。他想起众人嘲笑鸵鸟、老翁抽打鸵鸟的情形，心中有些酸涩：没有人相信它是仙鹤，也没有人宽容地对待它，它在人间一定吃了很多苦，也一定对人间很失望。

白姬忧愁地道："鹤仙如果真把鹤都带去天上，人间就没有鹤了。"

约莫一炷香时间之后，远方传来嗝啊嗝啊的鹤鸣，一点一点白色的光芒在夜空中浮现，渐渐地扩大成一片。

当白色光点接近缥缈阁时，元曜才看清那是成百上千只仙鹤。仙鹤们在缥缈阁上空盘旋，为首的一只正是鹤仙。

"嗝啊——"鹤仙长鸣一声，带着几只仙鹤飞落，其余的仙鹤仍在天空盘旋。

鹤仙站在满地苍藤之中，对白姬道："去白玉京吧。"

白姬对元曜笑道："轩之，准备去白玉京了。"

元曜有些害怕，咽了一口唾沫，颤声问道："怎么去？"

白姬笑道："骑鹤去。"

白姬选了一只毛色雪白的仙鹤，骑在它的背上。仙鹤用头蹭了蹭白姬的手，展翅飞向夜空。

离奴挑了一只看上去很骄傲、很神气的仙鹤，骑在它的背上，那仙鹤不愿意驮离奴，闭上眼睛，不肯展翅。离奴只好重新挑了一只眼神温柔的仙鹤，这只仙鹤不介意驮离奴，展开丰盈的翅膀，飞向夜空。

元曜不知道挑选哪一只仙鹤好，正犹豫不决时，鹤仙走到元曜身边，口吐人语："吾从不驮人，但你对吾有恩，吾愿意破例驮你去白玉京。"

元曜受宠若惊，道："这……这怎么好意思劳驾鹤仙……"

鹤仙温和地道："吾被罚做鸵鸟的三百年里，你是唯一一个善良地对待吾的人类。吾愿意驮你上天宫，请不要拒绝。"

"那……恭敬不如从命了。多谢鹤仙。"元曜作了一揖，才骑上鹤仙。

鹤仙展开双翅，驮着小书生飞上夜空。

"嗝啊嗝啊！"鹤仙发出一声嘹亮的长鸣，带着成百上千只仙鹤一起在月光下飞翔。

小狐狸坐在缥缈阁的院子里，仰头望着白姬、元曜、离奴和仙鹤们渐渐飞远，默默地祈祷他们一路平安。

第四章　白玉京

月色明朗，夜云缥缈。

元曜骑在鹤仙背上，只觉得耳畔生风，不敢低头望下面，只好转头去看白姬。

白姬穿着一袭广袖白衫，月光盈袖，衣袂翻飞。她梳着双环望仙髻，一缕鬓发在风中飘飞，拂过她俊美的脸庞。

白姬侧头，见元曜目不转睛地望着她，笑道："轩之在看什么？"

元曜脸一红，道："你看上去真像是天上的神仙。"

白姬撇嘴，道："我才不想做神仙。仙界的规矩太多了，让我不自在。"

元曜好奇，道："世人都说'自在如神仙'，仙界怎么会有规矩？做神仙怎么会不自在呢？"

白姬道："无规矩不成方圆，仙界有一个'界'字，自然也需要规矩来圈定这个'界'。神仙聚居的地方，和人间也差不多。"

鹤仙赞同地道："仙界的规矩确实太多了，一想起来就头疼，一不注意就会犯戒。"

这一路上，越来越多的仙鹤应鹤仙的召唤，从四面八方飞来，融入仙鹤群中。

元曜有些担心人间的仙鹤都会跟着鹤仙上天，一去不返。

突然，东北方传来一声雄浑的狮吼："嗷呜——"

一只金色的狻猊踏云而来，拦在白姬一行人前面，雷声道："姑姑，请带侄儿一起去白玉京！侄儿非常担心国师，坐立难安，没办法在人间等待。"

白姬想了想，道："也好。万一回不来了，人多一起玩叶子戏①也热闹。"

元曜生气地瞪着白姬，道："白姬，小生还想回人间！"

狻猊体形巨大，无法乘鹤，只好化为人形。于是，白姬、元曜、离奴、狮火一起乘鹤飞上星空。

长安城渐渐变小，星汉灿烂。

仙鹤每穿过一层云霄，元曜就觉得仿佛步入了另一个世界。

月光更明亮，星河也越加绚烂。仙云浩瀚如海，云海中飘浮着一座又一座移动的仙岛。不同的仙岛上景色也不相同，有的是琼楼玉宇的仙宫，有的是神秘清幽的琅嬛福地，有的是巍峨的浮屠宝刹，有的仙岛上长着栖息着太阳的巨大扶桑树，有的仙岛上飞舞着五彩的凤凰，有的仙岛上盘桓着不知名的灵兽，还有的仙岛上有火焰在水中燃烧。

仙鹤越飞越高，在经过了云海尽头倒悬的瀑布之后，进入了第五界的玉清天。

在玉清天中，日月同时挂在天上，星辰都在脚下，云海瀑布倒悬着，由下而上奔涌。

元曜吃惊地张大了嘴巴，对离奴道："离奴老弟，你曾说日月星辰都在脚底下，瀑布倒着流，火在水中烧，你就和十三郎好好相处。现在，这些奇迹都在眼前，你该履行诺言，和十三郎好好相处了。"

离奴也有些吃惊，道："想不到玉清天之中竟有这样的奇景……"

"离奴，你该和十三郎好好相处了吧？"白姬也笑道。

离奴挠头，望向了别处，道："等回去之后再说。"

白姬一行人乘鹤而上，四周云雾缥缈。

白姬望着脚下的星海，笑道："轩之，景色这么美，来作一首诗吧。"

元曜战战兢兢地抱紧了鹤仙的脖子，不敢看下面，道："小生……没心情作诗……"

白姬思忖了一下，大声吟道：

---

① 叶子戏，一种古代的纸牌博戏，有四十张牌，分为十万贯、万贯、索子、文钱四种花色，后来演变为麻将。据说，发明叶子戏的是唐代著名天文学家张遂。

27

三月夜安长，骑鹤游天上。

瑶台仙山绕，蓬莱海中央。

天街十二衢，星灯万里光。

玉殿堆烟霞，金梭引凤凰。

元曜听了，忍不住打断白姬道："白姬，平仄不通。"

"闭嘴。"白姬道。

元曜讷讷地道："诗的内容也很假，天上哪里有街？明明是一片虚空。瑶台、蓬莱也没见到，只看见一座座奇怪的浮岛。"

白姬笑道："轩之，做人要有想象力，不然会变得酸腐。"

离奴笑道："书呆子一直就很酸腐。"

"小生哪里酸腐了？！"元曜不高兴地反驳。

"从头到脚都酸腐。"离奴斜睨他。

"嘻嘻。"白姬诡笑。

元曜还要反驳，狻猊打断了众人的争吵，指着右前方道："姑姑，那里是不是白玉京？"

浩瀚的星海中，有一座洁白如玉雕的浮岛，四周有彩虹环绕。远远看去，浮岛仿佛一颗耀眼的珍珠，光华辉夜。

"是，那里是白玉京。"白姬笑道。

鹤仙长鸣一声，带领仙鹤们飞向白玉京。

"何人擅闯白玉京？！"突然，一只吉光兽①踏云飞奔而来，迎向众仙鹤。

吉光兽的肋下有一双翅膀，四蹄之下有花绽放。

吉光兽过处，鹤群纷纷散开。

吉光兽停在白姬等人身前，俯视众人。吉光兽看见鹤仙，奇道："鹤仙，你已经回天上了吗？这些是什么人？"

鹤仙道："今晚刚回来。这是一些朋友。他们来白玉京找人。"

吉光兽道："找人？白玉京可不是能够随意进出找人的地方。哦，难不成你们是来找那个偷吃天虚丹被东皇太一惩罚的光头？"

狻猊一听，十分着急，道："国师怎么了？他没事吧？"

---

① 吉光兽，古代神话中的神兽，它的毛皮做成的裘衣，入水数日不沉，入火不焦。

吉光兽道："他被东皇太一惩罚种药，每天轮流在火焰之渊中种智果，在千年冰洞中种冰玉芽，在血虫壤中种虫葵……受尽了苦楚。以一介凡人之躯，他恐怕撑不了多久了。"

狻猊一听，十分着急，叫道："苦命的国师！"

白姬道："小吼，你冷静一些。"

白姬对吉光兽笑道："仙君可否通融一下，让我们去白玉京见一见光臧国师？我们千里迢迢从人间而来，实在不容易。"

吉光兽眯着琥珀色的眼眸，冷傲地道："不行。白玉京是东皇太一的神府，除了东皇太一邀请的客人，谁都不可以擅入。"

吉光兽望了一眼元曜，神色更倨傲了，道："怎么还混入了一个卑微的凡人……"

元曜有些害怕吉光兽，不敢还口。

离奴不高兴了，倏地跳到吉光兽的身上，拔了一把吉光兽的毛，将毛塞进吉光兽的嘴里，道："凡人怎么啦？不要以为你是神仙，就可以瞧不起书呆子！"

吉光兽痛得流泪，十分狼狈。

"哈哈。"鹤仙大笑。

"嘻嘻。"白姬掩唇诡笑。

元曜哭笑不得。不过，他很感激离奴为他说话。

一名广袖舒袍的清雅男子从白玉京出来，乘云而至，喝道："何人在白玉京外吵闹放肆？"

看见这位神仙，元曜不禁眼前一亮，但见他青发雪颜，气度不凡，随风翻飞的衣袂飘逸如云。

吉光兽看见神仙，如同看见了救命的稻草，道："云中君！这些人太放肆太无礼了——"

原来，这是云中君。

元曜痴痴地看着云中君，十分仰慕他的风姿。

云中君淡淡地扫了一众不速之客一眼，他的目光停在了白姬身上。

"白玉京一向没有不速之客，今天倒是很意外，连天龙之王都来了。"

天龙之王？白姬是天龙部族的王？元曜吃惊。

白姬笑道："早就不是王了。现在，我只是一个在人间收集'因果'的商人。"

白姬以前还真是天龙之王？怎么没听她提起过？这条狡诈、贪财、吝啬又促狭的龙妖怎么可能是一个部族的王？！元曜吃惊地张大了嘴，难以置信。

云中君也笑道："龙王收了几千年的'因果'，还没有成佛吗？"

白姬苦笑摇头，道："前路还很漫长，看不到尽头的佛光。"

云中君淡淡一笑，道："不如，放弃成佛，继续回龙族做龙王？"

"回不去了。"白姬笑道，她的笑容十分空洞。

云中君话锋一转，道："龙王今天怎么有空来白玉京？"

白姬笑道："不瞒云中君，我是为了光藏国师而来。不知道他犯了什么事，东皇太一要将他扣留在白玉京中？"

云中君望着白姬，嘴角浮起一抹笑，似乎在不动声色地盘算着什么。

一会儿之后，云中君才开口，但并没有回答白姬的问题："今天破例一次，让你们进入白玉京。"

云中君对着星空挥手，五彩祥云从四面八方汇聚而来，形成了一座拱形云桥。云桥从白姬等人的脚下延伸开去，一直通向白玉京。

白姬从仙鹤背上下去，踏上云桥。

离奴、狻猊也依次踏上云桥。

元曜见了，也从鹤仙背上下去，踏上云桥。谁知，元曜的脚落地时，却倏地穿透云桥，整个人从云中掉了下去。

白姬手疾眼快，拉住了元曜的手。

元曜悬在半空中，冷汗如雨，牙齿打战。

鹤仙俯冲而下，又将小书生驮在背上，来到了云中君面前。

"原来，还有一个凡人。"云中君笑了笑，伸手抚摸元曜的头顶。

一缕五色祥云从元曜的头顶没入了他的身体，他顿时觉得神清气爽，身轻如燕。

"好了。你现在可以乘云了。"云中君对元曜道。

元曜小心翼翼地从鹤仙背上下去，踏上云桥。

这一次，小书生走在云桥上，如履平地。

元曜十分高兴，对云中君作了一揖，道："多谢云中君。"

白姬不高兴地道："轩之只谢他，不谢我吗？刚才，如果不是我拉住轩之，轩之早就摔下去了。"

元曜又向白姬作了一揖："也多谢白姬。"

白姬笑眯眯地道："轩之不必客气。救你一命的报酬，我会从你的工钱里扣。"

元曜嘴角抽搐。

白姬、元曜、离奴、狻猊跟着云中君进入白玉京，鹤仙和仙鹤们在云海中飞舞徘徊。

白玉京一共有五城十二楼，宫殿楼阁气势恢宏，巍峨华美，一眼望不到尽头。

仙山中的泉水汇聚成一片湖泊，匹练飞空，倒泻一百零八轮明月。这一百零八轮明月不是在天上，而是在水中。淡蓝色的水光中有月华绽放，美如梦幻。

元曜走过浮桥时，惊叹不已。

离奴趁云中君不注意，迅速地从水中捞起一轮明月，哧溜一声将明月吸入嘴里，吞下了肚子。

元曜张大了嘴：这水中的月亮能捞起来？还能吃？！

离奴还想捞第二个月亮吃时，白姬轻轻地敲了一下离奴的头，以眼神示意离奴不要贪吃，再偷吃一个月亮，恐怕就会被云中君察觉了。

云中君回头对白姬道："龙王上次来白玉京做客，是六千年前吧？"

白姬笑道："好像是。六千年的岁月，足以让沧海变桑田，但白玉京似乎没有什么变化，还和以前一样。"

云中君笑道："对神祇来说，岁月是静止的，我不知道该觉得幸运，还是悲哀。"

元曜觉得白姬和云中君的对话很深奥，也很令人怅然。

白姬问云中君道："您是带我们去拜见东皇太一吗？"

云中君道："东皇太一心情不好，在静坐冥想，不见外人。你们是为了光臧而来，我就先带你们去见光臧。"

"也好。"白姬道。

白姬问云中君道："东皇太一为什么心情不佳？光臧国师又为什么会被留在白玉京？"

云中君叹了一口气，说起了事情的经过。

东皇太一诞辰那一天，他和云中君一起巡视人间，见光臧正诚心祭拜他，一时兴起，派云中君邀请光臧夜游白玉京。光臧受宠若惊，跟随仙人来到了白玉京。

光臧并非凡俗之辈，只是对长生的事情太过贪执。他在宴会中请求东皇太一传授他长生之术，东皇太一看出光臧和长生之术没有机缘，婉拒了他。

光臧不死心，以醉酒为借口离席，潜入东皇太一收藏丹药的天一阁，准备偷取长生之药。东皇太一和云中君察觉不对劲，赶到天一阁时，光臧已经吃下了三枚天虚丹。天虚丹是东皇太一为太上老君准备的贺寿之礼，炼制起来非常困难，而且只有三枚。

东皇太一勃然大怒，把光臧扣留在白玉京，不许他回人间。

白姬、元曜、离奴、狻猊听后满头冷汗，这光臧实在太糊涂和大胆了，竟然在神仙面前做出偷药这么无礼的事情。

白姬转身："回去吧。光臧国师被困在白玉京也是自作自受，没必要管他了。"

离奴也转身："牛鼻子的行为太丢人了，爷不屑管他。"

元曜站在原地，不知道怎么办好。

狻猊见状，道："国师一定是一时糊涂，才做了错事。姑姑，都走到这里来了，您不能不管他啊！"

云中君露出狡黠的神色，也笑着劝白姬："正如狻猊所言，都走到这里了，去见一见也无妨。"

狻猊可怜兮兮地望着白姬，恳求道："姑姑，去见一见国师吧。"

白姬不为所动，道："小吼，你撒娇也没有用。"

元曜不动声色地道："白姬，八卦楼下，光臧国师最珍贵的宝物。"

狻猊承诺过，白姬帮忙找回光臧，狻猊就把光臧埋在八卦楼下的最珍贵的宝物挖出来当报酬。

贪财的龙妖听见"宝物"，眼中精光一闪，又转过了身，跟上云中君的步伐。

"去见一见国师也无妨。"

元曜笑了。他实在是太了解这条龙妖贪财的心性了。

云中君领众人来到一片云雾缭绕的花圃中，光臧正精赤着上身用花锄翻赤色的土壤。他形销骨立，精神萎靡，浑身都是火烧的伤痕，双手和双脚还戴着铁镣。他已经不再是白玉京的客人，而变成了白玉京的囚徒。

狻猊看见光臧凄惨的模样，眼泪如雨，哽咽地呼唤道："国师……"

光臧闻唤，猛然回头，混浊而绝望的双眸在看清狻猊、白姬、元曜、离奴的刹那焕发出了希望的光彩，涌出了热泪。

血红色的土壤根本不是土壤，而是许多细小的虫子。光臧奔向狻猊时，赤着双脚疾走，惊扰了虫群，虫子纷纷噬咬他的脚。

光臧的双脚血肉模糊，几乎可以看见白骨。他脸上露出痛苦的表情，冷汗滑落苍白而消瘦的脸庞。

元曜倒抽一口凉气，不寒而栗。

狻猊哽咽，与光臧抱头痛哭。

"国师，你受苦了……"

光臧流泪道："这虫壤还算好的。在火焰之渊中种智果，炽热难忍，血肉都会烧焦。在千年冰洞中种冰玉芽，冷得人实在受不了。"

狻猊哭道："可怜的国师……"

元曜心中涌起一阵怜悯之情。看来，光臧在白玉京吃了不少苦头。

云中君冷冷地望了光臧一眼，道："眼看太上老君诞辰临近，天虚丹却没有了，东皇太一非常焦虑，愁眉不展。再炼三枚天虚丹不是难事，只是天虚丹中有几味药材十分珍奇，白玉京中没有了。光臧吃掉了天虚丹，只有让他种了，什么时候种出药材来，什么时候回人间。"

白姬挑眉，道："那他恐怕永远也回不了人间了。"

云中君笑了："这就是我请龙王进入白玉京的原因了。"

"什么意思？"白姬睨着云中君。

云中君道："白玉京中缺少的几味药材，别的神仙应该有。龙王神通广大，你去找齐几味药材，光臧就可以回人间去。"

白姬皱眉，道："您和东皇太一为什么不自己去？"

云中君叹了一口气，道："东皇太一是远古的神祇，心性淡泊，喜爱幽静，很少和别的神仙来往。"

白姬不答应："我也不认识各路神仙。"

光臧流泪道："龙妖，你不能见死不救……"

白姬冷笑道："国师唯一的自救方法，就是把三枚天虚丹吐出来。"

光臧悔恨地道："吃下去的东西哪里还吐得出来？本国师真是悔不当初！"

元曜觉得光臧是真心在悔恨，心中不忍，劝白姬道："人非圣贤，孰能无过？光臧国师已经知错了，你要是有办法帮他，就尽量帮帮他。救人一命，胜造七级浮屠。"

光臧抹泪，道："龙妖，你我一直是敌人，本国师以前还试图封印你，如今也没有颜面要求你帮本国师。只是，本国师曾经封印了一些为害人间的邪恶妖怪，如果本国师长久不回去，封印会松动。这些庆妖邪鬼十分可怕，一旦冲破封印，长安必有祸乱，到时候会有很多人和非人遭殃。如果真到了那一步，缥缈阁也必定会受到牵连。看在长安城安宁的分上，请你帮本国师一把，让本国师离开白玉京，回人间去。"

狻猊也道："姑姑，你就帮一帮国师吧。"

白姬望着光臧，明白他所言不假。但是，她还是没有表示要帮他。

云中君见了，笑道："如果龙王找齐了药材，东皇太一会有谢礼相赠。"

"什么谢礼？"白姬望向云中君。

"一瓶春色。"云中君道。

白姬想了想，道："再加十个水月之精。"

"五个。"云中君笑道。

"九个。"白姬笑道。

"六个。"云中君道。

"八个。"白姬道。

"七个。"云中君道。

"成交。"白姬笑眯眯地道。

见白姬答应去找药材，光臧如释重负，热泪长流。

白姬对光臧道："国师不要高兴得太早了，能不能找齐药材，还得看运气如何。"

光臧道："本国师相信你。"

"事不宜迟，我和轩之、离奴去找药材。小吼，你留在白玉京。"

狻猊道："侄儿也要跟姑姑一起去。"

白姬道："人多反而碍事，你还是留下来替国师翻土吧。"

"好吧。"狻猊道。

云中君将炼制天虚丹所缺的药材告诉了白姬，道："一共缺四味药材——智果、虫葵、冰玉芽、凤凰羽。祝你们好运。"

第五章　月　宫

白姬、元曜、离奴离开白玉京，在云桥上骑鹤，又回到了星空中。

望着浩瀚的星海，元曜问道："白姬，我们去哪里找药材？"

白姬陷入了沉思。

离奴出主意道："太上老君爱炼丹，兜率宫中的药材最多，不如去兜率宫？"

白姬摇头，道："太上老君一向小气，我们和他又不熟，即使有药材，他也一定不会给。"

离奴道："那就去偷偷地拿，反正兜率宫中药材多，他未必会察觉少了几味。"

白姬摸了摸下巴，想了一会儿，道："这个主意不好。"

元曜同意白姬的话，道："偷盗不是正人君子所为。"

白姬道："君子不君子倒是小事，只是万一被抓住了，以太上老君的性子，我们大概被丢进丹炉里炼成龙丹、猫丹和人丹。"

元曜道："君子不君子，是很重要的事情！"

离奴嚎道："喵！太可怕了！离奴不要变猫丹！"

"所以，还是不要在仙界打歪主意为妙。"白姬正色道。

元曜、离奴点头。

过了一会儿，白姬开口道："有了！月宫中也有不少药材，我们去月宫吧。"

仙鹤飞向月宫，如一颗颗白色的流星。

月宫又名蟾宫，是上界神仙为嫦娥建造的一座宫殿。这座宫殿是由一只具有灵性的蟾蜍幻化而成，所以又称作蟾宫。

月宫规模浩大，宫室绵延，由一宫、二馆、三亭、四台、五殿组成。[①]宫殿群中还有一个园林，园林中有一个坛，叫月坛。月坛附近有一口井，叫琉璃井。琉璃井可以和四海龙宫、太虚幻境、蓬莱、昆仑山、南海等洞天相通。

仙鹤驮着白姬一行人在月宫上空徘徊，最后停在了广寒宫前面的广场上。

元曜站在广寒宫前，仿佛踏入了一片月光之海，华美的宫室净澈如琉璃，寂静无人的广场上落满了木樨花。

不远处，一棵五百丈高的木樨树下，有一名大胡子仙人正挥舞着斧头砍树，可是无论他怎么努力，也砍不断木樨树，因为上一斧头在树干上砍下的缺口，在他挥下下一斧头时，就会完好如初。

---

① "一宫"即广寒宫，"二馆"即天籁馆、百花馆，"三亭"即望乡亭、凌云亭、会仙亭，"四台"即青龙台、朱雀台、白虎台、玄武台，"五殿"即太和殿、文华殿、长生殿、观音殿、清暑殿。

元曜猜测，这位大胡子仙人应该就是传说中在月宫中砍桂树的吴刚。

吴刚看了白姬一行人一眼，没有理会，继续砍树。

一名风华绝代的仙女从广寒宫中走出来，俯视玉阶下的来客。她穿着一身玉青色的云纹罗裙，挽着长长地拖曳在地上的月光色披帛。她的容颜十分美丽，一双清灵的眸子比月色更美，她的蛾眉间有一缕寂寥的哀愁，那是岁月沉淀的神秘感伤。

这位仙子的美丽令皓洁的月华都黯然失色。元曜有些看痴了。

白姬行了一礼，笑道："拜见嫦娥仙子。"

嫦娥有些意外，道："龙王？你怎么来广寒宫了？难道，已经找到月奴了吗？"

白姬道："玉兔的事情，我已经尽力了，但暂时还没有消息。请耐心再等几天，我一定会找到它，将它送来月宫。这次，我来月宫，是有一件事情想请嫦娥仙子帮忙。"

"什么事？"嫦娥问道。

"我在为东皇太一寻找四味药材。"

"哪四味药材？"

"智果、虫葵、冰玉芽、凤凰羽。"

嫦娥想了想，道："智果、虫葵、冰玉芽，这三味药材月宫中倒是有，凤凰羽没有。"

白姬笑道："如此，请嫦娥仙子赐下三味药材。"

嫦娥笑了笑，道："我可以给你药材，但有一个条件。"

"什么条件？"

"你们先跟我来。"嫦娥笑道。

白姬、元曜、离奴拾级而上，来到了嫦娥身边。嫦娥带着三人穿过广寒宫，走进园林，来到了藏储奇花异药的百花馆。

百花馆中放着许多木架，木架上摆放着各种药材，药材种类繁多，杂乱无序，看来，似乎很久没有人来收拾分类了。

百花馆靠近琉璃井，琉璃井边有一片药圃，药圃中种植着仙草琼花，异香扑鼻。

元曜在花草间看见了一小片红樱之珠。

琉璃井边凌乱地放着一些大小不一的捣药器具，有莲花形的捣药罐、荷叶形的捣药盅、白玉石杵、紫石石杵……但是，捣药器具上都积了一层薄薄的灰，看来很久没有人使用它们捣药了。

嫦娥叹了一口气，对白姬道："自从月奴跑了之后，没有人采药、捣药，这百花馆就乱得一塌糊涂。我急需一个捣药人。我给你智果、虫葵、冰玉芽，你给我一个捣药人。这就是我的条件。"

"这好办。"白姬笑了，指着元曜和离奴道，"您随意挑一个留下来捣药，待玉兔找回之后，再还给我。"

嫦娥高兴地道："哎呀，这真是帮了我的大忙了。"

嫦娥先凑近元曜，仔细地打量他，又让他伸出双手，露出胳膊，看他有没有力气捣药。因为嫦娥靠得太近，小书生面红耳赤，手足无措。

白姬掩唇而笑。

嫦娥不太满意小书生，道："这书生手无缚鸡之力，恐怕不能捣药。"

白姬笑道："捣药可以慢慢练习。轩之很想留下来，他一直很仰慕嫦娥仙子的风姿，这一次也是听说可以看见您，才肯来天上呢。"

"哎？！"嫦娥有些吃惊。

"没有的事！"元曜大窘，恨不得拿一根针把白姬的嘴缝上。

嫦娥以袖掩口，笑道："君之仰慕，感恩于心。可是，我现在需要的不是一个仰慕我的人，而是一个为月宫捣药的人。"

元曜作了一揖，道："小生对嫦娥仙子的仰慕，是出于对神仙的景仰，对古老传说的神往，绝无不敬之意。仙子请不要听白姬胡说。"

嫦娥掩唇而笑："嘻嘻。"

元曜手足无措。

"嘻嘻。"白姬诡笑。

元曜面红耳赤，恨不得找一条地缝钻进去。

嫦娥来到离奴面前，伸手拎起黑猫，看了看它的爪子。看着小黑猫，她想起了自己的玉兔，陷入了悲伤之中。

过了一会儿，嫦娥才道："嗯，就这只小黑猫吧。"

离奴泪奔，道："主人，捣药肯定很辛苦，所以兔子才跑了，离奴不愿意留下来捣药。"

白姬哄道："离奴，你就留下来辛苦几天，等找到了玉兔，我马上换你回去。等你回去了，我一定给你涨工钱。"

离奴还是不愿意。

白姬道："每个月再多加两包香鱼干。"

离奴问道："大包还是小包？"

白姬咬牙道："大包。"

离奴同意了。

嫦娥从百花馆中找出了智果、虫葵、冰玉芽，拿一块月光织成的轻纱将药材包好，递给白姬。

白姬道谢之后，告辞离开了。

离奴依依不舍地送白姬、元曜到广寒宫外，流泪嘱咐道："主人，你要快点儿找到兔子，换离奴回去。"

"放心吧。一找到玉兔，我就换你回去。"白姬承诺道。

离奴和白姬、元曜挥泪而别。

白姬、元曜乘鹤上天，又回到了星空中。

"现在，只差凤凰羽了。我们去凤凰聚居的火焰岛吧。"白姬对鹤仙道。

"嗝啊——"鹤仙长吟一声，仙鹤们回旋出一个弧度，转向东北方，朝火焰岛飞去。

火焰岛悬浮在星空之中，是凤凰涅槃之地，被火焰包围着，赤炎如织，透过一团团火焰，可以隐约看见仙山和湖泊。

白姬递给元曜一件东西，道："轩之，你拿着这个。"

元曜接过，低头一看，这是一片扇贝状的半透明琉璃。琉璃十分轻薄，几乎没有重量，泛着七色彩光，十分漂亮。

"这是什么？"元曜不解地问道。

"这是我的鳞片。"白姬笑道。

元曜嘴角抽搐，道："你给小生龙鳞干什么？"

"凤凰涅槃之火会焚尽人间的一切。轩之是凡人，会被凤凰之火烧成灰烬，拿着我的鳞片，就不会被火焰灼伤。记住，不能放手。"

"原来是这样。小生明白了。"

仙鹤俯冲而下，穿过层层火焰，停在了火焰岛上。

凤凰一族在火焰岛上生息、涅槃。

火焰岛上满布奇山异石，也有河流瀑布，金红色的火焰在水中燃烧，看上去像是水中盛开的花朵。一棵十分茂盛的千年梧桐生长在岛中央，几乎覆盖了三分之一的岛屿。

元曜握着冰凉的龙鳞，虽然周围都是火焰，但丝毫没有感到灼热。

白姬站在一块巨大的黑色岩石上，手搭凉棚，四处张望。

"运气好的话，也许能捡到几根凤凰羽毛。"

元曜望着满岛的烈焰，苦着脸道："上哪儿去捡？捡不到怎么办？"

白姬道："捡不到的话，就只能去找凤王凰后了。"

"凤王凰后？"

"是啊，凰后倒是一个很好说话的人，但凤王就是一个难缠的家伙了。"白姬有些发愁。

"难缠的家伙……"一个愤怒的声音从白姬、元曜的身后传来，宛如雷霆。

元曜回头一看，那是一只体形优美、色彩艳丽的凤。它的头像锦鸡、身形如鸳鸯，有鹏鸟的翅膀、仙鹤的长腿、孔雀的尾羽。

凤倨傲而生气地道："龙王，你竟然在我的地盘说我的坏话？！"

白姬理亏，笑道："凤王还是这么精神抖擞，威风神气，不愧是百鸟之王。"

凤挖苦道："那是自然。我已羽化成仙，不像龙王你这么落魄，一直流浪人间，徘徊妖道，还套着一个愚蠢的人类皮囊。"

白姬也不生气，笑道："早就不是龙王了。我已经习惯这人类的皮囊了。"

"哼！"凤不屑地冷哼道，"你来火焰岛干什么？"

白姬笑道："一来，是瞻仰凤王的风采。二来，是来求凤王凰后赐几支凤凰羽毛。"

凤道："不给。"

白姬笑道："请凤王通融一下，我需要凤凰羽去救一位被扣押在白玉京的朋友。"

元曜也恳求道："请凤王大发慈悲，我们确实需要凤凰羽救人。"

凤以长喙梳理美丽的尾羽，道："不给。"

白姬的笑容开始变得阴森。

鹤仙也开口劝道："凤王，这火焰岛上散落了不少凤凰羽，给他们几支又何妨？"

凤冷傲而愤怒地道："如果是别人来要，我也就给了，但是，这条天龙来要，我偏不给。我讨厌龙！非常讨厌！凤明明比龙更美丽、更吉祥，那些愚蠢的人类每次说起时，总是把龙排在凤的前面。龙凤，龙凤，太可气了！太憋屈了！明明应该是'凤龙'才对！"

元曜默然。这凤王都成仙了，居然还对排名这种事情心怀如此深重的执念。

白姬阴森一笑，道："凤王不爱听'龙凤'，那我就满足您的心愿，让您再也不会听到。"

"嗯？"凤不明白白姬的话。

白姬倏然化作一条巨大的白龙，白龙身体如灵蛇，犄角如珊瑚，利爪如镰刀，须鬣如枪戟，浑身交织着冰蓝色火焰，威猛而美丽。

白龙仰天长啸一声，俯视着凤。

"把你吃了，你就永远也听不到了。"

"好大的胆子！"凤大怒，绚丽的羽毛纷纷张开，刀锋般的爪子怒张，寒光凛冽。

凤展翅冲向白龙，白龙咆哮一声，与凤激战在一起。

龙凤交手，火云翻涌，战圈之中不时发出轰隆隆的雷鸣声。

一切发生得太过突然，元曜和鹤仙除了张大嘴巴看着龙凤在半空中激斗，不知道该做什么。因为火云狂卷翻滚，遮蔽了视线，他们除了偶尔瞥见白龙、金凤在云雾中一闪而过的影子之外，什么也看不清。

元曜心中发苦，既担心白姬被凤王伤到，又担心凤王被白姬吃掉，想阻止龙凤相斗，但又没有办法，只能干着急。

忽然，半空中响起一个霹雳，一道金色光芒如流星般滑落。

凤从天而降，重重地摔倒在一块岩石上，岩石迸裂，火焰纷飞。

凤被摔得羽毛零落，悲鸣一声，想要振翅飞起，但是白龙咆哮而至，用爪子按住了凤的脖子，将凤钉死在地上，令其无法动弹。

凤拼命挣扎，白龙的爪子却如同铁钳一般，让凤无法动弹。

白龙金眸灼灼，仰天长啸，引得天边惊雷阵阵。

被龙的气势所慑，凤放弃了挣扎，垂下了头，十分沮丧。凤好像明白为什么世人总是说"龙凤"，而不是"凤龙"了。一开始，它就错了。这条天龙即使流落人间，一心向佛，本质上还是曾经那个曾经叱咤风云的天龙之王。

白龙张开巨口，似乎想一口将凤吞入腹中。

凤十分恐惧，但是出于百鸟之王的自尊与骄傲，又不能开口求饶。

元曜吓得要死。凤王好歹也是神，万一白姬真的把凤王吃了，他们可就有大麻烦了。

元曜正要阻止白龙时，白龙却道："和轩之一样瘦，不好吃！"

"你这是什么话？！"元曜生气地吼道。

白龙一爪拽起凤王，另一爪从凤王身上生生地扯下了一大把艳丽的尾羽。

凤王凄厉地惨叫。

白龙挥爪，将凤王扔进了山岩下的湖泊中。

凤王哀号一声，摔下了山岩。

扑通一声响，凤王掉进了湖水中。

白龙变回了白姬的模样，抓着一把刚拔下的凤凰羽毛，笑眯眯地对站在不远处的元曜和鹤仙道："这一把凤凰羽应该够了。"

元曜、鹤仙冷汗如雨：凤王在和白龙激斗时，羽毛就掉了不少，现在又被拔掉了一把，它……它还有羽毛吗？

元曜擦汗："太可怜了……"

鹤仙擦汗："太可怕了……"

白姬、元曜骑上仙鹤，离开火焰岛。

乘鹤飞上半空时，白姬笑着对泡在湖水中的凤王挥手道："多谢凤王慷慨赠送羽毛，再见啦。"

凤气得浑身发抖，仰天咆哮道："我讨厌龙！太讨厌龙了！在这个世界上，我最讨厌龙了！"

第六章 东 皇

仙鹤驮着白姬、元曜在星海中飞行，又回到了白玉京。

云中君来到云桥上，迎接白姬一行人。他笑道："不愧是龙王，办事很有效率。"

白姬笑道："高效率做事，一向是我的习惯。"

元曜暗自嘀咕：这条懒散到不可救药的龙妖怎么说谎都不脸红？！

白姬将智果、虫葵、冰玉芽、凤凰羽呈给云中君，云中君十分满意："东皇太一一定会很高兴。"

白姬道："那么，请兑现诺言，让光藏国师回人间。"

云中君正要答话，一名白衣仙童翩然而至，垂首道："听说龙王来了，东皇请龙王去望春台宴饮。"

云中君对白姬笑道："东皇太一一定是想感谢龙王。请不要推辞。"

白姬没有推辞，笑道："东皇太一太客气了。"

云中君、白姬、元曜走过浮桥，穿越重重华美的宫殿，来到了望春台。望春台上春色无边，桃花夭，杏花闹，海棠红姿娇。

东皇太一端坐在东方，他的身形十分高大，一身华服金光灿烂。

元曜偷偷望向东皇太一，不由得吓了一跳——东皇太一长着一颗鸟头，鹰一样的鼻子十分可怕，蓝色的眼眸中透出一股不怒自威的凛然之意。

云中君走向东皇太一，站在他的身边，对他低声说了一句什么。

白姬向东皇太一行了一礼，道："龙祀人拜见东皇。"

元曜也急忙行了一礼。

东皇太一抬手，望了云中君一眼。

云中君会意，笑道："东皇说，请龙王和人间贵客入座。龙王寻药艰辛，所以东皇特意准备了一些果酒慰劳，东西简陋，请两位不要嫌弃。"

"多谢东皇。"白姬笑道。

白姬、元曜在下首落座。

四名乐师在桃花树下奏乐，一个演奏八琅之璈，一个吹奏云和之笙，一个击奏昆庭之金，一个拍打湘阴之磬。仙乐轻灵而柔和，令人心旷神怡。

不一会儿，有白衣仙童端来仙酒和果盘，分别摆在白姬、元曜面前。

元曜低头一看，果盘十分简陋，就只放了一个拳头大小的青桃子、两枚乌紫色的小枣。水酒也只有一杯，微绿色的酒液中浮着三枚白莲子。

元曜以为会有更丰盛的食物送来，可等了半天，并没有动静。他这才明白，这一桃两枣就是神仙宴的全部食物了。他暗暗觉得东皇太一未免太小气了。

元曜拿起桃子，咬了一小口。桃子没有什么甜味，还有一丝酸苦，还不如阿绯结的桃子香甜多汁。元曜默默地放下桃子，不想再吃了。他又尝了一个枣，觉得枣太过甜腻了，还带着一股奇怪的药味。

元曜又喝了一口莲子酒，酒十分清香，很好喝。

元曜一边喝酒，一边听仙乐，心情很愉悦。

白姬不动声色地把桃子、枣都吃光了，又笑着向东皇太一讨要："刚才奔波了许久，肚子有些饥饿，一个青鸾子不够吃，请东皇再赐我几个果腹。"

东皇太一尚未说话，云中君已经阴森地笑道："不要得寸进尺。这青鸾之桃比西王母的蟠桃还珍贵，一般的神仙不得吃，白玉京一共也才十个。"

"哈哈。"白姬打了一个哈哈，不再讨要了。

元曜见了，道："白姬，小生这儿还有，你如果不嫌弃它被小生咬过一口，就拿去吃吧。"

"既然轩之不喜欢，那我就替轩之吃了吧。"白姬毫不介意，拿起元曜吃过的桃子，几口就将桃吃下了肚子。

不知道为什么，元曜的脸红了。

东皇太一对云中君耳语了几句，云中君传达了东皇太一的意思："龙王找来药材，东皇太一愁闷的心情得到缓解，他十分感谢。为了表达谢意，他想献唱一首歌。"

白姬蓦地僵住了。她笑着推辞，道："东皇的歌声美如天籁，我只是下界的一个微不足道的妖，不敢聆听仙音，听了恐折寿。"

东皇太一对云中君耳语了几句，云中君道："东皇太一说，没有关系，他很想唱歌。"

白姬还想推辞，云中君道："再推辞的话，东皇太一会不高兴。如果东皇太一不高兴了，那一瓶春色就没有了。"

白姬颓然，道："那么，请唱吧。"

元曜感到很奇怪：白姬为什么不愿意听东皇太一唱歌？从刚才起，东皇太一就只和云中君低声说话，不知道他的声音是怎样的？

东皇太一站起身，开始引吭高歌。

东皇太一一出声，元曜就打了一个激灵，一股寒气从他的耳朵开始蔓延全身。

东皇太一五音不全，声如裂帛。他发出鸟一般的鸣叫声，声音时高时低，虽然有韵律节奏，但不知道在唱什么。他的声音最高处像是女子在凄厉地哀号，而最低处又像是谁的指甲在铁门上来回地刮动。

元曜头皮发麻，心中十分难受。他很想立刻堵上耳朵，但是又怕堵上耳朵不礼貌，会得罪神仙，只好默默地忍着。

东皇太一忘情地高歌，望春台上的桃花、杏花、海棠开始在歌声中凋零，乐师们手中的乐器纷纷破裂，他们双眼翻白，一个接一个地晕了过去。

白姬强撑着听着，她的嘴角微微抽搐，一道幽蓝的龙血从嘴角缓缓蜿蜒而下。

云中君却十分欣赏东皇太一的歌声，陶醉地听着，极为享受。

东皇太一见云中君在痴迷地聆听，心中十分高兴，唱得更欢快了。一首歌唱完之后，他马上又唱下一首，没有停止的意思。

东皇太一与云中君对望着，一个陶醉地唱，一个陶醉地听，仿佛周围正在遭受歌声折磨的人都不存在。

元曜十分难受，胸口很沉闷，脑袋中仿佛有成千上万只蚂蚁在蠕蠕爬动，噬咬着他的脑髓。他顾不了许多了，想抬手捂住耳朵，但此时他的双手已经没有了力气。他想对白姬说他受不了了，但转头一看，白姬的情况比他的还糟糕。

白姬脸色煞白，不仅嘴角流血，连双眼中也开始流下血泪。

砰！木案上的酒杯突然被东皇太一的歌声振裂。

元曜再也受不了了，惨叫一声，晕死过去。

不知道过了多久，元曜才缓缓醒来。他睁开眼睛，一条浩瀚的星河映入他的眼帘，星光十分灿烂。

元曜侧头一看，对上了一双比星辰更明亮的眼眸。

白姬笑道："哎呀，轩之，你终于醒了。"

元曜这才发现，白姬侧身坐着，他正枕在白姬的腿上。

元曜面红耳赤，急忙坐起身来，他的动作很大，地面突然摇晃起来，他从地面滑落下去。

白姬伸手，抓住了元曜的胳膊，元曜才稳住身体。

他们前方传来光臧的声音："不要乱动！不然，星浮槎会翻倒，大家都会掉下去！"

他们后方传来狻猊的声音："国师，我已经掉下去了！姑姑，快来拉我一把！"

白姬急忙到后面去拉只剩两只前爪扣在星浮槎上的狻猊。将狻猊拉上来之后，白姬回到元曜身边，盘腿坐下。

元曜这才发现，他们置身在一个很大的竹筏一样的东西上，竹筏浮游在星海之中，云雾缥缈。光臧在前面划桨，狻猊在后面划桨，白姬和他坐在星浮槎中央。

一阵风吹过，元曜衣袂翻飞，因为之前晕倒，他的发髻也松散了，长发飞扬。

这是怎么一回事？他们在哪里？元曜十分迷惑。他记得在望春台的宴会上，他因为听了东皇太一的歌声而昏厥，然后就没有知觉了。

"之前，小生晕过去之后，发生了什么事？"

白姬笑道："多亏轩之晕过去，东皇太一才停止了唱歌。不然，我一定会在望春台上送命。东皇太一唱歌真要命，偏偏他又爱唱，真是让听的人受折磨。因为轩之晕倒了，不能骑鹤回人间，东皇太一让我们乘星浮槎回去。"

宴会匆匆结束之后，东皇太一遵守诺言，让光臧回人间，也给了白姬一瓶春色和七个水月之精。不过，云中君察觉离奴之前偷吃了一个水月之精，只给了白姬六个。

天上一日，人间一年，不能在天上耽误太久，于是，白姬、光臧一行人就离开白玉京，乘星浮槎回人间了。

在星浮槎上，白姬吃下一个水月之精，才从东皇太一的歌声造成的伤害中恢复了元气。

狻猊见了，望了一眼满身伤痕的光臧，恳求白姬。

"姑姑，给国师一个水月之精吧。他受了伤，需要水月之精来调养。"

光臧道："不用再麻烦龙妖了，一点儿小伤，本国师撑得住。"

白姬望了光臧一眼，见他的眼中竟有一抹诡异的血红色。

白姬道："对国师来说，吃下水月之精也没有用。先不急着回人间，我们逆天河而上，去天河的尽头。"

光臧道："去天河的尽头干什么？"

白姬道："救你。"

光臧道："什么意思？"

白姬道："天虚丹连神仙都只能吃一枚，你以凡人之躯一次吃下三枚，身体会受不了，全身经脉和五脏六腑会被药力损毁。你的眼中已经充血了，你必须去喝天河尽头的水，才能清洗天虚丹的药力，保住性命。"

光臧和狻猊吓了一跳，急忙掉转船桨，划动星浮槎，逆天河而上。

元曜听完白姬的叙述，为光臧能离开白玉京而高兴的同时，也为他的身体担心。

光臧看出元曜的担心，豁达地笑道："书生，不必为本国师担心，吉人自有天相，龙妖带本国师去喝了天河尽头的水就没事了，哈哈哈——"

白姬眼珠一转，道："国师喝了天河尽头的水，只能说保住了性命。天虚丹对人体可能会有一些后遗症。"

狻猊担心地问道："会有什么后遗症？"

白姬以袖掩面，道："天虚丹是以调和体内的阴阳之气来延寿。国师一口气吃了三枚天虚丹，打乱了体内的阴阳，后遗症恐怕是会由男人变成女人。"

光臧如遭雷击，脸唰地变黑了，哭道："变女人？！那还不如干脆死了算了！本国师当时一定是鬼迷了心窍，才会去吃天虚丹！"

狻猊却松了一口气，安慰光臧道："只是变成女人而已，没什么可担心的。无论国师变成什么，我都不会离开国师。"

光臧骂道："笨蛋！要是变成女人了，本国师还有什么脸面出去见人！！"

狻猊道："那就不要出去见人了，我们离开长安，去找一片幽静的山林隐居修道。"

"笨蛋！变成女人了，本国师还有什么心情修道？！"

"那就不修道了，国师跟我回东海。东海很好玩，你想住多久就住多久。"

"笨蛋！谁要跟你去东海？！"

光臧和狻猊一个在船头哭，一个在船尾安慰，吵闹不止。

白姬嘴角抽搐，小声地嘀咕道："我只是说笑罢了，他们居然当真了。"

白姬和元曜并肩坐在星浮槎上看星星。

白姬见元曜的脸色有些苍白，从衣袖中摸出一只琉璃小瓶，道："轩之，伸出手来。"

元曜不明白白姬想做什么，但还是伸出了手。

白姬拔开琉璃小瓶的瓶塞，在元曜手上倒出一个水月之精。

一轮小小的明月浮现在元曜手心上，冰清而皓洁。

"吃下它吧。"白姬笑道。

元曜觉得水月之精太美，舍不得将它吃掉，道："太美了，小生不忍心吃。"

白姬想了想，拔下一根长发，将长发穿过明月，然后拎起来。星光之下，长发化为一根黑绳，水月之精化为一颗拇指大小的明珠，光华流转。

白姬将明珠挂在元曜的颈上，笑道："舍不得吃掉，那就佩戴着，也可以益气养身。"

元曜脸红了，道："多谢白姬。"

白姬笑道："轩之不必客气，水月之精的——"

元曜苦着脸打断白姬，道："水月之精能不算钱，不从小生的月钱里扣吗？再扣下去，小生就永远都领不到月钱了。"

"好吧。偶尔，就送轩之一件东西。"

元曜心里甜甜的，很高兴。

白姬又笑道："不过，头发的钱还是要算的。这可是真正的龙鬃，虽然柔软，却很有韧性，刀剑不断，水火不侵……"

元曜嘴角抽搐。

第七章 飞 天

过了没多久，星浮槎行到了天河尽头。

天河本是虚幻，并不是真正的河，但天河尽头有一座真正的瀑布。瀑布高千丈，悬挂在虚空中，水流倾泻而下，飞落银河，非常壮美。瀑布的水一直往下落，看不见底，不知道流向了哪里。

元曜远远望着瀑布，惊讶地张大了嘴，道："白姬，这瀑布太神奇壮观了！"

白姬笑道："这是宇宙的源头，这瀑布是生命之源，由世间万物的灵气汇聚而成，在此岸从九天流向幽冥，在彼岸从幽冥逆流回人间，循环不止，生生不息。"

白姬的话很深奥，元曜听不懂，也不想弄懂。有些深奥的东西不必探知究竟，他只要欣赏这份天地间独一无二的瑰丽就好了。

离瀑布不远处，有一棵巨大的枯树。枯树生长在虚空中，枝干虬结，秃枝上没有半片叶子。许多美丽的飞天①或坐在树枝上拨箜篌、吹玉笙，或围着枯树翩翩起舞。她们穿着华艳的霓裳，披着蝉翼一样轻薄的羽衣，纤足踏莲花，舞姿十分曼妙。

白姬见了此景，笑道："有眼福了，可以看见飞天跳舞。"

星浮槎从枯树下经过时，飞天们嬉笑着绕着竹筏跳舞，一时间天花乱坠，香风旖旎。飞天的舞姿十分迷人，白姬、元曜、光臧、狻猊看得出神，几乎忘了前行。

元曜忍不住感叹："好美……"

白姬伸手，接了一朵天花在掌上。她从衣袖中拿出装着春色的小玉瓶，用拇指移开瓶塞，将一缕春色倾注在天花之上。

白姬对着沾了春色的天花吹了一口气，天花缓缓飞走，飘向飞天们聚集的枯树。

当天花落在枯树上时，仿佛被施了术法一般，枯树在一瞬间抽出嫩芽，绽开花朵。转瞬之间，枯树从寒冬来到了春天，变得枝繁叶茂，亭亭如盖，

---

① 飞天，佛教壁画或石刻中在空中飞舞的神。

绽放着生命的光彩。

飞天们见枯树逢春，十分高兴，舞动得更欢快了。

一名飞天从树上摘了一枝花，飞到星浮槎上，送给白姬，以示感谢。

白姬微笑着接过花枝，十分愉快。

星浮槎向瀑布划去，飞天们跟着星浮槎前行，绕着白姬一行人跳舞。

星浮槎行到瀑布下，却因为水流的冲击而无法靠近瀑布。光臧试着站在船头探出身，也够不着水流。他没有办法喝到灵水，心中有些着急。

一名飞天见了，从插在发髻上的莲花上摘下一片花瓣，飞向瀑布，用小碗般的莲花花瓣接了瀑布之水，然后飞到光臧面前，将水递给他。

光臧接过莲花花瓣，一仰头喝下了天河灵水，眼中的血丝一瞬间消退了，浑身仿佛脱掉了沉重的枷锁，舒服了不少。

光臧擦了擦嘴角，意犹未尽，对飞天道：本国师"没喝够，再给本国师来一杯。"

见光臧如此没礼貌，飞天不高兴地甩袖飞走了。

狻猊急忙大声地替光臧向飞天道谢："多谢飞天。国师他一向大大咧咧，不拘小节，请不要见怪。"

白姬对光臧道："万事都有一个度。这世界源头的灵水半杯就可以涤净天虚丹的药力，保住你的性命，喝多了反而会有后遗症。"

光臧道："什么后遗症？也会变女人？"

白姬以袖掩面，道："不，这是生命之源，喝多了，会让人类变成猿猴。"

光臧一愣，呆住了。

狻猊大声道："即使国师变成猿猴了，我也不会嫌弃国师。"

元曜以为光臧在担心变猿猴，道："国师不必担心，你只喝了半杯，应该不会有事的。"

光臧对白姬道："龙妖，你身上有装水的器具吗？借本国师一用，本国师想带一些灵水回去。"

元曜奇道："国师带灵水回去做什么？"

光臧道："有几个特别讨厌的家伙总是偷偷嘲笑本国师的光头。如果他们变成猿猴，本国师也可以嘲笑他们了。"

元曜默然无语。

白姬道："打消这个念头吧，别白费力气了。世界源头的灵水被带到人间就会失去灵性，变成普通的水。"

光臧挑了一下画出的火焰眉，道："你怎么知道？难道你早就试过了？"

白姬顾左右而言他："啊，时候不早了，我们该回人间了。"

元曜冷汗涔涔，道："白姬，你带灵水回人间是想把谁变成猿猴？"

"轩之，快看那颗星星好漂亮！"白姬笑道。

"白姬，请不要再做害人和捉弄人的事情了！"

"嘻嘻。"白姬诡笑。

时间已经不早了，白姬、光臧一行人乘着星浮槎往回走，飞天们送了他们一程才离开。

星浮槎静静地漂游在星河之中，顺流而下，天风缥缈。因为顺流而下不需要划桨，光臧盘坐在船头吐纳养气，狻猊蹲在船尾睡着了。元曜望着两边不时浮过的瑰玮仙宫，心潮澎湃。

白姬和元曜并肩而坐，一边欣赏天界之景，一边有一句没一句地闲聊。

"轩之，天上很美吧？"

"美是美，只是空得慌，让人心中不踏实。"元曜道。除了美丽瑰玮的仙宫，眼前就是一望无际的冷清寂寥之景，没有一丝烟火之气，空旷得让人不舒服。

"与俗世烟火的温暖之美不同，这是一种空寂之美。轩之要懂得体味不同的美丽。"

"这种美小生不大习惯，人间就好多了。"

"看来，轩之既没有佛根，也没有仙缘，只有妖缘鬼分了。"

"你这是什么话？！"元曜不高兴地道。

见元曜还披散着头发，白姬笑道："轩之不要生气。我来替你束发吧。"

元曜这才想起披头散发于礼不合，有违圣人的教诲，便道："那就有劳白姬了。"

白姬跪坐在元曜身后，替他束发。她将他的长发拢起，绾在头顶之后，才发现没有束发的发冠和簪子。

"轩之，你的发冠和簪子呢？"

"可能在哪里弄掉了吧。"元曜挠头，有些苦恼。没有簪子和发冠，可怎么束发呢？

白姬望了一眼飞天送的花枝，道："权且折一段树枝代替簪子吧。"

"好。"元曜拿起花枝，折了发簪长短的一截树枝递给白姬。

白姬接过树枝，插在元曜的头上，束紧了发髻。

看着小书生清爽而精神的面容，白姬高兴地笑了："轩之看起来很精神。"

"多谢白姬。"元曜道谢。

也许是树枝上还残留着春色，啪嗒一声，元曜的发簪上突然开出了一朵花。

白姬怔怔地看着元曜的头顶。

啪嗒！啪嗒！发簪上又接连开出了数朵花，一朵连一朵，重重叠叠。

不一会儿，小书生就顶着满头鲜花了。

白姬望着元曜，以袖掩面，嘴角抽搐。

元曜察觉出不对劲，道："小生的头顶上好像发生了什么事？"

白姬扑哧一声笑了，道："轩之的头上开满了鲜花。哎哎，不要摘掉呀，这可是好兆头。"

"白姬，这不会是你又在捉弄小生吧？！"小书生黑着脸道。

"没有。这一次，真的是意外。哈哈哈——"白姬捧腹大笑。

狻猊醒了，看见满头鲜花的元曜，也忍不住哈哈大笑。光臧睁开眼，看见满头鲜花的小书生，笑得几乎摔下星浮槎。

元曜很生气，却也没有办法。

于是，在一路的笑声中，星浮槎缓缓从天界降落到了人间，来到了长安上空。

人间仍然是晚上，不过距离白姬一行人乘鹤飞天的那一晚已经过了七日。

下弦月挂在天边，长安城中黑暗而安静。

星浮槎来到了西市上空，本该是缥缈阁的地方只看见一大片红樱之珠。

光臧大吃一惊，道："龙妖，你才上天没几天，缥缈阁怎么荒凉成这样了？"

白姬忧愁，道："别提了。早知道，就不种红樱之珠了，也不知道能不能除掉这些藤蔓。"

元曜也忧愁，道："不知道十三郎捉到玉兔没有，离奴老弟还在月宫等着咱们换它回来呢。"

星浮槎落在缥缈阁后院，白姬、元曜走下了星浮槎，踩在重重苍藤之上。

告别之后，光臧、狻猊划着星浮槎回大角观了，光臧会在大角观作法将星浮槎还给东皇太一。

缥缈阁中十分安静，到处都是红樱之珠。

白姬神色忧愁，走向亮着灯火的里间。

元曜也跟了上去。

里间中也爬满了苍翠的藤蔓，郁郁森森。

牡丹屏风之后，覆盖着藤蔓的青玉案旁，一只红狐狸和一只小白兔相对坐着，正在灯下玩樗蒲^①，好像很开心的样子。

白姬低咳了一声，小狐狸抬头，才发现白姬、元曜回来了。小狐狸十分高兴，道："白姬，元公子，你们回来了。"

"十三郎看店辛苦了。"白姬笑道。

"一点儿也不辛苦，某还交了一个好朋友。"小狐狸揉脸道。

小白兔看见白姬，眼珠一转，起身逃跑。

白姬手疾眼快，抓住了小白兔，将它拎了起来。

"这不是月奴吗？既然来缥缈阁了，就不要急着走嘛。"白姬笑眯眯地道。

小白兔垂下了头，两爪作揖，轻声道："好久不见龙王了。"

白姬将小白兔放在地上，小白兔倏地化作一个白衣少女，少女长发披散，双眸秋波盈盈，长得十分娇美。

白姬拉着月奴的手坐下，笑道："月奴妹妹在人间玩了这么久，也该回去了。嫦娥仙子非常思念你，连人都憔悴了不少。"

月奴眼泪汪汪，道："我也很思念嫦娥姐姐。可是，捣药太辛苦了。几千年来，我日夜捣药，从没休息过一天，而且，也没有工钱。我一直都想给自己放一天假，快快乐乐地玩一天。这一次，好不容易出来了，我一定要玩满一天才去。"

元曜忍不住道："月奴姑娘，你已经玩了很多天了。"

月奴瞪了元曜一眼，道："不是人间的一天，而是天上的一天。"

元曜吃惊："你要玩一年……"

月奴以袖掩面，道："人间太好玩了，一年都不一定够，我还有好多地方没有去玩呢。"

白姬道："如果，我不答应让你玩一年，现在就将你带去月宫……"

月奴眼泪汪汪，悲怆欲绝，道："如果龙王强行捉我回月宫，那我就……我就偷偷地吊死在缥缈阁外，让你做不成生意。"

白姬嘴角抽搐。

元曜额上渗出冷汗，道："月奴姑娘请冷静，万事好商量。"

---

① 樗蒲，古代博戏。博戏中用于掷采的骰子最初是用樗木制成，故称樗蒲。又因为这种木制掷具是五枚一组，所以樗蒲又叫"五木之戏"，或简称"五木"。

小狐狸道："白姬，请不要让月奴吊死，某好不容易才交到一个朋友。如果月奴死了，某也偷偷地吊死在缥缈阁外。"

白姬抚额，问月奴："还有多久，才满一年？"

月奴见事情有转机，换了一张娇俏的笑脸，眨着水汪汪的大眼睛，道："按人间的时间来算，还有一个月满一年。"

白姬道："好吧，也不差这几天。月奴妹妹，你就再玩一个月吧。不过，我有一个条件，你只能在长安玩，不许跑去别的地方。一个月之后，我送你回月宫。"

月奴很高兴，连连点头："可以。那我就住在缥缈阁了。"

白姬道："可以。但你不能白住，得帮着干做饭、洗衣、打扫之类的活计。"

月奴点点头，答应了。

月奴在缥缈阁中住下了，虽然答应了白姬要干活，但其实把一切活儿都推给了胡十三郎，自己每天跑出去玩，不到吃饭的时候不回来。

"十三郎，我们是好朋友吗？"小白兔道。

"当然是呀。"小狐狸揉脸道。

小白兔举着前爪，垂着耳朵道："龙王刚才吩咐我洗衣裳，你帮我洗吧，我得出门去。"

"可是，某得做红樱之珠的蜜饯，那只黑猫不在，某还得去买菜做饭……"

"十三郎，朋友之间是要互相帮助的。"小白兔道。

"这……好吧。"小狐狸妥协了。

小白兔蹦蹦跳跳地出门了。

小白兔每天如此，把白姬吩咐自己干的洒扫、洗衣、做饭之类的活儿全都推给小狐狸，如果小狐狸表示拒绝，小白兔就拿出"朋友之间是要互相帮助的"这个理由，让小狐狸无法拒绝。小狐狸纯善，也不会拒绝，每天累得半死。

元曜也每天累得半死。白姬要他拔红樱之珠，他从早拔到晚，也比不上藤蔓生长的速度，除了白白受累，没有任何效果。

白姬十分忧愁，因为缥缈阁被红樱之珠覆盖之后，没有一个客人上门。

这天一大早，白姬又使唤元曜拔红樱之珠。

元曜提议道："你曾说，龙火可以焚尽一切。你不如吐一些龙火，把这些藤蔓给烧了。"

白姬幽幽地道:"那样做的话,缥缈阁也会被烧成灰烬了。"

小书生竖起了耳朵,道:"小生的卖身契也会一起被烧掉吗?"

白姬幽幽地道:"轩之放心,你的卖身契我保存得很好,即使整座长安城都被烧成灰了,它也会完好无缺。"

小书生垂下了头。

最后,小书生提议道:"你既然没有办法,那就去找光藏国师吧。他是玄门高人,也许会有办法。"

"也好。我就去大角观走一趟吧,顺便,去取小吼答应给我的报酬。"白姬收拾了一下,连早饭都没吃,就出门了。

元曜松了一口气:今天,他终于可以歇息一天了。

小白兔吃了一碗红樱之珠作为早饭,又把活儿都推给胡十三郎干,并在柜台后的陶罐里取了三十两银子,准备出门。

元曜奇怪地道:"月奴姑娘,平时你都只拿几吊钱去玩,今天怎么拿三十两?"

小白兔道:"昨天我在平康坊转悠,发现了一家规模很大的赌坊,叫黄金台。据说,黄金台是天下最大的赌坊。我最喜欢赌博了,在月宫时就常常和吴刚赌桂花酒,如今怎能错过人间最大的赌坊?今天,我想去玩一玩。"

元曜道:"去赌场玩,五两银子就已经够多了。"

小白兔道:"你是怕我输吗?放心吧,我赌术很高,绝不会输。这三十两银子我只是借用做赌本,等我大赢一笔之后,我会连本带利地还回来。"

元曜觉得不妥,道:"世间的赌博都是输多赢少。小赌一下作为消遣无伤大雅,但是抱着赢钱的目的去大赌必定会伤身伤财,得不偿失。"

小白兔不愿意听元曜啰唆,蹦蹦跳跳地离去了。

元曜没办法阻止月奴,只能在后面喊道:"你好歹和白姬说一声再拿银子,几吊钱也就罢了,这么大一笔钱不告自取,似乎有些不妥……"

"银子我会还回去的……"小白兔的声音渐渐地远了。

小白兔踌躇满志地走向平康坊。小白兔萌生赌博之念并不纯粹是为了玩乐,而是为了更长久地留在人间。人间太好玩了,小白兔还没有玩够,一点儿也不想回月宫捣药。经过这些天的相处,小白兔发现了白姬的致命弱点:贪财。那么,只要有足够的财富,就可以贿赂白姬,让她答应小白兔留在人间再玩一段时间。反正月宫里有一只黑猫在捣药，让黑猫再多捣几天好了。

小白兔没有钱财可以贿赂白姬，只能想办法敛财了。要在短时间内敛财，最简单最有效且遵守人间规矩的方法就是赌博。

小白兔相信自己一定会赢，不仅因为小白兔在天界就很擅长赌博，更因为对于一个会法术的仙人来说，在赌桌上赢凡人，那简直比吃红樱之珠还容易。

考虑到到时候带很多银子回缥缈阁不方便，进入平康坊之后，小白兔召唤了三只人间兔妖，让兔妖们去雇三辆马车等在黄金台外，到时候好搬银子。

小白兔化成白衣少女，意气风发地走进了装潢十分气派的黄金台。

第八章　月　奴

午后时分，元曜和胡十三郎在缥缈阁里闲坐喝茶。最近，根本没有客人上门，店里十分清闲。

小狐狸低头看着自己的爪子，十分忧伤。

"最近天天帮着月奴洗衣服，某爪子都掉毛了。"

元曜道："忍耐一下吧，月奴姑娘很快就要回月宫了。其实月奴姑娘也很可怜，千年如一日地捣药，都没有休息的时候。"

"帮她做事，某也没什么怨言，朋友之间就应该互相帮助。"

"十三郎的心肠真好。"

听见元曜夸自己，小狐狸羞涩地笑了。

"不知道那只黑猫现在在月宫里过得好不好？听说嫦娥仙子不食人间烟火，月宫里没有吃饭的地方，那黑猫会不会挨饿？"小狐狸担心道。

"听白姬说，月宫里还是有月饼可以吃的，离奴老弟不至于挨饿。不过，离奴老弟爱吃香鱼干，不爱吃月饼，在饮食上肯定会不适应一些。十三郎，你居然会担心离奴老弟？"

小狐狸揉脸："那只黑猫虽然讨厌，但是少了黑猫来吵架，某也会觉得寂寞。"

"其实，你们是朋友吧？"元曜笑道。

"朋友？不可能！我们是宿敌！"小狐狸揉脸道。

元曜和胡十三郎正在聊天，三只小兔子慌慌张张地跳进缥缈阁，急道："不好了！不好了！"

元曜和胡十三郎吓了一跳。

元曜道："什么不好了？你们是谁？"

三只兔子七嘴八舌地道：

"我们是兔子。"

"是玉兔大人叫我们来的。"

"玉兔大人要被砍掉爪子了！"

元曜和胡十三郎大吃一惊："玉兔大人？是月奴姑娘吗？"

"到底发生了什么事？！"

三只兔子又七嘴八舌地道：

"玉兔大人去黄金台赌博。"

"玉兔大人输了很多钱，还出老千，被鬼王的手下抓住了鬼王的手下要砍掉玉兔大人的爪子。"

"玉兔大人让我们来缥缈阁，叫你们立刻去救它。"

元曜似乎明白了，但又不明白："月奴姑娘在黄金台赌博，怎么惹上鬼王了？这与鬼王有什么相干？"

小狐狸揉着脸道："黄金台是鬼王开的赌坊，那可是一个吃人不吐骨头的地方。"

元曜明白了。

无论如何，他们也要救月奴。因为事情紧急，来不及通知白姬，元曜和胡十三郎商量了一下，决定一起去黄金台看情况。三只兔子妖力很低，进不去大明宫，只好留在缥缈阁等白姬。

元曜和胡十三郎匆匆去往平康坊，赶赴黄金台。

黄金台中，人来人往，赌徒们围着赌桌一掷千金，赢的人欢喜，输的人忧愁。

二楼的雅间之中，一名穿着玳瑁色华裳的妖媚女子坐在罗汉床上，垂头望着台阶下的小白兔，红唇勾起一抹冷笑。

小白兔坐在地上，左右两边分别站着一个青面獠牙的鬼和一个红面獠牙的鬼。青面鬼手上拿着开山斧，似乎要砍向小白兔，小白兔瑟瑟发抖。

玳瑁冷笑道："好大的胆子！竟然在黄金台用法术出老千，你的爪子不想要了吗？"

小白兔抬头，道："我是天上的玉兔，你们这群妖鬼赶快放了我，不然……不然……嫦娥姐姐会着急的……"

玳瑁冷笑："这长安城是饿鬼道的地盘，别说你只是天上的一只玉兔，就是你家嫦娥姐姐来了，在黄金台出老千也得留下一双手。"

小白兔眼珠一转，道："我听说长安城是龙王在下界的地盘，什么时候变成饿鬼道的地盘了？"

玳瑁脸色微变，道："那条龙妖……好吧，至少平康坊是饿鬼道的地盘，你在黄金台玩诡计，按规矩得被砍掉爪子。你欠下的赌债，连本带利，也得一分不少地归还。"

小白兔坐在地上哭泣，道："我欠下的赌债，你叫龙王来还吧。不要砍掉我的爪子，我还要回月宫捣药呢。"

小白兔真后悔跑来黄金台赌博，没想到这里的客人大部分居然是妖鬼，还是根本不怕神仙的恶鬼道和修罗道的妖鬼！恶鬼们赌技惊人，小白兔根本占不到便宜，不知不觉之中，越赌越输，越陷越深，最后只好用幻术作弊，结果被巡场的夜叉给逮住了，被抓到了负责维护黄金台秩序的玳瑁面前接受惩罚。

玳瑁冷笑："白姬来了，你的爪子也保不住。"

"我还要捣药呢。"小白兔哭泣不止。

外面起了一阵喧嚷之声，不一会儿，蝎女带着一名青衫书生和一只红狐狸走了进来。

蝎女嘻嘻笑道："玳瑁，缥缈阁来人了，是上次的那个呆头书生。我领他进来了。"

"还有某。"被漏掉的胡十三郎不高兴地道。

小白兔看见元曜和胡十三郎，仿佛看见了救命的稻草，飞快地扑过去，哭泣道："元公子，十三郎，你们得救我。我不能被砍掉爪子啊——"

元曜道："早知今日，何必当初，小生早劝过你——"

小白兔不想听元曜啰唆，打断了他，哭道："我知错啦，你就少说两句，赶快想办法救吧！十三郎，我们是朋友，你也一定要帮帮我，呜呜——"

玳瑁笑道："哟，元公子，好久不见啦。"

元曜作了一揖，道："小生见过玳瑁姑娘。这位月奴姑娘是缥缈阁的客人，是天上之客，不太懂人间的规矩，有什么冒犯之处，还请多多担待，不要和月奴姑娘计较。"

玳瑁笑道："元公子越来越会说话了，口气也越来越像那条龙妖了。"

元曜大窘，道："小生不敢和白姬相比。"

玳瑁笑嘻嘻地道："要放这只兔子离开也可以。这兔子在赌场出千，当砍掉双爪，看在元公子说情的分上，就只砍掉一只吧。这只兔子欠了三千两银子，你代为还清之后，如果它还有命在，就可以走了。"

小狐狸高兴地道："太好了！月奴，你只要被砍掉一只爪子了。"

小白兔哭道："砍掉一只和砍掉两只有什么区别？都不能捣药了。"

元曜道："欠的银子好说，爪子的事能不能再通融一下？"

玳瑁把玩着手中的骨扇，双眸眯成了一条线："这是黄金台的规矩，不能坏了规矩。"

元曜挠头。

小狐狸揉脸。

小白兔哭泣。

玳瑁想起了什么，问道："离奴那家伙还好吧？许久没见那家伙了。之前有人给我送了两包山鼠肉干，估计离奴会喜欢吃，你待会儿替我带一包给离奴。"

元曜苦着脸道："离奴老弟在月宫里捣药，估计吃不到你的山鼠肉干了。"

玳瑁愣怔："去月宫捣药了？！"

元曜苦着脸道："可不是……如果你砍掉月奴姑娘的爪子，离奴老弟就得永远待在月宫捣药了……"

元曜把离奴代替月奴捣药的事情说了一遍，玳瑁听了，十分生气："兔子跑了关猫什么事？！真是一个笨蛋哥哥！居然就这么傻乎乎地被那条狡诈的龙妖给丢在天上受苦！"

元曜道："月奴姑娘不回去，或者回去了却不能捣药的话，离奴老弟就还得继续捣药。你砍掉月奴姑娘的爪子，会害了令兄。"

小白兔急忙点头，道："对！对！我回去捣药，才能换那只黑猫回来。"

玳瑁陷入了沉思。

过了一会儿，玳瑁才叹了一口气，道："爹临死时，嘱咐我要好好照顾我那笨蛋哥哥，笨蛋哥哥一直让我操心！我真是不明白，为什么我这么聪明，却会有一个这么笨的哥哥？为什么？"

元曜满头冷汗，道："不管怎么样，你们都是兄妹，应该按照令尊的遗言互相照顾。看在令兄的分上，请饶了月奴姑娘。"

小白兔也哭道："请饶了我吧。"

玳瑁道："也罢。看在爹的遗言的分上就饶了你。兔子，不砍掉你的爪子也行，你现在就回月宫去，马上换离奴那笨蛋回来！"

小白兔竖起了耳朵，不甘地道："现在就回月宫？可是，还有十八天才满一年呀。"

玳瑁瞪了小白兔一眼，咧嘴露出尖利的牙齿："青面鬼，砍掉兔子的爪子！"

"呜呜……不要动手，我这就回去……"小白兔哭道。

小白兔拉过耳朵擦干眼泪，对元曜和胡十三郎行了一礼，告别道："月奴给元公子和十三郎添麻烦了，谢谢你们。就此别过，保重。"

"保重。"元曜道。

"月奴，你保重，某会天天望着月亮看你捣药的。"胡十三郎道。

"嗯。有空了，你可以来月宫找我玩。"小白兔道。

托元曜和胡十三郎向白姬转告一句道别之后，小白兔跳到了窗边，召来一朵白云，升天而去，回月宫了。

青面鬼对玳瑁私放玉兔有些不满，道："玳瑁，你坏了规矩。"

玳瑁笑了笑，身形忽地暴起，疾速如一道闪电。玳瑁掠过青面鬼身边时，一声惨叫响起，一股鲜血喷薄。

青面鬼狰狞的头颅齐颈而断，落在地上。头颅滚动着，拖着一条血痕停在了红面鬼的脚边。

玳瑁伸出粉红色的舌头，舔舔从刀锋般的猫爪上滴落的鲜血，眼神冰冷而残忍。

红面鬼冷汗如雨，双腿发抖。

玳瑁问红面鬼："谁坏了规矩？"

红面鬼指着横尸地上的青面鬼，道："它……它坏了规矩！"

玳瑁笑道："很好。记住，兔子的爪子已经被砍掉了。"

红面鬼垂首，道："是，兔子的爪子已经被砍掉了。"

元曜十分恐惧，小狐狸也吓傻了，他们觉得青面鬼死得很冤，但又不敢作声。

元曜心中害怕，急忙告辞。

"如果没事了，小生和十三郎就先告辞了。"

玳瑁笑着走到元曜面前，伸手抚摸他的肩膀，眼神妩媚。

"还有一件事情，元公子必须解决了，才能走。"

元曜头皮发麻："什么事？"

玳瑁笑着凑向元曜耳边，柔声道："我听元公子的话，放兔子走了，兔子的赌债元公子得偿还。"

元曜拉长了苦瓜脸，道："小生身上没带钱，也拿不出这么多钱，请容小生回去找白姬商量。"

玳瑁笑道："找白姬商量？那条老奸巨猾的龙妖肯定不认这笔账。你一回去，我这三千两银子就打水漂了。"

元曜苦着脸道："你把小生杀了，小生也拿不出这笔钱呀。"

玳瑁上上下下地打量小书生，发现他确实没有油水可榨，把目光转向了小狐狸，笑道："这位是九尾狐家的十三公子吧？九尾狐富甲一方，据说家里藏着很多宝贝。"

小狐狸虽然不怕离奴，但是特别害怕玳瑁，因为玳瑁身上有一股饿鬼道的戾妖所特有的阴森邪气。

小狐狸瑟瑟发抖，道："某……某……是十三郎……"

玳瑁正在盘算时，元曜急忙挡在小狐狸面前，道："不要打十三郎的主意，这件事情和十三郎无关！"

玳瑁嘻嘻笑道："那元公子就还这三千两吧。"

元曜无奈，十分着急，忽然想起了什么，从怀中掏出一块素色手帕。

元曜小心翼翼地打开手帕，一瞬间，有无限光明涌出，日光之下可以看见一团珍珠般的白光。白光之中是一枚吊坠，一根黑绳穿着一颗明珠。

这正是白姬送给元曜的，用龙鬚穿着的水月之精。元曜很珍惜它，因为担心挂在脖子上会将它弄坏，就一直用手帕包着它，贴身收藏。

玳瑁很识货，一看见水月之精，双眼就亮了。

元曜忍痛道："这水月之精给你，还月奴姑娘的赌债。请放小生和十三郎离开。"

"行。"玳瑁拿过水月之精，笑了，"我就知道，从缥缈阁出来的人身上一定有好东西，把这个献给鬼王，鬼王一定会很高兴。"

元曜、胡十三郎垂头丧气地离开了黄金台。

小狐狸很过意不去，道："对不起，元公子，某害你失去了珍贵的东西。"

元曜安慰小狐狸，道："哪里的话，这不关十三郎的事。我们能够平安回去就已经很好了。"

回缥缈阁的路上，元曜听见行人们议论纷纷。

据说，今天发生了一件怪事。

大明宫内，大角观上空雷鸣电闪，狂风大作，一个天雷劈倒了八卦楼，但是，大明宫其他的地方，以及整个长安城却是风和日丽、艳阳高照。

长安城人心惶惶，大家惊疑不定，害怕这是妖物现世的征兆，会带来灾难。

光臧国师急忙派弟子出来辟谣：不用担心，不是妖物现世，而是龙王来做客了。

众人又十分担心：龙王为什么要劈八卦楼？是不是发怒了？如果龙王发怒了，今年天下会不会发生干旱或者洪涝？

光臧国师又急忙派弟子出来安定人心：龙王没有发怒，只是精神很好。劈八卦楼正是因为它精力旺盛，这条精力旺盛的龙王一定会保佑大唐风调雨顺，五谷丰登。

众人才安下心来，纷纷摆下祭坛祭拜龙神。

元曜觉得很奇怪：难道是白姬在大角观作怪？她劈人家的八卦楼干什么？！

元曜、胡十三郎回到缥缈阁时，白姬已经回来了，正在使唤三只兔子，一只兔子在沏茶，一只兔子在摆点心，一只兔子在给她捶腿。

"轩之，我今天很生气，在大角观发怒了！"白姬竖眉道。

"发生什么事了？"元曜坐下，问道。

一只兔子给元曜倒了一杯香茶。

元曜急忙道："多谢。"

白姬指着青玉案上的一个旧木盒子，道："你自己看。"

元曜打开木盒子，一股霉臭味扑鼻而来。他捏着鼻子定睛望去，发现盒子里是一团乱糟糟的毛发。

元曜好奇地问道："这是什么？"

白姬幽幽地道："光臧埋在八卦楼下的他最珍贵的宝物，是他的头发、眉毛和胡子。"

元曜忍俊不禁："这对光臧国师来说，倒也确实是珍贵的宝物。"

"可是，对我来说，这些比垃圾还没有用。小吼把这个交给我时，我这些天积郁的怒气全都涌了上来，等回过神时，已经劈了八卦楼。"

"嗯，你说他的宝物是垃圾，光臧国师会伤心的。"

"我更伤心呀。我辛辛苦苦去天上一趟，不仅四处奔波劳累，还忍受了东皇太一唱歌，更失去了离奴，结果就换了这么一团毛发，太伤心了。"

"这得怪你事前没问清楚报酬是什么。"元曜笑道。

"唉！"白姬陷入了忧愁之中。

"轩之，月奴在黄金台出了什么事？我问这三只兔子，它们七嘴八舌地说，我也听不清楚。"

"啊，已经没事了，月奴姑娘已经回月宫了。"元曜把黄金台发生的事情告诉了白姬，但没有说他的水月之精被玳瑁抢去献给鬼王了，因为以这条龙妖的性格，她一定会去抢回来。白姬虽然厉害，但鬼王也法力高深，两虎相斗，必有一伤。如果白姬因此受伤，他宁愿不要水月之精。再珍贵的宝物都是身外之物，人能平安健康才是最重要的。

白姬听了他的话，更忧愁了，道："这么说，离奴要回来了呀。"

元曜笑道："是啊！离奴老弟要回来了！白姬，你怎么一脸忧愁的样子？"

白姬愁道："离奴一回来，我得给离奴涨工钱。最近什么都没卖出去，我没有闲钱给离奴涨工钱呀。"

其实，即使生意兴隆，你也不会给离奴老弟涨工钱吧？小书生在心里想。

白姬吩咐小兔子去把柜台后装银子的陶罐拿来，清点了陶罐里的散碎银子，笑了："月奴最近花了不少，今天又拿了三十两银子，这些钱可以去找嫦娥仙子补，就算四分利。"

这条龙妖居然连不食人间烟火的嫦娥仙子都要压榨！小书生在心中咆哮。

元曜想到了什么，问道："光臧国师有除掉红樱之珠的方法吗？"

白姬愁道："有。"

元曜奇道："他有除掉红樱之珠的方法，你还愁什么？"

白姬更愁了，道："本来倒是说好他来替我作法除掉红樱之珠，可是我劈了八卦楼之后，他变卦了，说除非我赔他重建八卦楼的费用，否则他不会来管红樱之珠。"

"那你就赔他重建八卦楼的费用，因为八卦楼本来就是你毁坏的。"

"你疯了吗？那得多少银子呀？"

元曜无力地道："好吧。那你就看着红樱之珠继续长下去，缥缈阁最后关门大吉。"

白姬以手托腮，陷入了沉思。

第九章 诡 棋

白姬的目光扫过木盒子中的毛发，她突然有了主意，红唇勾起一抹诡笑："有了。"

白姬对着木盒子吹出一口气，光臧的一束毛发飘飞起来。毛发纷纷散在空中，发出一道道光亮，每一根毛发落地时，就变成了一个光臧。

不一会儿，缥缈阁里就站了九十九个光臧。

光臧们对白姬行了一礼，齐声道："主人。"

白姬笑道："你们去摘红樱之珠，然后去长安城中朱门大户的人家敲门贩卖，就说这是天上摘的仙果，对年长的客人说可以延年益寿，对年轻的女客人说可以美容养颜，十两银子一颗，不议价，愿意买的就卖，不愿意买的不需要强求。你们得到银子之后，将银子拿到这里来。"

"是，主人。"光臧们领命鱼贯而去。

元曜满头雾水，不明白白姬在干什么。

白姬悠闲地喝茶，一脸微笑。

小狐狸匆匆而来，一脸受了惊吓的样子。

"白姬，缥缈阁里突然多了好多光头，他们摘了红樱之珠出门了。"

"没关系，那些是临时雇的新仆人。"白姬笑道。

"原来如此，吓死某了。"小狐狸松了一口气，又去做饭了。

"白姬，你到底在干什么？"元曜忍不住问道。

白姬笑道："卖红樱之珠，筹集赔偿八卦楼的费用。"

"卖红樱之珠也就罢了，你为什么把头发化成光臧国师的模样去卖？"

"为了省人力。"白姬以袖掩面。

元曜生出冷汗。他怀疑红樱之珠卖不掉："这种卖法像江湖骗子似的，还十两银子一颗，能卖掉吗？"

白姬以袖掩面："别人去卖，也许会被认为是江湖骗子，被乱棍打出，但是，光臧国师去卖就不一样了。住在朱门大户里的人家不是贵族，就是官宦，贵族官宦谁不认识武后最宠信的光臧国师呢？对这些豪门大户来说，十两银子和一文钱也没什么区别，只要他们相信光臧国师，就不会吝惜十两银子。"

元曜还是不太相信红樱之珠能够卖出去。

一盏茶时间之后，毛发化成的光臧一个接一个地带着银子回来了，把银子放在青玉案上，又摘了红樱之珠出门。

望着青玉案上越堆越高的银子，小书生不得不相信他吃得想吐的红樱之珠真能以十两银子一颗的价钱卖出去。

白姬叉腰笑道："哈哈，等筹集够了赔偿八卦楼的银子，我就去叫光臧国师来除掉红樱之珠。"

元曜擦汗。他觉得光臧国师如果真的来了，一定会先除掉这条冒国师的名去招摇撞骗的龙妖。

约莫半个时辰之后，一个光臧飞奔而来。这个光臧和其他的光臧不大一样，两手空空，且神色愤怒。他大吼道："龙妖！你好大的胆子，竟将本国师的头发幻化成人形去卖东西？！现在，满长安都是本国师在跑来跑去，大家都开始怀疑本国师是妖怪，你叫本国师怎么辟谣？！"

元曜反应过来：这位是真正的光臧，得到消息之后兴师问罪来了。

白姬停止数银子，笑道："国师的头发既然已经被送给我了，我想怎么使用您就管不着了。如果这为国师带来了困扰，我真是深感抱歉。"

就在这时，又有两个毛发化成的光臧拿着银子回来了。

光臧大怒，伸手拂去，两个光臧变成了两根头发，飞落在地。光臧们手里拿的银子也啪嗒一声，掉在地上。

光臧一掌拍向青玉案，怒道："龙妖！快把这些冒牌货给本国师收回来！"

白姬检查了一下青玉案，发现玉案没被拍坏，才笑道："我这么做也许冒犯了国师，可是我有悲哀的苦衷。"

"什么苦衷？"光臧问道。

白姬叹了一口气，以袖掩面，滑落了两滴清泪。

"之前，我为了去白玉京救国师，一去七八天，没有时间管缥缈阁。结果，我一回来，缥缈阁竟已经变成了这副冷落凄惨的模样。不瞒您说，缥缈阁已经一个月都没卖出东西了，我又没有什么积蓄，现在连吃饭都成问题，为了省钱，每天只能以红樱之珠果腹。您看，轩之都吃得满脸菜色了。"

元曜嘴角抽搐：这条龙妖又来演苦情戏，希望光臧不要被骗。

光臧望了元曜一眼，疑惑道："不对呀，他脸色挺红润，比之前在白玉京看到时还胖了一些。"

"那是红樱之珠吃多了，虚胖。"白姬解释道。

元曜生气地瞪着白姬。

白姬又抹泪道："如果缥缈阁不恢复原状，我只能卖红樱之珠度日了，不然就没办法活下去了。我虽然是天龙，但也是一个柔弱女子，所能仰仗的就只有国师您的宽容与慈悲了。请您让缥缈阁恢复原状吧！这些卖红樱之珠得到的银子虽然不多，但我愿意献给国师，重建八卦楼。"

柔弱女子？！能劈掉八卦楼的龙妖也好意思自称柔弱女子？！元曜在心中咆哮。

不知道是被白姬的眼泪打动，还是被"宽容慈悲"这顶高帽子卡住，抑或是被青玉案上的一大堆银子闪花了眼，光臧居然有些同情白姬了，悲天悯人的情怀开始在他的心中泛滥成灾。

光臧仰天叹了一口气，道："师尊在世时，常常说世界万物皆有通人之性，妖也一样。善妖当善待，以应自然；恶妖当除之，以顺天道。你本是天龙之王，在天道五千年，为修佛缘，又在人间五千年，兼具灵性、佛性与人性。你在人间也没做大恶之事，之前又去白玉京救了本国师，本国师也不是忘恩负义之人，就替你除去红樱之珠吧。"

光臧国师，不要轻信这条狡猾的龙妖！元曜在心中祈祷。

"多谢国师。"白姬十分高兴，为了表示诚意，先召回了九十七个光臧，让他们恢复了头发的原形，并答应事成之后，把光臧珍贵的毛发还给他。

光臧找白姬要了一些朱砂和黄纸，开始在后院画符作法。白姬吩咐三只兔子去给光臧打下手，自己和元曜坐在青玉案边喝茶下棋。

元曜心不在焉，担心光臧不能够除去红樱之珠。

白姬也心不在焉，拈着棋子在想着什么，似笑非笑。

一盘棋尚未下完，幽暗的缥缈阁突然如同拨云见日，重重叠叠的红樱之珠开始枯萎凋零。下午的阳光照进缥缈阁，房梁上、货架上、地板上的藤蔓渐渐地枯萎成衰草，风一吹过，散作烟尘。

小狐狸匆匆跑进来，一脸受惊的样子："白姬，后院中有一个光头在作法，红樱之珠都不见了！"

"十三郎不必担心，没事的。以后，缥缈阁就会恢复原状了。"白姬笑眯眯地道。

不一会儿，光臧走了进来，擦了擦额上的汗水，道："可以了。红樱之珠不会再长出来了。"

白姬倒了一杯茶呈给光臧，笑道："辛苦国师了。"

光臧喝了半杯茶，见时候不早了，告辞离去。白姬把光臧的头发还给了他，并把卖红樱之珠得来的银子当着光臧的面包起来，递给他。

光臧带着头发和银子满意地离开了。

白姬也满意地笑了。

小狐狸站在旁边，心中十分奇怪，直到光臧走了，才迷惑地揉脸道："这光头拿走一包棋子干什么？"

元曜低头去望棋盘，才发现棋盘上堆满了银子。原来，白姬施了幻术，把棋子变成银子给光臧带走，而真正的银子则被她变成棋子留在棋盘上。光臧太累了，心中又没有提防，没有看破白姬的诡术。

元曜无力地坐下："白姬，你又坑了光臧国师……"

"嘻嘻。"白姬诡笑。

为了防止光臧发现受骗，回来寻事，白姬立刻布下三重结界，再次把缥缈阁隐藏在光臧、狮火永远也找不到的地方。

一切，又回到了最初的状态。

这一天晚上，长安城中的一家卖鱼干的店铺被盗了。盗贼没有偷钱，只是把一篓上好的香鱼干吃了个精光，并留下了四块月饼。

第二天，发现香鱼干被人偷吃的店铺老板本来打算报案，但是吃了半块月饼之后，他打消了报案的念头——他从来没有吃过这么美味的月饼，嫦娥做的月饼恐怕也没有这么香甜的滋味，这四块月饼换一篓鱼干也值了。

元曜醒来时，阳光已经洒进了缥缈阁。他伸了一个懒腰，发现睡在他旁边的小狐狸不见了。猜想小狐狸可能已经起床干活去了，他也不好意思赖床了。

元曜正在收拾寝具时，忽然听见缥缈阁外传来奇怪的声音。

元曜觉得奇怪，走到门口，打开了大门。

大门外，一只小红狐狸被扔在台阶上。小狐狸被五花大绑着，可怜兮兮地望着元曜，因为嘴里塞着抹布，只能发出呜嗯呜嗯的声音。

"十三郎？！"元曜大惊——十三郎怎么这副模样地躺在缥缈阁外？！

元曜急忙蹲下，给小狐狸松绑。

因为夜间寒露重，小狐狸浑身冰冷，狐毛都湿了。

小狐狸刚缓过劲来，就气呼呼地冲进缥缈阁，直奔里间而去。

元曜急忙跟上。

里间中，一只黑猫正翻着圆滚滚的肚皮，四脚朝天地睡在被子上，睡得很香甜，嘴角还流着口水。

"啊！离奴老弟什么时候回来了？！"元曜欢喜地道。

小狐狸火冒三丈，一扑而上，掐住黑猫的脖子。

"臭黑猫！深夜回来就暗算某，把某丢出去！你害某受了一夜寒风！某跟你拼了！"

黑猫被掐醒了，急忙挣扎着乱挠，小狐狸被踢开了。

黑猫伏地，龇牙道："爷在天上受苦挨饿，你却在缥缈阁里享清福，把你扔出去，已经算是轻的了！"

昨晚，离奴从月宫回到长安，先去鱼铺大吃了一顿香鱼干，才回缥缈阁。缥缈阁的人都睡下了，离奴从天窗跳进去，看见酣睡的元曜，觉得有些亲切，转目一看，胡十三郎睡在元曜的旁边，正发出香甜的鼾声。

不知道为什么，离奴心中涌起一阵无名怒火：主人和书呆子这么久都没去接自己，一定是这只狡猾的臭狐狸在挑唆，臭狐狸一定在打如意算盘，打算取代留在缥缈阁。

黑猫想了想，有了一个主意。黑猫悄悄地从货架上取下一柄玉如意，将它拿在手里。接着，黑猫把睡熟的小狐狸拖离了元曜，小狐狸被扰醒了，迷迷糊糊地睁开眼睛："嗯，谁在拖某……"

小狐狸刚看清黑猫的模样，黑猫就用玉如意击向小狐狸。

小狐狸连叫声都来不及发出，就昏了过去。

黑猫咧嘴一笑，找来绳子把小狐狸五花大绑，又把抹布塞进了小狐狸嘴里。

黑猫轻轻地打开缥缈阁的大门，把小狐狸丢了出去。

黑猫关上门，满意地笑了。

黑猫走到元曜枕边，看着正在打鼾的小书生，嘀咕："死书呆子居然长胖了，爷不在，他一定又偷懒不干活。"

"明天早上再去向主人打招呼吧。"小黑猫打了一个哈欠，走进里间，铺好自己的寝具，睡下了。

小狐狸气得浑身发抖，又扑上去和黑猫撕咬，黑猫也不示弱，精神抖擞地迎战，两只小兽打成了一团，渐渐把战场移到了大厅。

这一次，元曜反应很快，在黑猫和小狐狸妖化造成大破坏之前，他已经披头散发地奔上楼去找白姬了。

砰砰砰！元曜猛敲白姬的房门，扯着嗓子喊道："白姬！白姬！离奴老弟和胡十三郎打起来了！"

不一会儿，白姬哗啦一声打开门，披散着头发，明显还没睡醒，哈欠连连："离奴回来了？和十三郎打起来了？"

元曜一下子愣住了，脸瞬间涨得通红如烙铁，张着嘴巴说不出话来。

白姬打着哈欠飘出房间，道："我下去看看，让离奴和十三郎别又毁坏了宝物。"

元曜这才回过神来，对着白姬的背影大声道："你把衣裳穿上再下去！赤身露体有违圣人的教诲！"

白姬没有听见他的话，已经飘下去了。

元曜冲进房间，抱着屏风上搭着的白姬的衣裙，飞奔下楼去追白姬，要她穿衣裳。

元曜赶到一楼时，白姬已经到外面去了。

元曜大窘，急忙奔去大厅。

大厅中，一条儿臂粗的小白龙浮在半空，黑猫和小狐狸已经停止了打斗，规矩地匍匐在地上，各自被一条金色的锁链绑住，动弹不得。

小白龙望着地上被摔碎的瓷瓶、玉碗、铜镜，头顶上开始冒青烟。

黑猫和小狐狸心虚，瑟瑟发抖。

元曜满头大汗：这下糟了，白姬一定不会放过离奴和十三郎。

过了片刻，小白龙才开口了："我还是先上去冷静一下……"

小白龙飞身飘走，在路过元曜身边时，伸爪从小书生手上拿走了自己的衣裙。

小白龙神色郁闷，元曜想开口安慰，却又不知道该说什么。

小白龙飘走之后，黑猫和小狐狸身上的锁链也不见了。

虽然获得了自由，黑猫和小狐狸也没再打起来，呆呆地蹲坐着。

小狐狸揉脸道："糟了！白姬生气了！她一定讨厌某了！都是你这只臭黑猫害的！"

离奴挠头道："刚一回来，就惹主人生气了，她一定不会给爷涨工钱了。都是你这只死狐狸害的！"

小狐狸刚要反驳，元曜赶紧劝道："不要再吵了，大家都少说一句。"

黑猫起身离开："爷去做早饭，冷静一下。"

小狐狸也起身，道："某来打扫，冷静一下。"

元曜想了想，也去后院梳洗，冷静一下。

黑猫来到厨房中，发现厨房被胡十三郎收拾得很干净、整洁，心情好了一些。

灶台上放着一个大盘子，盘子里放着三条用竹叶包着的烤鱼。烤鱼虽然已经冷了，但还是能隐约闻到香料和鱼肉的味道。

黑猫暗暗在心中嘲笑：一定是胡十三郎那个家伙烤鱼讨好主人和书呆子，结果烤得太难吃，主人和书呆子都没吃。

离奴端着盘子走出厨房，打算去后院将烤鱼倒掉。

元曜在古井边洗漱，整衣洁冠。

黑猫对元曜道："书呆子，狐狸做的烤鱼一定很难吃吧？爷今天给你做好吃的烤鱼。"

元曜疑惑地道："十三郎从来没有做烤鱼给小生和白姬吃呀。"

因为离奴没有一天不做鱼，所以胡十三郎来打杂时，就特意避开了鱼，只做别的菜肴，给白姬和元曜换口味。

离奴嘲笑道："那这盘子里的是什么？"

"哦，这竹叶烤鱼呀。这不是十三郎做给小生和白姬吃的，而是十三郎特意做给离奴老弟你吃的。听说你在月宫里只能吃月饼果腹，十三郎就一直担心你挨饿。昨天，十三郎以为你快回来了，就做了竹叶烤鱼，谁知，吃晚饭时，你却没有回来。白姬说你晚上可能会回来，于是十三郎就把竹叶烤鱼放着，说你晚上回来也许会饿，万一找不到东西吃，就可以吃烤鱼。"

黑猫闻言，如遭雷击，爪子一松，盘子啪嗒一声掉在了地上，碎了。

这是做给自己吃的？！那只臭狐狸居然会关心自己？！

黑猫沉默了，想到昨晚自己把狐狸打晕了，还把狐狸扔了出去，害狐狸受了一夜冻，觉得十分愧疚。

"离奴老弟，你没事吧？"元曜吓了一跳。

"没事。"黑猫蹲下，将掉在地上的竹叶烤鱼拿起来，剥开竹叶，咬了一口鱼。虽然鱼肉已经冷了，但黑猫心中很温暖。黑猫一口一口地把烤鱼全部吃下了，眼中流下了眼泪，觉得这是自己这一辈子吃过的最好吃的烤鱼。

小狐狸拿着抹布来到后院的井边浣洗，看黑猫一边哭泣，一边吃它烤的鱼，有些吃惊。

离奴看见胡十三郎，有些不好意思，道："这鱼肉烤得有点儿老，你没把握好火候，爷烤的鱼更好吃。"

小狐狸还在生气，不搭理离奴，径自去井边拎水。

离奴跟到了井边，又道："嫦娥仙子送了一些月饼给爷，爷可以分给你几个，你喜欢吃什么口味的？"

小狐狸还是不搭理离奴，洗好抹布，离去了。

离奴挠头，不知道怎么办才好。

元曜提醒道："你要十三郎原谅你，得道歉呀。"

离奴如梦初醒，飞快地追上小狐狸，道："喂！这一次是爷错了，爷道歉总可以了吧？"

小狐狸停下了脚步，生气地道："某不叫'喂'。"

"十三郎，这一次是爷不对，大不了爷让你挠一次绝不还手。"

小狐狸竖起了耳朵，道："真的？"

离奴点头，道："真的。"

小狐狸露出利爪，狠狠地挠向黑猫。

"臭黑猫！叫你让某受了一夜冻！"

"喵呜——"离奴惨叫一声，热泪横流。

"黑猫，某原谅你了。"小狐狸解了气，开心地跑了。

"死狐狸！居然下这么重的手！"黑猫眼泪汪汪地趴在地上。

元曜远远地看着，不禁笑了。看来，太阳从西边出来了，离奴老弟和十三郎居然真的和好了。

白姬冷静之后，飘了下来。胡十三郎熬了绿豆粥，给白姬降火，希望她能宽容处理自己打碎宝物的事。离奴把嫦娥送的月饼呈给白姬，以讨好她，请求宽大处理。

白姬看见离奴和胡十三郎冰释前嫌，化敌为友，十分震惊。她一边喝着绿豆粥，一边吃着月饼，笑道："离奴，你在月宫捣药的日子，我常常望着月亮挂念你，你回来真是太好了。我立刻给你涨工钱，每个月多给你三吊钱，外加两大包香鱼干，怎么样？"

黑猫欢喜地道："多谢主人。"

白姬又笑道："不过，早上你和十三郎打架，摔碎了一只邢窑白瓷莲花瓶，两只荷叶水晶碗，一面海兽葡萄镜，三个——"

黑猫哭着打断白姬的话，道："主人，不要再说了，离奴明白了，离奴没有月钱了，也吃不到香鱼干了……"

白姬摸了摸黑猫的头，笑道："只要你努力干活不偷懒，工钱和香鱼干都会有的。"

黑猫擦干眼泪，道："离奴一定努力干活。"

于是，离奴的卖身契上持续的时间又加了两百年。

胡十三郎十分惶恐地道："白姬，打架某也有份，某需要赔偿多少银子？"

白姬笑道："十三郎就算了。你是客人，这些天又帮了我这么多忙，为缥缈阁日夜劳累，几个瓶瓶碗碗也不值什么，不必赔偿了，更何况，打架的起因都在离奴，离奴应该负全部责任。"

小狐狸十分过意不去，道："如此，多谢白姬了。"

因为离奴回来了，小狐狸当天就告辞回翠华山。白姬送了小狐狸三坛红樱之珠的蜜饯，一来作为谢礼，二来让小狐狸带回去给老狐王尝鲜。胡十三郎道谢之后，接受了。离奴送给胡十三郎三块月饼，算是作为三条烤鱼的谢礼。

胡十三郎离开之后，缥缈阁恢复如常。没了红樱之珠遮挡通路，居然又有客人上门了，白姬非常高兴。

不过，天有不测风云，不知道为什么，白姬、元曜、离奴下午都开始拉肚子。三个人连晚饭都没吃，一直来回折腾到晚上，十分难受。

弦月东升，白姬、元曜、离奴坐在后院，但没有心情赏月。

元曜苦着脸道："小生也没吃什么不干净的东西，怎么会腹泻？"

白姬问道："轩之吃了什么？"

元曜想了想，道："小生早上吃了一碗馄饨，中午吃了两块月饼，喝了一壶阳羡茶……这些东西应该没问题呀。"

白姬回忆道："我今天也就只吃了一碗绿豆粥、几枚红樱之珠蜜饯、一块月饼……"

离奴想了想，道："离奴今天只吃了三条竹叶烤鱼，因为中午就有些拉肚子了，下午就什么都没吃……"

元曜道："真难受啊……"

白姬也道："真难受啊……"

离奴想到了什么，道："难道……难道是那只臭狐狸在烤鱼里放了泻药？一定是这样的！不然，臭狐狸为什么走得这么匆忙？！一定是心虚了！爷早该看出臭狐狸心怀叵测！哎哟，爷真是瞎了猫眼，还傻傻地被臭狐狸感动了，任臭狐狸挠了一爪子都没还手！主人，书呆子，你们八成也是被那只臭狐狸给害了！"

元曜道："离奴老弟，不要胡乱猜疑，十三郎不是这种妖。"

"爷没有胡乱猜疑！爷今天什么都没吃，只吃了烤鱼，拉肚子一定是烤鱼的问题！"

"这……"元曜一时语塞。

白姬对离奴道："一旦对人怀有疑心，就容易陷入自以为是的魔障。我

70

们认识十三郎很久了，十三郎心性纯良，是可以信任的。你吃坏肚子，八成是天气热了，烤鱼放了一夜，坏掉了。"

离奴恍然，吃烤鱼时，烤鱼好像确实有一点儿异味，但离奴还是嘴硬。

"不管怎么样，爷拉肚子都是那只臭狐狸的错！下次见到臭狐狸，爷绝对饶不了它！"

元曜问白姬道："那小生和你又是怎么一回事？我们又没吃烤鱼……"

白姬想了想，道："我和轩之吃的东西之中，都有月饼。"

元曜苦着脸道："离奴老弟，月饼是你带回来的，请解释一下。"

离奴吓了一跳，急忙解释。

"不关离奴的事，那是嫦娥仙子做的。而且，我在月宫中吃了很多月饼，在回来的路上也吃了几块，完全没问题。"

白姬思索了一下，扭曲着脸道："我明白了！月饼没问题，是水的问题。嫦娥仙子是用琉璃井中的天水做的月饼，天水不能和人间的水混合，也就是说，吃了月饼之后，三个时辰内不能喝人间的水，否则大则丧命，小则腹泻。我和轩之吃了月饼之后，多少沾了一些人间之水，所以才腹泻。哎哟，我怎么一时大意将此事给忘了，坑死我了。"

白姬的肚子咕咕叫，她起身又奔去茅厕了。

元曜的肚子也咕咕叫，缥缈阁里没有马桶，只有一个茅厕，他大声道："白姬，你快一些，小生也憋不住了！"

黑猫的肚子也咕咕叫，离奴蛮横地道："书呆子！让爷先去！"

元曜苦着脸道："你一只猫在院子里随便找个地方解决不就行了，和小生争什么茅厕？"

黑猫狠狠地挠了小书生一爪子，道："爷可是一只活了千年的猫妖，不会做那么没有教养的事！"

小书生捂着脸，痛苦流泪。

同一轮弦月下，西市鱼铺的老板和翠华山的胡十三郎也在痛苦地拉肚子。

小狐狸眼泪汪汪地骂离奴。

"一定是那只臭黑猫在月饼里下了泻药！某真是瞎了狐眼，竟相信臭黑猫是真心道歉！下次见到臭黑猫，某绝对饶不了它！"

白姬、元曜、离奴拉了三天肚子，才渐渐好转。

玳瑁听说离奴回来了，让人捎来了山鼠肉干。离奴买了一大包香鱼干当回礼，打算亲自将鱼干送去给玳瑁。

白姬见了，眼珠一转，把嫦娥的月饼用礼盒装了，让离奴带给鬼王。

"就说，我夜游白玉京和月宫，带回了一些月宫中的月饼送给老友，望鬼王不要嫌弃礼物微薄，一定要收下。"

元曜冷汗涔涔："白姬，你这么做太不厚道了吧？！"

白姬尚未回答，离奴已经笑道："没什么不厚道的，那鬼王不是好东西，一直觊觎缥缈阁的宝物，平时也没少害主人。"

元曜道："万一鬼王将月饼分给玳瑁姑娘吃，不是害了玳瑁姑娘？"

离奴笑道："嘿嘿！玳瑁从不吃甜食。"

白姬也笑道："难得有这么美味的月饼，不能浪费了呀。"

于是，元曜只好任由白姬和离奴捉弄鬼王。

离奴去了平康坊，傍晚时才回来。离奴很高兴，一来因为今天和玳瑁相处融洽，没有吵架，二来，鬼王接受了月饼，还当场吃了两块，喝了一杯茶。

离奴想到鬼王拉肚子的模样，就暗笑到内伤。

元曜站在后院欣赏夕阳，离奴来到他跟前，把一个明珠吊坠递给他。

"这个，玳瑁让爷给你。"

元曜感到很意外——离奴给他的吊坠正是被玳瑁抢走的水月之精，玳瑁怎么突然把水月之精还给他了？！

离奴道："玳瑁说，它把吊坠献给鬼王，结果鬼王天天做噩梦，受不了了，又还给它。玳瑁自己戴着吊坠，结果也天天做噩梦，不能安枕。玳瑁让爷把这个吊坠拿来给书呆子你。奇怪，为什么要给你？！"

虽然不知道鬼王和玳瑁为什么会做噩梦，但是水月之精回来了，元曜十分高兴，道："因为这个吊坠本来就是小生的东西。"

离奴奇怪地道："书呆子，你戴着难道不做噩梦吗？"

元曜想了想，笑道："没有。不过，大概因为绳子是龙髭，小生戴着它入睡，常常会梦见白姬，她有时候是人形，有时候是一条龙，都金眸灼灼，威风凛凛，十分有精神。"

离奴好像明白了：对鬼王和玳瑁来说，白姬就是一场噩梦。

不管怎样，元曜拿回了水月之精，十分开心。

第十章　尾　声

晚上，弦月东升，夏花盛开。

缥缈阁中，白姬、元曜、离奴坐在后院中饮酒赏月。鹤仙也来了，却是以鸵鸟的姿态，因为又喝醉酒闯了祸，被仙人罚下界做鸵鸟。

元曜以为鸵鸟是来向白姬讨五彩云吃，好回去天上，谁知鸵鸟只是来讨酒喝。大概是因为反正一不注意又会被贬下界，鹤仙也不太热心于回天上去了吧。

鸵鸟坐在元曜身边，元曜倒酒给鸵鸟喝，鸵鸟十分高兴，用头蹭元曜的脖子。

白姬望着玉梳一样的弦月，不知道在想什么，嘴角浮现了一抹微笑。

离奴在草丛中欢快地奔跑，捕捉鸣虫。

元曜好奇地问道："白姬，你在想什么？"

白姬笑道："我在回想我们去白玉京的情形，以前虽然也上天过不少次，但这一次似乎特别有趣呢。"

"咦？为什么这一次特别有趣？"

"因为有轩之在呀。看轩之闹笑话特别有趣。"

"你把后一句话去掉，小生会很高兴。"

"嘻嘻。"

"白姬，小生有一个疑问，之前一直没有时间问。"

"什么疑问？"

"你真是天龙之王吗？"

白姬微怔，继而笑了："啊，那是很久很久以前的事了。"

"原来，天龙族是女子承袭王位。"

"轩之错了。因为天龙的寿命很长，龙族之王不像人间帝王一样世代承袭，每一条天龙都可以当龙王，只要有能力挑战并打败在位的龙王。不过，挑战输了的话，那条天龙下场会很凄惨。"白姬笑眯眯地道。

元曜张大了嘴，道："原来是这样。你以前也挑战过当时的龙王？"

"对呀。"白姬笑道。

"白姬，你为什么想当龙王？"

白姬以手托腮，叹道："我当时以为当上了龙王一定会很有趣，结果当上龙王之后也很无趣。"

这条龙妖也太任性了吧？！要当一族之王怎么都该有责任心，不该只是为了乐趣就去当王。元曜在心中想。

"你不当龙王了，就来人间开缥缈阁，收集'因果'？"

白姬神色有些怅然，道："不是，中间还发生了一些事情，我才来到人间收集'因果'。"

"中间发生了什么事情？"元曜好奇心旺盛，追根究底。

白姬抬头望月，笑道："啊啊，夏夜适合谈幽说怪，冬夜才适合追忆往事呀，等冬天赏雪时再告诉轩之吧。"

到了冬天，你又会说冬天适合围炉夜话，还是夏天再追忆往事吧。元曜在心中吐槽。他知道白姬不想说，也就不再追问了。不过，他还有一个疑问。

"白姬，现在天龙族的王是谁？"

"这五千年来，龙族没有王。"

"欸？为什么？"

"因为没有谁能打败我呀！哈哈哈——"白姬叉腰大笑。

元曜擦汗。

"不过，我也不是龙王了。一条连大海都回不去的天龙，不过是一个被放逐的罪人，哪里还会是王呢？"白姬的语气悲伤而自嘲。

看见白姬悲伤的眼神，元曜心中也觉得悲伤，他感到莫名地痛苦。

"白姬，不要想往事了，我们来谈幽说怪吧。"

"好啊，轩之想听什么怪谈？"

元曜笑道："说一说白玉京吧，白玉京里一定有很多传说。"

白姬笑了笑，道："天上白玉京，十二楼五城，白玉京的每一座城都有传说，每一座楼都有典故……"

白姬滔滔不绝，眉飞色舞地说着，元曜很有兴趣地听着，他一边饮酒，一边望着夜云中看不见的白玉京，心驰神荡。

一阵风吹来，碧草起伏，夏天又到了。

第二折　蛇佛寺

楔　子

二十年前，长安。

深夜，西市，缥缈阁。

白姬跪坐在青玉案边，似笑非笑。幽暗的烛火下，她的脸一半是光明，一半是黑暗，看上去十分诡异。

青玉案的另一边，也跪坐着一个人。

那是一个满身是血的虬髯大汉，他的目光犀利如剑，脚边横放着一把血迹斑斑的大环刀。

也许是血腥气太重，白姬养的黑猫有些躁动不安，蹲在阴影中，龇牙望着虬髯大汉。

白姬却很淡定，笑着对虬髯大汉道："走进缥缈阁的夜客是人类，这倒是很少有的情况。你，有什么愿望？"

虬髯大汉的喉咙里发出咕噜咕噜的声音。鲜血溅在了脸上，把他的胡须染成了赤色，这也正是他的绰号"赤髯客"的由来。

对于"赤髯客"，长安城中无人不知，无人不晓，因为，他正被朝廷悬赏通缉。

赤髯客是一个疾恶如仇的侠客，对正义有执念，痛恨一切邪恶。他的大环刀斩杀了无数恶人。在他的人生信条里有"五杀"：不忠不义者，杀；不仁不孝者，杀；作奸犯科者，杀；贪赃枉法者，杀；妖邪害人者，杀。

赤髯客一丝不苟地执行自己的信条，誓要除尽天下所有邪恶。因为杀人太多，他被朝廷通缉，四处流亡。在被通缉的逃亡生涯中，他发现自己力量有限，要维护正义，除尽邪恶，必须要有更强大的力量。他的心愿让他在今夜杀掉了一个草菅人命的恶霸之后，闯进了缥缈阁。

见赤髯客不说话，白姬笑着重复道："你，有什么愿望？在缥缈阁中，任何愿望都能够实现。"

白姬的声音缥缈如风，却蛊惑人心。

赤髯客抬头，道："我，需要力量。"

白姬笑了，道："什么力量？"

赤髯客掷地有声地道："正义的力量，除尽一切邪恶的力量。"

白姬想了想，笑道："那就需要借助佛蛇了。"

"什么佛蛇？"赤髯客问道。

"请稍候片刻。"白姬起身走了出去。

约莫一盏茶时间之后，白姬拿着一件东西走了进来。

白姬坐下，赤髯客才发现她拿的是一座小佛塔。佛塔是黑色的，约有手掌大小，高约七寸。

白姬将小佛塔放在青玉案上，笑道："佛蛇可以如你所愿，赐你除尽邪恶的力量。"

赤髯客瞪大了眼睛，道："真的吗？"

白姬诡笑不语。

白姬揭开佛塔上的一道符，从佛塔中逸出了许多腥膻的黑烟。一条拇指粗细的双头蛇钻出佛塔，在青玉案上盘旋，口里发出咝咝的声音。

"把手伸出来。"白姬对赤髯客笑道。

赤髯客伸出左手，白姬用尖利的指甲在他的手腕上划了一道伤口，鲜血滚落。

双头蛇嗅到血腥味，蠕蠕爬向赤髯客的手腕，倏地从伤口钻入了他的身体。

赤髯客大吃一惊，向后仰去，跌倒在地。

双头蛇进入赤髯客的身体，化作一个刺青图案。双头蛇图案在赤髯客的手臂上移动，即使他用右手按住它，它还是可以在他的皮肤上自由爬行。

"这……这……"赤髯客吃惊地望着白姬。

"这很好呀，佛蛇接受了你。"白姬笑道。

赤髯客坐起身来，身体微微发抖："妖物……妖物……"

白姬道："佛蛇以恶人的活肝为食，不要忘记喂它。它的力量，你将来会明白的。"

"妖物！邪恶！"赤髯客仿佛疯了一般，拾起脚边的大环刀，倏地将刀刺入白姬的胸口，又拔出来，鲜血四溅。

白姬软倒在地，胸前有一个大窟窿，鲜血染红了她的白衣。

黑猫在阴影中低低呜咽，用碧森森的眸子注视着赤髯客。

"妖邪之人，该杀！"赤髯客见杀死了白姬，提着刀准备逃走。因为他是通缉犯，正在逃亡，他打算在缥缈阁中拿些值钱的东西当盘缠。

赤髯客举着灯火去大厅的货架上翻找，但发现都是一些玉瓶、瓷器、香料之类不适合带着逃亡的东西。

赤髯客正在郁闷，突然听见后面传来细微的声音，回头一看，竟是他刚才杀死的白姬飘出来了。她脸色煞白，一身鲜血，胸口还有一个血淋淋的大窟窿。

"客人，你在找什么？"白姬捂着胸口，幽幽地问道。

"啊啊——有鬼啊——"赤髯客惊叫一声，顾不得再找盘缠，夺路奔出缥缈阁。

白姬倚在店门口，捧着鲜血淋漓的胸口，幽幽地道："客人，你还没付佛蛇的钱……"

"啊啊——"赤髯客惊叫着，一溜烟跑得没影了。

白姬望着赤髯客消失的地方，红唇勾起一抹诡笑："现在不付，将来要算利息的。"

第一章 赤 髯

初夏时节，草木荫翳。

缥缈阁中，白姬躺在后院的美人榻上午睡，新种的蔷薇花开繁盛，花瓣落了她一身。

元曜在打扫货架，回头望了一眼角落处的一座黑色佛塔，心中很奇怪。大约从春天开始，这座小佛塔就不时地会涌出腥臭的黑烟，他问白姬这是什么缘故，白姬说这大概是"果"成熟了。

元曜问白姬是什么"果"。

白姬笑而不答。

元曜正望着佛塔发呆，离奴跑出来了，叉着腰对元曜道："书呆子，厨房没有盐了，快去买盐！"

元曜苦着脸道："小生还得清扫货架，你自己去买。"

"爷正在烤鱼，走不开。"离奴道。

"小生帮你烤鱼，你自己去买盐。"

"你烤鱼？别糟蹋了爷的鱼！爷叫你去买盐，你就去买盐，不许偷懒！"离奴蛮横地道。

元曜没有办法，只好放下手上的活儿，快快地出门去买盐。

西市中店铺林立，人来人往。元曜在盐铺买了盐，回去的路上，看见一座茶楼外有一名小贩在卖刚摘的杏，杏十分新鲜水灵。

元曜想到白姬爱吃杏，停下了脚步，打算买一些。

小贩热情地称好杏，将杏递给元曜，元曜正准备付钱，茶楼里突然起了一阵骚乱，一群人拥了出来。

元曜抬头望去，但见一名恶少带着几个满脸横肉的家奴走出茶楼，恶奴们拖着一位正在哭泣的清秀少女。一个佝偻老翁哭着在后面追赶，却被一个恶奴拿手里的棍子打翻在地，老翁跌在地上痛苦地抽搐着。

少女见父亲被打，哭着挣扎，却挣扎不开，十分悲伤、愤怒。

老翁挣扎着起来，跌跌撞撞地走到恶少面前，老泪横流地跪下恳求："来公子，求您高抬贵手，放了小女吧……"

元曜不明白发生了什么事，呆呆地看着。人群中有人小声议论，他才明白了事情的原委。

恶少姓来，人称"恶鬼来"，是武后宠信的酷吏来俊臣[①]的侄子。他仗着伯父的权势欺男霸女，无恶不作，百姓们都十分惧怕和讨厌他。因为连朝臣们都害怕来俊臣网罗罪名，陷害自己，所以即使"恶鬼来"做了很多坏事，也没有谁敢依法处置他。

老翁和他女儿在茶楼里卖唱，"恶鬼来"今天来茶楼消遣，见老翁的女儿长得清秀，打算将她买回去做他的小妾。老翁不肯卖女儿，"恶鬼来"就犯了老毛病，打算将她抢回去。

元曜听了，义愤填膺：光天化日之下强抢民女，还有没有王法？

---

① 来俊臣，中国历史上十大奸臣之一。他是武则天执政时期的酷吏，在武则天改朝称帝之时，他因为告密和用酷刑替武则天肃清异党而深得其宠信和重用。万岁通天二年（697年），来俊臣因为得罪武氏诸王和太平公主，被诛杀。来俊臣曾经与其党，共同撰写过一部《罗织经》，这是一部专门讲罗织罪名、角谋斗智、构人以罪的"整人经""害人经"。

"恶鬼来"身材挺拔，容貌却十分猥琐。他穿着一身葱绿色流水纹锦袍，簪着一支红玉簪子，拿着一把红色折扇，看上去像一丛花。

"恶鬼来"一脚踢开老翁，冷哼道："你女儿本公子已经买下了。"

老翁哭道："老朽只这一个女儿，不卖。求您大发慈悲，放过她吧……"

少女也号啕大哭："女儿跟他走，肯定是活不成了……"

老翁又爬起来苦苦地哀求，他的头都磕出血了。

"恶鬼来"却仿佛石人一般，不为所动，还和恶奴一起嘲笑老翁，又对少女说一些腥臊的话语。少女悲恸欲绝，只想寻死，但又被恶奴钳制着，寻死不能。

看热闹的路人见了，十分同情老翁父女，痛恨"恶鬼来"，但是没有谁敢站出来阻止。得罪了"恶鬼来"和来俊臣，挨一顿毒打是轻的，只怕还会连累家人朋友以莫须有的罪名被抓入大牢受酷刑。

元曜看不下去了，冲了出来，生气地对"恶鬼来"道："光天化日，朗朗乾坤，你在天子脚下作恶，眼里还有没有王法？！"

"恶鬼来"一愣，继而笑了，道："王法？我伯父乃是侍御史，纠弹百官，入阁承诏，受制出使，谁人不知？你和我讲王法？"

"恶鬼来"一挥折扇，一个恶奴上前，狠狠一拳将元曜揍翻在地。

恶奴们嘲笑元曜："哪里来的酸书生，也敢学人家英雄救美？"

"哈哈，他也不掂量一下自己有几两重，就来多管闲事？！"

元曜的眼眶被打青了，他晕头转向，几乎站不起来，手里的盐和杏也撒了一地。

"恶鬼来"对恶奴道："他要做英雄，本公子就满足他！打死他，让他去黄泉做英雄！"

恶奴们一拥而上，要打死元曜。

元曜十分愤怒，打算和这些恶人拼了。

就在这时，一名虬髯大汉从人群中走出来，拦在元曜身前，雷吼一声，抡起醋钵大的拳头，将恶奴们一个一个打翻在地。

虬髯大汉像是怒目的金刚一样，以一敌十，恶奴们被打得人仰马翻，眼露恐惧。

"恶鬼来"急了，气急败坏地对虬髯大汉道："你是什么人？！好大的胆子？你可知道本公子是谁？"

虬髯大汉一把揪住"恶鬼来"的衣领，一拳揍去："爷管你是谁？揍了再说。"

"恶鬼来"摔倒在地，鼻血长流。恶奴们急忙去扶主人，虬髯大汉作势还要揍，"恶鬼来"十分害怕，哭爬着跑了。

恶奴们急忙去追主人，对虬髯大汉撂下狠话："有种，你等着别走！"

"敢打公子，你死定了！"

恶奴们逃走之后，老翁父女急忙向虬髯大汉和元曜跪拜道谢。

虬髯大汉扶起老翁父女，从身上拿出一袋银钱，将钱递给老翁："那家伙一定还会来，你们父女最好离开长安去避一避。这些银子不多，请收下当盘缠。"

元曜想了想，也把身上所有的钱都给了老翁父女。围观的人见了，有好心者也纷纷解囊赠钱给老翁，让他们父女赶紧逃走避祸。老翁父女流泪谢过众人，相携走了。

虬髯大汉和元曜也离开了，人群渐渐散了。

虬髯大汉和元曜正好一路同行。虬髯大汉十分高大，比元曜高出一个头。他见元曜受伤了，有些担心："小子，你受伤了，我带你去看大夫。"

元曜道："小伤而已，不碍事。小生回去涂些药就好了。"

虬髯大汉拍了拍元曜的肩膀，哈哈大笑："你一个文弱书生，倒也勇敢，颇有侠气。"

元曜不好意思地挠头，道："小生只是看不过去不平之事，勇敢也只是不怕挨打罢了，大侠你才是真正的侠客，让人佩服。"

虬髯大汉大笑："我生平最恨恶人，最恨不平之事。"

元曜望着虬髯大汉，觉得他豪爽仗义，顿生亲切之感，道："小生姓元，名曜，字轩之。不知道大侠怎么称呼？"

"我叫任猛。只是一个习武的粗人而已，不是什么大侠。"

"任大哥果然人如其名，有猛士风范。"元曜赞道。

"元老弟真会说话！哈哈哈——"任猛很高兴。

元曜有些担心："任大哥打了'恶鬼来'，他一定怀恨在心，不会放过你。任大哥得想一个对策，免得连累了家人。"

任猛毫不在意，道："任某孤身一人寄住在寺院里，没有家人。我敢揍他，就不怕他报复。他若来找我，来一次，我揍一次。"

元曜笑了，觉得任猛的任侠精神和豁达心怀都令人羡慕、佩服。

任猛和元曜很投缘，两个人越说越投机。在路过一家酒肆时，任猛被酒香吸引，邀请元曜一起进去喝酒，不醉不归。

元曜见时间不早了，怕回去晚了挨离奴的骂，婉言推辞了。

任猛也不勉强，道："我住在常安坊的佛隐寺，元老弟有空就来找我喝酒。"

元曜十分喜欢任猛，答应了。

任猛进了酒肆，元曜回缥缈阁了。

白姬、离奴见元曜受伤了，大吃一惊。

元曜把发生的事情说了一遍。

离奴因为盐掉了，骂了小书生一顿。

"死书呆子，没事去逞什么英雄？连盐都掉了，今晚怎么做菜？"

白姬拿了用冷水打湿的帕子给小书生敷伤处，道："虽然受伤了，但勇气可嘉，难得轩之当一次英雄。"

"小生不是英雄，任大哥才是救了老翁父女的英雄。"

离奴苦着脸道："主人，没有盐，今晚做什么菜？"

白姬道："做不需要放盐的菜好了。"

"不放盐的菜？那只有甜食了。离奴讨厌吃甜食。那'恶鬼来'真讨厌，害爷没有盐，哪天让爷碰上了，爷撕碎了他烤来吃。"离奴龇牙道。

白姬笑道："那种恶人的活肝很美味，很多非人爱吃，恐怕轮不上你。"

"你们……不要说这么可怕的话……"小书生颤声道。

白姬问元曜道："那位任大侠是什么样的人？长什么模样？"

元曜想了想，道："任大哥十分高大，比小生高出一个头，皮肤很黑，长着一脸虬髯。他为人十分豪爽仗义，非常有侠客风范。"

"他多大年纪？"

"看起来三十岁左右吧。"

白姬想了想，又问道："他的胡子是什么颜色？"

"黑色。"

"他的身上有没有双头蛇刺青花纹？"

元曜瞪着白姬，道："小生刚和任大哥认识，哪里知道人家身上有没有刺青花纹？！"

白姬陷入了沉思。

元曜忍不住问道："你问这些干什么？"

白姬笑道："也许是我弄错了。我还以为他是缥缈阁以前的一位客人。不过，他的年纪不对。而且，那位客人现在也不会是人形了。"

最后一句话，白姬说得很轻，声音杳渺如风。

"白姬，小生明天可以出门一天吗？小生想去找任大哥喝酒。"

白姬笑道："可以，反正最近生意冷清，也没什么事情。轩之确实该多交一些人类朋友，毕竟你将来会离开缥缈阁，回到人类之中。"

小生并不想离开缥缈阁。元曜在心中想。如果可以，他想一直留在白姬身边，陪她看四季流转，因果轮回。

弦月东升，夏风轻扬，树木在夜风中发出簌簌声。

长安，西南方，一股驳杂的妖气逐渐弥漫。如果此刻从弦月的角度俯瞰，就会发现在井然有序的坊间大道上，有一个巨大的黑影正在缓慢地移动。

一辆马车从顺义门出来，经过布政坊，往南而去。马车周围有一队随从和护卫，看仪仗应该是一位朝臣从皇宫回家。

黑影从南向北而行，官员的马车从北向南而行，双方在延康坊与新化坊之间相遇了。

为马车开道的护卫首领看见前方缓缓而来一团黑影，不知道那是什么，叫四名卫兵点亮灯笼，前去察看。

那团黑影中也有四个灯笼，不过灯火不是橘色，而是碧幽幽的。

四名卫兵举着灯笼去看，其他人只听得"啊啊——""娘哎——"的惨叫声接连响起，他们就不见了，四盏灯笼滚落在地上。

护卫首领大吃一惊，倏地抽出佩剑，道："快——快保护大人——"

然而，黑影迅速移动，已经接近了马车，护卫首领话音刚落，他的头已经被黑影吞没，头与身体分离，只剩下脖颈正在喷血。

剩下的护卫和仆从们大吃一惊，不知道来的是什么怪物，也顾不上马车里的大人了，纷纷哭叫着逃窜。那团黑影并不放过护卫和仆从，一个一个地将他们吞没。

坐在马车里的官员感觉不对劲，掀开车帘，向外望去。

这时，月亮正好滑出乌云。

在惨白的月光下，一条巨大的双头蛇正在追逐吞噬逃窜的护卫，一地残肢断臂。

双头蛇的身形非常巨大，它立起身体时，比街道两边的房舍还高。它的两双眼眸幽碧如鬼火，十分吓人。

双头蛇向马车缓缓爬去，官员吓得牙齿打战，双腿发软。

双头蛇张开獠牙森森的巨口，一口吞噬了马车和官员。

双头蛇立起身体，仰首在长安月下咝咝地吐着芯子，又开始蠕蠕爬动，去找下一个目标。

缥缈阁中，大厅的货架角落，从黑色的佛塔中涌出更多的黑烟。

小书生睡得十分香甜，浑然不觉。

里间中，黑猫也睡得十分香甜，正在呼呼打鼾。

二楼，白姬突然从梦中惊醒，怔怔地望着黑暗的虚空，额头上有汗水滑落。

白姬起身，走到窗边，昏朦的弦月之下，东南方有驳杂的妖气弥漫。

"终于，来了。"白姬望着夜色，喃喃道。

第二章　常　安

阳光明媚，夏风熏人。

缥缈阁中。

元曜的眼眶有些肿了，十分疼痛，白姬让离奴买来外伤药，将药兑上菩提露，给他涂抹。

白姬轻轻地替小书生涂药："还好，没伤到眼睛。做英雄，也是要付出代价的。"

小书生道："小生打算让任大哥教小生习武，以后小生也可以行侠仗义，打抱不平。"

"哈哈。"白姬笑了，"轩之的想法很好，但习武不是一朝一夕可成的事，而且侠义与人心有关，与习武关系不大。"

"白姬，你也懂侠义？"

"不太懂。不过恰好季札、孟尝、越女、荆轲、朱家、郭解等人都曾是缥缈阁的客人，我与他们相谈，多少也知道一些侠义之事。"

元曜张大了嘴巴。原来，缥缈阁来过这么多义侠之士。

"白姬，你认为什么是侠义？"

白姬想了想，指着缥缈阁外的阳光，道："侠义就像阳光，十分光明，让人心中充满了温暖和希望。"

"小生也这样认为。"元曜点头，很赞同白姬的说法。

涂完了伤药，小书生走进房间去收拾一下，准备出门去拜访任猛。

白姬望着小书生走进去的背影，笑了："可是，有阳光的地方，必定会有阴影。光明与黑暗本是一体。"

白姬正在柜台边发愣，一名华衣公子走进了缥缈阁。

白姬抬头一看，笑道："哟，韦公子，近来难得见你来缥缈阁。"

韦彦一展水墨折扇，叹了一口气，道："最近长安人心惶惶，朝中上下人人自危，我哪有闲心玩？轩之呢？今天难得闲了一天，我来找他喝酒去。"

白姬笑道："轩之新交了一个朋友，正要去和他喝酒。"

韦彦闻言，不高兴了，大声道："轩之，轩之，我来找他喝酒了。"

元曜听见韦彦的声音，急忙出来："丹阳，好久不见了。"

韦彦见元曜受伤了，有些吃惊，道："你的眼睛怎么了？难道是白姬打的？"

白姬幽幽地道："韦公子说笑了。我从不打人。"

对，她只吃人。元曜在心中想。

"这伤与白姬无关，说来话长。简而言之，小生得罪了一个叫'恶鬼来'的恶霸，这是他打的。"

韦彦展扇，挑了挑眉毛，道："来俊臣的侄子？"

"你也知道他？"元曜奇道。

韦彦发愁道："现在，长安城中，没有人不知道来俊臣。他仗着天后信任他，把朝廷上下搅得人心惶惶，人人自危。家父都想辞官不干了，但现在辞官，又怕被他诬陷我们要去投奔庐陵王。唉，真闹心啊。从春天以来，又出了好几桩夜行官员被妖怪袭击的事，现场没留一个活口，连仆人都死了。"

元曜奇道："官府告示上说，夜行官员被袭击是强盗干的。难道不是吗？"

韦彦左右望望，小声地道："那是对外宣称，其实是妖怪。"

武后刚刚称帝，自古正统皇朝从来没有女帝，这件事本来就惊世骇俗，引起了许多李朝老臣的反对。这时候，如果再闹出妖异之事，会让民心背离，所以朝廷才对外宣称凶手是强盗。

白姬回头，望向货架上逸出黑烟的佛塔，嘴角浮起一丝诡笑。

元曜有些担心，道："听起来很危险。丹阳，你和韦世伯最近要小心，不要夜行。"

"没事谁愿意夜行？因为天后准备登基，很多事情需要商讨，大家都忙了起来。家父常常子时才回家，二娘十分担心，天天去寺院拜佛求平安。"

元曜也担心，道："韦世伯夜行，也一定要小心。白姬，你有没有护身符可以给韦世伯？他经常夜行，恐怕会遇上袭击朝臣的妖怪。"

韦彦也道："白姬，卖我一样辟邪的宝物吧，多少银子无所谓，只要能保家父平安。"

白姬笑了，道："难得韦公子这么有孝心。"

白姬走到货架边，把冒着黑烟的佛塔拿了过来，放在韦彦的面前。

"保韦大人夜行平安的宝物，非它莫属了。"

韦彦看了看佛塔，苦着脸道："这玩意儿一看就招邪，不像是辟邪之物，你一定在说笑。"

白姬笑道："俗话说，以毒攻毒。相信我，韦大人拿着这座佛塔，妖怪就会躲着他，不会袭击他。"

"多少银子？"韦彦半信半疑，问道。

白姬笑道："这佛塔我还有用，不卖。因为轩之担心韦大人，就借韦大人拿几天吧。我需要它的时候，再去韦府向你讨还。"

韦彦一展折扇，笑道："难得你这么大方，我就拿回去了。"

元曜也放心了。白姬既然说韦德玄拿着佛塔就会没事，那就一定会没事。

元曜要出门去找任猛，韦彦十分不高兴，拉长了声音道："轩之有了新友，就忘了旧交，让人伤心。"

元曜没有办法，只好说带他一起去，韦彦这才高兴了。

白姬替韦彦包好佛塔，韦彦拿着佛塔和元曜一起出门了。

元曜、韦彦向南而行，去往常安坊。

元曜、韦彦来到常安坊，没有找到佛隐寺，向路人打听。

一个在树下乘凉的老头儿道："老朽在常安坊住了大半辈子，也没有听说过佛隐寺，但西南角有一处荒废多年的旷地，据说在隋朝时是一座寺院，不知道叫什么名字。"

元曜、韦彦来到荒地前，但见杂草丛生，断壁残垣。两个人走进去查看，在一片似乎原本是大雄宝殿的废墟上，看见了一座断了头的佛像残骸。

韦彦奇道："怎么回事？这里看起来不像有人住。这里是佛隐寺吗？任猛呢？"

元曜道："呃，这里确实不像有人住，大概是小生听错地方了。"

韦彦想了想，道："也许是任猛怕'恶鬼来'知道他的住处，惹来麻烦，所以胡编了一个地方骗你。轩之真傻，竟相信了他。"

"任大哥不是那种人，不会骗小生，一定是小生听错了。"

"轩之太轻信他人了。"

断头佛像孤零零的，没有香火，十分可怜。元曜对佛像拜了拜。

元曜、韦彦离开常安坊，找了一个酒肆消磨了一天。

傍晚，元曜、韦彦分手，一个回缥缈阁，一个回家了。

元曜回到缥缈阁，向白姬讲了没有找到任猛的事情，有些失望。

白姬安慰小书生道："如果有缘，一定还会遇见。"

元曜才宽心了一些。

明月东升，星云缥缈。

离奴晚饭吃多了，就先去睡了。白姬不知从哪里捡了一些人骨回来，叫元曜拿来各种香料，坐在后院中调制骨香。

元曜在白姬旁边坐了一会儿，实在看不下去了，向白姬道了晚安，先去睡了。

元曜刚铺好寝具，有人敲缥缈阁的大门："咚——咚咚——"

又有夜客上门了？元曜一愣，急忙去开门。

"外面是哪位？有何贵干？"考虑到最近长安城不太平，元曜隔着大门问道。

"佘夫人。妾身来找白姬有事相谈。"门外传来冷冰冰的声音。

元曜打开了大门。

一位华衣贵妇站在缥缈阁外，穿着一身花纹繁芜的孔雀紫华裳，裙摆长长地拖曳在地上，在夜色中泛着点点幽光。

佘夫人皮肤苍白，发髻高耸如云，簪珠佩玉。她的两道蚕眉下，是一双冰冷到令人心寒的眸子，她的一点鲜红的樱唇，仿若毒蛇吐出的芯子。

元曜心中发寒。他认识佘夫人。佘夫人是一条活了三千年的蛇妖，华裳上爬满了剧毒的蛇蝎。据说，佘夫人不仅吃人，也吃非人。长安城里的非人大都十分害怕佘夫人。白姬也嘱咐过元曜，平时看见佘夫人，一定要绕路走。

佘夫人瞪了一眼元曜，冷幽幽地道："白姬在吗？妾身有事和她商谈。"

元曜道："白姬在后院。请容小生进去通报。"

佘夫人走进缥缈阁，道："有劳了。"

元曜去后院通报，白姬秀眉微挑，道："佘夫人？真是稀客。请她来吧。"

元曜把佘夫人领入后院，然后去沏茶了。

元曜把六安茶端上去时，只见佘夫人坐在白姬旁边，苦恼地道："不管您信，还是不信，最近吃掉非人的双头怪蛇真的不是妾身。可是，大家都怀疑那是妾身的化身，连鬼王也听信了谣言，决意驱逐妾身。妾身在长安城中已经住了八百年了，不想迁徙。"

白姬笑道："我当然相信佘夫人，但要大家相信你，必须有证据。"

佘夫人苦恼，道："那双头蛇怪来无影去无踪，妾身去它经常出没的地方追寻它的踪迹，都找不到它。白姬，您神通广大，无所不知，关于这双头蛇，可否指点妾身一二？"

白姬笑道："长安城中千妖伏聚，百鬼夜行，我也不可能每一个都知道。"

佘夫人从衣袖中拿出一个小木盒，将木盒放在地上，打开。

一朵大如手掌的紫色灵芝静静地躺在盒子里，灵芝上隐隐透出光华。

白姬的眼睛一亮。

佘夫人道："仓促而来，没有时间准备像样的礼物。这是长在蛇石上的灵芝，它的年岁和妾身的一样长，集三千年日月之精华。人类吃了它，可以白发变青丝，老人变回壮年；非人吃了它，可以少受千年修行之苦。这是妾身的一点儿小心意，请白姬不要嫌弃。"

白姬笑了，道："佘夫人客气了。轩之，收下吧。"

"呃，好。"元曜颤抖着拿了小木盒，佘夫人身上的腥膻味让他背脊发寒。

白姬喝了一口茶，笑道："双头蛇的事，我知道得也不多。在西域之地，黑色双头蛇被称为'佛蛇'，因为它喜欢食'恶'。不过，它食恶并非因为向善，而只是因为恶念使人肉更腥膻美味。你，明白该怎么做了吗？"

佘夫人点头，道："明白了。妾身会去抓一些十恶不赦之人，用他们的肉做饵，引它出来。"

"嘻嘻。"白姬诡笑。

"另外，还有一件事情，妾身想拜托白姬。"

"什么事情？"

"妾身有不少敌人，那些家伙一直想将妾身赶出长安。无论妾身能否找到双头蛇，证明清白，请您不要站在妾身的敌人那一边，赶走妾身。鬼王已经被蛊惑了，如果您也想赶走妾身，那长安就再也没有妾身的容身之处了。"

白姬笑道："佘夫人请放心。无论如何，我不希望你离开。"

"多谢白姬。"佘夫人伏地，感激地道。

"不必客气。"白姬伸手扶起佘夫人，笑道。

佘夫人告辞离去了。

白姬停止了调制骨香，抬头望着被妖气笼罩的月，微微蹙眉："连非人都开始吃了，不知道那会是什么样的'果'。"

元曜苦着脸问道："白姬，佘夫人说的双头蛇怪是不是袭击夜行官员的妖怪？"

白姬点头，道："是。"

"这妖怪是不是从缥缈阁中跑出去的？"

"轩之变聪明了！"白姬惊叹。

"去！"元曜生气地挥手，想了想，道，"既然'因'在缥缈阁，一切因你而起，你有责任阻止它害人和非人。"

"轩之错了。一个人用刀杀了人，杀人的罪责并不在铁匠铺老板的身上。'因'不在缥缈阁，我也没有责任去约束'果'。'因'在客人身上，'果'也在客人身上。我只是负责收集成熟的'果'而已。"

元曜犹豫了一下，说出了一直积郁在心中的阴霾。

"可是，你要是不卖给客人'因'，就不会发生那些给人带来灾难的事情。他们没有恶因，也就不会得到恶果。"

"缥缈阁是因为世人的欲望而存在的。客人有欲望，我就卖给客人能够实现欲望的'因'，仅此而已。'因'本身没有善意，也没有恶意，一个未知的'因'结的是灾难的果，还是吉祥的果，全凭客人的意念。"

"可是……"元曜还要争论，但一时词穷。

白姬笑道："时候不早了，轩之先去休息吧。"

"好。你也早些休息。"元曜应了一声，就去睡了。

时光如梭，转眼又过了七天。

这七天里，缥缈阁里没有大事，长安城中却更加人心惶惶，非人们也越发躁动不安。一些人无缘无故地失踪，活不见人，死不见尸。一些官员夜行时横尸街头，随行仆从无一幸存。朝廷发出通告，说这些都是江洋大盗所为，大家不要惊慌，朝廷一定会将其逮捕。坊间却议论纷纷，认为是妖鬼作祟。

因为害怕被袭击丧命，很多官员干脆称病在家，不敢出门。当此之时，在被夜袭的官员中，有一个人居然幸运地存活了下来，他就是韦德玄。

子夜时分，韦德玄忙完公务，和同僚王世进一起回家。两个人分别乘坐马车，带领仆从、侍卫出了景风门，往崇仁坊而去。

众人刚走了没一会儿，就出事了。

韦德玄提心吊胆地坐在车内，听着外面传来侍卫、仆从的连番惨叫声，伴随着咔嚓咔嚓的骨头断裂的声音。他战战兢兢地掀开车帘，看见了一条巨大的双头蛇正在月下追咬仆人、侍卫，将他们都吞下了肚子。

王世进吓得从马车里爬出，拔腿就跑。

双头蛇一个俯冲，张开巨口，将王世进拦腰咬住，嚼成了两段。

韦德玄吓得几乎晕过去，想逃跑，但两条老腿实在迈不动，只能暗想今夜吾命休矣！

韦德玄坐在马车上，闭目等死。谁知，双头蛇远远地望了韦德玄一眼，竟咝咝地退走了。

于是，韦德玄成了第一个从妖怪的袭击中幸存的人，也是第一个看见妖怪后活着的人。

武后召韦德玄进宫，询问事情的经过。

韦德玄如实禀报，不敢有丝毫隐瞒。

武后坐在宝座上，俯视韦德玄，问道："双头蛇？什么模样？是妖吗？"

韦德玄伏地道："它全身漆黑，双目炯炯，立起身有两层楼高。依臣所见，它绝对是妖。"

"它为什么不袭击你？"

"因为，犬子悄悄地在马车里放了辟邪的佛塔，才保住了臣的性命。这也是臣后来才知道的。"

武后颇感兴趣，道："什么佛塔竟有如此神力？此等宝物，朕得见识一下。"

韦德玄传人把佛塔拿进来。

一名太监用托盘把佛塔呈上，黑塔之中烟雾缭绕，非常妖异。

上官婉儿阻止太监上前，道："等一等，就停在那儿，不许接近天后。"

上官婉儿小声地对武后道："天后，此物不祥，不宜近看。"

武后点点头，笑着对韦德玄道："韦爱卿，这佛塔你是从哪里得来的？"

"这是犬子从朋友那里借的。"

"什么朋友？"

"臣也不清楚，好像是西市一家胡人开的杂货铺，叫虚缈阁还是虚无阁什么的。"

"缥缈阁？"武后挑眉。

"对！缥缈阁！天后也知道缥缈阁？"

"……"武后沉默了。

"天后圣明！"韦德玄赶紧伏地道。

过了一会儿，武后才开口道："新罗新进献了一些上好的人参，韦爱卿昨夜受惊了，赐参六支压惊。"

韦德玄伏地谢恩："谢天后圣恩。"

武后拂袖，道："韦爱卿，先退下吧。这佛塔，暂时留在朕这里。"

韦德玄不敢不从，只能空手走了。

韦德玄回到家，韦彦得知武后留下了佛塔，知道佛塔多半是要不回来了，急忙出门去缥缈阁。

第三章　佛　隐

西市，缥缈阁。

离奴打听到有从剑南道运来的新鲜荔枝卖，白姬就使唤元曜出门去买。元曜提着竹篮，拿着钱袋奔去集市，但荔枝早已经卖完了。虽然荔枝价格非常昂贵，但往往一运到长安，就被分送往王公贵族之家，没有剩余。

商人见元曜垂头丧气，就让他等下一批荔枝抵达，说到时候提前卖给他一些，不过要加十两银子。

元曜提着沉重的钱袋往回走，觉得提着空篮子回去，白姬一定会不高兴，他打算买一些别的水果凑数。

元曜正在集市中转悠，突然有人拍了一下他的肩膀，笑道："果然是元老弟！"

元曜回头一看，那人雄壮魁梧，黑面虬髯，不是任猛又是谁？

"任大哥，好久不见了！"元曜欢喜地道。

任猛亲切地拉了元曜的手，笑道："今天既然碰上了，正好我有几坛好酒，走，走，去我那里畅饮几杯！"

"好。"元曜爽快地答应了。

任猛和元曜说说笑笑地走向常安坊。一路行去，元曜觉得有些奇怪。平时，即使是大白天，各个坊间的道路边、屋檐下、树荫里、墙角处多多少少会站着一些非人，这些非人会盯着过往的行人看，但不会伤害行人。而今天他走入常安坊之后，路上连半个非人都没看见，似乎干净得太诡异了。

任猛笑道："我一直等着元老弟来找我饮酒，元老弟却一直没来。"

元曜笑道："上次分别之后，小生去找任大哥，可是没有找到佛隐寺，也没有找到你，只看到一处荒废多年的寺院。"

任猛哈哈大笑："你一定没往里走。我就借住在荒寺后面的僧房里。"

"啊，原来是这样。"

任猛和元曜来到荒寺，穿过荒烟蔓草，踏过断壁残垣，走到了最里面。在齐腰高的杂草之中，果然有几间破旧的僧房掩映其中，这就是任猛的落脚之处。

元曜走进僧舍，发现陈设十分简陋，只有一席一被而已。僧舍四周的墙角上都结着蛛丝，地上散落着很多空酒坛，墙上悬挂着一把大环刀。

元曜、任猛席地而坐。任猛拿出了一坛好酒，摆了两个大碗，拍开泥封，将酒倒入酒碗里。

"这酒是在前院的佛像边发现的，不知道是谁供奉的祭品。佛祖不喝酒，这酒摆着也是浪费，我就拿来喝了。"

元曜笑道："也许，这酒本来就是为任大哥准备的。"

哈哈！任猛大笑，与小书生干了一碗酒。

"任大哥是哪里人氏？今年贵庚？"元曜一边喝酒，一边问道。

任猛道："我乃郓州人氏，从小父母双亡，跟随师父在山中习武，十六岁流浪江湖，游侠四方，如今，已到了而立之年了。"

元曜笑道："任大哥一定去过不少地方。"

任猛笑道:"江湖浪人,四海为家,大江南北没有我没去过的地方。"

元曜很羡慕,道:"小生也想像任大哥一样浪迹天涯,行侠仗义。"

任猛大笑,道:"男儿志在四方。元老弟肯与我结伴同游,那就太好了。"

元曜畅想了一番和任猛四处游侠的生活,很是心驰神往。但是,他转念一想,现在外面兵荒马乱,他一介手无缚鸡之力的书生只怕寸步难行。而且,他的身体也不太好,承受不了风餐露宿,颠沛跋涉之苦。再说,他如果提出要和任猛去游侠,即使白姬同意了,离奴也会骂得他狗血淋头。

元曜的游侠之梦尚未开始,就破灭了:"仔细一想,小生并不适合去游侠。"

任猛笑道:"并非一定要游侠,才是侠客。元老弟威武不屈,敢为弱者出头,已经有一颗侠义之心了。"

因为天气闷热,任猛脱了外衣,赤膊纵情豪饮。

元曜看见任猛的左臂上文着一条黑色双头蛇,不由得一愣。

任猛一边和元曜喝酒,一边说起了自己游侠的往事。

元曜听得有些糊涂。任猛说的往事在时间上有矛盾,比如他说他某某年在徐州杀了一个贪酷的恶吏,而元曜屈指一算,在那一年,按任猛的年纪来算,他应该才七岁。他总是在说二十年前的往事,而他现在才三十岁。

任猛的神色不像在说谎,事情的因果、其中的细节他也说得十分清楚。元曜觉得很奇怪,但也没有指出,只当是任猛喝醉了,记错了年月。

"任大哥这次来长安做什么?也是为游侠?"元曜问道。

任猛有些迷惑,想了想,道:"我这次来长安,有一件很重要的事情要办。奇怪,我怎么记不起是什么事了?"

任猛苦恼地抱着脑袋冥想,还是想不出来。渐渐地,他开始满头大汗,左臂上的双头蛇图案开始在皮肤上蠕蠕爬动,转眼间爬上了他的肩膀。

元曜大惊,失声道:"任大哥的刺青好别致……"

任猛低头,望向双头蛇。在看见双头蛇图案时,他眼中充满了恐惧。突然,他仰起头,双目盯着虚空,仿佛着了魔一般呢喃:"不忠不义者,杀;不仁不孝者,杀;作奸犯科者,杀;贪赃枉法者,杀;妖邪害人者,杀。杀杀杀——"

小书生十分害怕,颤声问道:"任大哥,你怎么了……"

任猛倏地起身,疾走向墙边,抽出墙上的大环刀,朝小书生劈去,着了魔一般地呢喃:"不忠不义,不仁不孝,作奸犯科,贪赃枉法,杀杀杀——"

"啊——"小书生大惊之下，急忙抱头退避，堪堪躲过了大环刀。

"杀，杀，杀——"任猛举刀再次劈向小书生，小书生飞快地逃了出去，任猛也没有追赶。

元曜站在荒草之中，气喘吁吁。刚才太可怕了，难道任猛中邪了？！

"啊——"僧舍中传来了任猛撕心裂肺的哀号声，然后响起了重物倒地的声音。

元曜十分担心，但又很害怕，犹豫了一下，爹着胆子折了回去，欲一看究竟。

"任大哥？"小书生小心翼翼地走进僧舍，一览无余的僧舍中空空如也，任猛消失无踪，地上只剩下一柄大环刀和许多空酒坛。

僧舍只有一扇门，元曜刚才一直在外面，并没有看见任猛出去。

任猛去哪里？怎么凭空消失了？！

元曜站在空屋之中，百思不得其解。

站了一会儿，见天色不早了，元曜也就愁眉苦脸地回缥缈阁去了。

缥缈阁。

离奴倚在柜台边，一边剥荔枝，一边哼小曲。

离奴今天心情很好，所以即使小书生回来晚了，还提着空篮子，也没有骂他。

离奴笑道："书呆子，快来帮爷剥荔枝，待会儿爷来做一盘荔枝鱼。"

元曜奇道："哪儿来的荔枝？"

离奴笑道："韦公子送来的。他把主人借给他的佛塔弄丢了，主人很生气，他就送了新鲜荔枝来赔罪。当然，主人吃了荔枝也没原谅他。"

元曜把空篮子和钱袋放下，道："白姬在吗？小生有奇怪的事情要告诉她。"

"主人在里面。书呆子，你不许偷懒，说完了就赶紧出来替爷剥荔枝！"

"好。"元曜应道，愁眉苦脸地走进里间。

荷花屏风后面，白姬正托腮坐在青玉案边，一边吃着水晶盘里的荔枝，一边在思索着什么。

白姬抬头，望见元曜，笑道："轩之怎么才回来？身上还一股酒味？"

元曜席地坐下，道："小生遇见了任大哥，和他一起喝酒去了。"

白姬把水晶盘推到元曜面前，盘子里面放着半剥开的、果肉晶莹剔透的荔枝。她笑道："韦公子送了一些鲜荔枝，荔枝被离奴用井水浸过了，十分冰凉清甜，轩之吃一些解酒吧。"

"多谢白姬。"元曜拿了一颗荔枝放进嘴里。一股甘甜冰凉的清泉滑下喉咙之后，他烦闷的心情平静了不少。

"轩之好像有什么心事？"白姬笑着问道。

元曜苦着脸道："白姬，任大哥很奇怪。"

"豪侠大多有常人难以理解的行径。"白姬不以为意地笑道。

"任大哥不见了。"

"豪侠大多行踪飘忽，神龙见首不见尾。"白姬不以为意地笑道。

"任大哥手臂上有会动的双头蛇刺青图案……"

"豪侠大多……会动的双头蛇刺青图案？你没有看错？"白姬的笑容消失了，她严肃了起来。

元曜点头，肯定地道："绝对没看错。"

元曜深吸了一口气，把今天在佛隐寺发生的事情告诉了白姬。

听完了元曜的叙述，白姬陷入了沉思。过了一会儿，白姬才开口道："轩之，今晚，我们去佛隐寺看看。"

元曜点头："好。"

见白姬在发呆，元曜一边吃荔枝，一边问道："听离奴说，丹阳把你借给他的佛塔弄丢了？"

白姬叹了一口气，道："真弄丢了倒还好，只怕是被一个最难应付的人拿去了。"

"嗯？"元曜不解。

白姬也不解释，又叹了一口气，飘出去了。

一月孤悬，冷视人间。

白姬、元曜行走在阒寂的街道上，白姬提着一盏青灯走在前面，元曜走在她后面。

元曜有些害怕，道："白姬，万一路上碰见了那个吃人和非人的双头蛇怪，怎么办？"

"逃跑。"

"我们能跑得比它快吗？"

"不知道。不过，我只要跑得比轩之快就行了。"

"你……这是什么话！"元曜生气。

"说笑而已，轩之不要生气。我绝对不会丢下轩之，让你被蛇怪吃掉。"白姬笑道。

元曜心中温暖。

"如果轩之被吃掉，以后我就没有可以使唤和捉弄的人了。"白姬认真地道。

"你……太过分了！"元曜更生气了。

"嘻嘻。"白姬掩唇而笑。

说话之间，白姬、元曜来到了常安坊。两个人一路走来，越接近常安坊，游鬼夜妖就越少，常安坊里几乎没有非人。

白姬发现了异样，微微蹙起了秀眉，道："轩之，这里很危险。"

"此话怎讲？"元曜不解。

"一片森林如果非常安静，没有半个活着的生物，那么有经验的猎人一定会马上离开，因为，森林里一定盘踞着让一切生物无法生存的可怕之物。这个道理放在这里也适用。这里没有非人，就证明这里盘踞着更可怕的魔物，十分危险。"

"白姬，小生害怕……"元曜停止了步伐。

"轩之，要勇敢，不能贪生怕死。"白姬推小书生。

小书生身不由己地往前走，苦着脸道："你是站着说话不腰疼……"

"谁说我站着？我也和轩之一起在往前走呀。"白姬笑眯眯地道。

白姬、元曜吵吵闹闹地往前走，来到了佛隐寺外面。

月光下，荒废的寺院显得格外凄凉。

白姬望着凄迷的荒草，道："有妖气。"

元曜转身想逃，白姬伸手拉住了他，笑道："轩之别怕，妖怪现在不在家。"

元曜还想说什么，白姬不由分说地把他拉进了荒寺。两个人踏过断壁残垣，穿过荒烟蔓草，来到了破旧的僧房前。

白姬走进僧房，元曜也跟了上去。

僧房中一片漆黑，白姬提灯四处察看，只看见满地酒坛和一柄大环刀。白姬把灯笼递给元曜，让他拎着，她弯腰拾起了大环刀。

刀锋在灯光下清光凛冽，刀光森寒如水。

元曜道："这是任大哥的刀。"

白姬笑了，道："这刀还是那么锋利。"

"白姬，你认识任大哥？"

"如果他是这刀的主人的话，二十年前，我们见过一面，他是缥缈阁的客人。"

"哎？二十年前？那时候任大哥才十岁呀！"

"不，那时他三十岁。他是疾恶如仇的江湖豪侠，真名没人知道，因为杀了很多人，胡须都被染红了，所以人称'赤髯客'。他被朝廷通缉，亡命天涯。"

"可是，那时候任大哥才十岁呀！"

"轩之遇见的是任猛，不是赤髯客。"

"小生糊涂了。任大哥和赤髯客是一个人，还是不同的人？"

"如果轩之的话是真的，任大侠身上有会动的双头蛇刺青图案，那么，他们是一个人。"白姬笑了，笑得神秘，"任大侠是光明，赤髯客是黑暗，当黑暗侵蚀了光明，任大侠就成了赤髯客，也走进了缥缈阁。"

元曜听不懂白姬的话，只问出了他此刻最担心的事："现在，任大哥在哪里？"

白姬神秘一笑，道："双头蛇在哪里，他就在哪里。"

白姬在荒寺中巡视了一遍，来到了无头佛像所在的地方。元曜紧跟着白姬，不敢稍离半步。

佛像的坐台高出周围一截，站在上面可以俯瞰大片荒草。

白姬站上坐台，元曜也站了上去，茂盛的荒草在月光下起伏如波浪。

白姬望着荒草，眸中金光流转，道："轩之，想看一看侠义的真面目吗？"

"嗯？"元曜一头雾水。

白姬拂袖，一阵风吹过，青草朝同一个方向低垂，全部紧紧地贴在地面上。

月光下，草丛掩藏的真相暴露在小书生眼前。

几十具腐朽的残破尸体躺在草地上，每一具尸体都十分凄惨。

也许是月色的缘故，乍一望去，这些尸体仿佛还在痛苦地蠕动，空气中似乎还回荡着死者临死前的哀号声。这些，都是长安城中失踪的人的尸体，他们被双头蛇吃掉了肝脏。

元曜牙齿咯咯打战，道："白姬，这……这些人……"

"这些大都是无辜的人，却在无意中做了侠义的牺牲品。"白姬幽幽地道。

白姬、元曜站了一会儿，心情复杂，决定离开。

元曜流泪道："白姬，这些人死得太悲惨了，尸骨也无人埋葬，太可怜了。"

"那我们就葬了他们，超度他们吧。"

白姬化作一条白龙腾空，盘旋在佛隐寺上空。白龙吐出能够焚烧万物的龙火，佛隐寺火焰如织，火焰吞没了断壁残垣、荒草白骨。

白龙从佛像边抓出了小书生，将他抛到背上，一龙一人乘云而去。

元曜回头，发现佛隐寺正在熊熊燃烧，火光炽烈。今夜风大，他担心大火会波及整个常安坊，但火焰仿佛有生命一般，只在佛隐寺的范围内肆虐，没有波及四周，他也就放心了。

阿弥陀佛！希望这些枉死的人可以脱离苦海，顺利往生。小书生在心中默默地祈祷。

回到缥缈阁，白姬坐在灯下摆弄卜甲，表情更凝重了。

元曜心情沉重，又担心任猛，睡不着觉。

元曜拿了一支笛子去后院吹奏，以排遣烦忧。笛声把离奴吵醒了，黑猫十分生气，飞跑去后院，狠狠地挠了制造噪声的小书生两爪子，小书生只好放下笛子，躺下睡觉了。

第四章　金　人

第二天上午，白姬坐在青玉案边喝茶，元曜坐在白姬对面看书，两个人有一句没一句地闲聊。

突然，一名金甲神人从天而降，站在两个人面前。金甲神人本来只有普通人大小，但落地之后，迅速变大，几乎与屋顶等高。

元曜吓了一跳，仰头呆呆地望着金甲神人。

金甲神人垂头，俯视着白姬和元曜。

白姬不高兴了："我讨厌被俯视的感觉。"

白姬将手中的茶水泼向金甲神人，金甲神人被淋湿了，浑身战栗，倏地变薄了，然后渐渐地缩小。最后，金甲神人变成了一个巴掌大小的金色纸人，湿漉漉地躺在地上。

元曜垂头俯视着纸人，吃惊得张大了嘴巴。

白姬笑眯眯地道："还是俯视别人的感觉好。"

金色纸人在茶水中抽搐了一下，口吐人语："天后有召，速入大明宫。"

白姬抚额，道："啊，麻烦了。"

金色纸人渐渐被茶水浸透，又开口重复道："天后有召，速入大明宫。"

白姬对金色纸人道："请回复天后，我生了重病，缠绵病榻，正在冥府徘徊，无法应召前去大明宫。"

元曜瞪了白姬一眼，道："你明明生龙活虎……天后有召，你找借口不去，会被诛九族，到时候离奴老弟和小生也跑不掉。"

白姬以袖掩面："轩之，我是真的生病了。我现在就很头疼。"

"头疼不影响去觐见天后。"

"有影响。"

"没影响。"

白姬、元曜正在争吵，金色纸人已经完全被茶水浸透，无法再开口说话，也无法动弹了。

"哎呀，不好了，这下子不能不去了。"白姬发愁道。

"这是你自己泼的茶，怪不得别人，你赶快去觐见天后吧。"

因为金色纸人完全湿透，无法回大明宫传话，白姬只好去觐见武后。

白姬要元曜一起去，元曜以"离奴老弟出门买鱼去了，缥缈阁中无人看守，小生还是留下为好"作为理由，拒绝去大明宫，白姬只能一个人去了。

白姬走后，元曜见金色纸人泡在茶水里很可怜，小心翼翼地把纸人捞起来铺在回廊上晒干。刚被晒干，金色纸人就站了起来，对元曜说了一声"多谢"，就跑去大明宫了。

傍晚时分，白姬才回来。她拿着之前借给韦彦的黑色佛塔，一脸凝重。

元曜忍不住问道："白姬，天后为什么召你入宫？"

白姬叹了一口气，道："天后命我让双头蛇在长安消失。"

"啊？除妖之事，不是应该光臧国师负责吗？"

"天后打算改朝称帝，迁都洛阳，光臧国师现在在洛阳为新都堪舆理气，修缮布局，忙得焦头烂额，没空管长安的事。"

"即使光臧国师没空，天后身边那么多能够降妖除魔的术士，为什么要让你去对付双头蛇？"元曜有些担心白姬，虽然双头蛇怪的"因"在缥缈阁，但是他不希望她去做危险的事情。

"因为，天后猜到了双头蛇的'因'在缥缈阁，而我也觉得是时候收'果'了，就答应了。"

"这件事会很危险吗？"

"不知道。"

"你一定要小心。"元曜嘱咐道。

"轩之也一样。"

"欸？！"

"因为，轩之会和我一起去。"

"欸？！"

"轩之不是一直想做侠客吗？这正是一个好机会。除掉作恶多端的双头蛇，保卫长安的和平，成为大英雄。"白姬笑眯眯地道。

元曜的脸绿了，道："行侠仗义不包括除妖……"

"除什么不重要，关键是要在危险中锻炼勇气。"

元曜苦着脸道："自从在缥缈阁干活儿，天天逢妖见鬼，小生觉得自己已经很有勇气，不需要再锻炼了。"

"嘻嘻。多锻炼总是没错的。那说好了，我们一起去。"

"没有说好，小生不想……"

元曜还要拒绝，离奴跑了出来，大声喊道："主人，书呆子，吃饭了！"

白姬笑眯眯地拉着元曜走向后院，道："肚子好饿。轩之，一起去吃饭吧。"

于是，元曜再开口拒绝也没有用了。

烟笼寒水，月上花树。

元曜以为白姬今晚就会去找双头蛇怪，谁知白姬只是坐在月下用小石研磨佘夫人送的蛇灵芝。

元曜坐在白姬旁边，看她磨灵芝，却不知道她在做什么。白姬把灵芝研成粉末，又在其中掺上了几种不知道是什么的粉末。月光下，粉末发出五颜六色的磷光，散发出一种幽幽的冷香。

白姬问元曜："轩之身上有没有伤口？"

元曜挽起衣袖，露出胳膊："因为小生不去买鱼，离奴老弟今早挠了小生几爪子。"

小书生的胳膊上有三道猫挠的伤痕，皮肉翻卷。

白姬见了，呵斥在旁边玩耍的黑猫。

"离奴，缥缈阁也是一处书香雅要地，以后你不许挠轩之了。他是人类，伤口愈合慢，即使没有性命之虞，他也会疼痛。"

小黑猫垂头，道："是，主人。可是，书呆子如果偷懒，离奴该怎么惩罚他呢？"

白姬笑道："可以和轩之讲道理，以德服人。"

黑猫道："好。以后离奴和书呆子讲道理，以德服他。"

元曜苦着脸道："离奴老弟，你还是挠小生算了。"

白姬将制好的粉末撒了一丁点儿在元曜手臂的伤口上，伤口奇迹般地渐渐愈合了。

"哎？这和服常树上的青霜很像呀。"元曜吃惊地道。

白姬笑道："服常树上的青霜是自然的治愈之物，而这蛇灵芝研磨而成的归命砂是逆天的治愈之物。从功效来看，归命砂比服常霜更有效，只要涂上它，即使断筋折骨、剖腹断肠，也能恢复如初，不伤性命。"

"啊，这是如此神奇的妙药？！"

白姬笑了，笑得诡异："准确来说，这是毒药。领略它的奇妙，将会付出代价。"

元曜吓得急忙甩手臂，道："白姬，你又在捉弄小生吗？"

白姬笑着制止元曜，道："轩之放心，只是一丁点儿归命砂，不会伤到你。"

"那这归命砂用多了，会怎样？"元曜颤声问道。

"嘻嘻。归命砂用多了，当然会归命啊。"

元曜不寒而栗。

白姬将归命砂装入一只小瓷瓶里，盖上了瓶塞。

元曜问道："白姬，你打算什么时候去找双头蛇？"

"我用龟甲占卜，发现'果'的成熟还需要三个月，但是天后催促得紧急，我只能想办法催熟这次的'果'了。我请求天后派了一个人协助我，明天我们去见他。"

"啊，是何方高人？"

"嘻嘻，明天去见了，轩之就知道了。"白姬以袖掩面。

第二天，天气晴朗，万里无云。

白姬穿了一身玉色白葛衣，长发梳成半翻髻，髻上插着盛开的玉兰花。她的脸上略施脂粉，肤白如雪，弯眉细描，金钿妖娆。

　　"轩之，一起出去吧。"白姬笑吟吟地道。

　　"去见天后委派来协助你的人吗？"

　　"嗯。不过，离约定的时间还早，我们先去佛隐寺看看。"

　　"好。"

　　白姬、元曜来到佛隐寺。一夜大火烧尽了萋萋蔓草，只剩下一片焦黑的废墟。白姬在废墟中走动，翕动鼻翼，道："双头蛇怪回来过。看来，它离不开这里。"

　　元曜颤声问道："它现在在这里吗？"

　　白姬刚要回答，突然有人喊元曜："元老弟，又见面了。"

　　元曜回头，看见任猛站在阳光下，豪爽地笑着。

　　元曜吃惊："任大哥？！"

　　任猛笑道："元老弟，上次你怎么不辞而别？我喝醉了，一觉醒来，你已经走了。"

　　"啊，上次，任大哥，你……"元曜想询问上次任猛消失的事，却又口拙，说不清楚。

　　"不管怎样，你来了就好。走，进去坐一坐，一起喝几杯。"任猛拉小书生往里走。

　　小书生道："这里都烧成一片废墟了，哪里有坐的地方？"

　　任猛不由分说地拉小书生往废墟深处走，白姬默默地走在任猛和小书生身边。

　　废墟的深处，僧舍居然没有被烧掉，虽然还是那么破旧，但仍然完好无缺。不过，僧舍中不时地逸出一缕一缕如蛇的黑烟，带着浓浓的腥膻气味，即使在这夏天的正午，也让人背脊发寒，冷入骨髓。

　　任猛笑道："元老弟，进去吧。"

　　元曜抬头望向白姬。白姬摇头，小声地道："离开。"

　　"为什么要离开？"元曜忍不住问道。

　　任猛奇道："元老弟，你在和谁说话？"

　　任猛举目四望，仿佛看不见白姬。

　　"和白……"

　　元曜正要回答，白姬伸指，压住了他的唇："嘘，他看不见我。如果你说出我的名字，他就能看见我了。"

白姬拿开手指，元曜张大了嘴巴，却无法说话。过了一会儿，他才道："没有。小生自言自语罢了。"

"进去吧，我准备了几坛好酒。"任猛热情地道。

"今天不行，小生还有一些事情要办，改天再来找任大哥。"元曜极力推辞。

任猛也没有强留，只道："既然这样，那就下次再聚吧。"

白姬在任猛周围转了几圈，脸上露出诡谲的笑意。任猛完全没有察觉，只是笑着望着元曜。

元曜向任猛作了一揖，告辞离去。

白姬也跟着元曜一起离开了。

走了一会儿，白姬突然拉住元曜："轩之，回头看看。"

元曜回头，双眼不由得睁大，道："哎，僧舍哪里去了？！"

他远远望去，刚才是僧舍的地方一片焦土，什么也没有，任猛也不见了踪迹。

"轩之，你又逢妖见鬼了。"白姬嘻嘻笑道。

"这……这……任大哥是鬼吗？"

"不是，但他也不是人了。"白姬诡笑。

"这，到底是怎么一回事？"

"轩之，你不能太依赖我告诉你答案，有时候要靠自己的眼力和智慧去发现真相。"白姬笑道。

小生如果有那份眼力和智慧，也不会待在缥缈阁被使唤了。元曜在心中想。

白姬、元曜离开常安坊，去往布政坊。据白姬说，他们要去拜访的人住在布政坊中，他们要去他家里拜会。

走到西市时，时间已接近正午，白姬和元曜都有些饿了，因为约好的时间是下午，他们打算吃了午饭再去。

虽然离缥缈阁不远，但白姬和元曜都不打算回去吃离奴最近爱煮的乱炖鱼肉，他们打算在酒楼里吃。可是，今天出来时，两个人都忘了带银子。

人来人往的大街上，白姬和元曜站在石桥边发愁。

"轩之，你回去取银子。"

"不要。"元曜苦着脸道。离奴如果知道白姬、元曜不愿意吃自己煮的乱炖鱼肉，而宁愿在外面吃，一定会挠小书生。

"那么，先去大吃一顿，然后开溜。"白姬笑着提议道。

"不行！这等无耻行径，有违圣人的教诲！"元曜吼道。

白姬摇扇，道："那该怎么办呢？"

元曜盯住了白姬手中的花团扇，问道："这团扇是从哪儿来的？之前，没看见你拿在手上。"

白姬笑道："啊，天气太热了，刚才走过来时，随手从卖扇子的小摊上取了一把。这蝶戏芙蓉的图案很好看吧？"

小书生生气，道："不问而取，是为盗也。你这样做有违圣人的教诲，必须还给人家。"

不等白姬辩解，元曜一把夺过花团扇，看准卖扇子的小摊，奔去还扇子了。

白姬站在原地，以袖扇风，撇嘴道："轩之真迂腐。我又没有白拿，作为交换，我拿扇子扇走了蹲在卖扇女子肩上的痨病之鬼呢。"

白姬站在石桥上，一边等元曜，一边思考午饭怎么解决。

突然，白姬身后传来一阵猥琐的笑声。

白姬吓了一跳，回头一看，只见一名穿着葱绿色锦袍，簪着红玉簪子的青年公子向她走来，青年公子身后还跟着几名满脸横肉的恶奴。

这公子正是"恶鬼来"。

"恶鬼来"带着恶奴走过时，大街上的行人纷纷避开，怕被他和他的恶奴们寻晦气。

"恶鬼来"看见白姬，眼神发直，喃喃自语："好美貌的小娘子……"

白姬望着"恶鬼来"，微微愣怔。这人身上散发着令人作呕的恶意，吸引了很多魑魅魍魉缠绕着他，它们以他的恶意为食，并转化为更大的恶意。

"恶鬼来"见白姬望着他，心神荡漾，凑近调戏道："谁家美貌娇娘，独自站在石桥上？"

白姬见"恶鬼来"靠近，秀眉微蹙，退后几步，避开了他。

"恶鬼来"摇着红色折扇，色眯眯地望着白姬，故作风雅地继续调笑。

"娘子独立石桥，如花似玉，实在堪怜。想必你家夫君已经另结新欢，娘子不如和本公子去做神仙眷侣？"

"恶鬼来"怪腔怪调的声音，配上他猥琐的笑容，让人起一身鸡皮疙瘩。

白姬眼珠一转，以袖掩面，道："却不知公子贵姓？"

见美人回话了，"恶鬼来"很高兴，笑道："本公子姓来。当朝侍御史来俊臣，是本公子的伯父。"

白姬眼中闪过一抹幽深的寒光，笑道："哎呀，原来是大名鼎鼎的来公子！"

"你也听说过本公子？看来，本公子在长安很有名气嘛。""恶鬼来"大笑，凑近白姬，想一亲芳泽。

白姬游鱼般躲开，倚在石桥边，笑吟吟地道："当然知道，长安城之中，谁不知道来公子？"

见美人没有生气，且似乎有意于他，"恶鬼来"心花怒放，道："娘子不要躲嘛，难道本公子很可怕吗？"

白姬笑道："为了避嫌，不得不躲。"

"有什么好避嫌的。这街上也没几个人。""恶鬼来"对白姬笑道。他转身凶巴巴地吩咐恶仆："娘子不高兴，你们去把街上的人都轰走！"

恶仆正要领命，白姬笑道："避嫌不是因为行人，而是因为我家夫君来了。"

"在哪里？""恶鬼来"抬头四望。

白姬指着归还了花团扇，正闷头朝这边走来的小书生，笑道："那是我夫君。"

"恶鬼来"定睛一看，认出了元曜是上次害他挨打的人之一，气不打一处来。

元曜还了团扇，往回走，远远地看见白姬和几个人在石桥上说话，行人纷纷退避，不明白发生了什么事。

走近了一些，元曜再朝石桥上望去，看见了"恶鬼来"和他的几名恶奴，心中大惊，又听见白姬挥手朝他喊道："夫君，夫君——"他脚下一个趔趄，差点儿没跌倒。

"恶鬼来"看见元曜，怒道："来人，把他抓住！这酸书生上次害本公子挨打，本公子找了他许久都没找到，今天托了娘子的福，才得来全不费工夫。"

恶奴一拥而上，抓住了元曜。

元曜生气地道："小生又没犯法，你们抓小生是何道理？"

"恶鬼来"狞笑道："没什么道理，本公子看你不顺眼。不，有道理，你勾结江洋大盗，意图谋反，本公子把你抓进台狱，让伯父用酷刑细细拷问。"

元曜生气地道："小生没有谋反！"

"恶鬼来"冷笑道："进了牢狱，各种酷刑上身，本公子就不信你不谋反。"

御史台的牢狱是来俊臣用残酷的刑罚残害无辜、捏造罪状的地方，也是所有人的噩梦，进去的人，九死一生。即使是无辜的人，也会在各种血腥残酷的刑罚之下供认罪状，求得死亡来解脱。因为御史台狱是一处堪比人间活地狱的存在，人们称其为"阎王殿"。

元曜有些害怕，转头望向白姬，苦着脸道："白姬，这可如何是好？"

白姬以袖掩面，道："夫君，你都没有办法，我一个柔弱女子又有什么办法呢？看来，你只能去'阎王殿'走一趟了。"

元曜苦着脸，说不出话来。

"恶鬼来"对白姬道："娘子不必伤心，以后你就跟着本公子，本公子一定会疼惜你。"

白姬伤心地道："我与夫君好歹夫妻一场，你送他去'阎王殿'之前，且容我们一起吃最后一顿饭。而且，我乃良家女子，既便要改嫁，也得让他给我一份放妻书。"

"恶鬼来"本来不想让白姬和元曜一起吃饭，但是听见后一句话，同意了。

"也是，得找一个地方写放妻书。"

白姬指着不远处的金玉楼，道："金玉楼就很不错，虽然价格昂贵，但菜肴很美味。"

"那就去金玉楼。""恶鬼来"道。

白姬发愁道："可是，我与夫君都没带银子。"

"娘子不必担心，为夫有的是银子。""恶鬼来"诡笑道。

"轩之，吃饭去了。"听"恶鬼来"这么说，白姬拉了元曜，走向金玉楼。

元曜苦着脸，任白姬拉着走了。

"恶鬼来"见白姬和元曜走了，很不高兴，但转念一想，元曜马上就要去"阎王殿"了，美人马上就是他的了，就又高兴了。

第五章　阎　王

长安城中最负盛名的两座酒楼，一是西市金玉楼，一是东市万珍楼。万珍楼，在千妖百鬼之中被称为"鼠楼"，以各色美食闻名。金玉楼以消费昂贵著名，被长安城的人们称为"金楼"。

金玉楼并非一般酒楼，是太平公主的产业，是太平公主收罗奇珍异宝的场所，也是奢靡的达官显贵们彼此斗富的纸醉金迷之乡。

金玉楼中的客人本来就不多，"恶鬼来"一踏入，寥寥无几的食客们不动声色地悄悄走了。大家都害怕他、厌恶他，但他自己浑然不觉。

金玉楼中布置得十分奢华，精美的玉器出自名匠之手，雅致的瓷器光华莹润，血红的珊瑚大如巨岩，墙上悬挂的字画也都是名家手笔。

白姬挑了一张屏风边的桌案，跪坐下来。元曜、"恶鬼来"也走过去，坐了下来。恶奴们环立在三人周围，凶神恶煞。

白姬觉得不舒服，对"恶鬼来"道："我夫君胆小，这些壮士围着，他没办法提笔写和离书。"

元曜生气地瞪着白姬。

"恶鬼来"挥手，让恶奴们去不远处的邻桌旁坐下了。

因为"恶鬼来"吓走了客人，金玉楼的掌柜有些不高兴，只让一个小伙计过来招呼。

小伙计笑道："金玉楼的规矩，若诸位不是贵宾，先放百两订金，才能点菜。"

因为知道金玉楼是太平公主的产业，"恶鬼来"也不敢太放肆。他做了一个手势，一名恶奴从钱袋里拿出两大块金子，递给小伙计。

小伙计掂了金子的分量，估计其价值超过一百两银子，才笑道："三位请点菜吧。"

"恶鬼来"对白姬笑道："娘子想吃什么，不必客气。"

白姬就真的不客气了，笑道："既然来公子请客，自然是要最贵的了。酒要金谷酒，茶要玉川茶，山珍海味一样都不能少，各式菜肴挑最贵最珍奇的呈上来。"

"恶鬼来"的嘴角微微抽搐了一下。

元曜满头冷汗。

"是，请稍等。菜肴马上就好。"小伙计高兴地退下了。

白姬笑着对"恶鬼来"道："来公子不必担心银子不够，金玉楼可以赊账，不够的银子，可以改日再送来。"

"恶鬼来"木然地点点头。

不一会儿，茶酒菜肴陆续呈上来了，珍馐佳肴陈列在案，香气扑鼻。

白姬胃口很好，吃得很欢快。

元曜虽然肚子饿了，但看见对面坐着的"恶鬼来"，就无法下咽。

美人相伴，美食在案，本来是十分享受的事情，但"恶鬼来"看着对面的元曜，也吃不下去。

白姬对元曜道："夫君，你不吃一些，下午会没有精神的。"

元曜苦着脸道："小生都要去'阎王殿'了，还有什么心情吃东西。"

白姬为元曜夹了一片驼峰炙，笑道："人生没有比吃更重要的事情了。即使是去'阎王殿'，也得先吃饱呀。"

元曜想了想，也是这个道理，就把烦心事抛开，大吃了起来。

"恶鬼来"望着吃得欢快的白姬和元曜，心情暴躁。但是，思及这顿饭之后，元曜就会被丢进台狱，他就可以美人在怀，心情又好了一些。

不多时，白姬和元曜吃饱了，一顿千金之宴结束了。

残羹冷炙被撤去之后，"恶鬼来"向小伙计要来笔墨，逼元曜写放妻书。

元曜从来没有写过放妻书，写不出来，找借口道："这也不是随意提笔一写就行了，必须得有一位见证人。"

"恶鬼来"恶狠狠地道："少啰唆！快写！本公子就是见证人！"

元曜苦着脸，不知道怎么下笔。

白姬笑道："来公子说笑了。这见证人也不是谁都能当的，须得德高望重之人。我正要去布政坊拜访一位'德高望重'之人，他应该能做见证人，不如一起去？"

"恶鬼来"道："布政坊？本公子也住布政坊！一起去正好，得了和离书，娘子就直接入本公子府中，倒也省事。"

白姬诡笑："那就一起去吧。"

元曜苦着脸，任由白姬和"恶鬼来"折腾。

白姬、元曜、恶鬼来离开金玉楼，去往布政坊。布政坊离西市不远，不多时就到了。"恶鬼来"一路上不时地以言语调戏白姬，白姬只是微笑，也不生气。

元曜却很生气，大骂"恶鬼来"不知礼义廉耻，是一个败类。因为不久之后，小书生就会在"阎王殿"尝尽酷刑，求生不得，求死不能，"恶鬼来"也懒得让恶奴揍他，任由他骂。

白姬笑道："来公子，你已有娇妻美妾，已有丰厚的家资，足够你此生享用，为什么还要不断地夺人妻女、钱财？"

"恶鬼来"一愣，眼中流露出无尽的欲望，道："当然是因为本公子想占有更多美丽的女人，更多钱财……"

白姬笑道："来公子的心里有一条叫'贪欲'的毒蛇。"

"恶鬼来"轻薄地道："看见娘子，本公子心里还有一条叫'爱欲'的毒蛇。娘子，你发一发慈悲，救一救本公子。"

白姬阴森一笑，道："我，最慈悲了。"

说话之间，白姬等人已经走到了一座朱门府邸之外。元曜抬头望去，只见大门上方的悬匾上书着"来府"两个字。来府的两扇朱门大开着，四名侍卫穿戴整齐地站在门边，似乎在等待什么人。

"恶鬼来"奇道："娘子，你来我家做什么？"

白姬神秘一笑，没有回答"恶鬼来"的疑问。她走过去，从衣袖中拿出一面刻着"武"字的金牌，递给侍卫。

四名侍卫急忙垂首。一名侍卫捧着金牌飞跑入内，去向主人禀报，其余三名侍卫恭敬地垂首道："来大人已恭候多时。"

"恶鬼来"咽了一口唾沫，颤声问白姬道："你认识我伯父？"

白姬回头，笑眯眯地道："我要拜访的人，就是您的伯父。"

"恶鬼来"张大了嘴巴，心中明白了什么，一滴冷汗滑落额头。

元曜大惊，道："什么？天后委派协助你的人是来俊臣？！"

"对。"白姬笑道。

元曜有些生气，道："来俊臣构害忠义，祸乱朝纲，你要和这等奸邪之人打交道吗？你如果早说，小生绝不和你一起来。"

"我就知道轩之会是这种反应，所以才没说。"

"来俊臣能够协助你做什么？"

"我需要他的恶念来催熟佛蛇的'果'。"

"什么意思？"

白姬正要回答，一名穿着官服的中年男子匆匆走出来。他身形高瘦，白面无须，一双眼睛细长如线，黝黑的瞳孔中透着一股让人发寒的戾气。

来俊臣看见白姬、元曜，疾走几步，将金牌交还白姬道："不知道两位天使①尊姓大名？"

元曜不屑于回答。

白姬笑道："我叫白姬。他是轩之。"

---

① 天使，皇帝的使者。此处指天后的使者。

"请白姬、轩之兄进去用茶，再行详谈。"来俊臣谄笑道。他看了一眼在旁边呆若木鸡的"恶鬼来"，不明白侄儿怎么会和天后的使者在一起。

"恶鬼来"冷汗如雨，说不出话来。

白姬笑道："来公子是来找来大人做证人的。他打算把我夫君丢进'阎王殿'，用酷刑问成谋逆之罪，逼我改嫁给他。"

来俊臣一愣，接着抬手一耳光扇向"恶鬼来"，骂道："畜生！"

"恶鬼来"被打得一个趔趄，险些跌倒在地。

来俊臣呵斥道："还不快给天使赔礼道歉！"

"恶鬼来"捂着红肿的腮帮子，正要给白姬、元曜赔礼，白姬却咧嘴一笑，道："赔礼道歉如果有用，那'阎王殿'里的酷刑就虚设了。"

"恶鬼来"闻言，睁大眼睛，双腿战栗。

"不，我错了，不要把我送进'阎王殿'……"

来俊臣也道："舍侄年纪小，只是一时糊涂，请天使网开一面，饶了他这一次，老夫必有重礼厚谢。"

白姬笑道："糊涂不能作为无罪的借口，用上酷刑，他就不糊涂了。来大人在'阎王殿'里明察秋毫，一丝不苟，在来公子这件事上怎么就糊涂了？来大人，你忘了天后对你说了什么吗？"

来俊臣向着大明宫的方向行礼道："天后有命，天使说什么，老夫就做什么，不可违逆半句。"

白姬笑道："很好。我说，把您侄儿丢进'阎王殿'。他的眼神让我讨厌，先剜掉他的眼睛；他的话语让我讨厌，剁烂他的舌头；他说要让轩之尝遍所有的酷刑，我就要他尝遍所有的酷刑。我很慈悲，不忍心伤他性命，用刑时让狱卒注意一些，千万别让他死了。"

"恶鬼来"大哭道："伯父，千万不要啊！侄儿去了'阎王殿'，就生不如死啊——"

来俊臣没有子嗣，对这唯一的侄儿一向像对儿子般娇纵疼爱，他有些犹豫了。

白姬道："来大人曾说，为了效忠天后，虽至亲亦忍绝，纵为恶亦不让。现在，就是你对天后表示忠心的时候了。"

来俊臣对武后的忠心胜过一切，他吩咐侍卫道："来人，把这个不成材的东西丢进狱中，上重刑。"

"恶鬼来"脸色煞白，跪在地上大哭求情，但来俊臣不为所动，白姬也只是笑眯眯地望着他。"恶鬼来"灵机一动，抓着小书生的袍子，一把鼻涕一把眼泪地磕头，求饶道："大人，我知错了，请你饶了我吧……"

元曜有些不忍心了。"恶鬼来"作恶多端，不学无术，给他一些惩罚是应该的，但丢进"阎王殿"用重刑确实太残忍了。

元曜正想开口替"恶鬼来"求情，白姬却已笑道："轩之不必多言，我自有主意。"

元曜也就不开口了。

"恶鬼来"哀号着，被侍卫们拖走了。

来俊臣将白姬、元曜迎入来府，奉上好茶，笑着问道："老夫一不会降妖，二不会除魔，没有什么才能，不知道能做什么？"

白姬掩唇笑道："来大人谦虚了。你的才能是做坏人。放眼东都西京，没有比你更坏的人了。"

来俊臣居然不生气，反而细眸一亮，笑了："承蒙天使夸赞，但不知老夫这个坏人能做什么？"

白姬咧嘴诡笑："我要让双头蛇撕裂你，生啖你，以你的恶意为食。为了天后，你愿意忍受这份痛苦吗？"

来俊臣一愣，呆在了原地。

白姬又道："如果你不愿意忍受这份痛苦，可以让你的侄儿代替你饲蛇。他身上也有恶意。"

来俊臣的细眸中发出狂热的光芒，他咧嘴笑了，道："为了天后，老夫愿意饲蛇。为了天后，任何痛苦老夫都愿意承受。"

元曜不寒而栗。他觉得来俊臣对武后的忠诚仿如飞蛾投火，近乎癫狂。

元曜忍不住道："让双头蛇怪撕裂、生啖，你会死。"

来俊臣并不在乎生死，道："只要是天后的命令，来俊臣死而无憾！"

白姬咧嘴一笑，道："天后并不希望来大人死，让我务必留你一命。来大人，我不会让你死。"

来俊臣虔诚地向大明宫的方向垂首，道："天后仁慈，来俊臣铭感五内。"

元曜忍不住问道："被双头蛇生啖，怎么可能不死？"

白姬没有回答元曜的疑问，只是笑而不语。

白姬问来俊臣道："来大人，我让你找的卷宗，你找到了吗？"

"找到了。"来俊臣吩咐侍卫呈上一堆卷宗，亲自将卷宗捧给白姬，道，"这只是存入库的相关资料，还有一部分地方资料尚未收录入库。"

白姬随手拿起一个卷轴翻了翻，嘴角勾起一抹笑。

来俊臣站在大厅中，他的周围会聚了很多魑魅魍魉，四周的空气非常混浊。来俊臣和侍卫们都看不见非人，元曜却看得很清楚。他看着那些蠕动的鬼魅，心中发怵。

白姬也不喜欢这混浊的空气，笑道："来大人，你先退下吧。我和轩之在这儿看卷宗。"

"是。天使如有吩咐，请直接传唤，老夫立刻就来。"来俊臣谄笑着退下了。

白姬倚坐在罗汉床上，翻看卷宗。

元曜也拿起一卷卷轴，打开一看。这是有关赤髯客的文书档案，记载了他在各地所犯的罪行和被通缉的情况。

元曜微微吃惊，细细翻看起来。

赤髯客身上血债累累，在各地都做下了不少案子。这些卷宗的时间跨度有三十多年，前十年赤髯客所杀之人都是犯下大恶的奸邪之辈，而后来，渐渐地，一些罪不至死的人也成了赤髯客的猎物，甚至一些无辜的人也成了牺牲品。

捧着这些用鲜血和人命写出的卷宗，元曜心情十分复杂。

"白姬，赤髯客为什么要杀这么多人？"

"为他心中的'侠义'。"

"行侠仗义不是为了救人吗？为什么会有这么多人死去？"

"杀生为护生。为了护生，也一定要杀生。简单来说，这就是侠义。"

"不管怎样，小生觉得杀人不是一件好事。即使是坏人，他死了之后，他的亲人和朋友也一定会伤心。"

"对，判决生死不是个人能够去做的事。无论出于什么目的，无论出发点多么神圣，杀人都会让心迷失，堕入魔道，万劫不复。"

"任大哥和赤髯客是一个人？"

白姬点头。

"任大哥堕入魔道了吗？"

"在他踏入缥缈阁的那一刻起，他就已经不是游侠任猛，而是侠义的阴影赤髯客了。这二十年，他彻底迷失本心，化为双头蛇怪，吞噬一切生灵。他本想除恶，自己却成了最大的'恶'。"

元曜心中十分震惊、难过。

"白姬，你说过佛蛇食'恶'，但双头蛇怪为什么乱吃人？"

"因为每个人的心中都有'恶'存在。赤髯客迷失了，无法容忍一丁点儿恶，只要发现一点儿恶念，就会去吞噬。等佛蛇吞噬了足够的恶，'果'也就成熟了。"

"会是怎样的'果'？"

白姬笑了，道："不知道。不过，一定很有趣。"

"不知道怎么会有趣？"

"嘻嘻，正因为不知道，所以才有趣。"

元曜放下卷宗，心情复杂。

白姬、元曜正在喝茶，有侍卫进来报告，说"恶鬼来"在大牢中熬不住酷刑，眼看要死了。来俊臣默默地流了两滴眼泪，但狠了心，没有再为侄子求情。

元曜忍不住道："白姬，他也受到惩罚了，饶了他吧。"

"去'阎王殿'看一看来公子吧。"白姬笑道。

来俊臣备下马车，带白姬、元曜去"阎王殿"。不多时，白姬、元曜、来俊臣来到了御史台大牢。

牢外的旷地上，竖着十几根木桩，木桩上绑着鲜血淋漓的犯人，他们睁着死鱼般空洞的眼睛，安静地望着天空。相对的，大牢中却传来凄厉而绝望的哀号和哭喊声。

元曜心中十分不舒服。

"进去看看来公子吧。"白姬道。

"是。"来俊臣垂首。

来俊臣带白姬、元曜走进大牢。虽然是白天，但阳光照不进大牢，牢狱的甬道中潮湿而阴暗，空气中弥漫着血腥味。甬道两边是一间又一间的囚室，里面关押着正在受刑的人。

囚徒们痛苦地哀号着，求饶着，森寒的刑具映照出他们恐惧的脸。有的人被枷锁套着，不停地在原地转圈，一旦停下来，骨骼就会错位。有的人正被狱卒审讯，狱卒们以刀割他们的耳朵、嘴唇，让人头皮发麻。

元曜心中十分难受，不能再往里走了。所幸，这时三人也到了关"恶鬼来"的囚室前。

囚室中，"恶鬼来"奄奄一息地趴在地上，绿衣被鲜血染成了斑斑红褐色，头发散乱如草。

"恶鬼来"的脸血肉模糊，他的眼睛被剜掉，舌头也被割烂，嘴中鲜血长流。他气息奄奄地趴着，痛苦得浑身抽搐，低声呻吟。他的身边麇集了很多魑魅魍魉，它们分食着他的恶意和恐惧。

狱卒打开囚室的门，白姬、元曜、来俊臣走进去。"恶鬼来"听见声响，十分害怕，勉强挣扎着往后爬，喉咙里发出呜呜的声音。

　　来俊臣看着侄子的惨状，流下了两滴眼泪。

　　元曜心情复杂，觉得"恶鬼来"有些可怜。

　　白姬走向"恶鬼来"，扫视了一眼四周的浊气，满意地笑了，道："这份恶意，足以饲蛇。"

　　"恶鬼来"听见白姬的声音，恐惧得瑟瑟发抖，挣扎着往远处爬。

　　白姬见了，故意绕到"恶鬼来"的前面，笑着等他爬过去。

　　"来公子，不要害怕，我不会让你死。"白姬笑眯眯地道。

　　"恶鬼来"听见白姬的声音，如闻魔音，痛苦而恐惧地抱紧了头。

　　白姬从衣袖中拿出装归命砂的小瓶，将归命砂撒在"恶鬼来"的脸上。粉末侵入"恶鬼来"腐烂的肌肤，鲜血顿止，新肉重生。"恶鬼来"的眼眶中，眼珠渐渐地恢复如初。"恶鬼来"张开口，归命砂入口，舌头也愈合了。

　　"恶鬼来"坐起身，吃惊而恐惧地望着白姬。

　　来俊臣和元曜也因为惊讶而张大了嘴。

　　白姬笑着道："我说过，我最慈悲了。来大人，有归命砂，你也不会死。即使双头蛇怪将你撕咬成碎片，我也可以让你复生。"

　　来俊臣冷汗如雨，双腿微微发抖。

　　"今晚子时，我派人来接来大人和来公子，两位不用带侍卫和随从。"白姬留下这句话，就带着元曜走了。

第六章　蛇　佛

　　月上柳梢，夏虫微鸣。

　　白姬用纸剪了两辆马车，吹了一口气，两辆纸马车变成了真车。

　　白姬将一辆马车派去接来俊臣叔侄，留一辆供自己和元曜乘坐出行。

　　月圆如镜，阒寂无人的大街上，没有车夫的车笔直地行驶着，偶尔转一个弯，去往目的地。

白姬、元曜坐在马车中。元曜十分紧张，还有一丝恐惧。白姬摆弄着黑色佛塔，不知道在想什么。

　　"白姬，我们去哪儿？"小书生不安地问道。

　　"佛隐寺。"白姬道。

　　马车轧着月光，驶向常安坊。

　　在马车经过长寿坊时，从延福坊和崇贤坊之间的街上突然缓缓行出一道黑影。

　　从地上的影子来看，这是一条巨大的蛇形动物。

　　元曜吓了一跳，惊呼道："白……白姬，双头蛇怪出现了！"

　　白姬淡淡一笑，道："来的不是双头蛇。"

　　元曜定神望去，见大蛇缓缓地爬行在月光下，大约有两层楼高，全身是深幽的蓝紫色。大蛇张开血盆大口，咝咝地吐着芯子。大蛇的尾巴弯曲着，钩着一串血淋淋的人尸。

　　大蛇经过马车时，停下了，垂首探看，双目炯炯，目光如电。

　　大蛇发现了白姬和小书生，口吐人语，是佘夫人的声音："白姬，您又在夜行了。这是要去哪儿？"

　　"随意转转罢了。"白姬望了一眼佘夫人拎的尸体，以袖掩面，道，"夫人今夜真是好胃口，狩猎了这么多食物。"

　　大蛇回望了一眼尾巴上的人尸，道："这些不是妾身的食物。您说双头蛇怪嗜'恶'，妾身特意物色了这些恶人，用他们的血尸来引诱蛇怪出现。可惜，妾身夜夜游荡，都没引出那条蛇怪。"

　　白姬淡淡一笑，道："人死如灯灭，无论是善人还是恶人，死了都只是一具腐朽的皮囊。双头蛇怪喜食恶人活肝，对死人兴趣不大。"

　　大蛇闻言，用尾巴抛了一串尸体，如扔垃圾。

　　"那么，妾身重新去找几个活的。反正这世道恶人多，不难找。"

　　白姬眼珠一转，笑道："夫人，您不必去找了。据我所知，有两个大恶人正在向常安坊的佛隐寺而去，您去拿他们做饵，一定能引诱双头蛇怪出现。"

　　大蛇双目炯炯："真的吗？"

　　白姬笑了："绝无虚言。"

　　大蛇想了想，又发愁了，道："人类太脆弱了，一折腾就死了。妾身下手不知轻重，这两个大恶人恐怕挺不到双头蛇怪出现。"

　　"无妨。我这儿有归命砂，即使身体被撕裂成碎片，只要魂魄尚未踏入幽冥，他们就不会死，可以任由你摆布。"

白姬从衣袖中拿出归命砂，将其抛给大蛇。

大蛇一摆尾，用尾尖接了。

大蛇沉思了一下，道："白姬，您今晚夜行的原因莫非也和双头蛇怪有关？"

白姬指了指小佛塔，轻描淡写地道："我夜行和这佛塔有关。"

"那么，妾身去佛隐寺了。"

大蛇相信了白姬，嗖嗖地走了。

白姬望着大蛇逐渐远去的身影，狡黠地笑了。

元曜望了一眼白姬的笑容，颤声问道："白姬，你笑什么？"

白姬笑道："笑容，代表高兴。"

"你高兴什么？"

"佘夫人会去替我们引出双头蛇怪，我们省了一件事，我当然高兴。而且，二蛇相斗，有好戏看了。"

"白姬，你这么做，太不厚道了。那双头蛇怪连非人也吃，佘夫人会很危险。"

"佘夫人也吃非人呀。而且，找到双头蛇怪是佘夫人的愿望，我这么做，也是满足佘夫人的愿望。"

小书生词穷了。

马车向前走了一段路，停在了常安坊附近的一座石桥上。

元曜问道："白姬，怎么停下来了？"

白姬笑道："今夜月色很美，且在这里赏月吧。"

"我们不是要去找双头蛇吗？哪有时间和心情赏月？"

"轩之，任何时候，都要有一颗欣赏美，享受美的心。"

"好吧。"

石桥之下，水波潋潋，倒映着一轮明月。

小书生望着水中之月，努力让自己去欣赏美，享受美。白姬却将眼睛望向虚空，竖着耳朵，仿佛在凝神倾听着什么。

没有征兆地，昏朦的夜色中，传来一声声凄厉的惨叫。两个人的惨叫声撕心裂肺，此起彼伏，似乎在经受着巨大的痛苦。

元曜大惊，道："白姬，是不是有谁在惨叫？"

白姬不以为意地道："那是夜莺的歌声。"

"不对，是惨叫声。"小书生紧张地道。

"轩之听错了，是夜莺的歌声。"白姬笑道。

元曜忍耐心中惊恐，竖着耳朵，仔细听去，夜风中一声声凄厉的哀号声和求救声越来越明显。他用心分辨，那声音传来的方向似乎是常安坊。

元曜的脸黑了，他道："白姬，没有夜莺唱歌会发出'救命啊——''实在受不了了——'这样的声音吧？"

白姬眼珠一转，笑了："也许，这是夜莺们在唱新曲子。"

"别胡说了！一定是有人在求救！我们不能坐视不理，得去看看。"小书生斩钉截铁地道。

"还不到时候。轩之放心，他们不会死。"

"他们？"

"嗯，在哀号的是来大人和来公子，大概是佘夫人在折磨他们。"

"这……这……"

"轩之，我们继续赏月吧。"

白姬笑着拉元曜坐下，两个人并肩赏月。

石桥上，马车中，白姬和元曜同时仰望夜空的明月，一个嘴角挂着诡笑，一个拉长了苦瓜脸。

突然，白姬手上的小佛塔开始微微颤动，逸出了源源不绝的黑烟。

"出现了。"白姬似笑非笑地道。

"谁？谁出现了？！"元曜惊道。

白姬转头望向常安坊，笑而不语。

元曜也转头望向常安坊，不知道是不是错觉，常安坊的黑暗比别处的更浓厚，黑暗仿佛凝结成了固体，让人产生喘不过气的压抑感。

黑暗的常安坊中，似乎有什么可怕的东西苏醒过来，蠢蠢欲动。不知何时，来俊臣和"恶鬼来"的哀号声已经停止，只剩下满城凄切的风声。

倏然之间，浓墨似的黑暗仿佛被什么搅动了，似有两团看不见的巨影缠斗在一起，发出呲呲的声音。

两道巨影激烈缠斗，黑云涌动，约莫过了一盏茶的工夫，有巨物轰然倒地的声音传来，黑暗平静下来。

第七章　归　命

白姬望了一眼仍在不断地逸出黑烟的小佛塔，忧郁地道："看来，佘夫人输了。轩之，我们必须去冒险了。"

元曜十分害怕："佘夫人都敌不过双头蛇怪，我们去了也是送死，还是改天多请几位帮手，大家一块儿来除蛇妖吧。"

白姬思忖道："与佘夫人激战，双头蛇怪也多少会受伤，今日不除去它，等明日它体力恢复，妖力增强，就更难除去它了。"

"可是……"元曜还是害怕。

"轩之，人固有一死，或轻于鸿毛，或重于泰山。"白姬鼓励元曜。

元曜想了想，双头蛇怪残害人命，闹得长安人心惶惶，人与非人都深受其害，苦不堪言。如果能够除掉它，保护大家的生命，让大家平安幸福，即使他失去性命，也值得。

元曜鼓起勇气，大义凛然地对白姬道："大丈夫当杀身成仁，我们去除掉蛇怪吧！"

白姬笑道："不是我们去，是你去，我还不想死。"

元曜瞪着白姬，道："你不是说人固有一死，或轻于鸿毛，或重于泰山吗？"

白姬笑着解释："我不是人，是非人。"

"非人也应当死得重于泰山！"元曜生气地道。

"如果明天我们的尸体同时同地被发现，会让人误以为我们殉情，那样有损我的清誉。"龙妖还是不愿意去送死，如此推辞道。

没有人会认为我们会殉情！小书生嘴角抽搐，在心中咆哮。他被白姬气得决心死了算了，向着白姬一拱手，道："你不愿意去，那小生就去了。"

说完，小书生头也不回地走向常安坊，大步流星，背影决绝。

白姬望着小书生的背影，嘴角勾起一抹诡笑，将佛塔藏入衣袖，倏地化为一道白光，悄无声息地没入了小书生背后。

元曜虽然赌气要去除掉双头蛇怪，但心中还是有些害怕。他一路上踏过月光，穿过阴霾，提心吊胆地走向佛隐寺。

元曜一路走去，路上不仅一个人都没有，甚至连一个非人也没有，入耳只有窃窃的风声。

当元曜走到佛隐寺时，连风声都停止了，周围死一般寂静。

月光之下，荒寺之中，一条蓝紫色的巨蛇躺在废墟中，双眼无神。

元曜一惊，顾不得害怕，摸到蛇头边，轻声唤道："佘夫人，您没事吧？"

大蛇咝咝吐芯子，目光下移，望向自己的身躯。

元曜循着佘夫人的目光望去，顿时大骇：佘夫人几乎被拦腰咬成了两截，地上全是黏糊糊的蛇血。

"归命砂……"大蛇虚弱无力地道。

"归命砂在哪儿？"元曜四处张望，不知道去哪里找归命砂，治疗佘夫人的伤。

"被……双头蛇怪吞下肚了……"大蛇吐了吐芯子，没有再发出声音，僵硬不动了。

一阵轻微的声音从一处断壁后传来，元曜心中好奇，强忍着心中的恐惧，朝声音传来的方向走去。

月光下，荒寺中，断头的佛像前倒着两具残破的尸体。

不用细看，元曜也知道这二人是来俊臣和"恶鬼来"，他打了一个激灵，强忍心中害怕，走向传来声音的断壁后。

被火烧成黑色的断壁后，隐隐可见一名全身赤裸的男子。男子背对着元曜，蹲伏在地，不知道在干什么。

从背影看去，男子似乎是任猛。

元曜的好奇心打败了恐惧，他一步一步走向任猛，就在元曜靠近的一瞬间，任猛猛地回过了头。

任猛的嘴边沾满鲜血，正在咀嚼一块血淋淋的肝脏，他眼神迷茫，口中喃喃念着："不忠不义者，杀；不仁不孝者，杀；作奸犯科者，杀；贪赃枉法者，杀；妖邪害人者，杀。杀杀——杀——"

一条黑色的双头蛇的刺青在他身上蹿动，从他的手臂蹿上脖颈，又从脖颈蹿上他的脸，最后停在了他的左眼中。

元曜盯着任猛眼中的双头蛇，只觉得头皮发麻，想转身逃跑，但双脚仿佛被钉子钉住一般，完全迈不开步。

任猛看见小书生，停止了咀嚼，起身朝他走来。任猛神色狂乱，血染就的赤须颤抖，双头蛇在他的眼珠中乱蹿："不忠不义者，杀；不仁不孝者，杀；作奸犯科者，杀；贪赃枉法者，杀；妖邪害人者，杀。杀杀——杀——"

元曜无法动弹，眼看着任猛走了过来，贴近他，在他身边转圈，翕动鼻翼，轻嗅着他，喃喃狂语："杀——杀——杀——"

元曜吓得瑟瑟发抖，生怕任猛突然杀了自己。可是，任猛只是围着小书生转圈，没有伤害他。

元曜惊呆了，正不知道怎么办，耳边突然响起了白姬缥缈的声音："轩之，你还好吧？"

听见白姬的声音，元曜的孤单和恐惧瞬间消失了，他心中蓦地涌起一股温暖的感觉：太好了，白姬没有让他一人送死，一直陪在他身边。心里如此想，他嘴里却道："你不是不来的吗？又躲在哪儿看小生的笑话？！"

白姬没有回答元曜的问题，只是笑道："轩之，和你商量一件事。"

"什么事？"元曜好奇。

白姬笑道："还差一些恶意，才能让'果'成熟。佘夫人和来氏叔侄都已经倒下了，没有办法再产生恶意，现在，只能靠你了。轩之，你酝酿一些恶意，让双头蛇怪吃了你吧。"

元曜闻言，非常生气："小生才不要被蛇怪吃掉！要喂蛇，你自己去！"

"我恶意太强烈，佛蛇会受不了。"白姬声音缥缈。

也许是生气的那一瞬间，元曜确实产生了让白姬去饲蛇的恶念头，双头蛇嗅到了这一刹那的恶，任猛张开巨口，一口咬在小书生的肩膀上。

"啊——啊啊——"小书生疼得直叫唤，一把推向任猛。

元曜这一推，用尽了全力，任猛冷不丁被推开，仰头向后倒去。

任猛倒地的瞬间，他的左眼中腾起一团黑雾，一条双头蛇破雾而出，咝咝地吐着芯子。双头蛇迎风见长，转眼已身粗如巨轮，狰狞而可怖。

双头蛇成形的同时，任猛消失无踪。

元曜望着月光下的双头巨蛇，吓得忘了肩膀上的疼痛，失声惊呼："白姬，救命！"

白姬的声音消失了，仿佛她从来没出现过。

元曜在心中暗暗骂白姬：这条奸诈的龙妖一定是见风头不对逃了，真是坑死人了，今晚他莫不真的要以身饲蛇了？！

也许是因为怀疑和责怪也是一种恶念，双头蛇嗅到"恶"，纵身扑向元曜。小书生抬腿就跑，双头巨蛇追着他跑。

元曜飞快地跑，双头蛇在后面追赶。荒寺中的断壁残垣保护了小书生，他闪躲其间，双头蛇太过巨大，不能灵活地腾挪，吃不着小书生。

虽然没有落入双头蛇口中，小书生也吓得半死，只凭着求生之念，没头没脑地跑。

咔嚓！双头巨蛇一口咬下来，咬碎了元曜藏身的一段焦黑的墙壁。

双头巨蛇咬出的断口离元曜的头不过半寸，元曜满头大汗，惊起而奔。他刚跑了几步，双头巨蛇就追上了他，他已能嗅到蛇口中散发出的腥臭味。

突然，锵啷一声，天上掉下了一个东西，正好落在小书生面前。

元曜借着月光望去，那是一柄大环刀，刀锋闪亮如水。

这柄刀元曜十分眼熟，是任猛的刀。

任猛的刀为什么会从天而降？！

元曜还来不及思考这个问题，但见刀身上腾起一股赤色轻烟，赤烟逐渐化作人形，渐渐地显现出任猛的模样。

任猛神色邪恶，眼露残暴凶光，他的胡须如血般鲜红，整个人如同刚从血池中走出的修罗厉鬼，带着一股磅礴的戾气。

比起小书生散发的"恶"，赤髯客这股赤裸裸的浓烈恶意明显更吸引双头蛇，它放弃了小书生，转头弓身，张开巨口，吞下了赤髯客。

吞下赤髯客的刹那双头蛇怪发生了奇异的变化，它的颜色变得更骏黑了。那是比沉夜更沉的黑，仿佛汇聚了世间一切的恶，让人压抑、绝望。

双头巨蛇无声地扭动身躯，如癫似狂。随着双头巨蛇的扭动，它骏黑的身躯上出现无数个旋涡，每个旋涡中都浮现出一颗人头。这些人头面目各异，但都有着狰狞而邪恶的表情，这都是被双头蛇怪吞噬的人所化的恶灵，恶灵们挣扎着似要从蛇身上挣脱。

看着欲挣脱自己的恶灵，双头蛇怪的一个蛇头倏然化作了赤髯客的模样，一一地将身上凸出的人头咬下，吞入腹中。

双头蛇怪吞噬自己，蛇身上千疮百孔，鲜血淋漓。随着双头蛇不断地反复吞噬恶意，它变得越来越巨大，颜色越来越黑。

元曜吃惊地望着眼前的一切，不知道该怎么办。

白姬的声音又突然出现了："轩之，'果'快成熟了。现在，我们必须马上从蛇腹中取出归命砂，否则来氏叔侄会命归黄泉。"

"怎么取归命砂？"元曜问道。

"轩之看见大环刀了吗？拿起它，斩蛇。"

原来，这从天而降的大环刀是白姬丢下的。不过，问题也来了，小书生连杀鸡都不敢，哪里敢拿刀斩蛇怪？！

小书生推诿道："白姬，你既然有在那儿说话的闲工夫，还不如自己动手呢。"

白姬也推诿道："我拿着佛塔，腾不出手。轩之，别磨蹭了，时间不等人呢。"

元曜没有办法，只好弯腰拾起大环刀。

大环刀十分沉重，元曜很吃力才能将刀举起来。

元曜举起大环刀的那一瞬间，双头蛇怪仿佛感应到了什么，停止了吞噬自己，转身向元曜扑来。

元曜心惊胆战，几乎要松开大环刀。可是，在对上赤髯客双目的那一刹那他全身如遭电击，一股奇异的力量从大环刀上苏醒，缓缓沿着他握刀的手臂传入他的体内。

恍惚间，元曜听见了任猛的声音："邪不胜正，侠义永存。"

元曜感到身上涌起无尽的力量，强大而坚定，光明而温暖。他挥舞大环刀，劈向双头蛇怪，动作行云流水，一气呵成。

电光石火间，冰冷的刀锋没入双头蛇怪的腹部，将巨蛇一斩为二。无数混浊的黑雾从蛇腹的创口间涌出，源源不绝。

黑雾仿如决堤的洪水，倒卷入天地间，缓缓地遮蔽星月，吞噬长安。

元曜面对此情此景心中惊惧。

倏然，黑暗被撕裂了一道创口，细微的光明来自一名手持佛塔站立的白衣女子。她的身上散发着纯白色的光芒，安静而圣洁。

黑暗被吸入了女子手中的佛塔里，佛塔由于吸收了邪恶的力量而剧烈颤动，似乎要挣脱白姬的手。但是，它始终不能挣脱。

过了许久，当天地间的黑暗浊气被佛塔吸尽时，月亮洒下了如银的清辉。

双头蛇怪消失无踪，地上只留下了一只装着归命砂的瓷瓶，还有一朵黑色的莲花。

黑色莲花迎风摇曳，花蕊中栖息着一条手指粗细的双头蛇。

白姬将莲花拾起，放在佛塔边，双头蛇从莲花中爬出，蜿蜒进入佛塔中。

双头蛇离开黑色莲花的一刹那，黑莲枯萎凋零，随风消失了。

双头蛇爬入佛塔的一瞬间，一道金色的符封住了塔门。佛塔的门倏然闭拢，佛塔停止了往外冒黑烟，也没有了诡异感，看上去十分平静、寻常。

白姬满意地笑了。

元曜则从又累又怕的境况中解脱，一屁股坐在地上。

白姬放下佛塔，拾起归命砂。她走到来氏叔侄跟前，将归命砂倒在他们残破的身体上。如枯木逢春，又如时间倒流，来氏叔侄的创伤逐渐愈合，如同没有受伤一样。

来氏叔侄刚睡醒一般，打着哈欠坐起身来。

来俊臣看见白姬，大呼："天使，老夫可完成了天后的使命？"

"恶鬼来"看见白姬，早已被吓破了胆，只瑟瑟发抖，不敢说话。

白姬笑道："来大人干得很好，不曾辜负天后使命。事情已经办完了，来大人可以带着令侄回去了。"

"是。那老夫先告退了。"来俊臣应声，呵斥了被吓呆的"恶鬼来"一声，带着不成才的侄儿走了。

元曜望着远去的来氏叔侄，犹豫了一下，问道："白姬，你曾说，千妖百鬼最爱食恶人活肝。来氏叔侄作恶多端，在这深夜里独自夜行，如果碰上千妖百鬼……"

白姬不以为意地道："那就看他们的运气和造化了……不过，即使他们被吃了也没关系，还有归命砂呢，终归死不了……"

元曜不寒而栗，他的脑海中没来由地浮现出"生不如死"四个字。

白姬走向佘夫人，查看了佘夫人的伤势，叹了一口气："没有办法，只能用归命砂了。"

白姬用归命砂治好了佘夫人。佘夫人醒来后，知道双头蛇怪已经不在了，悬挂心中许久的大石终于落下了。不过，知道白姬对自己用了归命砂，佘夫人眼中闪过一片阴霾。

"妾身终于沉冤昭雪了。白姬，请一定要作为证人，向大家澄清一切。"

"没有问题。"白姬答应得十分爽快，看见大蛇眼中的阴霾，歉然一笑，道，"无论如何，我不忍心眼看着夫人丧命，用归命砂救夫人也是情势所迫，请夫人不要见怪。"

大蛇想了想，也没办法责怪白姬，道："情势如此，也没办法了。说起来，妾身还要感激您的救命之恩，改日一定准备丰厚的谢礼登门致谢。"

"夫人不必客气，谢礼就免了，举手之劳，应该的。"一向贪财的龙妖居然极力推辞道。

大蛇恢复了体力，准备离开。突然，大蛇看见了地上的佛塔，似乎想起了什么，疑惑地问道："白姬，您不是为了佛塔而夜游，怎么会这么巧地出现在这荒寺中，还除掉了双头蛇怪，救了妾身？"

"呃。"听余夫人如此盘问，龙妖一怔，随即笑着搪塞道，"轩之听见这儿传来了夜莺的歌声，非要过来看夜莺，结果就看见了您被双头蛇怪所伤的情景。我也是有侠义心肠的人，看不惯恃强凌弱的事情，就把那作恶多端的双头蛇怪除掉了，也是为长安城的千妖百鬼除去一害。"

元曜冷汗涔涔。这条龙妖也太会给自己的脸上贴金了。明明是她设计骗余夫人斗双头蛇怪，让它们两败俱伤，自己坐收渔利。

大蛇居然相信了白姬的话，感佩地道："有白姬您这样的侠义之妖，真是长安城中千妖百鬼的福气。"

白姬居然不心虚，坦然笑道："夫人谬赞了。我只是做了我应该做的事罢了。"

大蛇向白姬行了一礼，转身离去。

大蛇离开后，白姬对着月亮叹了一口气，喃喃自语："唉，如果余夫人知道真相，肯定会来缥缈阁生事。看来，回去之后，得做一个防蛇结界了。真麻烦啊，反正最近光藏国师不在长安，不如把阻他的结界改成阻止余夫人的好了，这样省事多了。"

元曜张口结舌，道："白姬，不骗人才是最省事的。"

白姬又对着月亮叹了一口气："轩之说得倒是没错。可是，如果不骗人，我会少了很多乐趣呀。"

元曜嘴角抽搐。

见天色不早了，白姬让元曜拿上佛塔、大环刀，两个人一起回缥缈阁了。

第八章　尾　声

夏夜星疏，凉风习习。

缥缈阁中，白姬、元曜并肩坐在回廊上，一边吃着用井水浸过的荔枝，一边闲聊赏月。离奴晚饭时吃了一大盘荔枝鱼，正在草丛中跳来跳去，一边扑流萤玩，一边消食。

双头蛇怪的事件已经解决了。对武后来说，对她称帝不利的谣言终止了，她可以继续做迁都称帝的准备。对长安城的百姓来说，没有了夜袭行人的强盗，大家都放下了一颗心。对于千妖百鬼来说，没有了乱吃非人的蛇怪，大家又可以放心大胆地夜行了。

元曜一边吃着荔枝，一边对白姬道："天后拿走佛塔，丹阳诚心向你道歉，他送了这么多次荔枝来，你也该原谅他了。更何况，天后已经把佛塔还给你了，双头蛇怪事件也解决了。"

白姬吃下一颗晶莹剔透的荔枝，笑道："等荔枝过季之后，再原谅他吧。"

元曜无语。

"轩之，在千妖百鬼眼中，你成了大英雄了。大家都说，是你为民除害，斩杀了双头蛇怪。"

"呃，那是……小生也不知道是怎么回事……总觉得当时挥舞大环刀斩蛇的人不是小生，而是任大哥。"元曜回想当时的情形，不由得慨叹。那一刹那任猛似乎与他近在咫尺，合而为一，他感受到了任猛身上的力量，那是侠义的光明，温暖而坚定。也许，那是任猛借他之手，斩断赤髯客的"恶"。或许，任猛迷失了二十年，回来长安的目的，就是亲手终结自己的"恶"，用任猛的"侠"终结赤髯客的"恶"。

"无论怎样，轩之很勇敢。轩之的心中，有'侠义'在。"白姬笑眯眯地道。

白姬的称赞，让元曜脸红了。不过，他的心中如吃了蜜一般甜。

"真正的侠士是任大哥。"元曜笑道。

除掉双头蛇怪的第二天，元曜向白姬讨要了任猛的大环刀。白姬一开始不肯给，打算将刀拿去货卖，不过看小书生真心想要，还是给他了。当然，她没忘记扣他三个月的工钱。

元曜把大环刀埋在佛隐寺中，立了一个墓碑，碑上写着"侠士任猛之墓"。回想起和任猛交往的点点滴滴，元曜十分伤心，在墓前大哭了一场。

哭罢，元曜准备离去，道："任大哥，小生改日再来看你。"

元曜转身的刹那似乎听见任猛在身后道："元老弟，下次记得带好酒来。"

"欸？任大哥？！"小书生猛地回头，却只见一座孤零零的坟冢。

当小书生再次转头离去时，任猛的幻影浮现在坟冢上，对着小书生笑，笑容爽朗。

"白姬，这个世界上，还是邪不胜正，侠义永存的。"回到缥缈阁后，元曜感慨道。

"也许吧。"白姬笑道。

"白姬，小生有一个疑问。"

"轩之问吧。"

"用了归命砂，究竟会怎样？"白姬用归命砂救了佘夫人的命，可佘夫人似乎并不高兴。

白姬反问元曜："轩之，离奴这几天挠你了吗？"

"没有。"这几天，黑猫再怎么生气，也没有挠元曜，只和他强词夺理地吵架。

黑猫在一边插嘴道："主人，离奴也是书香之猫，要以理服书呆子。"

"嗯，那轩之这几天有受伤吗？"

"昨天小生出门去买菜，在路上被石头绊倒，摔了一跤。"小书生撸起衣袖，他的手臂上有些轻微的擦伤，并不严重，"以前跌倒，倒也不怎么疼，不知道这次为什么格外疼，仿佛剜肉一般，一直疼了一整天。明明是小伤，却疼成这样子，小生都怀疑是妖怪作祟呢。"

白姬笑道："不是妖怪作祟，而是因为轩之之前用过少量归命砂，这是归命砂的'果'。归命砂是逆天之物，能让人的伤口迅速愈合，也能起死回生。但是，作为代价，使用它的人再次受伤时，痛楚会被放大。轩之用得少，这是轻的。来氏叔侄和佘夫人用得多，将来不慎再受伤，哪怕只是微不足道的轻伤，也会感到蚀骨裂肉般的痛楚，一生如此，直到死亡。"

元曜设身处地地想了一下，不寒而栗。

"白姬，小生以后受伤，会一直这么疼吗？"

"不会。轩之用得太少了，过段时间就恢复如常了。"

"过段时间是多久？"

"三年五载吧。"白姬眨了眨眼。

一想到几年之内，离奴轻轻挠他一下，他就会疼得满地打滚，元曜不由得愁眉苦脸。

"开玩笑而已，轩之不要当真。轩之用得很少，最多半个月，你就会恢复正常了。"

小书生认为白姬在安慰他，还是愁眉苦脸。

为了转移元曜的注意力，白姬提议道："如此良夜，正好酿诗，轩之写一首诗吧。"

元曜一听写诗，顿时抛开愁绪，思索起来。他想起任猛，想起赤髯客，想起双头蛇怪，心中有感，吟道：

> 人生天地间，忽如蜉蝣寄。
> 灵犀通玄音，佛蛇绕禅意。
> 披发崔嵬歌，拔刀正罡气。
> 一襟豪侠志，天地化传奇。

一阵风吹来，碧草低伏，簌簌仿如谁人的叹息。

第三折

聚宝盆

第一章　剥　铁

夏日炎炎，火伞遮天。

白姬闲来无事，又想做一件凉爽的新衣，就带元曜一起去蚨羽居，打算看看有什么合心的丝绸。

蚨羽居也位于西市，是一家兼做成衣的老字号绸缎铺。蚨羽居的老板姓朱，他的名字大家都已经忘记了，只叫他朱剥铁。为什么叫他朱剥铁呢？因为他实在太吝啬，太抠门了。大雁飞过眼前，他要拔根毛。一根缝衣针上，他也能剥出铁来。更不要说杀一只鸡，他也要从鸡嗉里抠出未消化的五谷杂粮了。

因为朱剥铁太吝啬，留不住伙计，蚨羽居里经常流水般地换人，大部分时候只有朱剥铁和他妻子朱陈氏打理店铺。朱陈氏也看不惯朱剥铁的抠门儿，时常劝他，但劝了几十年，也没什么用。

虽然朱剥铁为人吝啬，但夫妇二人做衣服的手艺精湛，店里的绫罗绸缎也齐全，所以生意还不错。白姬是蚨羽居的熟客。

白姬、元曜走进蚨羽居时，朱剥铁正唾沫横飞地训斥一个面黄肌瘦的小伙计。原来，昨晚小伙计收拾东西时点了油灯，灯油少了一钱半，被朱剥铁发现了。

朱剥铁十分心疼灯油，叫道："你这不是要我的老命吗？我说过多少次了，晚上不许点灯，太费油了！需要照物，天上有月亮，没有月亮时，也有流萤。我冒着风险去郊外捉的一笼流萤，就是拿来当灯火用的。有它们，还需要什么灯？我花钱雇你来是干活的，不是来败家的！"

小伙计王元宝垂头耷耳地站着，不敢作声。

朱陈氏隔着帘子在里间道："别提你捉的那笼流萤！你抠得连流萤也舍不得喂水食，流萤早就死了一大半。用它们照物，伸出手，连有几根手指都看不清楚。"

朱剥铁道："流萤还要吃水食？！这不是要我的老命吗？我捉它们是来

当灯火用的，不是来败家的！"

朱陈氏愁道："这几天正是月初，月光微弱，有几件客人的衣服必须连夜赶制，你又不让点灯，怎么干活？"

朱剥铁道："今晚你去隔壁黄大娘家借灯做活，我去郊外捉流萤。"

朱陈氏闻言，讽刺道："去郊外一趟，走那许多路，得磨掉多少鞋底？太败家了！"

朱剥铁道："夫人说得对。我光脚去。"

朱陈氏气结。

白姬、元曜听见朱家这顿吵闹，一个面露诡笑，一个满脸尴尬。

看见白姬、元曜光顾，朱剥铁换了一张笑脸来迎："白姬姑娘又来了，最近新到了不少上好的丝绸，您看看有没有合您眼缘的？"

白姬笑道："一路走过来，日头又毒辣，有些乏了，先坐一会儿，再看不迟。"

朱剥铁把白姬、元曜让进里间，吩咐王元宝去泡茶。

王元宝领命要去，朱剥铁拉住他，压低声音，秘音不传六耳："别放太多茶粉了。"

王元宝嘴角抽搐了一下，低头下去了。

白姬耳朵尖，还是听见了他的话，摇着牡丹团扇，嘴边浮出一抹诡笑。

元曜坐在白姬对面，嘴角抽搐了一下。

不一会儿，朱剥铁亲自端着两杯茶上来了。他将两只素瓷杯子分别放在白姬、元曜面前："两位请用茶。"

白姬伸手拿起茶杯，仿佛被烫了一下似的，倏地松开手，瓷杯掉在地上，啪嗒一声，摔碎了。

朱剥铁见状，大惊失色，叫道："哎哟！我的杯子！"

白姬歉然道："天热手滑，不慎摔了您的爱物，我十分抱歉。"

朱剥铁望着地上的瓷杯碎片，唉声叹气："真是太败家了！这个杯子还可以供我朱家用七代人呢。白姬姑娘，你摔了我的宝贝，可得赔我。"

白姬笑了笑，道："缥缈阁别的没有，宝贝倒是不少。请朱掌柜去缥缈阁随意挑一样宝贝，作为我的赔偿。"

朱剥铁知道缥缈阁值钱的宝贝多，一听白姬说让他随意挑，认为占便宜的时机到了。他怕夜长梦多，白姬反悔，立刻就要去缥缈阁。

白姬笑了，同意了，也不挑丝绸做新衣了，带朱剥铁、元曜回缥缈阁了。

缥缈阁。

小黑猫坐在青玉案上，身上的黑毛半湿不干，正气鼓鼓地望着一只越窑秘色荷花盏。

秘色荷花盏静静地待在青玉案上，里面的茶汤都洒到了外面。

天气炎热，离奴打算给白姬凉一杯凉茶消暑。白姬最近从仓库里翻出了这只秘色荷花盏，因为夏天与荷花相应，打算用一个夏天。可是，这只秘色荷花盏性格倨傲，脾气不好，白姬在的时候它不敢发作，白姬不在时，它不是嫌水太烫，就是嫌水太冷，或者嫌茶叶不是上品，总是不肯好好地装茶。离奴气得几次要砸掉它，都被元曜给劝住了。

"你还想怎么样？爷已经换了上好的紫笋茶了！"黑猫气鼓鼓地对秘色荷花盏道。

秘色荷花盏晃动了一下，嫌弃似的把盏中剩余的茶汤全部泼出去，道："吾乃越窑秘色瓷中的珍品，区区紫笋茶也配得上吾？只有天下第一的蒙顶茶才配得上吾的尊贵。"

黑猫生气地道："蒙顶茶都喝完了，没有了。"

"那你去买。"秘色荷花盏颐指气使地道。

黑猫气得抓起茶盏就要砸，茶盏吓得惊呼："来人啊！救命啊！黑猫杀茶盏了！黑猫杀茶盏了啊！"

黑猫和秘色荷花盏正在闹腾，外面传来脚步声，白姬、元曜、朱剥铁来了。

黑猫愣了一下，竖耳倾听，秘色荷花盏趁机挣脱猫爪，朝外面跑去。

黑猫吓了一跳，急忙追了出去："别乱跑！好像有客人！"

朱剥铁走进缥缈阁，放眼望去，大厅的货架上摆满了各种奇珍异宝，耀花了他的眼眸。金银玉器之类的东西朱剥铁好歹还认得，更多的东西他从来没见过，也没听说过，完全不认得。

朱剥铁看得眼花缭乱，想趁机挑一件最值钱的宝贝，可是又不知道哪一件宝贝最值钱。他抬头四望，心念电转，十分苦恼，只恨不得把所有的宝贝都带走。

白姬望向眼珠滴溜溜乱转的朱剥铁，红唇勾起一抹诡笑。

就在这时，秘色荷花盏从里间跑了出来。

白姬眼尖，看见秘色荷花盏没头没脑地跑出来，一个转身，用鲛绡披帛罩住了它。

离奴跑出来，见秘色荷花盏已被披帛罩住，喵喵叫了两声。

朱剥铁只顾着看四周琳琅满目的珍宝，丝毫没有察觉异状。

白姬弯腰拾起秘色荷花盏，笑道："茶盏怎么掉在地上了？幸好没有破损。轩之，这只荷花盏太淘气，我不用了，把它放进仓库去吧。"

"是。"元曜从白姬手上接过秘色荷花盏，应道。

秘色荷花盏很不高兴，却又不敢出声反对，在元曜手中挣扎，似乎不想回仓库。

元曜拼命地捏住秘色荷花盏，不让它挣脱，向二楼仓库走去。

元曜走到仓库前，打开仓库门，抓紧秘色荷花盏走了进去。

仓库里幽深而静谧，有微尘在阳光中浮沉，凝固了岁月，静止了流年。一排排木架上沉睡着各种古老的器物，有些暴露在尘埃里，有些被贴着护符的匣子封印着。

元曜一路走过去，走到放置杯碗盘盏之类器具的地方，把秘色荷花盏放在架子上。

秘色荷花盏十分不高兴，对元曜道："吾又没有做错什么，白姬为什么又要把吾关在这个死气沉沉的地方？"

元曜道："你今天差点儿吓到客人，白姬肯定生气，不如你先休息几天，白姬气消了，说不定又会拿你出去用了。"

秘色荷花盏闷闷不乐地道："也只能这样子了，都是那只讨厌的黑猫害的！"

元曜又劝了秘色荷花盏几句，才告辞离开。

安静而昏暗的仓库里，秘色荷花盏闷头坐在木架上，心情十分不好。

突然，一只拳头出现在它眼前，秘色荷花盏循着拳头向上望去，看见一个衣着破烂的少年。少年十分秀气，有一双明亮的眼睛。

少年对秘色荷花盏眨了眨眼睛，笑道："不要不开心了，送你一件好玩的东西。"

少年摊开拳头，手中出现了一粒黄金弹丸。

昏沉的仓库里，黄金弹丸格外耀眼。

秘色荷花盏把黄金弹丸丢进自己的盏里，摇晃了几下，还是不开心。

少年眼珠一转，又把握成拳头的手伸到秘色荷花盏跟前，再次摊开，变戏法似的，他的掌心又多了一粒大珍珠。

少年把大珍珠丢进秘色荷花盏里，秘色荷花盏晃了晃身子，黄金弹丸和大珍珠碰撞，发出悦耳的声音。

秘色荷花盏心情好了一些，对少年道："小通，你在仓库里待了这么多年，不觉得闷吗？"

少年在地上坐下，托着腮道："是挺闷的。可是，我不像你，每隔三五年，还能出去替白姬盛个茶，我一点儿用也没有，只能待在仓库里，给自己变戏法解闷了。"

秘色荷花盏闻言，号啕大哭："这次惹白姬生气，估计她不会再让吾出去了。吾也没有别的奢望，只希望能在外面玩一个夏天。小通，看在做了这么多年邻居的分上，你去替吾向白姬求求情吧。"

小通看着伤心的秘色荷花盏，觉得它有些可怜，道："好吧。我去试试。"

第二章　聚　宝

缥缈阁。

白姬坐在青玉案边，朱剥铁坐在白姬对面。元曜按照白姬的吩咐，端了两杯清水上来，一杯放在白姬面前，一杯放在朱剥铁面前。

朱剥铁望了一眼清水，觉得白姬有些无礼。

白姬笑道："我春天时往井里放了一些茶粉，现在这水里还有一些茶香呢。过日子就得俭省，不能败家。"

朱剥铁听了，颇为受教："原来还可以这样！受教了！唉！我实在太败家了！"

白姬红唇挑起一抹诡笑："朱掌柜，请随意挑选宝物。"

朱剥铁一口气喝光了茶杯中的水，也不客气，站起身来，在里间四处寻找。货架上摆满了奇珍异宝，朱剥铁一会儿看看鱼纹铜镜，一会儿看看八宝彩屏，一会儿摸摸镶嵌宝石的博山炉，一会儿又嗅嗅名贵的西域香料。

朱剥铁十分为难，什么都想要，恨不得把整个缥缈阁的宝物都搬空，可是他只能挑一样。

看见朱剥铁为难的样子，白姬笑了："如果里间的宝贝不合朱掌柜心意，您可以去外面看看，好东西都在外面。"

朱剥铁闻言，真的跑去外面挑选了。

白姬坐在青玉案边，不知道在想什么。

元曜有些担心："朱掌柜估计挑花眼了。"

白姬笑道："没有关系，总有适合他的。"

就在这时，有人出现在里间，元曜侧头一看，是一个衣衫褴褛的少年。元曜有些奇怪，不知道这少年是干什么的，如果是客人，他怎么会不在大厅停留，直接出现在里间？而且，他小小年纪，穿得那么破旧，总觉得有些可怜。

白姬抬头望了一眼少年，笑了："小通，你怎么来了？"

小通十分有礼貌地向白姬作了一揖，正要开口说话，朱剥铁突然进来了。

元曜眼看着在朱剥铁踏进里间的瞬间，小通从一个瘦弱少年倏地变成了一个瓦盆。瓦盆平凡无奇，看上去甚至有些粗糙。

原来，这又是一个器物妖！元曜在心中暗想。

朱剥铁走进里间，满头大汗，一脸着急。他道："白姬姑娘，您这儿宝物太多，我实在不知道该选什么，愁死我了！"

白姬笑道："不知道朱掌柜喜欢什么类型的宝贝？"

朱剥铁道："当然是值钱的！"

白姬笑道："要多值钱的？！"

朱剥铁道："当然是越值钱越好！"

白姬伸手，指向地上的瓦盆："那就是它了。"

虽然瓦盆一直在地上，但是朱剥铁从进来到现在，根本就没有看见它。他眼里充满了贪欲，只注意金银珠宝，哪里看得见一个破瓦盆？

朱剥铁望着瓦盆，脸上露出不屑的表情："白姬姑娘，您在跟我开玩笑？这个破瓦盆能值多少钱？！"

白姬微挑红唇："这是无价之宝。人世间，没有比聚宝盆更值钱的东西了。"朱剥铁不相信，道："您别愚弄我了。我虽然挑花了眼，但还没糊涂。"白姬没有说话，走到聚宝盆边，从衣袖里摸出一文钱，当啷一声，将钱丢进了瓦盆里。

这时候，奇怪的事情发生了。

哗啦啦！一文钱被丢进瓦盆之后，瓦盆里迅速地变出了一盆铜钱。

朱剥铁望着聚宝盆，张大了嘴巴。

元曜望着聚宝盆，也张大了嘴巴。

白姬笑道："朱掌柜不要小瞧了它，它可是聚宝盆，可聚集天下财宝。"

朱剥铁一个箭步冲向聚宝盆，把它拾了起来，抱入怀里。他伸手去捞聚宝盆里的铜钱，想确定铜钱是不是真实的，然而那只是幻影，他根本捞不出来。

朱剥铁很生气，把聚宝盆摔在地上，恼怒地道："取不出来的财宝有什么用？！"

白姬笑了："朱掌柜真是急性之人，我话还没说完呢。这是一件仙家异宝，凡人之手当然取不出财宝了。""那谁能取出来？"朱剥铁急切地问道。

白姬道："小通，出来吧。"随着白姬话音落下，刚才消失的秀气少年又出现了，他跌坐在聚宝盆旁边，揉着肩膀，似乎被刚才朱剥铁的一摔弄疼了。

朱剥铁又张大了嘴巴。

白姬笑道："朱掌柜，这是小通，是负责从聚宝盆里取出宝物的仆人。小通，把铜钱取出来。"

"是，白姬。"小通很听话地把手伸进聚宝盆，取了一把铜钱，把铜钱放在青玉案上。奇怪的是，聚宝盆里的铜钱并没有变少，还是之前那么多。

朱剥铁奔向青玉案，伸手拿了一枚铜钱，想确定它是真实，还是幻影。这一次，他摸到了实实在在的铜钱。

白姬又从衣袖里摸出一锭银子丢进聚宝盆，满满一盆铜钱瞬间变成了满满一盆银子。

白姬笑道："不仅是铜钱，银子也可以，金子也行，取之不尽，用之不竭。"

白花花的银子几乎闪瞎了朱剥铁的眼睛，但他还没有糊涂，道："白姬姑娘，您不能光给我聚宝盆，这仆人我也要。"

白姬笑了："那是自然。小通跟聚宝盆是不能分开的。"

朱剥铁开心地笑了。

朱剥铁心满意足，拿着聚宝盆走了，脸上笑得像开了一朵花儿。

白姬也很开心："不知道会结出怎样的果。"

元曜有些忧心，朱剥铁这么贪婪吝啬，元曜总觉得小通去他家会没有好日子过。

二楼的仓库里，秘色荷花盏还一脸期盼地坐在橱架上等待小通说情回来，带给它好消息。

月朗星疏，院子里青草萋萋，鸣虫的叫声断断续续。

白姬、元曜、离奴坐在后院赏月，他们的面前放着一个大西瓜。大西瓜碧幽幽的，已经在井水中镇了一下午，浸出丝丝凉意。对于正经历酷暑的人来说，西瓜冰凉清甜的味道是极大的诱惑。

白姬手拿胡刀切西瓜，元曜、离奴伸长了脖子，围在旁边等着吃瓜。夏夜切西瓜一向是元曜或离奴的活儿，不知道为什么今天白姬抢着干。

白姬把大西瓜一分为二，二分为四，四分为八。她拿出八分之一的西瓜，将其切作大小不一的三块。

白姬微笑着留下三块西瓜中最大的一块，把其余两块放在元曜和离奴面前："这是今天的份。轩之，离奴，你们要好好品尝呀！"

元曜蒙了："今天的份？"

离奴也迷惑了，道："主人，其余的西瓜呢？"

白姬笑道："留着以后吃。我思考了一下，以前缥缈阁的吃穿用度开销太大，我们得跟朱掌柜学习俭省。一个西瓜分成八份，四天吃一份，就可以吃一个月，夏天也就三个月，三个西瓜就够了。四天吃一次西瓜，已经很败家了。"

元曜辩驳："切开的西瓜放一个月早就馊了。再说，小生这一块西瓜也太小了吧，还没有巴掌大呢！"

黑猫也道："离奴这一块也很小。主人，你的那一块为什么那么大？！"

白姬摸了摸黑猫的头，道："听说，猫吃西瓜对肠胃不好，吃瓜皮倒是有助于消化。"

黑猫吓了一跳，急忙咬了一口西瓜，道："离奴讨厌吃瓜皮！还是吃西瓜好！主人是长安城中法力最高深的非人，吃大块的西瓜天经地义！"

白姬满意地笑了："以后，缥缈阁的饮食也要俭省，这就交给离奴你了。如果让我发现你败家，你就天天吃瓜皮！"

"是！主人！离奴一定不败家！"

元曜拉长了苦瓜脸，对着月亮啃西瓜，没来由地觉得今后的日子会很艰辛。

清风无力，苦夏难挨。

这一天上午，元曜感到酷热难当，站在缥缈阁的大门口，希望有穿堂风为他带来一丝凉意。然而，根本没有一丝风。

扇子已经被白姬收起来了，只有每天正午最热的时候才能拿出来扇一盏茶的时间。按照白姬的说法，扇子用久了会损毁，太败家。

离朱剥铁拿走聚宝盆已经七天了，但他带来的噩梦才刚开始。

白姬深受朱剥铁的启发，决定过俭省的日子，离奴上行下效，挖空心思裁减吃穿用度的花销，元曜苦不堪言。

首先，缥缈阁从一日三顿饭变成了两顿，午饭变成了喝清水。因为离奴觉得夏天苦热，本来就没胃口，不如少做一顿饭。

以前，缥缈阁的早饭很丰盛，离奴会按照自己的心情换着花样做，现在一律是喝面糊或者粟米粥，配菜是咸菜。并且，一人只能喝一碗粥，吃两块咸菜。

晚饭稍微好一些，虽然不再有荤腥，大部分时候也是咸菜，但至少胡饼可以吃到饱。而且，在离奴的强烈恳求下，白姬同意七天吃一次鱼。

掐指算来，今天是吃鱼的日子，离奴一大早就欢天喜地地去买鱼了。

元曜感到十分炎热，肚子也饿得咕咕叫。

白姬从里间走出来，见小书生拉长了苦瓜脸站在大门口，笑道："轩之怎么站在大门口？莫非在等什么？"

元曜道："小生在等正午呢，好用扇子。"

白姬笑道："心静自然凉，轩之不能总是依赖外物。"

元曜道："小生肚子饿得咕咕叫，根本静不下来。"

白姬笑眯眯地道："多喝水就好了，既能饱腹，又能降暑。"

元曜气结。

正在这时，离奴买鱼回来了。

离奴拎着一条瘦小的鲈鱼，不太开心，向白姬诉苦："主人，离奴这几天饿得都没有力气了，争不过万珍楼的老鼠们，只抢到这一条小鱼。"

白姬笑道："小鱼也是鱼，而且更便宜，不败家。"

离奴道："主人，离奴已经七天没吃香鱼干了，总觉得不吃鱼干没有力气，能不能……"

白姬笑眯眯地打断离奴，道："多喝水就好了。"

黑猫一溜烟地跑去后院，真的去古井边汲水喝了。

第三章　藏　宝

　　还没撑到正午时分，元曜已经热得挨不下去了，借口去仓库找一本佛经静心，来到了二楼仓库里。仓库中沉睡着各种古物，幽深而清凉，比外面舒服多了。

　　元曜靠着一排橱架坐下，闭目歇凉。这几天热得受不了，又没有扇子时，元曜就会躲在仓库里纳凉。

　　秘色荷花盏见元曜来了，又跳到他的头上，坐着哭诉："元公子，白姬什么时候才会拿吾出去泡茶呀？"

　　"估计没指望了，缥缈阁现在已经不喝茶吃点心了。"

　　秘色荷花盏叹了一声气，道："元公子，吾昨晚又梦见小通了，小通在梦里向吾哭诉，说自己吃不饱穿不暖，好可怜呢。"

　　元曜安慰道："梦是反的。你不要想太多。"

　　秘色荷花盏又道："小通是吾的好朋友，吾放心不下，想去看看小通。"

　　"那你去吧。小通在西市蚨羽居。"

　　秘色荷花盏愁眉苦脸地道："不经白姬允许，吾等器物妖不能离开缥缈阁。"

　　"那就没办法了。"

　　"有……有一个办法。"秘色荷花盏吞吞吐吐地道。

　　"什么办法？"

　　"元公子你带吾出去。"

　　元曜一听，连连摇手："不行，不行，小生带你出缥缈阁，那就是偷盗！偷盗有违圣人的教诲！"

　　秘色荷花盏道："吾同意元公子带吾出去，那就不是偷盗了。再说，吾只是去看看小通，跟小通说说话，还会跟你回来的。"

　　元曜有些犹豫，道："虽然小生很想帮你，可是万一被白姬发现了……"

　　"出去一会儿就回来，你不说，吾不说，神不知鬼不觉，白姬不会发现的啦！"

　　拗不过秘色荷花盏的恳求，元曜只好同意了："好吧，不过得等白姬让小生出去办事的时候小生才能悄悄地捎你出去。"

"元公子，你真是个大好人！"秘色荷花盏欢呼道。

中午，白姬、元曜、离奴照例喝了两碗清水作为午饭，元曜的肚子更饿了。

午饭之后，白姬让元曜去布政坊送韩太保订下的玉如意，元曜悄悄地来到仓库，把秘色荷花盏也放进了礼盒。

神不知鬼不觉地，元曜把秘色荷花盏带出了缥缈阁，秘色荷花盏非常开心。

因为元曜必须去布政坊办事，没有办法陪秘色荷花盏去蚨羽居，他们就在西市分别了。元曜办完事情之后，会去蚨羽居找秘色荷花盏，再带它一起回缥缈阁。

元曜去布政坊送完玉如意，回到了西市。他见时候尚早，就在西市逛了起来，毕竟秘色荷花盏出来一趟不容易，让它多跟聚宝盆相处一会儿，两件器物分开了很久，应该有很多话要说。

路过馄饨铺时，元曜饥肠辘辘，伸手摸了摸袖袋，还有两文钱。这是他上个月剩下的月钱。

小书生耐不住腹中饥饿，旋风般卷进了馄饨铺，点了一碗虾肉馄饨。

元曜吃饱喝足，走出馄饨铺，见天色不早了，举步走向蚨羽居。

蚨羽居没有做生意，大门紧闭，店门口挂着"盘点"的牌子。

元曜在蚨羽居门口大声喊道："秘色荷花盏！秘色荷花盏——"

不一会儿，一只茶盏妖从蚨羽居左边绕了出来。秘色荷花盏一副心事重重的样子，双眼还有些红肿。

元曜忍不住问道："茶盏老弟，你没事吧？"

秘色荷花盏哭道："吾没事，但是小通有事。元公子，你救救小通，小通快累死了。"

"怎么回事？"元曜吃了一惊，问道。

秘色荷花盏指着蚨羽居，哭丧着脸道："小通被关在这里面的地窖里，没日没夜地捡铜钱、银锭和金锭。这里的主人好可恶，不让小通休息，也不给小通吃东西，如果捡慢了，还用皮鞭打小通。呜呜，可怜的小通……"

元曜十分愤怒，道："朱掌柜这也做得太过分了！"

元曜走到蚨羽居前，一边拍打蚨羽居的大门，一边喊道："朱掌柜！朱掌柜——"

元曜想跟朱剥铁理论，可是门里面半天没有动静。

砰砰！砰砰！元曜没有放弃，仍然继续敲门。

过了好一会儿，才有人出来开门，来人是伙计王元宝。

王元宝怯生生地道："是缥缈阁的元公子？掌柜的说他不在，不，掌柜的不在……"元曜一听，心知朱剥铁肯定在家，叫得更大声了："朱掌柜，小生知道你在里面，烦请出来听小生一言。"

朱剥铁心知躲不过，又忌惮元曜在西市张扬聚宝盆的事情，只好出来相见。

朱剥铁走到大门边，瞪了王元宝一眼，骂道："没用的东西！什么事都干不好！养着你简直是败家！还不快滚进去！"

王元宝唯唯诺诺，急忙退了下去。

朱剥铁也不请元曜进去，站在门口，居高临下地道："不知道元公子有什么指教？"

元曜道："朱掌柜，虽然白姬把聚宝盆给了你，你成了聚宝盆的主人，可是也请你善待小通。器物有灵，也会劳累，也会伤心。"

"我怎么对待我的东西是我的事情，不劳元公子费心。"朱剥铁不耐烦地说道。

元曜还想继续劝说，朱剥铁懒得再听，砰的一声关上了大门。

元曜虽然生气，但也没有办法。他见天色已晚，怕错过街鼓的时辰，只好带着秘色荷花盏回去了。

元曜回到缥缈阁，悄悄地把秘色荷花盏放回仓库里。他刚走下楼，离奴已经做好了晚饭，叫他去吃。

白姬、元曜、离奴围坐在食案边，食案上放着一盘清蒸鲈鱼、一盘藜、一盘藿。

藜藿又叫贫贱之菜，都是生长在荒地里的野菜，味道并不可口。即使是贫穷人家，也只在饥荒时节才会吃藜藿填肚子。离奴为了不败家，每天都去金光门外的驿路边拔藜藿作为菜肴。反正，藜藿不要钱。

白姬望着雪白的鲈鱼肉，眼睛都直了。

离奴望着雪白的鲈鱼肉，口水都流出来了。

元曜望着雪白的鲈鱼肉，并没有什么感觉——他已经吃了一大碗虾肉馄饨，并不饿，而且，他心里想着聚宝盆的事情，没有胃口。

白姬、离奴风卷残云地吃鱼，元曜不为所动，小口小口地啃着胡饼。

白姬笑道："轩之今天怎么没有胃口？"

"小生有心事。"

"轩之有什么心事？"

"小生听说小通被朱掌柜苛待，为小通感到伤心。"

"轩之是怎么'听说'的呢？"白姬红唇挑起一抹危险的弧度。

小书生不会撒谎，就把跟秘色荷花盏的勾当一五一十地招了。

白姬倒也没有生气，笑道："轩之不要担心，晚上我跟你去蚨羽居走一趟，正好我也该看看'果'怎么样了。"

听见白姬这么说，元曜心情才好了一些，胡乱吃了些晚饭。

明月高悬，清风徐来。

白姬、元曜踏着月色走出缥缈阁，去西市蚨羽居拜访朱剥铁。

白天熙来攘往的西市在夜间静谧如死，没有半个人影。街道边林立的各种店铺已经歇业，但是居户倒还亮着灯火。

白姬、元曜来到蚨羽居外，只见蚨羽居大门紧闭，但隐约可见店铺后面的院落里亮着灯。

元曜抬手要敲门，白姬阻止了他："轩之，大半夜的，这样突然造访会吓到朱掌柜。大家都是街坊邻居，不能让人坐实了缥缈阁里有妖怪。"

元曜赧然："那该怎么办？"

白姬从衣袖里掏出一张纸符，拿纸符沾了一些唾沫，贴在元曜额头上，笑道："因为蚨羽居很近，今夜轩之不是生魂，而是真人。所以，贴个隐身符，生人就看不见你了。"

元曜明白了，白姬打算偷偷进蚨羽居。想起以往夜行的经历，元曜指着蚨羽居后院围墙的方向，苦着脸道："又要小生翻墙进去，然后给你开门，对不对？"

白姬笑道："绕道去后院翻墙多麻烦，还是直接从店门进去快一些。这一次，我给轩之开门。"

说完，白姬化为一道白光，闪进了蚨羽居。与此同时，蚨羽居的店门吱呀一声开了一扇，元曜急忙闪了进去。

蚨羽居内十分安静，也没有灯火，内院的方向隐约有光芒，白姬、元曜向内院走去。

白姬、元曜穿过种着几株修竹的庭院，走向亮着灯火的厢房。元曜想起之前撞见朱剥铁因为点灯费油而训斥伙计，感慨难得他也肯晚上点灯，不心疼灯油了。

厢房的门紧紧闭着，但是因为天气闷热，窗户开着。

白姬、元曜透过窗户，向厢房里望去。

厢房挺大，南墙边有一张罗汉床，西北角有一面落地铜镜，四周悬挂着一些剪裁到半成衣模样的绫罗绸，看样子应该是朱剥铁和朱陈氏的卧房。此时此刻，卧房里只有三个人——朱剥铁、王元宝、小通，元曜没有看见朱陈氏。

　　朱剥铁坐在罗汉床上，一边喝水，一边擦汗。他穿着一身半新不旧的短打，为了方便干活，衣袖和裤腿都高高地挽起。可能是得到聚宝盆太兴奋，连夜睡眠不足的缘故，朱剥铁清瘦了不少，而且脸色很差。

　　小通跪坐在地上，闷闷不乐地从聚宝盆里面取铜钱。

　　自从来到蛱羽居，在朱剥铁的要求下，小通就没有停止过从聚宝盆中取物，双手已经因为不停地取财宝而磨破了，取出来的铜钱上都沾着血。虽然很累，可是小通不能停下来，因为这是朱剥铁的要求，小通不能违抗朱剥铁。更何况，一旦小通停下来，朱剥铁就会拿皮鞭抽打小通。不过，不知道为什么，小通的嘴角竟挂着笑意，明亮的眼睛里也闪烁着愉悦的光芒。

　　小通把取出来的铜钱放在地上，地上的铜钱已经堆得跟小山一样了。

　　王元宝负责用筻箩将地上的铜钱装起来，走到罗汉床边的地窖边，把筻箩里的铜钱丢进地窖里。丢完之后，他再拿空筻箩回来装铜钱，然后再走到地窖边，往地窖里丢铜钱。

　　王元宝已经很累了，他的小腿都已经肿了，可是他不敢偷懒，因为一旦偷懒，朱剥铁就会拿皮鞭抽他。

　　朱剥铁一边喝水，一边自语："地窖已经差不多装满了，看来要在院子里重新挖一个地窖了。死老婆子居然害怕得躲回娘家去了，我一个人可没办法挖地窖，雇人来挖又得费钱，而且人多口杂，恐怕走漏了聚宝盆的风声，该怎么办呢？"

　　小通和王元宝都不敢答话，一个皱着眉继续从聚宝盆里取出铜钱，一个苦着脸继续搬运铜钱。

　　呼啦！突然，油灯灭了，厢房里陷入一片黑暗。

　　朱剥铁生气地道："油灯怎么灭了？！"

　　王元宝小声地道："没灯油了……"

　　朱剥铁大声地道："去厨房里拿。"

　　王元宝小声地道："厨房里也没有了……"

　　朱剥铁没好气地道："什么？！我三天前才打的二两灯油，这么快就用完了？！"

　　王元宝道："掌柜的，您整晚整晚地点着灯折腾，半斤灯油也不够用啊！”

朱剥铁道："太败家了！太败家了！以后不点灯了，我明天去捉流萤！不能因为手头宽裕了一些，就败家。"

王元宝小心翼翼地问道："掌柜的，现在没有灯，又没有流萤，我们能不能去休息了？"

"给我摸黑干活！少打偷懒主意！"朱剥铁吼道。

啪！啪啪！同时，黑暗中响起了皮鞭声。

"啊！"

"啊！好疼啊——"

小通、王元宝同时哀号了起来。

朱剥铁三人继续摸黑干活，吵吵闹闹。

白姬叹道："小通的日子过得还真是糟糕啊！"

元曜担心地道："那你还不赶紧劝一劝朱掌柜，小生都看不下去了。"

听见里面的皮鞭声，白姬笑着推辞道："我一个女子，怎好在深更半夜抛头露面？会被人说闲话的。不如，轩之你去。"

元曜看着黑漆漆的厢房，也不敢进去。

"皮鞭无眼，小生也不敢进去。"

白姬红唇微挑，对着黑暗的厢房道："'果'也快熟了，再忍耐一阵子吧。你很快就自由了。"

元曜不解："谁自由了？"

白姬笑道："秘密。"

元曜知道追问了白姬也不会说，干脆不问了。

白姬、元曜踏着月色，又静静地回去了缥缈阁。

第四章 暴 毙

缥缈阁。

正是上午时分，元曜一边擦着双耳石斛花瓶，一边酝酿诗意，最近他打算写一套四时歌，记录一年四季待在缥缈阁的时光。

然而，因为肚子很饿，小书生根本提不起诗兴。小书生苦着脸对正举着一面海兽葡萄镜簪花的白姬道："白姬，小生好饿啊！"

白姬笑眯眯地道："轩之忍耐一下，还不到吃午饭的时辰呢。"

小书生苦着脸道："到了吃午饭的时辰也没有用，反正又是喝水。白姬，就不能吃点儿什么可以填饱肚子的东西吗？"

白姬想了想，笑眯眯地道："可以吃土。土可以填饱肚子。饥荒年月，人类都是这么撑过来的呢。"

元曜生气，不想再理会这条被朱剥铁荼毒而俭省成疯魔的龙妖，甩袖走向后院。

"轩之去哪儿？"白姬问道。

"小生吃土去。"元曜没好气地道。

"外面土多，轩之要吃土去外面吃。吃自家的土，太败家了。"龙妖如此道。

元曜只好出去找土吃。

元曜来到西市，摸了摸衣袖，这个月的月钱只剩下一文钱了。虽然说缥缈阁管吃住，可是按照白姬最近俭省成疯魔的吃穿用度，一个正常人早就饿死了。元曜这个月和上个月的月钱，都已经拿来补贴他的吃喝了。如果这种日子再继续下去，他觉得自己肯定活不下去了。

一文钱吃不了虾肉馄饨，元曜只好跑去饦饦铺子，买了两个芝麻饦饦，拿起其中一个，大口大口地啃了起来。

元曜一边吃芝麻饦饦，一边在西市闲逛。在路过一家鱼干铺的时候，他不经意地一瞥，看见一只黑猫蹲在店铺不远处的青石台上狼吞虎咽地吃一大包香鱼干。

黑猫看起来很眼熟，不是离奴又是谁！

"离奴老弟！"元曜远远地喊了一声。

黑猫正在陶醉地吃香鱼干，没有听见。

元曜只好走过去，干咳了一声，喊道："离奴老弟！"

黑猫冷不丁听见有人喊自己，吓了一跳，鱼干差点儿卡住喉咙。黑猫抬头看见元曜，十分惊慌，急忙侧头四望，没有看见白姬，才放下心来。

"臭书呆子！吓死爷了！"黑猫没好气地骂道。

元曜好奇地问道："离奴老弟，你不是去金光门外拔藜藿了吗？怎么躲在西市偷吃香鱼干？"

黑猫没好气地道："死书呆子！不吃香鱼干爷没有力气，没有力气怎么去拔野菜？！再说，你还不是在偷吃饆饠！"

小书生分辩道："这饆饠是小生拿自己的月钱买的，算不得偷吃。"

"香鱼干也是爷拿自己的月钱买的，爷下下下个月的月钱！"黑猫如此道。

烈日炎炎，一人一猫坐在沿街的屋檐阴影下，一个啃饆饠，一个吃香鱼干，一边吃，一边聊天。

"离奴老弟，这日子没法过了。你能不能劝一劝白姬不要再这样下去了？"

"书呆子，爷也想回到随意吃鱼的日子啊，可是能听得进劝告，那就不是主人了，得等她自己想通。她不想再过这种日子了，我们才能回到随意吃喝的生活。"

"白姬什么时候才会想通？小生快撑不下去了。"

"谁知道呢。爷也撑不下去了。"离奴也熬不住了。不像以前从来不管，白姬最近对菜钱查问得颇仔细，离奴不敢天天偷拿菜钱买香鱼干吃，否则会对不上账。

这么多年来，离奴的月钱基本月月花光，都拿来买香鱼干吃了，离奴没有攒下可以应急的积蓄。再这样下去，离奴也担心自己会饿死。

突然，离奴眼珠一转，想到了什么："有了！聚宝盆里的财宝取之不尽，用之不竭，书呆子，咱们去蚨羽居取一些财宝应急！"

"你疯了吗？离奴老弟！聚宝盆现在是朱掌柜的东西，以他的性格，他不会答应你去取财宝。"

"嘻嘻！聚宝盆确实是朱掌柜的，但是有小通在呀，爷跟小通关系不错，让小通悄悄地借爷一点儿钱财应急。"

元曜不同意离奴的提议，觉得不妥当。离奴打算自己去，元曜又担心离奴自己去会挨朱剥铁的皮鞭，便只好同意一起去，出了事好照应离奴。

于是，吃饱了之后，一人一猫顶着炎炎烈日，走向了蚨羽居。

西市，蚨羽居。

蚨羽居的大门紧闭着，大门口依旧挂着"盘点"的字牌，里面隐约传来妇人的啼哭声。

元曜心中有些疑惑：蚨羽居里怎么会有妇人的哭泣声？这妇人是谁？难道是朱陈氏？她为什么哭泣？

元曜正要敲门，大门突然自己开了。王元宝哭丧着脸正要出来，看见元曜和离奴，愣了一下。

元曜道："小生来拜访朱掌柜。"

王元宝苦着脸欲言又止，道："掌柜的……掌柜的……唉！主母在里面，小人去通传一声。"

过了一会儿，王元宝出来道："主母有请。小的还得去请大夫，就不送两位进去了。"

王元宝急匆匆地走了。

元曜有些奇怪：王元宝去请大夫做什么？里面有病人？谁生病了？

元曜、离奴进了蚨羽居之后，走向后院。后院中一片狼藉，凌乱地放着几把锄头、铁铲，几株凤尾竹全被砍倒在地，院子中央还有一个大坑。

离奴翕动鼻翼，嗅了嗅，神色失望，转身就走："唉！小通已经不在了，新的器灵还没有断气，拿不到财宝了。"

"哎？！"元曜大惑不解。

离奴也不解释，转身走了。

"书呆子，爷还得去城外拔野菜，就先走了，你待会儿自己回缥缈阁。"

离奴走后，元曜站在庭院中，不知道是该回缥缈阁，还是该去厢房见朱陈氏。

他有些好奇发生了什么事，想了想，还是举步走向厢房。

厢房中光线昏暗，几件半成衣挂在四周，地上撒落了不少金银铜钱。朱陈氏坐在罗汉床边哭泣，朱剥铁直挺挺地躺在罗汉床上。

元曜四处张望，看见聚宝盆被放在一张木案上，聚宝盆里面空荡荡的，居然没有钱财，屋中也不见小通的踪迹。

元曜望向躺在罗汉床上的朱剥铁，不由得吓了一跳。如果不是穿着朱剥铁的衣服，元曜简直认不出那是朱剥铁，只见他面色灰白，双目凹陷，整个人仿佛被什么吸干了似的，只剩下一张人皮裹着一副骨架。

朱剥铁静静地躺在床上，不知生死。

朱陈氏看见元曜，停止了抽泣，起身道："元公子，你来得正好，我正好想问公子一些事情。"

"朱……朱夫人请问。"不知道为什么，元曜有些心虚。

朱陈氏哭道："自从这死老头子从缥缈阁拿回什么聚宝盆，他就着了魔一般，不知餍足地取拿金银珠宝。我虽然是妇道人家，也知道聚宝盆是邪门之物，世间哪有取之不尽、用之不竭的财宝呢？即使是有，毫无节制地索取也会让人堕入魔途。我劝这死老头子好多次了，可是他总不听，现在好了，落得这个下场！呜呜……"

朱剥铁得到聚宝盆之后，疯魔般地攫取财富，毫无节制。朱陈氏劝他无用，一气之下，回了娘家。

前几天，朱剥铁派王元宝去接朱陈氏，朱陈氏以为丈夫悔改了，也放心不下店铺，就回来了。谁知道，朱剥铁接朱陈氏回来竟是因为在院子里挖地窖缺人手，不方便雇请外人，才让她回来帮忙。

看见丈夫不但没有节制，反而更贪婪，朱陈氏既生气，又担心。她眼看着朱剥铁越是攫取聚宝盆里的财宝，人就越瘦，精气神也越差，总担心他会出事。

今天上午，朱剥铁在挖地窖时，突然一头栽倒在院子里。无论朱陈氏、王元宝怎么叫，朱剥铁都没有反应。眼看丈夫一副病入膏肓的样子，朱陈氏十分焦急，让王元宝去请大夫，自己伤心落泪。

朱陈氏指着木案上的聚宝盆，对元曜道："元公子，这到底是什么邪魅之物，害得我家老头子变成这样……"

元曜也不知道，只好道："朱夫人，这只是一个聚宝盆。"

突然，朱剥铁猛地睁开了眼睛，望着虚空，双手乱抓："聚宝盆……聚宝盆……我的聚宝盆呢？！"

朱陈氏闻言，既生气，又伤心："都病成这副模样了，你怎么还想着聚宝盆？！"

朱剥铁对妻子的话若罔闻，仍旧望着虚空，双目灼灼如火，模样怪异且吓人："快挖地窖！快取更多的财宝！我要更多的财宝！"

朱陈氏闻言，又要开口骂丈夫，可是她还没开口，朱剥铁突然浑身抽搐了几下，躺平不动了。

朱陈氏和元曜定睛望去，只见朱剥铁浑身僵直，瞳孔涣散，显然已经驾鹤西去了。不过，朱剥铁双目暴睁，直勾勾地盯着虚空，看上去让人毛骨悚然。

朱陈氏看见丈夫暴毙，十分伤心，放声痛哭。

元曜眼看着朱剥铁死了，也有些伤心，忍不住流下了眼泪。

朱陈氏哭了一会儿，才想起要办丧事，准备去知会左邻右舍。

元曜赶上了朱剥铁过世，推托不过去，只好留下来帮忙。

元曜看见朱剥铁双目暴睁，死不瞑目，道："朱夫人，朱掌柜这副模样恐怕会吓坏亲戚邻居，得让他合上眼睛啊。"

朱陈氏觉得元曜说得有道理，伸手帮丈夫合眼，可是试了几次，都没有成功。朱陈氏哭骂道："死老头子，人死万事空，你还有什么放心不下的啊？"

朱剥铁仍旧死不瞑目。

元曜想了想，从地上拾起一枚铜钱，走到罗汉床边，将铜钱放到朱剥铁手里。

朱剥铁抓紧铜钱，才闭了眼。

朱陈氏见了，又伤心，又生气，放声悲哭。

"死老头子，财迷心窍了一辈子，人都死了，还要拿着铜钱才闭眼！呜呜……"

朱陈氏伤心不已，元曜只好帮忙去知会邻居。王元宝请了大夫回来，见掌柜的死了，也伤心落泪，帮忙料理后事。

元曜离开蚨羽居时，朱陈氏让他把聚宝盆带走。

朱陈氏道："老头子留了一地窖的金银财宝，也够我余生过日子了。这东西我无福享用，还是还给缥缈阁吧。"

元曜宽慰了朱陈氏几句，就如她所愿，把聚宝盆带回缥缈阁了。

第五章　囚　奴

元曜回到缥缈阁时，已经是下午光景。白姬不在，不知道干什么去了。离奴在厨房洗野菜，准备做晚饭。

元曜把聚宝盆放在青玉案上，心情复杂。

突然，一只茶盏妖跳上了元曜的肩膀："元公子，你回来啦！"

元曜转头一看，是秘色荷花盏。

元曜奇道："茶盏老弟，你怎么从仓库跑出来了？"

秘色荷花盏道："嘿嘿，是白姬把吾拿出来的。她打算用吾泡茶喝，因为没有喝茶的点心，她去瑞蓉斋买点心去了。"元曜更奇怪了。

"白姬最近很节俭，已经不喝茶吃点心了呀。"

秘色荷花盏笑道："哈哈！元公子有所不知，中午小通回来了，来向白姬辞行，也来向吾告别，因为，他自由了。小通走后，白姬看见吾，突然就想喝茶了，一想到喝茶，她就想吃芙蓉糕了，因为元公子不在，她就自己买点心去了。"

"小通自由了？这又是怎么回事？"元曜更奇怪了。

"吾也不知道，反正就是小通可以离开聚宝盆了。吾也好想离开这个破茶盏啊！带着这个茶盏，做什么都不方便，生怕茶盏摔碎了。"秘色荷花盏抱怨道。

"你可不能离开茶盏，你跟小通不同，你是器物妖。"白姬的声音突然响起。

元曜回头一看，但见白姬一袭雪色云纹长裙，披着半透明的鲛绡披帛，袅袅娜娜地走进里间，手里拎着一包点心。

秘色荷花盏看见白姬，十分高兴，欢呼雀跃："点心买来啦！可以泡茶啦！泡茶！泡茶！快泡茶！"白姬笑着坐下，道："快到吃晚饭的时辰了，现在喝茶吃点心了，一会儿会吃不下晚饭，还是等晚上赏月时再喝茶吃点心吧。"

"唉！还要等到晚上！"秘色荷花盏闷闷不乐地坐下。

元曜好奇地问白姬道："小通难道不是聚宝盆的器物妖吗？"

白姬笑道："当然不是，小通是被囚禁在聚宝盆里的亡魂，生前是人。"

"啊？！"元曜吃惊。

白姬笑道："说起来，小通生前还是一个挺出名的人，轩之听说过邓通^①吗？"

元曜张大了嘴巴："汉朝那位开铜矿铸钱，富甲天下的邓通？他就是小通？！"

白姬笑眯眯地道："是的。"

"小通去哪儿了？他还会回来吗？"秘色荷花盏忍不住插嘴道。

白姬笑道："小通不会回来了。他被聚宝盆囚禁了那么多年，去地府轮回往生，是他的心愿。"

---

① 邓通，西汉文帝宠臣，官至上大夫，垄断当时铸钱业，"邓氏钱"流布全国，富甲天下。汉景帝继位，因早年邓通得罪过他，他罢了邓通的官。不久，邓通被人告发偷偷跑到境外铸钱，官府没收其全部财产，邓通从此又成了最穷的人，最后穷困而死。

秘色荷花盏道："吾也要去轮回往生。"

白姬笑道："你是器物妖，没办法轮回往生。一旦茶盏摔碎了，你就消失了，所以你要待在缥缈阁，不要到处乱跑。"

"啊！吾不要消失！以后，吾一定乖乖待在缥缈阁，哪里也不去！"秘色荷花盏失声惊呼道。

白姬满意地笑了。

元曜平复了一下震惊的心情，忍不住问道："白姬，邓通怎么会被囚禁在聚宝盆里呢？"

白姬想了想，笑道："年深日久，我也忘了小通的'因果'，只记得他拥有天下的财富最后却饿死了。不过，小通大体上应该跟现在这位一样，因为贪婪和无止境的索取而迷失了心灵，被困在聚宝盆里不得解脱。"

元曜奇道："现在这位？"

白姬笑了，从衣袖中拿出一枚铜钱，将钱丢进青玉案上的聚宝盆中。

呼啦啦！聚宝盆中瞬间出现了满满一盆铜钱。

白姬笑道："朱掌柜，麻烦你取铜钱吧。"

白姬话音刚落，聚宝盆上生出一缕青烟，青烟化作一个中年男子，不是朱剥铁又是谁？

青烟所化的朱剥铁一如生前，一看见聚宝盆里的铜钱，眼睛就亮了。不用白姬多说，他开始取铜钱，神情十分陶醉。

"啊哈！看来朱掌柜还蛮适合聚宝盆。"白姬笑眯眯地道。

朱剥铁大捧大捧地从聚宝盆里取铜钱，青玉案上已经堆不下了，他也丝毫没有停止的意思。

一向贪财的白龙居然拒绝了天降之财，制止了朱剥铁，道："够了，够了，适可而止，我可不想做聚宝盆囚禁的下一个亡魂。"

朱剥铁很失望，道："我还可以取很多出来呢。白姬姑娘，看见财宝不取尽，多败家啊！"

白姬笑道："看来，朱掌柜很喜欢被聚宝盆囚禁。"

朱剥铁笑道："那当然。可以拥有取之不尽，用之不竭的财富，简直像做梦一样。"

白姬笑得阴森，道："聚宝盆之前的几任器奴一开始也跟您一样兴奋，不过后来……"

"后来怎么了？"朱剥铁不解地问道。

"后来呀……后来，他们就轮回往生去了。"白姬笑眯眯地含糊其词。

"我才不要去轮回往生，守着聚宝盆才是世界上最幸福的事情。"朱剥铁如此道。

白姬笑眯眯地道："啊哈，岁月漫长，但愿朱掌柜能够一直幸福下去。轩之，把聚宝盆收进仓库，等待下一位有缘人。"

元曜正要拿聚宝盆，离奴却跑进来道："主人，书呆子，吃晚饭啦！"

元曜的肚子已经饿得咕咕叫了，他央求白姬："小生能不能先去吃晚饭，等晚上再把聚宝盆拿进仓库？"

白姬同意了。

白姬、元曜去后院吃晚饭，聚宝盆和秘色荷花盏待在里间，相顾无言。

秘色荷花盏想跟新邻居拉近关系，想起以前小通常常给它变出珠宝玩，便对朱剥铁道："你变一颗金弹丸来给吾玩吧。"

朱剥铁闻言，生气地叫道："什么？一只茶盏也要玩金弹丸，这不是败家吗？！去！自己去井边装水玩！"

秘色荷花盏突然很想念小通，觉得以后跟这个吝啬的新邻居相处的日子会很无趣。

缥缈阁，后院。

白姬、元曜、离奴正在吃晚饭，今天的晚饭是藜藿杂汤配胡饼。白姬盯着桌案上的食物，不知道在想什么。

元曜一下午都在蚨羽居帮朱陈氏料理朱剥铁的丧事，又累又饿，此刻虽然面对粗茶淡饭，但也吃得香甜。

离奴白天在西市吃香鱼干吃撑了，现在没有什么胃口，但又怕被白姬发现，拿了一个胡饼，装模作样地啃。

元曜感叹道："白姬，小生还是不敢相信朱掌柜就这么过世了。"

白姬回过神来，道："轩之也可以当他没死，反正他一直会在二楼的仓库里，死了跟活着也没什么区别。"

"白姬，你在想什么？怎么一口胡饼都没吃？"

白姬轻咳一声，道："轩之，你不觉得这藜藿杂汤连家畜都不会吃吗？缥缈阁为什么要吃这种东西？"

元曜还未回答，离奴吓了一跳，插话道："主人，藜藿不要钱呀！离奴是按照您的吩咐，勤俭持家。"

元曜也道："这确实是白姬你的主意。"

白姬叹了一口气，道："今天小通来辞行之后，我思考了许久，觉得还是要败家。”

元曜奇道："何出此言？"

白姬道："朱掌柜一生俭省，蓄积财富，可是死了之后，蚨羽居的财富他却没法带走。现在，他被囚禁在聚宝盆里，虽然拥有取出财富的能力，但终是为他人作嫁衣，取出的财富也不属于他。所以，我想，让财富永远属于自己的办法是不是就是败家，全部花掉呢？"

元曜吃惊："白姬，你想把缥缈阁里的钱都花掉吗？"

白姬叹了一口气，道："要花掉缥缈阁里所有的钱，也是一个力气活儿呢。"

离奴双眼一亮，道："主人，离奴可以帮忙花。"元曜好奇地问道："缥缈阁里究竟有多少钱财？"

白姬叹了一口气，愁道："不瞒轩之，因为积攒了几千年，不知不觉就多了，如今国库里的财富还不及缥缈阁里财富的十分之一。所以，一时之间想要全部花掉，还真是一件伤脑筋的事情呢。"

元曜把一口藜藿杂汤喷了出来。

"轩之怎么了？"白姬关切地问道。

"没事。"元曜脸色平静，内心却是崩溃的。这条奸诈贪财的龙妖坐拥敌国的财富，但每个月只给累死累活的他和离奴发一吊月钱，大多数时候还要减半，她怎么好意思做得出来？！

离奴提议道："主人，缥缈阁的财富比国库还多的话，可以把国家买下来。一口气多买几个国家的话，钱就花光啦，又简单，又省事。"

元曜再次把一口藜藿杂汤喷了出来。

"轩之又怎么了？"白姬关切地问道。

"没事。"元曜脸色平静，内心却再一次崩溃。

幸好，白姬没有采纳离奴的提议，说道："离奴，国家这种东西既不能吃，又不能穿，还不能拿来当摆设，买了也没什么用处。"

离奴也不知道怎么办了。

元曜忍不住开口道："白姬，小生斗胆一言。小生觉得人生不可纸醉金迷，奢侈无度，但也不可太过于俭省到锱铢必较的地步。对待财富要有一个良好的心态，不贪婪，不浪费，你之前的过度俭省与现在散尽家财的想法都不能使财富永远属于你，只有知足常乐，站在平衡点上，才能让你永远拥有财富。"

白姬思考了一会儿，赞道："偶尔，轩之也能说出一些让人信服的大道理。近来缥缈阁确实俭省到有失常态，以后的吃穿用度还是按照以前的规矩来吧。"

离奴欢呼道："太好了！又可以天天吃鱼了！又可以随意吃香鱼干了！"

白姬笑道："离奴，买香鱼干的钱还是要从你的月钱里面扣。"

见白姬心情好，元曜趁机道："白姬，小生的月钱是不是该涨一些了？毕竟，如今西市里胡奴的月钱都是两吊呢。"

白姬笑眯眯地道："轩之，要安贫乐道，知足常乐。"

"什么意思？"元曜奇道。

白姬笑眯眯地道："意思就是，轩之不必有所期待，我是不会给你涨工钱的。"

"白姬，你太过分了！"

"嘻嘻！"

一阵风吹来，檐铃叮叮当当，仿如铜钱在聚宝盆中碰撞的声响。

第四折　相思鸟

第一章　强　盗

春雨细如丝，清风微寒。

白姬举着一把绘着桃花的油纸伞，走在烟雨迷蒙的郊野中。她一袭白衣，风姿绰约，美如画中仙。

元曜蔫头耷脑地跟在白姬后面，右手举着油纸伞，左手提了大包小包的东西，因为拿不过来，脖子上也挂了不少小包袱。

"哎呀，轩之怎么越走越慢了？"白姬回过头，笑盈盈地道。

元曜拉长了苦瓜脸，道："小生提了那么多东西，哪能走得快？"

昨晚，白姬和元曜受邀到郊外参加绿樵翁——长安城外年龄最大的一棵柳树的寿宴，赴宴的客人都是一些山精树怪，跟白姬叙旧言欢，十分融洽。今早，临走时，山精树怪们送了许多东西给白姬，说是没有白姬，就没有它们，这些山野特产虽然不值钱，但鲜美可口，白姬没有推辞，全接受了。

"现在是春天，山野中万物蓬生，这些都是好东西，在东市西市上很难买到，回头让离奴做了吃。轩之辛苦一些，走上官道，运气好的话就可以搭车啦。"白姬笑着继续往前飘。

"白姬，你倒是帮小生拿一点儿啊！"元曜叫道。

白姬笑道："我一个柔弱女子，肩不能扛，手不能提，哪里拿得动这些东西？"

元曜嘴角抽搐，道："作为一条力拔山兮气盖世的天龙，请不要如此谦虚！"

"哈哈哈，轩之，我真的拿不动啦。"狡猾的白龙打哈哈糊弄。

就在这时，草木披拂，三个大汉突然冲出来，拦在白姬、元曜身前。他们一个胖，一个矮，一个瘦，都长得凶神恶煞，手中的砍刀刀光森寒如水。

为首的胖子瞪着铜铃眼，恶声恶气地道："此山是我开，此树是我栽，若要从此过，留下买路财。"

元曜吓了一跳，心知遇上了强盗。

白姬打量了三个强盗一眼，笑道："此言差矣。这山上有这些树木时，你们都还不知道在哪里呢。而且，这山中有不少老树都是我当年栽的呢。"

三个强盗面面相觑，脸色迷茫。

元曜苦着脸道："他们要打劫，你跟他们讨论栽树的问题有什么用？"

胖强盗呵斥道："少啰唆！乖乖留下钱财，老子心情好的话，饶你们一命！"

白姬没有理会胖强盗的话，反驳元曜："谁说没有用？按照他们的说法，谁栽树谁打劫，那打劫的人应该是我呀！"

三个强盗互相望了一眼，交换了一个狠毒的眼色，一起拿刀劈向白姬。

元曜不忍心看，闭上了眼睛，在心中替强盗们念佛。

细雨迷蒙，长安郊外的官道上，白姬、元曜打着伞轻快地走在前面，三个灰头土脸、因为恐惧而浑身战栗的强盗拿着大包小包跟在后面。

白姬、元曜在官道上拦了一辆去西市贩卖货物的马车，坐了上去，三个强盗在越下越大的春雨中拿着大包小包，一步一步艰难地跟在马车后面。

元曜担心地问白姬道："你让他们搬运东西，他们是强盗，会不会半路带着东西溜走？"

白姬笑道："轩之放心。他们只看得见，也只能走在去缥缈阁的路上。"

西市，缥缈阁。

一只黑猫坐在柜台上，一只爪子托着腮，眼神痴痴愣愣的，有些魂不守舍，甚至连旁边青瓷碟子里的香鱼干也无心去吃。

白姬、元曜走进缥缈阁时，黑猫都没有察觉，还沉溺在自己的世界中。

白姬飘到柜台边，在离奴对面垂下头，对上离奴痴傻的眼神。

白姬突然靠近，黑猫吓了一跳，喵了一声："主人！书呆子！你们回来了？！"

"离奴，你怎么了？怎么魂不守舍？"白姬好奇地道。

"嘿嘿！没事！没事！"黑猫笑着掩饰道。

白姬也不追问，说道："淋了一身寒雨，我要沐浴，去烧热水。"

"是，主人。"黑猫奔去厨房烧水了。

元曜换了一身干净衣服之后，坐在缥缈阁大厅，一边喝茶，一边看书。

不一会儿，之前被马车扔下的三个强盗提着大包小包出现在缥缈阁门口，气喘吁吁，神情十分惊恐。

元曜站起身来，礼貌地把三个强盗让进缥缈阁。

"有劳三位壮士了，东西放在这里就好。"因为思量三个强盗赶路已经很劳累，不好意思再麻烦他们把东西放进厨房，元曜让他们放在大厅里。

三个强盗战战兢兢地把大包小包放在元曜指定的位置，转身飞快地夺门而逃。

"天气寒凉，又淋了冷雨，三位壮士喝一杯热茶再走！"元曜追出去大声喊道。

然而，三个强盗早已一溜烟跑得没影了。

元曜只好又回去坐下，继续喝茶看书。

突然，从缥缈阁外飞进来一只相思鸟。鸟儿不过巴掌大小，羽色艳丽，头顶翠绿，胸口有一点红，如同浸出胸口的血。

相思鸟飞进缥缈阁，兜兜转转地乱飞一通，有一只一人高的青瓷曲颈瓶拦住了它的去路，它居然如幻影一般从花瓶中穿了过去。

听见啾啾的鸟鸣声，元曜才抬起头。他看了一眼正在转圈飞的相思鸟，站起身来，笑道："客人是来买东西的吗？"

缥缈阁太多飞禽走兽之类的客人，元曜已经习惯了。

相思鸟啾啾婉鸣，循着元曜的声音而飞，停在了货架上的翡翠如意上，用婉转的女声口吐人语："听说，缥缈阁能够实现任何愿望？"

啊，是来买欲望的客人。

这种客人寻求的交易，元曜做不了主，道："是的。不过，请您稍等，小生去唤白姬来。"

相思鸟点点头，安静地停在翡翠如意上，黯淡的眼睛中有化不开的忧伤。

元曜在楼上没有找到白姬，在后院中也没有找到，他转目一望，见白姬静静地站在厨房门口。

元曜走到白姬身边，见她还穿着被打湿的衣服，望着厨房里，不由得顺着她的目光望去。

离奴坐在厨房里，正在给白姬烧热水，不断地往面前的柴堆里添加柴火。但是，离奴只顾着添柴，却忘了点火。离奴浑然不觉，仍旧不断地往没有火的柴堆里加柴，表情十分诡异，眼神迷茫，神思恍惚，不时地还咧嘴一笑。

离奴不会是中邪了吧？！元曜大吃一惊，想出声提醒离奴点火。

161

白姬察觉身边的元曜的想法，把食指放在红唇上，示意他噤声，拉着他悄悄地退出了厨房。

"白姬，离奴老弟不会中邪了吧？！"走在回廊里，元曜忍不住问白姬。

白姬笑了："轩之不必担心。离奴也到了有心事的年纪了。现在是春天，我们应该给离奴一些自己的空间，不必过问太多。"

除了鱼，离奴老弟还能有什么心事？元曜在心中嘀咕。

"白姬，刚才来了一只相思鸟，说有一个想实现的愿望，你去看看吧。"

"终于又有'因果'了。"白姬顾不上换湿衣，走向大厅。

第二章　翠　娘

缥缈阁，里间。

白姬坐在青玉案边，相思鸟站在青玉案上，元曜煮了两杯香茶，一杯放在白姬面前，一杯放在相思鸟面前。

白姬望了一眼相思鸟，脸上闪过一抹复杂的神色。

"您，有什么愿望？"

相思鸟道："我想见我夫君。"

相思鸟啾啾婉鸣，述说了自己的故事。

相思鸟名叫翠娘，岭南人氏。翠娘是岭南富商的掌上明珠，在她十七岁那年，邂逅了一个贫寒书生，两个人一见钟情，私订终身。书生名叫刘章，父母双亡，一贫如洗。翠娘的父母一开始反对这门亲事，但是翠娘执意爱刘章，说如果此生不能嫁给刘章，宁愿遁入空门，一生不嫁。

翠娘的父母只有这么一个女儿，十分宠溺她，见她态度如此坚决，只好同意了这门亲事。刘章和翠娘成亲以后，十分恩爱，琴瑟和谐。刘章没有辜负翠娘的爱，在岳父的资助下，考取了功名，在岭南做了一个县令。

做县令的三年，刘章和翠娘相亲相爱，生活得十分幸福。刘章廉政爱民，功绩传到长安，得到了朝廷的赏识，武后调他去京城为官。

刘章本来打算带翠娘一起去长安，可是翠娘刚生了一场病，身体虚弱，需要调养，不宜长途跋涉。两个人商量之后决定，翠娘先在娘家暂住一阵子，刘章独自一人去长安赴任，先去熟悉长安这个完全陌生的环境，等一切事宜安排妥当，再派人接翠娘。

翠娘在岭南等待刘章从长安派人来接自己。

谁知，这一等，就是三年。

春去秋来，从桃花盛开到大雁南飞，没有丝毫刘章的消息传来。

翠娘的父母派人去长安打听，去的人每来回一次就得半年，可是依然没有刘章的消息。

翠娘十分思念刘章，整日以泪洗面，人越来越消瘦，越来越憔悴。她相信丈夫会来接她，她痴痴地等待，相思始觉海非深，心如滴血，如痴如狂。

翠娘的父母一次又一次拜托去长安的熟人打探刘章的消息，因为万水千山的阻隔，没有得到有用的消息。后来，终于有一个消息传来了，说是刘章在吏部做了书令史，仕途畅达，前途无量。然而，带信的人还带来了另一个消息，刘章在两年前已经娶了凤阁侍郎裴宣钰的女儿。

翠娘不相信这个消息，翠娘的父母也不敢相信这个消息。因为已经得知了刘章的所在，他们派遣家仆日夜兼程地去长安寻找姑爷。

在家仆离开的日子里，翠娘相思成狂，时时回想起与刘章恩爱的点点滴滴，那些记忆如此美好，如此难忘。一思量到消息如果是真的，刘章忘恩负义，抛弃了她，另娶了别人，她又心如刀割，似在滴血。

家仆三个月后才回来，带回的消息让翠娘陷入了绝望。家仆到了长安，也找到了刘章，刘章确实做了书令史，也确实娶了中书侍郎裴宣钰的女儿。刘章似乎早已忘了翠娘，甚至连见都不愿意见家仆，只叫下人告诉家仆，他已经休了翠娘，另娶了美妻，叫翠娘和她一家别再来长安打扰他现在的生活。

家仆十分愤怒，说休妻总要有个理由，他家小姐没有任何过错，何故无端地被抛弃？刘章说不需要理由，就把家仆赶走了。家仆大骂刘章忘恩负义，狼心狗肺，气愤地回来了。

翠娘本已相思成疾，听到这个消息，一口鲜红的血吐了出来。

从这以后，翠娘卧病在床，不思茶饭，整日以泪洗面，最后眼睛都哭瞎了。翠娘的父母唉声叹气，只悔恨当时错信了刘章。

翠娘的身体日益衰弱，相思却日益深重。她还是不相信刘章抛弃了自己，她不相信，想去长安找刘章。

她一定要去找他！

翠娘的执念让她化成一只鸟儿，离开绣阁，飞往长安。

翠娘的眼睛哭瞎了，相思鸟什么也看不见，只能凭借灵敏的听觉飞往长安，寻找要找的人。

万水千山，沧海浮云，凭着深重的执念与对爱人的思念，相思鸟终于来到了长安。

然而，相思盲鸟没有在长安城找到要找的人，从千妖百鬼口中听说了缥缈阁，于是来请求白姬实现自己的愿望。

白姬听完相思鸟的叙述，笑道："如果见到刘章是您的愿望，我会替您实现。不过，您的愿望只是见到他吗？他辜负了您，背叛了您，害您哭瞎双目，生魂化为飞鸟，跋涉千里，您不恨他、不想报复他吗？"

漆黑的眼睛更加黯淡了，相思鸟道："说我心中没有怨、没有恨，那是假的。我好恨，好痛苦，可是我想见他，我想听他亲口对我说出不爱我，这样我的相思才能停止。我病入膏肓，只有他能医治我，哪怕他是一个贪慕荣华，背信弃义的小人。不，不，我还是不相信他是那样的人！我不相信！"

世间多少痴男怨女，被一个情字所困，被一个爱字所误。元曜在心中叹息，十分同情翠娘的悲惨遭遇，十分气愤刘章的始乱终弃。

白姬道："我会让您见到刘章。长安城中千妖百鬼伏聚，您没有自保的能力，恐怕遇见危险，暂时先留在缥缈阁吧。"

相思鸟同意了，振动翅膀，飞向不远处的绿釉麒麟吐玉纹双耳瓶，停在了花瓶中插的一枝桃花上，以喙轻轻地梳理羽毛。

白姬接下了这桩买卖，才想起衣裳还是湿的，走去后院厨房外一望，发现离奴还在痴痴地往没有生火的炉灶里添木柴。

白姬死了沐浴的心，转身回到了大厅。

白姬笑眯眯地对刚坐下开始看书的小书生道："轩之，趁热打铁，我们去打听刘章的消息吧。"

元曜道："外面在下雨，怪冷的，反正刘章在吏部做书令史，一时半会儿又不会跑掉，不如等雨停了再去。"

白姬笑眯眯地道："正是因为在下雨，所以才要现在去。"

元曜不解地道："什么意思？"

白姬道："反正我的湿衣未干，索性再淋些雨好了。"元曜这才注意到白姬还穿着半湿不干的衣服，有些心疼，大声吼道："快去换一身干衣服！

会着凉的！"

因为下雨天穿男装比较方便行动，白姬飘去二楼换了一身白底云纹的窄袖胡服，元曜才同意跟白姬一起出门办事。

白姬、元曜撑着紫竹伞，走在烟雨迷蒙的长安城中。

长安城说小不小，说大也不大，因为他们知道刘章的名姓、官职，所以打探他的住宅并不困难，他的府邸位于崇贤坊。

白姬、元曜穿过怀远坊，走在长寿坊的街道上，斜风细雨扑在脸上，让人微觉冰凉。

突然，白姬停下了脚步。

元曜只顾着埋头走路，没来得及停步，差点儿撞在白姬身上。

"白姬，你怎么了？"元曜问道。

白姬侧耳倾听着什么，道："轩之，你听见笛音了吗？"

元曜侧耳细听，确实听见了一缕幽幽的笛音。笛音缥缈如风，似真又似幻，十分悲哀。

元曜道："小生听见了。应该是哪一位风雅之士在吹笛消遣，只是这笛音未免太悲伤了。"

白姬若有所思地道："悲伤得仿如鬼乐一般。"白姬、元曜走过一座石桥，看见了吹笛之人。吹笛之人是一位男子，二十来岁，站在一株垂柳下避雨，穿着天青色襕衫，戴着黑色幞头，面如冠玉，一派斯文。

正好笛音终了，男子抬头望着天空，眼神十分迷茫。

元曜见男子也是一个读书人，有些惺惺相惜。他见垂柳根本无法遮雨，绵绵春雨还是淋湿了男子的幞头、衣衫，不由得有些不忍。

元曜走到男子跟前，把手中的雨伞递给他，道："这位兄台，这春雨一时半会儿也停不了，与其站在这儿淋雨，不如拿小生的雨伞行路。"

男子迷茫地望着元曜，喃喃道："行路？我该去哪里呢？"

元曜道："自然是兄台你想去的地方。"

男子迷茫地道："我不知道我想去什么地方。"

元曜挠头，不知道该怎么接话。

白姬站在石桥上，不耐烦地道："轩之，你在磨蹭什么？时辰不早了，我们还得去办事呢。"

听见白姬的催促，元曜来不及多想，一把将紫竹伞塞到男子手上，道："兄台慢慢在此思考要去的地方，只要不淋雨就好。小生还有事情，就先告辞了。"

元曜抱着头冒雨跑向白姬，白姬本来不想将伞分给元曜，但是又怕元曜淋雨生病之后还得花钱给他请大夫，只好跟他共撑一把伞。

走下石桥后，白姬回头望了一眼柳树下眼神迷茫的男子，嘴角勾起一抹意味深长的笑。

崇贤坊，刘宅。

刘宅高门耸立，看上去十分气派。

白姬、元曜走上台阶，白姬在屋檐下收了纸伞，元曜开始敲门。宅门马上打开了，一个门仆探出头来，打量一眼元曜和白姬，问道："你们是谁？有何贵干？"

白姬想了想，正要说话，老实的小书生已经答道："我们受翠娘之托，来见你家主人。翠娘是你家主人的发妻。"

听到翠娘的名字，门仆一愣，二话不说，直接砰的一声关了门。显然，刘章已经吩咐过门仆，与翠娘相关的人来访，一律不见。

元曜心中生气，还要再敲门，白姬制止了他："轩之，省点儿力气吧。人家不见和翠娘相关的人呢。"

元曜道："那该怎么办？见不到这个忘恩负义的刘章，回去怎么跟翠娘交代？"

白姬想了想，道："今天是没指望了，明天再来。反正，刘章也跑不了，如果只有我们两个人，明天恐怕又要吃闭门羹，不如去找韦公子做引见人。韦公子在凤阁任职，也是朝廷官员，说不定认识刘章。"

元曜觉得也只能如此了。

白姬、元曜离开刘宅，准备去找韦彦。他们刚走到街道的拐弯处，就看见三个鬼鬼祟祟的身影。

元曜定睛望去，那竟是之前在城外打劫他和白姬，结果反被白姬驱使做苦力搬运东西回缥缈阁的那三个强盗。

三个强盗躲在一棵大树后窃窃私语。

胖强盗道："你没看错，真是他？"

瘦强盗道："他化成灰我也认识，绝对是他！"

矮强盗道："当年干了那笔买卖之后，他突然不辞而别，没想到竟到了长安，还混得那么好！"

胖强盗咬牙道："咱们三个过着风餐露宿、把脑袋别在裤腰上的日子，他倒发达享福了！不能放过他！"

瘦强盗还要再说话，但他眼尖，看见了白姬和元曜，吓得一跃而起。

胖强盗和矮强盗循着瘦强盗的目光望去，也看见了白姬和元曜，他们三人仿佛踩到了滚烫的火炭一般，惨叫一声，拔腿跑掉了。

元曜挠着头道："白姬，这三个强盗好像很害怕你。"

白姬笑道："我一身浩然正气，强盗当然怕我啦。"

是一身妖气吧！元曜在心中想。

第三章 探 病

白姬、元曜到达韦府时，已经是下午光景了。

元曜经常到韦府做客，韦府的门仆都认得他，知道他是大公子的挚友，一个飞跑进去通报，一个带他们去韦彦住的燃犀楼。

韦彦的书童南风在燃犀楼外迎接，带白姬、元曜去韦彦的房间。

南风一边引路，一边笑道："公子前两天淋了春雨，着凉了，正躺着养病呢。"

元曜担心地问道："丹阳病了，不严重吧？"

南风道："一点儿风寒，大夫说不碍事，休养几天就会好。对了，裴将军也在，他是来探病的。"

元曜高兴地道："仲华也来了？很久不见他了。"

白姬沉默地走着，在听见韦彦生病时，伸手从盆景的桃花树上折了一枝半开的桃花。

南风领白姬、元曜进入韦彦的卧房。韦彦的房间分为内外两室，中间隔了一架水墨画屏风。韦彦的喜好比较诡异，屏风上既没有绘花草，也没有描美人，而是画了一幅地狱十殿图，狰狞而恐怖。

韦彦躺在罗汉床上，鄙视地望着正在落地铜镜前正衣冠的裴先。

裴先，字仲华，是韦彦的表哥，现任左候卫。他与韦彦从小一起长大，但是非常合不来，是冤家对头。裴先不喜欢韦彦，却很喜欢元曜，和元曜交好。另外，裴先之前在提灯鱼与清夜图的事件中对白姬一见钟情，产生了爱慕之心。然而，他诉了两次衷肠，白姬都不为所动。

刚才，裴先听见家仆通报说白姬来了，急忙整衣洁冠，打算以玉树临风的形象与自己倾慕的女子见面。

元曜跟裴先见过礼，直奔韦彦的床边，嘘寒问暖。

韦彦很感动，指着裴先道："还是轩之好，不像这家伙，说是来探病，其实是来嘲笑我体弱，给我添堵。"

裴先不理会韦彦，看见白姬，笑道："白姬姑娘，我们又见面了！真是缘分！"

白姬回忆了一会儿，才想起裴先是谁，笑道："原来是裴将军！"

裴先道："不知白姬姑娘住在哪里，改日也好去拜会。"

白姬笑眯眯地道："西市，缥缈阁。裴将军还是不要上门为好，以我的经验，大部分人一踏进缥缈阁，人生就会向坏的方向转变，再不能恢复原样了。"

裴先大声道："只要能多与白姬姑娘相处片刻，那便是极好的人生。"

白姬还没说话，卧病在床的韦彦听不下去了，打断裴先的话，对白姬道："白姬，你也太不懂礼数了！"

白姬笑着走过去，道："韦公子何出此言？"

韦彦道："轩之也就罢了。你是缥缈阁的主人，来探望病人居然两手空空，不觉得太失礼了吗？"

唐朝的社交礼节十分烦琐，杂七杂八，但又不可减免。礼节是否周全是大家衡量一个人是否是风雅之士、一户人家是否是书香世家的标准，越是上流社会，礼节越烦琐严格。按照社交礼节，探病是不能空手去的，必须准备礼物和诗文。在社交场合，失礼是很严重的问题，失礼的人会被认为是没有教养的乡下人，被大家鄙视和耻笑。

元曜有些尴尬，笑道："丹阳，小生跟白姬今天是突然有事来拜访你，刚才在燃犀楼下才知道你生病了，一时半会儿也来不及准备探病的礼物和诗文，确实有些失礼。今天你就大人大量，包涵一下，明天小生一定准备齐全了再来探病。"

韦彦道："轩之不必自责，不关轩之的事。"

韦彦想起平日在缥缈阁买宝物时，白姬总是虚价宰他，他今天好不容易生病可以宰白姬一次，她居然没带礼物来，心里有些不平。

白姬笑道："不关轩之的事，那就关我的事了。韦公子，谁说我没有带探病的礼物，我这不是给您带来了一枝春色吗？"

说着，白姬拿出在盆景中折的那一枝桃花，笑吟吟地将花递到韦彦面前。

韦彦不满意地道："这是一枝随处可见的桃花，我并没有看见春色。"

白姬对着桃花枝吹了一口气，神奇的事情发生了：桃花枝上的花朵纷纷化作一个个拇指大小的妖娆美人儿，她们化着桃花妆，穿着桃色的霓裳羽衣，个个明艳多姿，顾盼生辉。她们有的伸展纤腰，向天勾出玉足；有的如灵蛇般绕枝而动，在桃叶上翩翩起舞。她们姿态绰约，性感魅惑，让人浮想联翩。

韦彦吃惊地张大了嘴巴，坐了起来，从白姬手中接过了花枝。

白姬笑道："韦公子卧床养病未免枯燥无聊，这枝春色送给您解闷，把这枝春色插在花瓶里，用清水供养，一直可以观赏到桃花凋落。您看，我给您送了这么有趣的探病礼物，您还觉得我失礼吗？"

韦彦态度大变，笑道："不失礼，不失礼，白姬你的礼数最周全了！"

白姬笑道："其实，我今天来是有事情想拜托韦公子。"

韦彦心情好，一边吩咐南风去拿花瓶，一边笑道："大家都是老友，有什么我能出力的事情，我绝不推辞。"

白姬笑道："我因为一些事情必须去拜会吏部书令史刘章，可无奈我只是一个微不足道的女子，刘大人不肯屈尊相见。韦公子您交游广阔，想必认识刘大人，烦请您做引见人。"

韦彦想了想，道："我在凤阁任闲职，好像听说过刘章这个名字，但没什么印象，与此人更没有来往。你让我做引见人也不是不可以，但总有些勉强，刘章未必会因为我而见你。"

白姬还未答话，裴先已忍不住抢着道："我认识刘章，还很熟。白姬姑娘，我来替你做引见人。"

白姬回头望向裴先，笑道："那太好了。"

韦彦酸道："金吾卫什么时候跟吏部走得那么近了？"

裴先笑道："刘章的岳父裴宣钰是家叔，他是我的堂妹夫。我来做引见人，他一定不会推辞不见。"

白姬笑道："有劳裴将军了。"

裴先心花怒放。

于是，引见人的名头就落到了裴先头上。

因为天色已晚，今天不方便再去拜访刘章，白姬打算明天去。白姬本来只打算要裴先写一封引见信，但是裴先坚持要一起去，白姬只好同意了。

元曜见裴先对白姬十分殷勤，不知道为什么，心里酸酸的。

与裴先约定好明日相见的时间地点之后，白姬、元曜告辞离开韦府，回缥缈阁去了。

夕阳西下，春雨早已停了。

白姬走在前面，元曜拿着紫竹伞走在后面，夕阳把两个人的影子拉得很长。

看着白姬单薄的背影，元曜忍不住问道："白姬，看见仲华十分喜欢你，小生为什么会觉得心里很酸呢？"

白姬停步，回过头，夕阳在她清丽的侧脸上勾勒出金色的轮廓，让她仿如幻影般不真实。

"轩之，我没有心，怎么会知道呢？"

"白姬，什么是相思？"

"从字面上理解，应该是一个人很想念另一个人。"

"白姬，如果有一天，小生离开缥缈阁了，你会想念小生吗？"

"不会。"

"哦。"元曜有些失望，心仿佛空了一块。

"我不会想念轩之。我会去把轩之找回来，无论天涯海角，无论碧落黄泉。"

元曜流下了眼泪，空落的心被一股温柔的暖意填满，整个人感到很幸福。他也不明白为什么白姬的一句话，能让他一瞬间从极乐世界堕入地狱，又从地狱升上极乐世界。

"轩之，你哭什么？"

"小生太感动了！白姬你居然如此有情有义！"

"轩之不必感动，我去找回你只是因为你还得干活还债，不能逃走不干活。"

元曜哭得更伤心了，觉得自己又跌下了地狱。

踏着街鼓的声音，白姬、元曜回到了西市。他们刚走进巷口，远远地就看见翠娘在缥缈阁外飞来飞去，似乎十分焦急。

白姬走到缥缈阁前，问道："翠娘，你怎么在外面？"

翠娘听见白姬的声音，松了一口气，道："白姬，您可回来了！缥缈阁失火了，我又眼盲，不敢乱飞，也不知道去哪儿寻您！"

白姬、元曜吃了一惊，向缥缈阁里望去，大厅中货物陈列在木架上，并没有失火的痕迹，一切如常。

白姬、元曜迷惑不解。

元曜道："大厅里没有异状，一切如常啊。"

翠娘道："是后院的厨房里！"

白姬、元曜顾不上翠娘，急忙飞奔向后院，看到底发生了什么事。

后院中，芳草萋萋，随风起伏。

一只黑猫坐在厨房外，呆呆地望着厨房里，神色焦虑。

白姬、元曜走到黑猫旁边，朝厨房望去。他们不看还好，一看吓了一大跳，但见厨房里烟熏火燎，木柴乱布，锅碗瓢盆掉落得满地都是，像是遭遇了一场浩大的劫难。

黑猫看见白姬，耷拉下耳朵，一脸不安："主人，离奴知错了。"

白姬叹了一口气，揉着太阳穴，道："这是怎么回事？"

离奴惭愧地道："都是离奴的错。离奴生火的时候走神了，木柴堆得太多，火烧得太大，离奴打算浇水灭火，又错把一桶松油当水浇了上去，结果火呼啦一下就蹿起来了！还好，离奴反应快，拼了猫命地灭火，才控制住火势，没有酿成大祸。"

事已至此，责怪离奴也无用，白姬也只好道："没出大事就好。烧一烧，今年的生意更兴旺。"

离奴道："是啊，烧一烧更好……啊！不对！主人，离奴以后再也不敢了！"

白姬道："这一次就算了，下不为例！把厨房收拾好，别耽误做晚饭！"

没有被处罚，离奴高兴地蹭白姬的脚："主人对离奴最好了！主人是天下最好的主人！"

第四章　小　蝶

因为厨房里的家什和备下的晚饭被火毁得一塌糊涂，现在这个时辰集市早就散了，也开始宵禁，没办法出门买吃食了，离奴只好用清水煮了几个鸡蛋，再加上一条被大火烤熟的咸鱼、几个烤焦的胡饼，就当三人的晚饭了。

白姬、元曜奔波了一天，胃口很好。

离奴却没有什么胃口，吃得心不在焉。

元曜看不下去了，问道："离奴老弟，你到底怎么了？从昨天开始你就怪怪的，今天还把厨房给烧了，肯定有什么心事。"

离奴瞥了一眼元曜，道："死书呆子，爷烧你家厨房了？！主人都没说什么，你唠叨个什么劲儿！"

元曜道："小生的意思是你有什么心事和烦恼就说出来，别闷在心里。大家同住一个屋檐下，如果能帮你，肯定不会袖手旁观。你今天烧厨房事小，哪天要是烧里间、烧大厅、烧仓库，出了人命可不是闹着玩儿的。"

白姬也道："轩之言之有理。离奴，你有什么烦恼就说出来吧。"

离奴挠了挠头，有些不好意思，最终还是开口了。

"主人，离奴……离奴想娶亲了！还请主人做主！"

白姬笑道："原来就这点儿小事。你我千余年的主仆情分，这点儿小事，主人一定替你做主！缥缈阁里养两只猫也不错，反正缺人手。"

元曜问道："离奴老弟，对方是哪一家的猫？人婚嫁需要三书六礼，但不知猫婚嫁是怎样的礼仪？无论对方是侯门深院，还是市井小户，我们都不可失了礼数。"

离奴扯着嗓子喊道："谁说我要娶一只猫啦？！"

白姬奇道："对方不是猫？"

元曜奇道："难道是一只狗？"

离奴大声地道："不是猫，也不是狗，是一条鱼！"

白姬、元曜望着木案上的烤鱼，不知道为什么，有点儿吃不下了。

离奴一边吃着烤鱼，一边说起了自己的心事。

自从玉面狸事件之后，离奴找到了儿时玩伴阿綦，两只猫偶尔会聚在一起玩。离奴为阿綦攒了一千多年的帽子，阿綦虽然嫌弃离奴的眼光，但还是被离奴对自己的友情感动。掐算着离奴的生日快到了，阿綦打算送离奴一份生日礼物。因为离奴特别喜欢鱼，阿綦就打算送离奴一条鱼。

昨天，阿綦约离奴一起去挑鱼，离奴早早地等在集市卖活鱼的摊子边，谁知被阿綦嘲笑了一顿，说离奴只知道吃。

阿綦带离奴在西市上七绕八拐，来到一家异族人开的卖观赏鱼的店铺里。

离奴放眼望去，看见大大小小的琉璃缸、水晶盆中游弋着各种各样颜色鲜艳、姿态美丽的鱼儿。大的有红锦鲤、银龙鱼，小的如神仙鱼、花罗汉、凤尾鱼，更多的是离奴叫不出名字的艳丽鱼儿。这些鱼儿在离奴眼前游来游去，散发着袅娜迷人的气息。

唐朝时期，赏鱼也是长安贵族阶层展示风雅的消遣方式。谁家新修了池塘，会高价买锦鲤、罗汉鱼之类的淡水鱼投放其中，以作观赏。一些从海洋中远道运来长安，却又无法久活的观赏鱼也很受贵族们的喜爱，这些海洋鱼的颜色更为绚烂，姿态万千，所以奇货可居，价格昂贵。而且，海洋鱼注定不长久的短暂生命更为它们添上了一笔"红颜薄命"式的色彩，让贵族们着迷。谁家开宴会、开诗会时摆上一个装着艳丽海鱼的琉璃缸，是一件非常有面子的事情。

阿黍打算送离奴一条海洋鱼，作为帽子的回礼。

爱情往往发生在一瞬间。

当离奴一眼看见琉璃缸中的一条月眉蝶鱼时，离奴立刻就爱上了它。

这条月眉蝶鱼被单独放在一个琉璃缸中，它的颜色绚丽如梦，身姿绰约灵动，仿佛一个美丽的仙女。

离奴活了一千五百年，从来没有看见过这么美丽的鱼，不由得被月眉蝶鱼惊呆了。它太美了！简直是离奴的梦中之鱼！

离奴的心扑通扑通地跳动，充满了喜悦与幸福。

当月眉蝶鱼对上自己的眼神时，离奴觉得它也爱上了自己，心中害羞而甜蜜。

阿黍见离奴喜欢这条月眉蝶鱼，就向店老板问价，打算将鱼买给离奴做生日礼物。

店老板道："客官好眼光！这月眉蝶是小店中最漂亮的鱼了！客官想必也是懂行之人，我也就不虚价了，一百两金子。"

阿黍掏了掏耳朵，叫道："什么！我没听错吧？！这一条破鱼这么贵？！它就是黄金打的，这么小的个头，也用不了一百两啊！"

离奴生气地道："阿黍，不许你叫它破鱼！我觉得它值一百两黄金！不，一千两黄金，一万两黄金，全世界所有的黄金价值都不如它在我心中的价值！"

店老板笑道："还是这位小兄弟识货！我们千里迢迢将这月眉蝶鱼运来长安，一路上还得把海水保持在它能存活的温度，别提有多费事了。它的吃食也很金贵，养它简直是在烧银子！还好，它长得好看，在长安的达官贵人中很受欢迎。前几天，幸王办宴会，特意来小店买了一条月眉蝶鱼去助兴，那是真风雅。"

阿黍咬咬牙，道："老板，一百两银子卖不卖？"店老板笑道："一百两银子？您买外头那个大水缸里的锦鲤去吧，不挑大小和花色的话，买一百条绰绰有余。"

阿黍十分为难。一百两银子已经不是小数目，一百两金子更是天价，阿黍没有料到观赏鱼竟然贵得这么离谱！阿黍给离奴买礼物的预算是五十两银子，认为这已经很多了，结果根本买不到一条海水鱼。早知道不带离奴来这里了，就给离奴买吃的鱼好了，五十两银子可以买下整个集市的活鱼外加一个香鱼干铺子了。

阿黍对离奴道："黑炭，要不别买这条鱼了，我把集市的活鱼都买给你，外加你常去的香鱼干铺子，好不好？"

离奴痴痴地望着琉璃缸中游来游去的月眉蝶鱼，道："不好！我就要小蝶！"

阿黍惊道："小蝶？！"

离奴望着月眉蝶鱼，喃喃道："我给它起的名字！它就像一只美丽的蝴蝶，翩跹飞入我的心中，永远停留。"

阿黍道："黑炭，你疯了吗？！好吧，这样吧，分别了千余年，你都惦记着我，年年给我买帽子，我也不能忘恩负义。我会想办法在你生日之前筹齐钱，把这条鱼……不，小蝶买下来送给你。今天就先回去吧。"

阿黍拖着依依不舍的离奴离开了鱼店，离奴一步三回头，眼神留恋，仿佛心掉落在了鱼缸里，掉落在了月眉蝶鱼的身边。

自从见过月眉蝶鱼之后，月眉蝶鱼的倩影时时刻刻都出现在离奴的眼前，挥之不去，离奴彻底坠入情网，被相思折磨。

白姬听完了离奴的叙述，停止了吃鸡蛋，道："离奴，你真的要娶……小蝶？"

黑猫坚定地道："是的，主人。离奴已经爱上了它。"

元曜放下筷子，道："小生总觉得哪里不对劲。"

黑猫生气地道："死书呆子，你根本就不懂什么叫相思！"

小书生讪讪地道："好吧，小生是不懂，小生闭嘴总可以了吧。"

离奴哀求白姬，道："主人，离奴好不容易明白了相思是什么，求主人成全离奴的相思之意。"

白姬一边吃着胡饼，一边道："我也不懂相思，但你这种情况，拿钱就算是成全了吧？我给你一百两黄金，看在这么多年来你忠心耿耿的分上，也不从你的月钱里扣了，算是主人替你成亲了。"

离奴欢呼道："太好了！主人是天底下最好的主人！"

元曜打趣道："恭喜离奴老弟可以抱得美鱼归了。"

离奴开心糊涂了，没有听出元曜在打趣自己，高兴地道："谢谢书呆子！"

晚上，白姬取了一箱黄金给离奴，离奴欢天喜地，千恩万谢，打算明天就去把月眉蝶鱼买回来。离奴又向白姬讨了一个积压在仓库中落灰的琉璃鱼缸，仔仔细细地将鱼缸洗刷干净了，作为心上人，不，心上鱼的爱巢。

元曜有些看不下去了，早早地就睡了。

午夜梦回时，元曜似乎听见翠娘在桃花枝上唱歌，歌声杳杳渺渺的，十分哀伤。

"今夕何夕兮，芳草离离。明月高楼兮，望君千里。长相思兮，恨别离。别离苦兮，梦魂断。长相思兮，摧心肝。摧心肝兮，情难绝！"

长相思，摧心肝。相思，真的那么摧心肝吗？

元曜梦见白姬化作一条天龙遁入东海，消失无踪。他站在海边大声地呼喊白姬的名字，一遍又一遍。他的喉咙都喊嘶哑了，白姬却再未回人间。想到再也见不到白姬，元曜的心碎成一片一片的。

元曜惊醒，在黑暗中睁着双眼，又一次听到翠娘的歌声。这个梦里面的情愫，莫非就是相思？！

里间中，一只黑猫露着肚皮，四爪朝天地睡着，在说梦话："小蝶……小蝶……我喜欢你！"

第五章　刘　章

第二天，吃过早饭之后，白姬、元曜去赴裴先之约，一起去拜访刘章。离奴在街上唤了两只毛色干净的野猫，将它们幻化成猫仆，让它们替自己抬着黄金箱。离奴自己则特意梳洗了一番，欢天喜地带着猫仆去买月眉蝶鱼了。

珍珠鸟留在缥缈阁看店。珍珠鸟是濒死之人的生魂，已经没有多余的力气在人世跋涉，故而留在缥缈阁中养息。白姬答应翠娘，会把刘章带到缥缈阁见她。

"一只盲鸟怎么看店？"去见裴先的路上，元曜对白姬道。他总觉得有些不放心。

白姬笑道："轩之不放心的话，就回去看店吧。"

元曜一想到自己回缥缈阁，白姬和裴先就变成孤男寡女了，不知道为什么，心里一万个不乐意。

"小生都走到这里了，再回去也麻烦。离奴老弟买鱼也用不了多久，很快就会回去，应该不会出什么事情。"

白姬、元曜走出西市，远远地就看见裴先在约定的路口等待。

裴先今天特意打扮了一番，穿着一身青色鸟兽纹交领大袖襴袍，衣袖上以金银线绣着山形纹，精心梳好的发髻油光水滑，脸上敷了香粉，嘴上抹了口脂。这是唐朝上流社会的男子流行的装扮。

裴先看见白姬，高兴地迎了过来。

白姬笑道："让裴将军久候了。"

"是我太兴奋，来得太早了。"裴先从衣袖中拿出一枝棠棣花，递给白姬，笑道，"我出门时看见这棠棣花开得正好，忍不住摘了一枝，拿来给白姬姑娘共赏。"

白姬掩唇笑道："裴将军这棠棣花应该送给轩之才对。"

裴先不解地问道："为什么？"

白姬笑道：《诗经》之中，将兄弟比作棠棣。棠棣花是送给兄弟的花，裴将军跟轩之是兄弟，这花应该送给他。"

裴先恍然，不好意思地道："我是个武人，没读过多少诗书，不懂棠棣花还有这层含义，真是唐突佳人。轩之，送给你。"

元曜只好接过棠棣花，道："多谢仲华兄。"

白姬笑道："事不宜迟，我们去拜访刘大人吧。"

裴先同意了。

白姬、元曜、裴先走在去崇贤坊的路上。

裴先问道："不知道白姬姑娘找我堂妹夫有什么事情？"

白姬笑道："我是替缥缈阁中的一位客人去拜访刘大人。那位客人是刘大人的故人。"

裴先奇道："我这堂妹夫早已父母双亡，也无兄弟姐妹，居然还有故人？"

白姬笑着问道："刘大人是一个什么样的人呢？"

裴先道："我平日跟他没有什么私交，不好说。我的印象中，他性格孤僻，沉默寡言，没什么朋友。不过，他很有上进心，工作勤勉。不出意外，年底他应该能够补缺升为令史。"

白姬笑着点了点头，不再言语。

元曜听见刘章仕途畅达，在心中为翠娘愤愤不平。

说话之间，三人已来到刘宅外。

这一次，因为有裴先在，白姬、元曜很顺利地进入了刘宅，并且被刘章奉为上宾。刘宅的客厅十分气派，一应陈设都价格不菲，但是品味有些俗气。而且，刘章作为读书人，待客之处竟没有一幅雅致的字画，都是些俗气的金器银器。

刘章虎背熊腰，身材十分高大。他长着一张国字脸，浓眉大眼，神色有些冷峻。他虽然穿着文人的儒衫，但是丝毫没有文人的儒雅气质，总散发着一股草莽气息。

裴先为双方做了介绍，刘章勉强堆起一丝笑意，与白姬、元曜见礼。双方礼毕，寒暄了几句，坐下喝茶。

刘章道："但不知，白姬姑娘找刘某人何事？"

白姬笑道："刘大人可还记得翠娘？"

刘章脸色突变，似乎想要翻脸，但是看见裴先，他忍住了。

刘章道："不认识，从没听说过这个名字。"

元曜忍不住道："翠娘是你的结发妻子！刘大人，你怎么能装作不认识！贫贱之交不可忘，糟糠之妻不下堂。刘大人你也是读书人，怎么能做下如此错事！"

刘章突然翻脸了，一把将茶杯摔在地上，道："我不知道你们在说些什么！堂兄，你怎么什么市井无赖都往我这儿引见？！刘某人还有要事，不奉陪了！"

说完，刘章甩袖离开了。不一会儿，有家仆进来请客人出门。

白姬、元曜、裴先被赶出了刘宅，漫无目的地走在大街上。

裴先道："连我也被讨厌了！不过，白姬姑娘、轩之，你们说的是真的吗？刘章有结发之妻？！"

元曜道："是的。刘章的结发妻子叫翠娘，从岭南来长安寻夫，现在住在缥缈阁。"

裴先道："这事可大了！如果你们所言不虚，刘章毁了自己的仕途不说，还害了我们裴家！"

唐律规定：有妻更娶者，徒一年，女家减一等；若欺妄而娶者，徒一年半，女家不坐，各离之。

刘章有原配妻子却再娶，他自己要被判刑。裴宣钰若知情而将女儿裴玉娘嫁给刘章，也要被判刑。裴宣钰若不知情而将女儿嫁给刘章，虽然不会被判刑，但是会因错识人而毁了裴家的名声，遭大家耻笑。而裴玉娘与刘章离异之后，也不好再改嫁。

不过，唐朝的重婚罪也是民不告官不究，当事者不报官，重婚者就不会被治罪。如果翠娘不千里迢迢找来长安的话，刘章倒可以安枕无忧。如今翠娘找来了，一旦翠娘报官，那就麻烦了。

裴先心念电转。作为族中长男，他十分忧心裴家的声誉。出于私心，裴先道："翠娘来长安找刘章是想要银子吗？她想要多少，我裴家都可以给她，只要她不报官。"

元曜有些生气，道："翠娘不是来找刘章要银子的，她自己家就是当地富商，不缺银钱。她是相思成狂，想见刘章那个负心人一面。"白姬一直没有作声，不知道在想什么。这时候，她突然开口笑道："裴将军这么担心翠娘报官吗？"

裴先道："事关我裴家的声誉，不得不忧心。"

白姬笑道："裴将军，我们来做一笔交易，如何？"

裴先问道："什么交易？"

白姬道："看刘大人今日的态度，我跟轩之是没办法再见到他，说动他去见翠娘了。但是无论如何，我得让他与翠娘见一面，所以有劳裴将军再做一次翠娘的引见人。作为交换，我向裴将军保证，翠娘不会去报官。有什么隐情，我们都可以私下解决。"

裴先松了一口气，道："这样再好不过了。让翠娘与刘章相见的事情就包在我身上，我也想知道刘章这小子到底是一个正人君子，还是一个始乱终弃的伪君子！"

双方计定，白姬准备回缥缈阁，裴先不想这么早便与白姬分开，借口要去缥缈阁买宝物，同白姬一起回缥缈阁。因为刘章的事情还必须拜托裴先，白姬没有拒绝，带裴先回到了缥缈阁。

裴先第一次来到缥缈阁，兴致盎然。他东看看字画，西瞅瞅古董，只觉得到处都是有趣的东西。因为离奴还没回来，元曜去煮了阳羡茶，给白姬和裴先端了上来。

裴先笑道："白姬，翠娘在哪儿？可否请她出来一见？啊！我没有别的意思，只是事关我裴家声誉，想多问一些与刘章有关的消息。"

白姬望了一眼不远处的绿釉麒麟吐玉双耳瓶，相思鸟正站在瓶中插的一枝桃花上，以喙梳理美丽的羽毛。翠娘是生灵，裴先看不见翠娘。

白姬掩唇笑道："男女有别，不方便相见，还是等裴将军请来刘大人，我再让翠娘出来相见。"

裴先同意了。

裴先又问道："恕我冒昧，白姬姑娘，你为何至今独身一人？"

白姬笑道："因为尚不懂相思之意。"

裴先还要再说话，突然外面传来了脚步声和哭声。

白姬示意元曜出去查看，元曜跑出去一看，是离奴垂头丧气地回来了，正坐在地上哭泣。

离奴一看见元曜，号啕大哭："书呆子！爷的命好苦！"

元曜小声问道："发生了什么事情？"

离奴哭道："小蝶被人买走了！爷再也见不到小蝶了！爷好伤心！"

元曜也不知道该怎么安慰离奴，只好道："天涯何处无美鱼，离奴老弟不要太过伤心，保重身体要紧。"

离奴一听，悲从中来，哭得更大声了。

白姬在里间听见离奴的哭声，坐不住了，出来看看究竟怎么回事。

裴先也跟了出来。

离奴一看见白姬，扑上去扯着她的衣袖哭："主人，离奴的心碎了！"

白姬迷惑，元曜解释道："离奴老弟去晚了，月眉蝶鱼已经被卖出去了。"

白姬安慰道："离奴，不要伤心了，等那家店里有月眉蝶鱼时，再买一条就好了。"

离奴大哭道："我只要小蝶，不要别的月眉蝶鱼！"

一听见离奴哭，白姬就头疼，道："那你去问问店主把小蝶卖给谁家了。"

离奴哭道："离奴问过了，小蝶昨天被卖去凤阁侍郎裴宣钰家了！我再也见不到小蝶了！"

裴先挠头，道："小蝶是谁？家叔又买歌女了？"

白姬、元曜不知道该怎么解释，离奴悲哭不已。

白姬笑着对裴先道："这次的事情真是处处跟裴将军有缘法。小蝶是一条鱼，我这家仆爱鱼成痴，喜欢这条鱼。还请裴将军去向裴大人求一个人情，这月眉蝶鱼能不能卖给我缥缈阁，价格不是问题。"

裴先一口应承，道："愿为白姬姑娘效劳。正好，我也得跟家叔谈一谈刘章的事情。"

白姬笑道："有劳裴将军了。翠娘的事情，也拜托了。"

裴先闲坐了一会儿，告辞走了。

白姬沉默地坐着，不知道在思考什么。

离奴思念小蝶，趴在地上流泪不止。

元曜看了一会儿书，突然想起了什么，对离奴道："离奴老弟，那条……不，小蝶没有买回来，白姬给你的一箱黄金去哪儿了？"

离奴这才想起黄金的事情，挠了挠头，道："黄金箱猫仆抬着的……咦，两只猫仆去哪儿了？！爷听见小蝶被卖了，晴天霹雳之下，整个猫恍恍惚惚，没有注意猫仆的去向。难道，那两只野猫见财起意，携金而逃了？！"

元曜道："离奴老弟，你不要把自己的同类想得那么坏。它们也许迷路了，或者黄金箱太重了，它们现在还在半路上休息，等会儿它们就会把黄金箱送来缥缈阁啦。"

离奴一心思念小蝶，无心跟元曜争论，趴在那里流泪。

白姬咧嘴一笑，道："放眼长安城，还没有妖鬼敢动缥缈阁的东西，黄金箱它们会送回来的。"

然而，一直到深夜，两只猫仆也没有把黄金箱送回缥缈阁。

离奴心已碎，满脑子只有小蝶，根本无心去管猫仆与黄金箱的事情。离奴蹲坐在绿釉麒麟吐玉双耳瓶下，跟翠娘一起唱《相思曲》："今夕何夕兮，芳草离离。明月高楼兮，望君千里。长相思兮，恨别离。别离苦兮，梦魂断。长相思兮，摧心肝。摧心肝兮，情难绝！"

白姬坐不住了，打算出去夜游，找回黄金箱。

元曜被离奴和翠娘的歌声吵得没法睡觉，叫住了正要出门的白姬，道："白姬，请捎上小生一起去！"

白姬笑道："难得轩之主动要求跟我一起去夜游，走吧！"

第六章　玉　娘

春夜风清，云月缥缈。

白姬、元曜走在寂静的街道上。元曜一边打哈欠，一边问道："白姬，我们去哪儿？"

白姬道："去找回黄金箱。"

"黄金箱在哪儿？"

"应该在猫仆那儿。"

"猫仆在哪儿？"

"我不知道。"

"那怎么去找？"

白姬笑道："可以问。"

元曜奇道："问谁？"

白姬笑道："轩之认为长安城中谁的耳目最多？"

元曜想了想，摇头："不知道。"

白姬又笑着问道："轩之认为这长安城中，什么东西无处不在？"

元曜想了想，又摇了摇头，道："不知道。"

"轩之，我们现在走的这条街道上什么东西最多？"

元曜抬头望了一眼笔直而宽阔的街道，街道上空旷无人，也没有动物，但两边种了许多树。

小书生一下子开窍了，道："长安城中无处不在的莫不是花草树木？"

白姬笑道："轩之答对了。长安城中，树木无处不在，无所不知，各个坊间发生的事情都在它们眼中，它们都知道。它们的根系在地底盘根错节，互通各种信息。白天，离奴和猫仆在西市买鱼，所以我们只要问一问西市的树木，就知道猫仆去哪儿了。"

元曜道："听起来好神奇！"

白姬笑道："轩之每次出来办事有没有偷懒，买点心时有没有偷吃，只要问一问这些树木，就都知道了呢！"

元曜生气地道："小生行止坦荡，才不会做这些事情！"

白姬哈哈一笑，道："我只是随口一说，轩之不要生气。"

说话之间，白姬、元曜来到一棵大柳树下。这棵大柳树是西市中年龄最大的一棵树，长得葱葱郁郁。

白姬伸手敲了敲大柳树，叫道："柳先生！"

大柳树上浮出一张慈和的面孔，道："啊！是白姬呀！"

白姬笑道："柳先生，白天你有没有看见我家离奴和两个抬着箱子的猫仆在一起？"

大柳树道："看见了。"

"白天发生了什么事？"

大柳树想了想，道："一大早，离奴带着两个抬箱子的猫仆从我这儿经过，初时倒是欢天喜地的，回来时却失魂落魄，还蹲在路边哭了许久。两只猫仆看见离奴恍恍惚惚，合计了一下，抬着箱子跑了。"

"它们现在在哪儿？"

大柳树道："我目之所见，只知道它们跑出西市了。至于它们去了哪儿，您稍等，我问一问其他街坊内的朋友。"

白姬笑道："麻烦柳先生了。"

大柳树闭上双目，沉默不语。

夜风吹过柳树，柳枝披拂，柳絮飞舞。

过了好一会儿，大柳树才睁开双眼，道："它们傍晚之前就出城了。因为城外的朋友跟我们根系不通，所以想知道它们具体在哪儿，您得去城外打探消息了。不好意思，没能帮上您。"

白姬笑道："您已经帮了我许多了。多谢柳先生。"

白姬、元曜告别了大柳树，回缥缈阁召唤了两匹天马，连夜出城去找猫仆。

白姬从城外的树木口中打探到了消息，和元曜在荒野的一座破寺中找到了两只猫仆。

两只野猫正愁眉苦脸睡不着觉，一看见白姬、元曜来了，吓得慌不择路，奔逃开来。然而，它们太笨，根本逃不出白姬的魔爪，只得哭着忏悔求饶。

黑花狸猫哭道："小的们一时鬼迷心窍，才会盗走黄金箱，求白姬大人饶命！"

白姬冷冷地道："鬼迷心窍不是为偷盗脱罪的理由。"

黄花狸猫哭道："小的们貌丑，没有人肯收养，流浪辛苦，经常挨饿，才会被黄金诱惑，做出偷盗的事情，求白姬大人饶命！"

白姬冷冷地道："貌丑更不是为偷盗脱罪的理由。"

黑花狸猫和黄花狸猫哭天抢地地求饶道："小的们知错了，不敢逃脱惩罚，但求饶命！"

元曜心软了，道："白姬，猫非圣贤，孰能无过？黄金箱也找回来了，它们也知错了，就饶过它们这一次吧。"

黑花狸猫和黄花狸猫面面相觑，又号啕大哭。

黑花狸猫哭道："黄金箱不在小的们这儿，小的们出城之后，在树林子里被三个强盗打劫了，黄金箱被强盗抢走了！"

黄花狸猫哭道："小的们好命苦！这世道简直不给野猫活路！"

白姬嘴角抽搐："你们是猫妖，竟会被人类打劫？！"

黑花狸猫哭道："小的最怕刀了！小的小时候被刀伤过，一看见刀腿就发软！"

黄花狸猫哭道："小的最怕人了！一看见人，小的就想跑！"

白姬嘴角抽搐："你们……"

黑花狸猫和黄花狸猫抱头痛哭："小的们好命苦！这世道简直不给野猫活路！"

元曜有些同情这两只野猫，对白姬道："既然黄金箱在强盗那儿，我们赶紧去找强盗吧，不然天都快亮了。"

白姬道："我累了，懒得再奔波了。黄金箱是它们弄丢的，得它们去找回来。妖怪被人类打劫，简直是天大的笑话！"

黑花狸猫和黄花狸猫连连摆手，道："强盗十分可怕，杀猫不眨眼，小的们不敢去！"

白姬瞪着两只野猫，眼神锋利如刀，不怒自威。

黑花狸猫哭道："白姬大人饶命！小的去就是了！"

黄花狸猫哭道："小的拼却猫命，也会把黄金箱抢回来！"

白姬限黑花狸猫和黄花狸猫三天之内把黄金箱送回缥缈阁，两只野猫哭着答应了。

折腾了一晚上，眼看着天也快亮了，白姬、元曜骑着天马回缥缈阁了。

这一天，又是春雨蒙蒙，天街小雨润如酥。

白姬在二楼补觉，快中午了还没起床。

离奴趴在青玉案上，伤心得不肯做饭。

翠娘幽思无限，在桃花枝上婉转地唱着歌儿。

元曜肚子饿得咕咕叫，不敢催离奴做午饭，只好央求翠娘帮着看店，自己去西市买吃食。

元曜买了他和白姬一天份的吃食，又寻思着离奴意志消沉，得让离奴振作，又绕了一段远路去给离奴买香鱼干。

元曜提着一大包吃食，举着紫竹伞走在西市中，在路过一家首饰铺时，看见了一个熟悉的身影在店里买首饰。

那人虎背熊腰，身材十分高大，长着一张国字脸，浓眉大眼，神色有些冷峻，不是刘章又是谁？

元曜十分好奇，悄悄地走到首饰铺外，偷偷向里面望去。

刘章正在挑选女人戴的步摇。他仔细地挑选着，神色十分温柔，嘴角微微上扬，目光依次扫过各种样式的步摇，最后拿起一支金枝点翠步摇。他温柔地笑了笑，也不问价钱，就让店老板包起来。

店老板笑道："刘大人，又给夫人买首饰了，刘夫人嫁给您真是好福气！"

刘章笑道："娶了玉娘，才是我的福气。娶她之前，我不知道人生可以如此阳光，如此温暖，她给了我家，给了我人生目标，让我如同再世为人。"

店老板又恭维了几句，才把用素帛包好的步摇递给刘章，刘章把步摇放进衣袖中，转身离开了。

元曜急忙闪去一边，才没跟刘章撞上。

刘章满心欢喜，也没有注意到躲在一边的小书生。

元曜看着刘章远去的背影，心中十分愤怒：刘章对裴玉娘一往情深，却对翠娘无情无义，这种喜新厌旧、见异思迁的人，简直太无耻无德了！

元曜愤愤不平地回缥缈阁了。

第二天，裴先来到了缥缈阁，还带来了一个人。

来人是一名少妇，她梳着时下流行的堕马髻，气质温婉娴静，正是刘章的妻子、裴先的堂妹，裴玉娘。

那日裴先回去之后，将刘章的事情告诉了他的叔父裴宣钰，裴宣钰对刘章这个女婿十分满意，虽然十分震惊，但是不肯相信裴先的话。裴先让刘章到缥缈阁见翠娘，刘章大怒，根本不肯来。裴玉娘得知了这个消息，私下去找堂兄，说她愿意与翠娘一见。裴先寻思，无法带刘章来缥缈阁，带裴玉娘来也是好的，就带她来了。

白姬接待了裴玉娘，裴玉娘礼貌地提出要见翠娘一面，白姬同意了。

白姬将相思鸟带出去，不一会儿，牵着一名身穿翠色罗裙、披着水蓝色披帛的年轻女子走了进来。翠娘有一双十分美丽的眼睛，但是眼睛黯淡无光。

翠娘见礼之后，在裴玉娘对面跪坐下来。

裴玉娘望了一眼翠娘，想到这是她深爱的丈夫的前妻，心中酸涩而悲伤。

翠娘虽然眼盲，但心中应该跟裴玉娘是同样的心情。

裴玉娘小心翼翼地问道："你是刘章的妻子？"

翠娘坦荡地道："是的。"

裴玉娘道："我怎知你不是说谎？"

翠娘坦荡地道："我与刘章做了三年的夫妇，苍天可鉴，父母为证。在我们遥远的岭南家乡，人人都是见证人。"

裴玉娘心中五味杂陈，眼前闪过跟刘章成婚这两年内的点点滴滴。他是那么好的一个人，对她充满爱意，对她体贴关怀，无微不至。这两年多来，他们那么恩爱，那么珍惜彼此，她感激上苍让她找到了世间最好的良人，她是世界上最幸福的女人。然而，这一切都是幻觉，这一切都是欺骗！他居然曾经有一个妻子！他居然是那种停妻再娶，始乱终弃的小人！

裴玉娘十分伤心，翠娘也一样伤心，两个悲伤的女子相顾无言。气氛有些尴尬，白姬喝茶无语，元曜不敢插话，裴先也不敢开口。

过了好一会儿，裴玉娘才开口道："翠娘姐姐，刘章是您的丈夫，也是我的相公，不管他做错了什么事情，我仍爱他。如果您也真心爱他，想必会跟我心情一样，不忍责怪他，愿意包容他的过错。您一个柔弱女子，不远万里找来长安，对相公的这份感情令我动容，我今后愿与您姐妹相称，共同侍奉相公。还望姐姐宽宏大量，不要去官府告发相公，一切以相公的前程为重。"

元曜一惊，没有想到裴玉娘得知真相之后，竟会选择原谅刘章的欺骗。她仍爱着刘章，一切以他为重，为了他的前程，她这个高贵的士族千金竟肯在商女出身的翠娘面前放低姿态，提出与翠娘共享她挚爱的人。这种宽容到忘我的爱，莫非也是一种深沉的相思？

元曜想起昨天在首饰铺看见刘章为裴玉娘挑选步摇的情形，觉得刘章也是发自内心地爱裴玉娘，毫无虚情假意。

有那么一瞬间，虽然很对不起翠娘，元曜竟觉得刘章与裴玉娘之间并没有翠娘的位置，她似乎显得有些多余。

然而，不知相思为何物的小书生也只是迷惑了一瞬间，他还是站在翠娘这边。世间万事总讲究一个先来后到，人情百态也有一个礼义廉耻，刘章始乱终弃绝对是一件有违圣人教诲、让人唾骂的事情。刘章与裴玉娘再相爱，也改变不了他们伤害了翠娘的事实。

翠娘愣了一下，心中五味杂陈，眼泪不断地涌出眼眶。她深爱刘章，但她的爱与裴玉娘的爱不一样，她只想与刘章在天比翼、在地连枝，不能接受与别人分享他。她用情至深，她的爱要么是一，要么是无，除此以外，没有别的可能性。也只有如此炽烈、如此痴狂的爱，才能令一个柔弱女子化身为飞鸟，不远万里飞来长安寻找爱人。

翠娘哭道："刘章是我的夫君！只能是我的夫君！你让刘章来见我，我要见他！"

裴玉娘忍下心中酸楚，柔声道："还望翠娘姐姐三思，一切以相公为重。您可以怨恨我，请不要怨恨相公。"

听裴玉娘这么说，翠娘根本无法怨恨她，哭得更伤心了："你让刘章来见我，我要见他！"

裴玉娘道："我会劝相公来见您。还望姐姐三思，考虑我的提议，相公有情有义，必不会薄待姐姐。我也并非妒妇，也会善待姐姐，如同亲姐妹。"

裴玉娘如此通情达理，翠娘竟不知该如何应对，只是哭着要见刘章。

裴玉娘答应会劝刘章前来向翠娘赔罪，又安慰了翠娘几句，才告辞离开。裴先也不多留，护送裴玉娘回去了。

裴玉娘走后，相思鸟站在桃花枝上伤心不已。离奴思念小蝶，也趴在绿釉麒麟吐玉双耳瓶下哭泣。

白姬不忍心听翠娘和离奴啼哭，找出一壶罗浮春，走到了后院。她坐在后院的回廊下，一边喝酒，一边发呆。

元曜被一鸟一猫的哭声吵得看不进去圣贤书，也跑到后院陪白姬喝酒。

白姬望着盛开的桃花，道："轩之，人类的感情还真是让人琢磨不透。"

"何出此言？"

"轩之，你说翠娘与玉娘谁更爱刘章呢？"

元曜想了想，道："不知道。"

翠娘对刘章的相思如山一般坚固，故而她能化为飞鸟，千里迢迢寻来长安。裴玉娘对刘章的相思如海一般深沉，故而她能包容他的一切，原谅他的欺骗。这两种相思都让人钦佩，没有办法比较。

"轩之，你说刘章更爱翠娘，还是玉娘？"

"玉娘。"元曜毫不迟疑地答道。

白姬喝了一口素瓷杯中的罗浮春，道："轩之为什么这么肯定？"

元曜把昨天偶遇刘章为裴玉娘买首饰的事情说了。刘章那时所表现出来的温柔，绝对是对挚爱之人用情至深的自然流露。

白姬叹了一口气，道："人心真是幽微善变，情感的转变让人无奈。"

元曜也叹了一口气，道："小生总觉得翠娘好可怜！刘章实在是可恶！"

第七章　风　雨

时间很快一连过了两天，刘章并没有来见翠娘，裴先倒是一天来一次。

据裴先说，无论裴玉娘怎么劝说，刘章就是不肯来见翠娘，更不肯接受裴玉娘的提议，接翠娘去刘宅。他说他此生只有裴玉娘一个妻子，此心无转移。刘章托裴先转告翠娘，他愿意赠送翠娘黄金珠宝，只希望翠娘回岭南，另觅良人，再不要来长安打扰他的生活。

翠娘听到这个消息，万分悲切，情急之下，飞出了缥缈阁，不知道去了哪里。

翠娘离开缥缈阁已经一天一夜，也没有回来，白姬、元曜十分担心。

"轩之，你出去找找翠娘。"白姬对元曜道。

元曜道："外面下着大雨呢，你自己怎么不去找？"

不想出去淋雨的白龙望了一眼趴在地上伤怀的黑猫，道："相思令人成狂，一个人陷入相思之中，不知道会做出什么傻事。被相思所困的人，已经跑了一个翠娘，生死不知，还剩一个离奴，我得看着，不能让离奴也跑出去了。"

小书生无法反驳白姬的话，只好撑了一把紫竹伞，冒着大雨出去找翠娘。

在偌大的长安城寻人，简直是大海捞针。元曜想了想，来到了西市的大柳树下，学着白姬的样子，敲了敲柳树树干，叫道："柳先生！"

然而，大柳树没有理他。

元曜没有放弃，再一次伸手敲了敲柳树树干，大声道："柳先生！"

大柳树还是没有理他。

不过，听见了元曜的声音，大柳树的另一边出现了一个男子。男子穿着天青色圆领襕衫，戴着黑色幞头，面如冠玉，一派斯文，正是元曜和白姬第一次去找刘章的路上偶遇的吹笛之人。

此时此刻，春雨下得很大，男子手中举着一把青荷紫竹伞，正是元曜之前送给他遮雨的那一把。

元曜有些吃惊，道："啊！真巧，又遇见兄台了！"

男子笑了笑，道："我是特意来还你伞的。我已经在西市徘徊几日了，可是始终找不到缥缈阁。"

元曜想了想，更吃惊了："小生有告诉兄台小生住在缥缈阁吗？"

男子笑了笑，道："一问大家就知道了。"

元曜吃惊："大家？"

男子的笑容缥缈如风，道："无处不在的大家。"

元曜吃惊道："兄台，难道你……你不是人？"

男子神色怅然，道："生前是。"

他原来是鬼！怪不得白姬说他吹的笛音如鬼乐！

大白天看见孤魂野鬼对元曜来说也是常事，不过他还是在心中为男子的英年早逝而伤怀了一会儿。

"兄台，你在人间徘徊不去，是不是有什么未了的心愿？"

男子怅然道："我心中有一件牵挂的事，是一件很重要的事情，它让我无法往生。可是，我不知道那是什么事情，无法想起来。我忘了一切，忘了我是谁、从哪儿来、要到哪儿去。我也忘了自己是怎么死的，只知道有一件放不下的事情，那应该是一个约定，一个很重要的约定，可是，我想不起来。"

元曜道："白姬擅长解决大家的烦恼，不如兄台去缥缈阁找白姬帮你？"

男子悲伤地道："我找不到缥缈阁。大概，连自己都忘记了的人，与缥缈阁是没有缘分的。"

元曜觉得男子十分可怜，道："虽然兄台找不到缥缈阁，但小生与兄台相遇也是缘分，小生会向白姬转达兄台的心愿，看她能不能帮兄台实现愿望。"

男子笑道："多谢。"

元曜想起还要去找翠娘，但大柳树不理他，他不知道从何找起，不由得心里发愁。

男子见元曜愁眉苦脸，问道："你有什么心事？"

元曜愁道："小生要去找一只相思鸟，但不知道去哪里找。"

男子笑了："相思鸟？是不是这只？"

男子举起衣袖，将衣袖掀开给元曜看。

元曜定睛望去，但见一只翠色小鸟安静地睡在男子的衣袖中，已经睡熟了，神色十分安宁。风雨交加，相思鸟在男子的翼护下却没有被淋湿，而且似乎在享受着某种令人安心的温暖。

元曜笑了："这就是小生要找的相思鸟，怎么会在兄台的衣袖中？"

男子温柔地望着相思鸟，道："也许，是缘分吧。"

男子为了还元曜雨伞，这几日都在西市附近徘徊。昨天他正在柳树下发呆时，看见这只相思鸟从某个巷子中冲出来。

不知道为什么，他被相思鸟吸引了。

相思鸟眼盲，又不识路，四处乱飞，处处碰壁，神情十分悲伤，眼神绝望。

相思鸟几次从男子眼前飞过，却看不见他。

看见相思鸟拼命地飞，却找不到方向，飞不出西市，男子被触动了心伤，有一种惺惺相惜之感。他忘了前尘，孤身在世间徘徊，明知有一件重要的事情，却找不到实现的方向。他与眼前这只明明想飞去某个地方，却因为眼盲而找不到方向的鸟儿何其相似？男子拿出长笛，吹出一支哀怨的笛曲，相思鸟听见笛声，突然不再徒劳地乱飞，循着笛音停在了男子肩膀上，安静地听着笛曲。

笛音终了，一鬼一鸟互诉衷肠，素昧平生，却仿佛相识多年，不自觉地想靠近彼此，倾诉心声。

翠娘向男子诉说了自己的悲苦与迷茫：因为相思，她不远万里，跋涉千山万水，来到长安，谁知，她的相思之人已经变心，她不知道该将相思置于何处，内心煎熬而痛苦。

男子也向翠娘诉说了自己的痛苦与迷茫：他不知道自己是谁，何时生于世，何时死于世，只知道自己因为一个强烈的愿望不肯离开人世。他从遥远的地方来到长安，日日徘徊在一百一十坊间，想要实现愿望。然而，悲伤的是，他不知道那个愿望是什么，只能每天徘徊在坊间的街边树下，望着来来往往，形形色色的众生，迷茫地吹笛。

翠娘道："你的笛音很好听，我的夫君也擅长吹笛，你的声音也很像我夫君。"

男子道："如果能够让你不再悲伤，我愿意天天吹笛给你听。"

翠娘道："我无法不悲伤，因为我被深爱的人背弃了。"

男子道："真正的相思，没有背叛与离弃，一定是有什么误会。"

翠娘道："我也希望只是一场误会，可惜不是。他已有娇妻如花美眷，我的存在只是多余。"

男子道："我带你去找你的丈夫，长安城的路我很熟悉，毕竟我在这座城中徘徊三年了。"

翠娘摇头，道："我很想见他，但是又不敢见他，我的心情很矛盾，也很混乱。所以，我从缥缈阁飞了出来。"

男子道："如果没有想好要去哪儿，你可以先留在我这儿。"

翠娘同意了。

春寒料峭，冷雨绵绵，男子的衣袖是相思鸟栖息的港湾，不知道为什么，待在男子身边相思鸟觉得特别温暖与安心。

元曜看见相思鸟安然无恙，也就安心了。他见相思鸟睡得安然，也不想吵醒相思鸟，与男子道别之后，就回缥缈阁了。如果想回缥缈阁，相思鸟自己应该能够回去，有男子在，想来相思鸟也不会遇到危险，应该不必担心。

不知道为什么，元曜总觉得男子与翠娘之间有一种息息相通的默契，仿佛不应该将男子与翠娘分开。

元曜回到缥缈阁，刚收好雨伞，走进里间，就看见白姬愁眉苦脸地趴在青玉案上，唉声叹气。

元曜奇怪地问道："白姬，你这是怎么了？"

白姬叹了一口气，道："轩之，我被相思所困，不知道该怎么办才好。"

元曜笑道："别胡说了，你能有什么相思？"

白姬不高兴了，道："轩之这话我不爱听，为什么我就不能有相思？"

元曜笑道："好吧，好吧，你有相思。说吧，你到底怎么了？"白姬愁道："离奴跑了，说是要去见小蝶，我拦都拦不住。这件事因相思而起，虽然是离奴的相思，说起来也算是我正被相思所困。"

元曜坐下来，道："哪能这么算？离奴老弟跑了，你也不去追？"

白姬道："外面下着大雨呢，我怎么追？唉，愁死我了，离奴被相思所困，万一闹起来了，跟小蝶殉情了，可怎么得了？！"

元曜冒出冷汗，道："应该还不至于殉情吧？"

白姬翻了翻青玉案上的一本坊间传奇小说，道："这些小说上都这么写的，富家小姐与书生私订终身、侯门歌姬与幕僚夜奔之类的，最后大多数殉情了。"

元曜大声道："不要再看这些不入流的坊间读本了！白姬，你要多读圣贤书！"

白姬道："无论是圣贤书，还是坊间读本，不都是人类写的文字吗？我觉得读起来都差不多。"

元曜大声道："这两者还是有很大区别的！"

第八章　聘　鱼

白姬和元曜正犹豫着要不要冒雨去找离奴，突然外面的大厅里响起了一阵喧哗之声。白姬和元曜急忙出去看发生了什么事。

缥缈阁中进来了两只猫、三个人，他们推推操操，吵吵闹闹，看上去十分热闹。

元曜定睛一看，两只猫、三个人他都认得，两只猫是黑花狸猫和黄花狸猫，三个人是那日在春雨中打劫白姬和他不成，反被白姬使唤做苦力的强盗。

他们五个怎么凑到一块儿去了？！小书生心中纳闷。

白姬望了一眼三个强盗，嘴角勾起一抹深不可测的笑意。三个强盗一看见白姬，顿时失魂落魄，也不敢跟两只猫妖推操吵闹了。

黑花狸猫大声地对白姬道："白姬大人，小的们不辱使命，把打劫小的们的三个强盗捉来了，希望能够将功赎罪！"

黄花狸猫道："也是苍天怜猫！小的们不眠不休找了他们两天都没有找到，今天居然在街上碰见他们了！小的们立刻将他们捉来缥缈阁，让白姬大人发落！"

白姬笑得深沉，道："你们是在哪儿发现他们三人的？"

黑花狸猫道："崇贤坊，刘宅外面。"

黄花狸猫道："他们在那里徘徊。"

三个强盗垂下了头，青紫色的脸上表情变得有些可怕。

白姬凝望着三个强盗，不知道在想些什么。

元曜笑道："两位猫仙辛苦了，找到了他们事情也就了了。外面刮风下雨的，小生去沏一壶茶来，三位壮士也喝一杯茶暖暖身子，大家有什么误会，一边喝茶，一边说。"

黑花狸猫欢呼道："太好了！有热茶喝了！"

黄花狸猫欢呼道："小的长这么大，还从来没有喝过茶！"

白姬阴森一笑，道："轩之，拿两个杯子就够了。死人，是不需要喝茶的。"

"哎？"元曜没有明白白姬的意思。

白姬指着三个强盗，道："轩之，难道你没看见，他们都是已死之人的魂魄吗？"

元曜定睛望去，才发现三个强盗脸色青紫，神情怨戾，透过他们半透明的身体，依稀可以看见他们身后的货架，他们显然已不是人。他们已经死了。

黑花狸猫笑道："他们如果不是鬼，小的们还不敢捉他们来缥缈阁呢。"

黄花狸猫笑道："小的们怕人，但不怕鬼。妖鬼，妖鬼，怎么说，我们妖也排在鬼前面，比鬼厉害，哈哈哈！"

元曜望着三个强盗，心情复杂。明明几天前他们还是人，现在居然成鬼了，到底发生了什么事？看他们怨气冲天的模样与神情，似乎不是正常死亡的，谁杀了他们？

为了平复心情，元曜去厨房沏了一壶六安茶，端来给大家喝。但是，当元曜把六安茶端上来的时候，两只猫仆和三个强盗都不见了，只留白姬坐在大厅中。

白姬怔怔地望着虚空，不知道在想什么。

元曜忍不住问道："白姬，他们去哪儿了？"

白姬没有回答元曜的话，反而问道："轩之，该怎么去找一个人？"

元曜道："这还不简单，去问花草树木呀。"

白姬道："花草树木没有办法找到一个死人。"

元曜疑惑地道："你要找谁？"

白姬道："刘章。"

元曜疑惑地道："刘章是……死人？"

白姬愁闷地道："是的。刘章早就死了。"

元曜惊疑且恐惧：刘章居然是鬼吗？！不过，看起来完全不像，怎么看他也是一个活生生的人。

元曜尚未将心中的疑惑问出口，白姬突然站起身，道："轩之，我出去一趟办些事情，你留下来看店。"

元曜点头同意了。

白姬走后，元曜坐在青玉案边，一边喝茶，一边看书。想到翠娘与刘章的事情，他心中无限唏嘘，想到离奴去找月眉蝶鱼的事情，他的脑中又一片烦乱。他虽然捧着圣贤书，却没怎么读进去。

不知道过了多久，缥缈阁里又来人了，元曜听见响动，起身去大厅查看，发现是黑花狸猫和黄花狸猫回来了。黑花狸猫和黄花狸猫扛着一个大箱子，气喘吁吁。

黑花狸猫看见元曜，笑道："按白姬大人的吩咐，小的们从强盗的窝点把黄金箱拿回来了！元公子你点点数，小的们分文未动，原物奉还。"

黄花狸猫笑道："强盗的窝点居然还有不少好东西，看来他们生前真是没少干坏事。他们都死了，也用不着金银俗物了，小的们就消受了。今年可以吃饱穿暖了！"

黑花狸猫伸爪，狠狠拍了一下黄花狸猫的头，吼道："你胡说些什么？！长得丑也就罢了，脑子也不好使，嘴上没个把门的！"

黄花狸猫不高兴了，回骂道："说我长得丑？！哼！你也没好看到哪里去！你要是长得可爱，能当吃不饱穿不暖的流浪猫？！"

黑花狸猫还要吵架，被元曜劝住了："好了，好了，两位猫仙都少说一句，和气为贵。白姬出门未归，你们如果没有急事的话，坐下喝杯茶等一会儿吧。等白姬回来交接了黄金箱，你们便可自去了。"

听见元曜这么说，黑花狸猫和黄花狸猫都高兴地同意了。

黑花狸猫笑道："最好有点心，米糕、乳酥都行，小的今天还没吃东西。"

黄花狸猫笑道："太激动了！猫生第一次喝茶！"

元曜给黑花狸猫和黄花狸猫端来一壶六安茶、一盘羊乳酥、一盘芙蓉糕。黑花狸猫和黄花狸猫道谢之后，很开心地喝茶、吃点心。

元曜心中迷惑重重，看不进去书，只好陪着黑花狸猫和黄花狸猫喝茶说闲话。

不一会儿，缥缈阁外飞进来一道黑影，有什么东西掉了下来，摔在缥缥缈阁门口。

"啊啊——"掉下来的东西发出惊叫声。

元曜和黑花狸猫、黄花狸猫急忙跑到门口查看，但是什么也没看见，疑心刚才是幻听。还是黑花狸猫眼尖，指着地上道："这儿有一只蜗牛。"

元曜定睛望去，只见一只蜗牛翻倒在一摊积水之中，口中吐着白沫儿。

元曜认出蜗牛是穿梭在长安一百一十坊间给大家报信的信使，十分担心它的安危。

"蜗牛老兄，你没事吧？"

蜗牛挣扎着翻了一个身，伸出柔软的触角，道："摔死俺了！该死的燕子，飞那么快干啥？！这些天上飞的年轻人真是心浮气躁，一点儿也不沉稳，速度虽然快，但不如俺的脚踏实！"

元曜道："蜗牛老兄，你随着燕子飞，怎么掉在缥缈阁门口了？"

蜗牛道："俺是受白姬之托，来缥缈阁给元公子你报信的。离奴嫌俺的脚程慢，怕俺耽误了好事，非得把俺放在一只小燕子上，真是坑死俺了！"

元曜问道："白姬和离奴老弟在一块儿？太好了！他们让蜗牛老兄你来报什么信？"

蜗牛道："白姬要给离奴提亲，让元公子你准备聘礼带过去。"

元曜问道："准备什么聘礼？带去哪里？"

蜗牛道："白姬说，聘礼只要准备一只相思鸟就可以了。地点是布政坊，大裴府。"

元曜道："小生明白了。蜗牛老兄赶路辛苦，不如进去喝杯茶休息一会儿？"

蜗牛道："没有那个闲工夫，俺还得去传信呢。修真坊的佘三公子跟升道坊的苟家二娘子一见钟情，两情相悦，佘三公子要俺给苟二娘子传话邀请她明天一起去游曲江，俺还得赶去传信，不能耽误了人家的美事。"

说完，蜗牛便一点儿一点儿地爬走了。

元曜思量了一下西市到升道坊的距离，以及蜗牛的脚程，很担心明天佘三公子会在曲江边等不到佳人。

不过，小书生也没有闲工夫操心蛇与狗的约会，还要忙着猫与鱼的相思。他拜托黑花狸猫和黄花狸猫看店，就拿着雨伞离开缥缈阁了。

西市的大柳树下，男子还在怔怔地站着。相思鸟已经醒了，正站在男子的肩头，以喙梳理羽毛。

元曜走过去，与男子和翠娘打过招呼，不好意思说要拿翠娘做聘礼，只说白姬传话在布政坊的裴府等待，让他带翠娘一起去。

翠娘一听裴府，心知此事跟刘章有关，十分犹豫与不安，想去又害怕去。最终，她还是鼓起勇气，决定去了。

元曜带着翠娘离开，男子踌躇了许久，还是放心不下，悄无声息地跟在元曜身后，也向布政坊而去。

布政坊离西市很近，元曜不一会儿就到了大裴府外。裴府分为大裴府和小裴府，大裴府是裴先家，小裴府是裴宣钰家，一墙之隔。

大裴府外的家奴事先得到过吩咐，听元曜自报来意之后，将他带了进去。

裴家是仕宦之家，自然重楼飞阁，富丽堂皇。家奴带元曜来到裴先居住的小楼，元曜带着相思鸟走进客厅，裴先、白姬、离奴、三个强盗的鬼魂都在。

白姬坐在罗汉床上，正在认真地摆弄一副卜甲，不知道在占卜什么。裴先坐在白姬对面，痴痴地望着她，一副沉溺于相思之中的状态。离奴愁眉苦脸地坐在窗边，望着刚升起的一弯新月。三个强盗的鬼魂静静地站在墙脚，一脸怨戾与狰狞，元曜不知道裴先看不看得见他们。

白姬看见元曜来了，笑道："轩之来得还挺快的。"

元曜与裴先见过礼，便问白姬到底发生了什么事情。白姬把下午发生的事情告诉了元曜。

离奴思念小蝶，跑去小裴府见小蝶，当时裴宣钰正在书房里赏鱼，酝酿诗意。离奴一路跑进书房，看见裴宣钰望着月眉蝶鱼的眼神充满了痴怜之意，不由得由妒生恨，幻化出猫妖形态，把裴宣钰吓晕了。

离奴打算把小蝶带走，可是小蝶已在琉璃缸中奄奄一息。

月眉蝶鱼是海鱼，在陆地上无法存活太久，哪怕被温暖的海水和精致的鱼食环绕，哪怕人们再精心细致地照料它。裴宣钰眼神痴怜正是感怜月眉蝶鱼短暂的生命，想起裴家祖辈中有不少征伐沙场英年早逝之人，自古美鱼如名将，人间不许见白头。谁知，这眼神却被离奴误会，让离奴将他吓晕了。

离奴向小蝶倾诉了衷肠，希望小蝶跟自己走。

小蝶不肯。

离奴打算强行带小蝶走，小蝶急得拼尽全力跃起来要自杀。

离奴不敢强迫小蝶，只好哭着跑了。

离奴伤心欲绝，在裴府外的大树下放声大哭，正好遇见白姬和三个强盗的鬼魂。白姬听了离奴的哭诉，眼珠一转，安慰离奴说小蝶是一条矜持的鱼，不肯私奔，那就是要按礼数来，先提亲再说。

蜗牛正好经过，白姬让蜗牛给元曜传话，准备聘礼到裴府提亲。离奴嫌蜗牛走得慢，捉了一只在树叶间避雨的小燕子，把蜗牛放了上去。

裴宣钰被猫妖惊吓的消息传到了裴玉娘的耳中，她急忙跟丈夫一起回娘家探望父亲。此时此刻，裴玉娘跟刘章正在与大裴府一墙之隔的小裴府中。

第九章　诀　别

在白姬丢龟甲占卜时，应白姬的请求，裴先早已派人前去请刘章夫妇了。

这时候，有家仆来报告，说刘章夫妇已在楼下。裴先望了一眼白姬，白姬点了点头，裴先吩咐家仆带刘章夫妇上楼。

白姬望了一眼元曜肩头的相思鸟，道："翠娘，我想让你见一个人。"

相思鸟啼音婉转："是我夫君吗？"

白姬没有回答，只道："你见了就知道了。"

裴先见白姬对着虚空说话，感到十分奇怪。

昼与夜的界限早已昏昧，另一个世界缓缓醒来。

一个错眼间，裴先看见元曜的肩头站着一只美丽的鸟儿，而白姬正在对它说话。

不多时，刘章与裴玉娘夫妇相携走了进来。刘章看见白姬与元曜，略微有些震惊，但他很快平复了心情。他没有看见站在墙脚阴影处的三个强盗的鬼魂，也没有看见他们盯着他的眼神充满了怨恨与愤怒。

刘章对裴先行了一礼，道："不知道堂兄找刘某人有什么事情？"

相思鸟听见刘章的声音，呆若木鸡。

裴先尚未回答，白姬已笑道："是我拜托裴将军请您来的，还是为之前的事情。"

刘章大怒，道："还真是没完没了！我与那个什么翠娘都已经是过去的事情了，我现在的妻子是玉娘，我深爱我的妻子，绝不会再见翠娘！我可以给翠娘钱财作为补偿，也会派人护送她回岭南，请她就当我刘某人已经死了，以后不要再来纠缠。"

裴玉娘本想开口劝丈夫几句，但最终还是没有开口。

翠娘在元曜的肩膀上站着，呆若木鸡。

元曜听不下去了，为翠娘愤愤不平，大骂刘章："哪有这样子的道理？！既然结为夫妇，就该一世相守，不离不弃。刘大人抛弃糟糠之妻，不仅不认错，不为自己的行为感到羞耻，还把背弃妻子的事情说得那么理直气壮？！刘大人真是丢读书人的脸！"

刘章气急败坏，正要开口，元曜肩头的相思鸟却开口了："不是，不是，他不是我的夫君，我的夫君在哪里？！"

刘章看不见元曜肩头的相思鸟，也听不见相思鸟的声音。

裴先见元曜肩头的相思鸟口吐婉转人语，不由得吃惊地张大了嘴巴。

元曜道："翠娘，这就是刘章呀。"

相思鸟摇头，道："不对，不是，这个人不是我夫君。我虽眼盲，但能听声，这不是我夫君的声音。"

刘章见元曜对着虚空说话，觉得自己受到了愚弄，大声道："你们在搞什么鬼？！"

白姬笑道："不做亏心事，不怕鬼敲门。刘大人不必紧张。"

刘章冷哼一声，道："我刘某人坦坦荡荡，无愧于天地。"

白姬笑道："刘大人既然不愿意见翠娘，那就罢了。毕竟，其实您跟翠娘也没有关系。不过，有三位故人，您必须见一见，因为您还欠他们一样东西呢。"

刘章倨傲地道："我刘某人从不欠任何人的东西。"

白姬笑道："话不可说得太满了。难得刘大人来了，你们三个还不快过来找他要东西？"

三个强盗的鬼魂在黑暗中浮出，向刘章走去。

刘章见了鬼魂，大惊失色："你们……你们……你们不是被我杀了吗？！"

三个强盗脸上露出痛苦的表情，他们怨恨地道："马四，你还我们命来！"

"毒药穿肠烂肺，好痛苦呀！"

"马四，你真是心狠手辣，枉我们还是结义兄弟！"

裴玉娘一下子蒙了，惊道："相公，这是怎么回事？！"

刘章倏地抽出佩剑，对着三名强盗的鬼魂乱挥，虽然剑剑刺中，无法伤到鬼魂。

刘章道："你们是盗寇，杀人如麻，作恶多端，死有余辜！"

胖强盗幽幽地道："你不也是盗寇吗？"

瘦强盗和矮强盗也以怜悯的眼神望着刘章。

刘章道："我不是盗寇！我是朝廷命官！我是吏部书令史刘章！"

"哈哈哈哈——"

"别自欺欺人了，马四。"

"刘章早就被我们杀死了，还是你杀死的呢。"三个强盗的表情既像是在哭，又像是在笑。

刘章尚未回答，相思鸟早已疯了一般扑了过去。

"你们说什么？我夫君……他已经死了？！"

三个强盗怜悯地望着相思鸟，道："刘章三年前已经被我们杀死了，他的老仆和书童也被杀了。"

"其实，那一单买卖挺亏的，他身上也没有多少钱财，埋三个人还花了我们不少力气呢。"

"谁叫他反抗，乖乖交出钱财不就没事了吗？"

裴玉娘惊道："刘章既然已死，那我相公……是谁？！"

三个强盗怜悯地望着裴玉娘，道："你相公叫马四，是我们的好兄弟。"

三年前，四个强盗在荒野打劫去长安赴任的刘章，因为刘章不畏邪恶，奋力反抗，他们杀死了刘章和他的老仆。强盗们留下了年幼的书童，打算卖了他换钱。

马四在落草为寇之前也读过诗书，看见了刘章身上的官文，并从书童口中逼问出刘章的生平，认为这是去长安大赚一笔的好机会。马四从书童口中问出自己想知道的信息之后，就杀了他，并且不辞而别，带着官文走了。马四走了之后，三个强盗只好把刘章和仆从的尸体埋在荒野之中，继续干打家劫舍的勾当。

不久前，三个强盗无意之中看见马四，打听之下明白他盗取了刘章的身份，在长安城混得很好，他们心中起了邪念。他们找到马四，威胁他，如果马四不满足他们的要求，他们就去官府自首，揭发马四的罪行。

马四假装同意了三个强盗的要求，邀请他们在郊外的别院中宴饮叙旧，他在酒里下毒，毒杀了三人。马四连夜将三个强盗的尸体掩埋在别院的花园中，第二天若无其事地回到长安，继续过日子。

裴玉娘一时间不能接受事情的真相，缓缓后退，似要昏倒。

裴先眼尖反应快，赶紧伸手扶住了堂妹。

相思鸟听见刘章的死讯，觉得天地都倾塌了。相思鸟胸中因绝望和愤怒而腾起熊熊烈焰，这股强烈的恨意让相思鸟妖化成魔。

相思鸟从火焰中腾起，幻化为鸟妖。

相思鸟妖睁着血一般的双目，向刘章，不，向马四扑去。

"你这贼人，还我夫君！"

马四看见妖化的相思鸟，十分震惊，大惊之下，挥剑向相思鸟妖刺去。

相思鸟妖眼盲，没有看见来袭的剑，眼看锋利的长剑就要刺穿相思鸟妖的胸膛。

说时迟，那时快，一道身影挡在了相思鸟妖前面，闪烁着寒光的长剑刺穿了那人的胸膛。但是，这并没有什么用，长剑刺穿那人透明如雾的身体之后，仍旧刺入了相思鸟妖的胸口。

相思鸟妖的胸口被长剑刺穿，鲜血如注。相思鸟妖哀鸣一声，软倒在地。

冲出来以身挡剑的人正是在柳树下吹鬼笛的男子。他不放心相思鸟，尾随元曜来到大裴府，看见相思鸟遇到危险，没有多想，奋不顾身地扑了上来。可惜，他只是一缕幽魂，无法保护相思鸟。

白姬、元曜、裴先等人看见突然挺身而出的男子，都吓了一跳。

元曜惊道："兄台，你……"

马四和三个强盗更是震惊。马四眼中还流露出一丝惊慌，他倏地拔回宝剑，相思鸟妖的鲜血四溅。

当相思鸟妖胸口的鲜血溅到男子身上的那一瞬间，男子如遭电击，有许多画面在他眼前浮现，有许多声音在他耳边低喃，他忘掉的记忆逐渐在脑海中浮现。

他出身清贫，刻苦读书。他遇上了此生挚爱，与她一起面对重重阻碍，终成眷属。他们相亲相爱，和睦美满。他接到调令，独自去长安，跨越千山万水，却命途多舛，被强盗杀死。临死之时，他仍旧牵念千里之外的她，不能割舍。

走过奈何桥，饮下一口孟婆汤之后，他心中仍不断地涌出对她的思念、对她的爱恋，他无法割舍她。他从地府逃走了，徘徊于人间。

可是，因为喝下了一口孟婆汤，他忘了前尘往事，忘了她。他只凭着心中一点模糊的执念，来到长安，游荡于一百一十坊间。

他想起来了。

他的名字叫刘章，他心爱的妻子叫翠娘。

相思鸟胸口的鲜血凝聚着对刘章的思念与爱恋，让刘章找回了记忆。

刘章回头，望向妖化的相思鸟。

相思鸟妖虽然胸口不断地涌出鲜血，但是仍因丈夫的死而愤怒疯狂。鸟妖的血目中怒火炽烈，似乎还要扑向马四，将他撕成碎片。

刘章伸出手，抚摸相思鸟妖的羽毛，悲伤地道："翠娘，我来接你了。"

相思鸟妖听见刘章的声音，瞬间平静了下来，睁着失明的眼眸，难以置信地转向刘章，道："你说什么？"

刘章温柔地道："我说，我来接你了。翠娘，是我，我是你夫君，我刚刚想起一切。"

相思鸟妖闻言，倏地化作了一只手掌大小的翠色小鸟，小鸟的胸口仍在滴血。

相思鸟飞入刘章的掌心，悲伤地道："你真的是我的夫君吗？你真的被强盗杀死了吗？"

刘章温柔地道："是的。我死于路途，所以没能按约定去接你。翠娘，让你受苦了。"

相思鸟悲伤地道："夫君，因为思念你，我哭瞎了双眼。我看不见你，也认不出你。"

刘章流下了眼泪，道："对不起，翠娘，让你受苦了。"

刘章的眼泪滴在了相思鸟的眼睛里，他的眼泪中凝聚了对翠娘的思念与爱恋，让相思鸟的双目逐渐清澈明亮，也让相思鸟胸口的伤逐渐愈合。

相思鸟眼前逐渐浮现出刘章的模样，看见了深爱之人，开心地啾啾啼鸣。

"夫君，我能看见你了。"

刘章也笑了，道："翠娘，我们不要再分离了。"

刘章的身体中闪过一道白光，他倏地也化作了一只翠色的相思鸟。两只相思鸟相依相偎，绕梁而飞。

"白姬，谢谢你。"翠娘道。

"元老弟，谢谢你。"刘章对元曜道。

说完，两只相思鸟比翼而飞，飞出了小楼，不知所终。

白姬抚额道："我还没弄清是怎么回事，它们就飞走了。"

元曜迷惑地道："小生也一头雾水。"

裴先苦着脸道："先别管那两只鸟了！先搞清楚我堂妹夫和这三个强盗的事情吧。"

白姬、元曜回过神来，大厅中依旧剑拔弩张。翠娘和刘章化鸟飞走之后，马四和三个强盗的鬼魂仍在对峙。

三个强盗的鬼魂满怀怨恨，向马四索命。

胖强盗道："马四，你好狠毒，还我们命来！"

瘦强盗道："呜呜，好痛苦，我的肚子还在痛呢！"

矮强盗道："马四，好兄弟，你来地府陪我们吧！"

马四铁青着脸道："都怪你们！是你们自寻死路！如果你们不来威胁我、勒索我，我也不会杀你们！这些年，你们杀人劫财，死在你们刀下的冤魂也不少，你们罪大恶极，死有余辜！"

三个强盗如哭似笑，围着马四道："那你自己呢？"

"你假装成刘章，可还是马四。"

"你也是杀人如麻的强盗。"

马四愤怒地道："我做够强盗了！我不想再提心吊胆地逃亡，不想再命悬一线、刀口舔血。我想行走在阳光下，有爱人陪伴。荣华富贵算什么？我不稀罕，只希望有挚爱之人相伴。无论是谁，想分开我和玉娘，我都会杀了他！"马四望向瑟瑟发抖的裴玉娘，向她伸出了手："玉娘，有你在，我什么都不怕。为了你，我可以杀掉所有阻碍我们的人！"

裴玉娘虽然深爱丈夫，可是刚才发生的事情太多，她思绪混乱如麻，一时间没法接受眼前的一切。她的丈夫突然不是刘章，而是一个盗寇。这个盗寇杀了刘章，伪装成他，与她成亲。这个盗寇又杀了三个同伙。翠娘变成了鸟妖，一个鬼魂自称是刘章，与鸟妖化为一双相思鸟飞走。三个盗寇的冤魂出现在她眼前，向她丈夫索命。

这到底是怎么回事？她的丈夫究竟是谁？谁能告诉她，她现在该怎么办？眼看马四向自己伸出手，裴玉娘一时间思绪混乱，退后一步，别过了脸。

马四见裴玉娘避开了自己，眼眸中如火的热情如同被冷水浇熄。她嫌弃他了吗？她不再爱他了吗？他失去她了吗？

一时之间，马四心灰意冷，生无可恋，心中涌出无限的痛苦。他狠了狠心，拿起长剑，将剑横于颈上。

马四冷笑着对三个强盗道："欠你们的命，我还给你们。"

说完，马四横剑自刎了。

马四倒在血泊中。

在死去之前马四犹自痴痴地望着裴玉娘，他的左手放在胸口，手和胸口都被鲜血染红了。

见马四已死，三个强盗面面相觑，怨孽之债已偿，他们三个的身影消失了。

在马四死去的那一瞬间，裴玉娘幡然醒悟，猛地扑向马四，泪如雨下："相公——相公——"

可惜，马四已经与裴玉娘天人永隔，听不见了。

裴玉娘大恸，一想到失去了心爱的丈夫，她就心如刀绞。其实，他的身份是刘章，还是马四，又有什么重要的呢？她爱的是这个与她相伴两年的人啊！他爱她，她爱他，他们彼此相恋，彼此珍惜，这就足够了。之前，她为什么要迷惑，为什么要迟疑，以致他心生死念，自绝于人世？

马四的左手放在胸口，似乎胸口有什么东西。裴玉娘拿开马四的左手，从他的衣襟中摸出了一支金枝点翠步摇。

金步摇上还带着马四的鲜血，鲜血十分刺目。

裴玉娘突然想起两年前的今日正是她与马四成亲的日子，这支金枝点翠步摇应该是马四送给她的礼物。

裴玉娘心哀如死，望着虚空道："相公，你在哪儿？别人因为相思可以化为飞鸟，因为仇恨可以化为鬼魂，你死了，不能化为鬼魂与我相见吗？"

大厅中并没有马四的鬼魂。

马四的尸体静静地躺在血泊中。

天人永隔，再无会期。

裴玉娘攥着金步摇，发出撕心裂肺的哭声。

白姬静静地站着，不知道在想什么。

元曜站在白姬旁边，感到十分伤心。

裴先一边劝慰裴玉娘，一边考虑刘章的事情怎么善后才能保住裴家的声誉。

离奴坐在窗边无声地流泪，仍在思念小蝶。

因为早已过了宵禁的时辰，白姬、元曜、离奴留在大裴府过夜。

裴先叫下人来收殓了马四的尸体，又送裴玉娘去小裴府，以及向裴宣钰告知事情原委。

裴先太忙，白姬、元曜、离奴只好自便。裴先让下人给白姬、元曜、离奴送来晚饭，可是谁也没有胃口吃。

白姬、元曜、离奴没有困意，就在月下的花园里散步。

小书生揉着额头道："白姬，小生好像理顺这件事情了。那位柳树下的兄台才是刘章，假刘章是强盗，强盗杀了刘章，伪装成刘章。强盗与裴玉娘成亲，我们却把强盗当成刘章，错以为刘章辜负了翠娘。后来，刘章变鸟了，强盗也死了，还搭上了另外三个强盗的命。这件事情好复杂啊！"

白姬笑道："事情复杂，是因为人心复杂。"

元曜问道："白姬，刘章和翠娘去哪儿了？"

白姬望着天边的弯月，道："也许，是回岭南了吧。"

元曜道："刘章和翠娘会永远在一起吗？"

白姬道："当然会。在天愿作比翼鸟，连死亡都无法将两个人分开，这世间还有什么能令他们分开呢？"

元曜又问道："白姬，假刘章死后，为什么不能化为鬼魂与玉娘相见？他那么爱玉娘，怎么忍心就此与她天人永隔？"白姬道："他生前杀业太多，死后自然身不由己，他的魂魄早就被他的三个好兄弟带走了。"

"小生总觉得玉娘十分可怜。"

"是呢。相思，总是令人断肠。"

离奴忍不住插话道："主人，你什么时候去给离奴提亲？离奴想小蝶想得都快断肠了！"

白姬道："啊哈！离奴不说我都快忘了，还有小蝶的事情呢。这样吧，等裴将军从小裴府回来，我就拜托他去提亲。"

三人说话之间，裴先已经从小裴府回来了。

裴先愁容满面地走向白姬，道："白姬姑娘，我已如实向叔父禀报此事，叔父十分震惊与悲痛。他悲痛之余，又想保全裴家声誉，苦恼于如何向外界宣告此事。"

白姬笑了，道："这有何难？既然翠娘与刘章已经化鸟飞走，那令堂妹夫自然还是刘章。刘大人的别院中有三具强盗尸体，强盗都是朝廷通缉的犯人，刘大人的死自然是因为三名强盗闯入别院打劫。刘大人刚正不阿，奋力拿贼，不幸被强盗杀死了，而强盗也被刘大人杀死了。刘章本来就是被强盗杀死的，这不过是迟了三年才报上去而已。令堂妹夫杀死通缉犯，以身殉职，武后说不定还要表彰追封呢。裴家不仅声誉无损，还有荣光。"

裴先豁然开朗，道："听白姬姑娘一席话，胜读十年书啊！就这么办！"

白姬又道："刚发生了不幸的事情，我本不该这时候提这件事。我这家仆实在十分喜欢装大人买下的月眉蝶鱼，想马上就得到它，我想此刻厚颜去讨要，还请裴将军代为传话。"

裴先道："月眉蝶鱼？是不是一条兼具黄黑白三色的小海鱼？"

白姬道："正是。"

裴先支吾了一下，才道："这个，不用去了。那个，鱼已经死了。"

白姬道："怎么回事？"

裴先道："刚才我去向叔父禀报刘章的死讯时，叔父正捧着琉璃缸赏鱼。他一惊之下，失手打碎了鱼缸，那条鱼掉在地上，挣扎了一下，就死了。叔父说一百两黄金就这么没了，还颇为惋惜呢。"

离奴听了这话，如遭电击，突然号啕大哭起来，化为一只小黑猫，朝小裴府跑去："小蝶！你死得好惨！我要替你报仇！"

元曜见了，急忙去追："离奴老弟，你冷静一些！天涯何处无美鱼！"

白姬也急忙追去，怕离奴跑去吃了裴宣钰。

离奴跑得虽快，却快不过白姬的法术。一道白光闪过之后，狂奔的小黑猫倒在了草地上。

元曜气喘吁吁地止步，望着昏倒在草丛中的小黑猫，庆幸白姬截住了离奴。

"这可如何是好呀？"白姬发愁道。

"离奴老弟和小蝶不会也因为生离死别的相思而化为一对飞鱼或飞猫吧？"元曜愁道。

第十章　尾　声

西市，缥缈阁。

离奴昏睡了一夜才醒来，醒来的时候，已经是第二天上午。

离奴睡在里间的青玉案上，旁边放着洗刷干净的琉璃鱼缸，鱼缸里面泡着一条死去的月眉蝶鱼。

离奴望着鱼缸中的月眉蝶鱼，泪如雨下。

元曜走进里间，见离奴醒了，高兴地道："离奴老弟，你醒了呀。"

离奴哭骂道："死书呆子！别来烦爷！"

元曜走到小黑猫身边坐下，开导道："离奴老弟，你不要再伤心了。白姬说，月眉蝶鱼是海鱼，离开海后存活不了多久，即使裴大人不打碎鱼缸，它也活不了几天了。你们俩不合适，没有缘分，相思只会徒增苦恼。白姬向裴大人讨来了小蝶的尸体，希望你看见小蝶的尸体之后，能够想通一切。"

离奴望着鱼缸中的死鱼，道："爷想不通，爷为什么跟小蝶没有缘分呢？"

元曜想了想，道："离奴老弟你是猫，小蝶是鱼，猫是吃鱼的，所以你们没有缘分。"

离奴若有所思地望着死鱼，道："书呆子你的意思是爷爱上小蝶是因为想吃掉它？"这时候，白姬正好在外面叫元曜："轩之，快来替我将这幅《牡丹富贵图》挂在墙上。"

"大概是吧。"元曜匆匆回答了离奴，就出去替白姬挂画了。

小黑猫望着鱼缸，陷入了沉思。

这一日中午，缥缈阁的午饭是清蒸月眉蝶鱼。白姬和元曜坐在桌案边，张大了嘴，吃不下饭。

离奴津津有味地吃着月眉蝶鱼，好奇地道："主人，书呆子，你们怎么都不吃？"

白姬道："它是小蝶呀！"

元曜也道："它是小蝶呀！"

离奴道："什么小蝶？这不过是一条月眉蝶鱼。书呆子说得很对，我是猫，是吃鱼的，所以我跟鱼的缘分与相思只能以吃来维系。我喜欢小蝶，所以我要吃了它。吃了之后，小蝶就永远跟我在一起了。"

白姬笑道："离奴，你能想通一切，不耽溺于相思之中，主人我很高兴。"

元曜道："小生还是觉得有哪里不对劲。"

离奴吃了一块鱼肉，道："死书呆子，你根本就不懂相思！"

小书生闷闷地扒了一口米饭，道："不懂相思，也可以发表评论呀！"

离奴津津有味地吃着清蒸鱼，道："海鱼清蒸起来更美味！主人，离奴以后可以经常买海鱼吃吗？"

白姬笑道："海鱼有点儿贵，还是吃淡水鱼比较好。反正，都是鱼。"

元曜道："可怜的小蝶！"

下午，阿黍来了，来给离奴送生日礼物。阿黍好不容易东拼西借地凑齐一百两黄金，跑去给离奴买了一条月眉蝶鱼。

阿黍笑着对离奴道："黑炭，快看，我把小蝶给你买来了！"

离奴望着鱼缸里的月眉蝶鱼，伸舌舔了舔唇，道："太好了！晚饭有着落了。"

阿黍没有听清离奴的话，还在笑道："黑炭，祝你们相亲相爱，百年好合。"

离奴留阿黍吃晚饭，阿黍开心地同意了。

傍晚时分，阿黍坐在木案边，看见自己的一百两黄金变成了一盘红烧海鱼，欲哭无泪，十分崩溃。

离奴笑道："阿黍，快尝尝，海鱼比河鱼更鲜美呢！"

阿黍哭着骂道："臭黑炭！你就知道吃！我的一百两黄金啊！"

白姬叹道："一天吃掉两百两黄金，缥缈阁的日子过得似乎太奢侈了。"

元曜叹道："可怜的阿黍！"

晚上，元曜做了一个梦，梦见在遥远的岭南，两只相思鸟在桃花中飞舞相思鸟。相思鸟们在唱歌儿："今夕何夕兮，芳草离离。明月高楼兮，望君千里。长相思兮，恨别离。别离苦兮，梦魂断。长相思兮，摧心肝。摧心肝兮，情难绝。生当复来归，死当长相思。百年何归，永生不离。"

百年何归，永生不离。

元曜梦见了白姬，睡梦中他的嘴角弯起了幸福的弧度。

一阵夜风吹来，春天已逝，夏天又来了。

第五折　长生客

第一章　蜉　蝣

青草茂盛，树木葱茏，世间万物一派生机勃勃。

缥缈阁中，白姬在二楼睡午觉，离奴在厨房熬鱼汤，元曜坐在大厅中，一边摇扇子，一边安慰韦彦。

韦彦眼泪汪汪，伤心欲绝。

不久之前，韦彦一直住在郊外道观清修的祖父因为年迈过世了，韦彦从小与祖父感情亲厚，最近一直沉浸在祖父离世的悲痛之中，缓不过劲。于是，他常来缥缈阁跟元曜哭诉，追忆祖父。

元曜也没有办法，只能宽慰韦彦："生老病死是世间常态，丹阳不要太过伤心，如果你因为悲痛而不爱惜自己的身体，你祖父他老人家在九泉之下也会担心你。"

韦彦哭道："人要是没有生老病死就好了。"

元曜道："那怎么可能呢。"

韦彦哭诉够了，就离开了。

韦彦走后，元曜坐在大厅里发呆，想起了过世的父母，突然觉得人生短短三万天，生老病死，喜怒哀惧，心中生出些许无奈。

傍晚，吃过晚饭之后，元曜站在后院看夕阳。

夕阳下，有一群蜉蝣振着半透明的翅膀飞过，经过缥缈阁时，落下了不少尸体。

> 蜉蝣之羽，衣裳楚楚。心之忧矣，于我归处。
> 蜉蝣之翼，采采衣服。心之忧矣，于我归息。
> 蜉蝣掘阅，麻衣如雪。心之忧矣，于我归说。①

---

① 出自《诗经·曹风·蜉蝣》。

元曜走入草丛中，看着蜉蝣的尸体，心中无限感慨。这一群美丽的小虫朝生暮死，生命何其短暂？它们会感到忧伤吗？它们会对死亡感到恐惧吗？

蜉蝣一日，也如人生百年。人类从一出生就在一步一步走向死亡，无人可以幸免。这与蜉蝣何其相似？

小书生站在后院里感叹了许久人生，心情悲伤而压抑。

天色渐渐黑了，离奴在厨房收拾完碗筷，看见小书生站在院子里发呆，骂了他一顿，小书生才回到里间。

里间中，灯火下，白姬坐在青玉案边，正在掷龟甲占卜。

元曜有些好奇，问道："白姬，你在做什么？"

白姬抬头，笑道："我在占卜呢。阉阈之岁，岁星在子。光宅之年，岁星在虚。危出夕入，合散犯守。"

"什么？！"元曜迷惑。

白姬笑道："说了轩之也不明白。那么，就拣轩之明白的来说吧。时间过得真快，又到了一位客人该来缥缈阁的时候了。按照约定，我得替这位客人找一样东西，我现在正在占卜那东西在哪儿呢。"

原来是替客人找东西。因为缥缈阁的客人来往聚散，如同浮萍，元曜也不是太在意，随口问道："那你占卜出东西在哪儿了吗？"

白姬笑道："大体方位倒是找到了。不过，这东西喜欢到处乱跑，还得我亲自去一趟。"

元曜道："要不要小生陪你去找？"

白姬笑道："那再好不过了。"

"白姬，你要找的是什么？"

"一个很可爱的小东西。不过，它出现一次不容易，最近大家应该都在找它。"

"我们什么时候去找？"

"事不宜迟，今晚就去吧。"

"去哪里找？"

"蓝田山。"

于是，天黑之后，白姬跟元曜就出发了。

白姬、元曜骑着天马去往蓝田山，约莫午夜时分，他们才到达目的地。

夏夜的山峦如同一幅静谧的水墨画，远山重叠，近山参差。夏夜气候无常，这时候的天空有黑云翻墨，风来卷地。

元曜跟着白姬走在深山之中，有些担心："白姬，看这天气，不会下雨吧？"

元曜话还没说完，深山中已经雷鸣阵阵，白雨跳珠，下起了暴雨。

"唉！轩之真是乌鸦嘴！"

白姬以袖遮头，在雨中跑了起来。

元曜没有办法，只好跟着白姬跑。

白姬、元曜在荒山野岭中跑了一会儿，看见不远处有一座房舍，房舍中有灯火。

"白姬，前面有人家，我们去避雨吧。"元曜指着房舍道。

白姬愣了一下，看了房舍两眼，才道："也好。"

大雨倾盆，雷鸣电闪，白姬、元曜在黑暗中淋着暴雨飞快跑向亮灯的房舍。

那是一座破旧的茅草房，从周围的环境来看，明显并非住户，而是一座废宅。废宅中有光亮，想来是里面有避雨的行路人。

茅屋的门关闭着，白姬若有所思，元曜已经去敲门了。

"请问，有人吗？"

元曜的手敲上门的瞬间，木门吱呀一声打开了。原来，房门并没有关紧，只是虚掩着。

元曜走进去，白姬也跟着走了进去。

屋里燃着一堆篝火，火边坐着三个人。坐在北边的是一位中年男子，他魁伟壮硕，浓眉阔鼻，双目炯炯有神。坐在西边的是一名女子，她一身素色衣裙，脸罩纱巾，露在纱巾外的眼睛十分美丽明亮。坐在南边的是一位穿着缁衣的老妇人，她虽然白发苍苍，但满面红光，看上去十分精神。

三人正围着篝火暖身子，看见白姬、元曜闯了进来，齐刷刷地望了过来。

元曜急忙道："打扰三位了，小生与同伴是来避雨的。"

中年男子笑道："同是天涯避雨人。过来坐，不必客气。"

素衣女子微微垂首，小声地道："请自便。"

老妇人微微颔首。

"多谢三位。"元曜作了一揖，道。

白姬、元曜挑了东方，坐了下来。

外面雷鸣电闪，大雨倾盆，屋子里篝火熊熊，十分安静。五个人围着篝火坐着，都没有说话，气氛有些尴尬。

元曜只好开口打破沉默，问道："三位怎么会此时此刻在荒山避雨？"

中年男子道："我是长安城的捕快，刚从咸阳办事回来，路上没掐准时辰，导致半夜经过蓝田山，又遇暴雨，被困在此了。"

素衣女子柔声道："奴家回娘家探亲，因为贪捷径走小路，不承想迷了路，又遇暴雨，只好来此避雨。"

老妇人道："老身是山下村子里的猎户。这所破房子是猎户们进山打猎时休憩的场所。老身今日来补充柴火和干粮，人老了做事不麻利，误了时辰，不好下山，只好在此歇一晚了。"

中年男子问白姬、元曜道："二位深更半夜在荒山中做什么？"

元曜刚要回答，白姬已经抢先答道："我们是采药人，来山中采药。"

老妇人问道："你们的药篓、药锄和采的药材呢？"

白姬笑道："刚才一下暴雨，手忙脚乱，都丢在山里了。等雨停了，我们就去找回来。"

突然，木门"吱呀——"一声打开了，又有人走了进来。

"雨真大呀，幸好有一间茅屋！"来人一边推门进来，一边道。

篝火旁的五人转头向来人望去，不由得眼前一亮。来人是一位风度翩翩的美男子，他十七八岁，容颜十分英俊。他舒袍广袖，气质如仙，手上还捧着一管碧玉笙。

中年男子哂笑道："又来了一个。"

美男子一手撑开门，笑道："不是一个，是两个。道长，请进。"

这时候，又有一位年轻的女冠走了进来。女冠眉清目秀，束发盘髻，头戴南华巾，穿一身青蓝色道袍，手执拂尘。

女冠向众人道："各位施主，叨扰了。"

美男子掩上门，与女冠一起在篝火边找了一个位置，坐了下来。

深更半夜，一个女冠与一个美男子一起在荒山野岭避雨，总让人觉得不合礼数。众人不明白这两个人的关系，又不好开口询问，一时间陷入了沉默。

美男子把碧玉笙放下，抖了抖湿衣，朝元曜身边挤了挤，笑道："劳烦这位兄台靠边一点儿，借个火。"

元曜只好往白姬身边挤了挤。

白姬的目光扫过美男子和女冠，嘴角似笑非笑。

中年男子开口道："如今这世道真是什么事都有，和尚娶妻啊女冠嫁人啊，活久了什么事情都能看见。"

美男子笑道："这位大哥，瞧您这话说的，我跟这位女道长是山路上遇见，搭个伴同行而已。我是一个登徒浪子，被误会了也没什么，可还是要解释几句，以免坏了道长的清誉。"

中年男子道："那你深更半夜在荒山中干什么？"

美男子促狭地笑道："我来山中与狐女幽会，不料她家相公今晚在家，我只好败兴而回。我走到半路，刚遇见这位道长，准备结伴出山，不料就下起了暴雨，所以一起来避雨。"

中年男子道："道长，你又为何在山中夜行？"

女冠道："贫道四海云游，这次前来长安拜访道友，今日恰好经过蓝田山，错过了投宿的时辰，只好行夜路。"

素衣女子嘻嘻笑了，道："今夜蓝田山真是好热闹，个个都错过了投宿时辰，个个都迷路，个个都避雨。"

白姬笑道："天降暴雨，也是没办法的事情。"

老妇人叹了一口气，道："活得久了，什么事情都能看见。"

七个人坐在篝火边，听着外面哗啦啦的雷雨声，闪电不时地劈开黑暗，电光打在众人的脸上，气氛有些诡异。

元曜觉得有些压抑，看见美男子的碧玉笙，没话找话地道："这玉笙真漂亮，兄台还会吹笙吗？"

美男子笑道："枯坐无趣，我给大家吹奏一曲解闷吧。"

说完，美男子拿起碧玉笙，开始吹奏了。

美男子的笙曲吹得十分动听，音色琅琅，声如凤鸣，直入天际。众人仿佛看见了远山平芜，碧水烟霞，沙边水色，凤飞鸾翔。

不多时，一曲终了，众人还沉浸在美好的笙乐之中。

元曜先回过神来，赞道："如听仙乐，兄台太厉害了！"

众人回过神来，也都对美男子的调笙之技赞不绝口。

美男子谦虚地道："雕虫小技，诸位谬赞了。"

美男子的一支笙曲让气氛缓和了不少，大家开始有一句没一句地闲聊。

不多时，木门又"吱呀——"一声开了，走进来一个白白胖胖的小男孩儿。

小男孩儿八九岁，唇红齿白，梳着总角，穿着一身红色夹袄，双眼十分明亮。他走进来，怯生生地望着一众烤火的人。

大家以为小孩子身后还有大人跟着，可是等了半天，也没有大人推门进来。

小男孩儿扫视了众人一圈，怯生生地问道："俺可以过去烤火吗？外面风雨交加，好冷。"

老妇人慈爱地招手，笑道："当然可以。来，过来，到婆婆这儿来。"

小男孩儿跑到老妇人身边，坐下烤火。

老妇人问道："你是谁家孩子？为什么深更半夜一个人在山里？"

小男孩儿答道："俺姓封，俺家住在长安城的永安坊，俺白天跟俺爹来山中郊游，不料走散了，俺在山中迷了路，到处乱走。"

除了元曜，众人都齐刷刷地望向小男孩儿，目光炯炯。

白姬眼珠一转，笑道："真巧，我也住长安城。小弟弟，天亮之后跟姐姐走，姐姐带你回家。"

元曜也附和道："你父母找不到你肯定很着急，我们明天一早直接把你送回家，免得他们担心。"

美男子冷哼一声，道："听说江湖上有人贩子这一行当，通常是一男一女合伙，专门拐卖小儿，以为牟利。小弟弟，你可要当心歹人。哥哥在平康坊当乐师，还是哥哥带你回长安找家人妥当。"

元曜不高兴了，道："兄台这话说的，难道小生看着像人贩子吗？"

美男子道："出门在外，防人之心不可无。"元曜正要开口，素衣女子开口了："平康坊是三教九流聚集的烟花之地，一向也有拐卖男孩儿去做清倌的肮脏勾当，公子您也不可信呢。我夫家姓侯，正好住在永安坊，说起来跟童儿你家还是街坊呢。童儿，明早还是跟阿婶一起回长安吧。"

中年男子道："你们一个个的，恐怕都不是好人。我是捕快，童儿，明天跟我走，我带你去衙门，让你父母来领你。"

老妇人道："童儿，还是跟婆婆回山下的村子里。你父亲丢了你，肯定会在山中寻找，也肯定会到村子里来打探，你不如在村子里等你父亲。你跟这些人走，婆婆不放心。"

女冠没有开口，盯着篝火静心养神。

小男孩儿环视了众人一圈，篝火中众人眼神炯炯，表情有些扭曲，甚至狂热。

小男孩儿扑哧一笑，道："俺喜欢听故事。你们给俺讲故事，谁讲得好，俺就跟谁走。"

众人面面相觑，元曜一头雾水。

第二章 夜 雨

元曜道："小弟弟，现在不是讲故事的时候，你父母恐怕很着急呢。小生不是歹人，明天小生送你回家，以免你父母担忧，可怜天下父母心啊！"

小男孩儿看着元曜，拍手笑道："你这么想俺跟你走，那你先讲故事。"

元曜苦着脸道："小生不会讲故事。不过，小弟弟你实在想听的话，小生就现编一个好了。你想听什么故事？猫捉老鼠，还是狐狸跟兔子的故事？"

小男孩儿的脸色突然变得严肃起来，他道："俺想听长生不老的故事。"

元曜张大了嘴，道："小弟弟，你小小年纪，听听猫狗狐兔的故事也就罢了，听什么长生不老的故事啊！这种故事小生不会编。"

小男孩儿咯咯笑了起来，道："说不出长生的故事，俺就不跟你们走。"

除了元曜，众人若有所思，陷入了沉默。

最后，白姬打破了沉默，笑道："那我先说吧。"

屋外风雨交加，雷鸣电闪，白姬缓缓道来。

从前，有一个人，他生于尧舜时期，经历了夏朝和商朝。他天赋异禀，十分长寿，都忘记自己活了多少年了。

风云变迁，乱世动荡，他为了躲避人祸，隐居在平模山中，与清风明月，山中树木做伴。他对世上的事物没有兴趣，也不追名逐利，只喜欢清静。

君王听说他是品行高洁的隐士，请他出山为官，他不能违逆君王，只好出山做了一段时间的官，最后还是借故辞官，隐居去了。人世间朝代更迭，唯有他没有变。他的长寿之名为世人所惊羡，大家都称他为活神仙。

他先后娶了四十九个妻子，生了五十四个儿子，妻子们一一衰老死亡，儿子们也在岁月的流逝之中所剩无几，而他依然年轻力壮，始终是盛年的模样。

他觉得十分悲痛，看着爱人、亲人一个一个衰老死亡，弃他而去，他痛彻心扉，十分无奈。

他的每一任妻子过世时，他的心都会被掏空一次，他的每一个儿子去世时，他的眼泪就会干涸一次。这天地万物与他都永恒存在，天无心地无情不会悲伤，而他会因为一次又一次痛失所爱而肝肠寸断，不断煎熬。

当他娶第五十个妻子——采女的时候，他发现采女竟长得跟他的第一个妻子一模一样，发现过去了这么多年，他竟从未忘记过他的第一位妻子的脸。她的一颦一笑历历在目，他以为自己忘记了，可是他并没有忘记。不仅第一任妻子，他的每一任妻子，他都不曾忘记。他希望自己忘记，可是岁月让他记得更真切。他的痛苦重复叠加，让他快疯掉了。

他的长寿之名为世人所艳羡，他自己却绝望而痛苦，想结束自己的生命。

采女是一位修道的玄女，下嫁给他，是为了获取他的长生之道。而这时候的他厌倦了长生，一心寻死，听了采女的诉求，笑得凄凉。

"没有什么长生之道。如果可以，我宁愿不要长生。"

采女笑得诡异，道："你想死？那我成全你。"

采女用铁镣把他锁在暗无天日的密室里，每日饮用一杯他的鲜血，用作驻颜。她还经常剜下他的肉，带着鲜血吃下去，希望能够长生。

他早已对人世绝望，对活着也充满厌恶，所以没有反抗，任由采女折磨。她以为吃掉他就可以获得长生了吗？真是好笑，可悲。

采女看出他眼中的讥笑与怜悯，笑了，道："你知道你为什么能长生吗？"

他当然不知道，这是他困惑了八百年的问题。

采女一口饮下他的鲜血，用舌尖舔舐红唇，道："你是遗腹子，三岁时母亲也死了，又赶上犬戎之乱，你跟着家人颠沛流离地逃到了西域之地。你四岁那一年，岁星在野，你在迁徙之中与家人失散，流落荒野，被一个神物捡到。这个神物用自己的肉喂养了你八天，又带你找到了家人。你吃了八天神物的血肉，故而你能活八百年。"

他惊道："这件事我都不知道，你是怎么知道的？"

采女笑道："我的消息最灵通了。孤陋寡闻之人，怎么配获得长生？"

他又问道："救了我的是什么神物？"

采女眼里闪过狂热的光芒，近乎呓语地道："太岁。吃了太岁之肉，可以长生。"

他喃喃自语道："原来，我长生是因为吃了太岁肉。我一直以为太岁是传说中的东西，并不存在于世间。"

采女笑了，道："活了八百岁的你也是传说，可现在活生生地在我眼前。"

他问道："你要长生，为什么不去找太岁？"

采女道："太岁几百年、几千年才出现一次，而且与太岁相遇也要机缘。我自知没有你那么好的福气，比起找太岁，还是找你简单一些。吃了八天太岁肉，世间福泽深厚如你这般的人，旷古绝今，我找不到太岁，吃你的血肉也一样。"

"随你。反正，我也觉得活够了。"望着采女的脸，他想起了第一任妻子，生无可恋，万念俱灰。

采女阴毒地笑道："那我就慢慢地享用你了。"

采女对外宣称，自己的丈夫已经寿终正寝了。

世间之人大惊，为他的死感到悲伤，写下许多诗文纪念他，同时也哀叹自己短暂的生命。

他被采女囚禁在密室里，日夜遭受折磨。采女性情暴虐，内心恶毒，以折磨他为乐。她不仅在肉体上折磨他，还在精神上羞辱他，践踏他。

肉体和内心遭受的双重痛苦让他麻木如死，采女用自己炼制的丹药给他续命，然后继续吃他的肉、饮他的血。

很快，二十年过去了。

他仍旧是年轻的模样，她却老了。他毕竟不是太岁，他的血肉没有让人长生的功效。

皱纹爬上了采女的脸，雪色覆盖了她的青丝，她捂着脸疯狂地哭道："啊啊——为什么没有用？为什么？为什么我不能长生？！"

他在锁链之下哈哈大笑，笑得十分悲凉。

采女愤怒了。她恨他，这份恨意源于忌妒。他什么都不用付出，丝毫不需要努力，就可以获得长生，而她，付出了一切，牺牲了一切，努力了一辈子，却还是躲不过衰老，躲不过死亡。她憎恨，愤怒，疯狂，绝望，她把他仅剩于世的三个儿子带入密室，在他面前虐杀了他们。

当第一个儿子被采女生生地割断喉咙时，他麻木了许久的心如同被一根刺刺疼了。

当第二个儿子被采女刺瞎双目时，他因为心中疼痛而大口大口地喘气，几乎没办法呼吸。

当第三个儿子被采女活生生地丢入装满沸水的铜鼎之中时，他心中喷涌出熊熊怒火。

他不想死了，也不想听天由命了。他愤怒，憎恨，复活了。

他恨采女，无比地憎恨她，想要杀死她，所以他要活下去。爱不能让人死而复生，恨却可以。

他开始反抗，拼尽全力地想挣开铁镣，想要活下去。

而她，消失了。

采女好久没有出现了。他记得她最后一次出现在他面前时，她眼中闪烁着狂热的光芒，说："我要修仙去了。你就留在这儿，自生自灭吧。永别。"

从此，他再也没有见过采女。虽然不见她，但她的脸日日夜夜出现在他的噩梦里，他时时刻刻都在憎恨她。也许是因为吃了太岁肉，他不吃不喝也不会死去，他用无尽的时间来憎恨她。

时光如流水，他对采女的恨一日比一日深，一日比一日疯狂。

也许过了十年，也许过了二十年吧，他记不清楚时间，他唯一记得的是对采女的恨。这份浓烈的、与日俱增的恨意支撑着他活下去，支撑着他对抗黑暗、孤独与绝望。

很久以后的一天，人世已经不知更迭了多少朝代，一个误入密室的采药人发现了他，解开了他的锁链，将他放出了密室。

他回到人间的第一件事就是打听采女的消息，向她复仇。可是，他听说她已经修成正果，位列仙班。

他疯狂而愤怒，因为凡人是不可能弑仙的。别说是弑仙，他甚至到不了她所在的地方。他空有一腔愤恨，却无法发泄。

他隐姓埋名，带着焚骨的憎恨行走在人世之间。他每时每刻都在憎恨采女，都在思索如何杀了她，可是始终没有办法。

他唯一能做的，是让自己活着，不让自己死在她前面。他要与天地齐寿，要永远活着，只要他活着，就一定有办法向她复仇。

如果他死了，他就输了。

以前，他嫌弃自己无尽的空洞生命，现在他却觉得这是上天的恩赐，这是他万般无奈之下对付她的唯一武器。

然而，苍天从不遂人愿。

他，开始衰老了。

他活了一千多年，行走过了很多地方，自然见识广博，他知道他的大限已经到了。他小时候吃了八天太岁肉，也就够他活一千多年而已。对于凡人来说，这已经是千万年难遇的福分。现在，除非他能够再吃到太岁肉，否则，他就将要衰老死亡，尘归尘，土归土。

衰老死亡，是他曾经梦寐以求的事情。但是现在，他不想死，也不甘心死，他还要复仇。如果现在死了，他胸中积压了几百年的仇恨将让他死不瞑目。

他开始遍寻长生之法，可是没有用。他走遍天涯海角寻找太岁，可是找不到。他已渐渐衰老，从一个青壮年变成一个耄耋老人。

天命难违，他却始终不甘心。

终于，他走进了一处可以实现六道众生任何欲望的所在。

他向女店主诉说了自己的欲望。

女店主虽有通天之能，但也没有办法弑仙。她只能帮他继续活下去。她给了他太岁肉，让他继续活下去。他们约定，每当太岁出世时，她就去找太岁肉，他来找她，她给他太岁肉。

于是，他继续活着，背负着仇恨活着，孤独地行走于人世间，期望有朝一日能够弑仙复仇。

白姬的故事讲完了。

篝火熊熊燃烧，众人都盯着篝火，没有人开口说话。

小男孩儿拍手笑道："有趣。"

元曜忍不住道："有什么趣，这个人太可怜了。"

小男孩儿笑道："接下来谁讲故事？"

素衣女子笑道："奴家来讲吧。"

屋外大雨如注，在哗啦啦的雨声之中，素衣女子开始缓缓道来。

第三章　不　死

从前，有一个部落里的公主，她长得非常美丽。她的美貌如同盛开至极艳的鲜花，让众人迷醉。她很看重自己美丽的容颜，精心养护，希望美丽长存。

如同大多数美貌公主的归宿一样，她嫁给了一个大英雄。这位大英雄是一个部族的王，他射下了天上的九个太阳，拯救了黎民苍生，受到了百姓的尊敬和爱戴。

大英雄十分爱公主，可是他爱的是她的年轻美貌。十多年过去了，当公主的皮肤不再光滑细嫩，岁月爬上她的额头时，大英雄开始追求年轻貌美的河伯之妻。

在那个蛮荒的时代，各部族赖江河为生，故尊奉江河为天神，名曰河伯。每隔一定的年月，部族之民会挑选族中最年轻貌美的少女献祭给河神，这些美貌少女被称为河伯之妻。

大英雄迷恋上的河伯之妻名曰巫姜。

公主听说大英雄爱上了河伯之妻，感到十分愤怒，痛恨自己的丈夫，也痛恨抢走丈夫的巫姜。她悄悄地去探看巫姜，想看看她到底是怎样的美人，为什么会迷惑大英雄的心。

这一看之下，公主不由得妒火中烧。巫姜青春逼人，美丽耀眼，甚至比年轻时的她还要美。巫姜的一举手一投足都那么勾魂摄魄，让人心驰神荡。

公主看到镜中自己苍老的容颜，虽然也十分美丽，可是在岁月的流逝中失去了青春与生机，完全比不上巫姜的容颜。

公主忌妒且绝望。

大英雄不顾民众的劝谏，也不顾对河伯失礼，将巫姜纳为王妃，让她长伴自己左右。

巫姜年轻气盛，倚仗着美貌受宠，对公主没有丝毫尊敬，还不时地借故欺辱她。大英雄宠爱巫姜，总是偏袒巫姜，逐渐疏远冷落公主。

公主一直在忍耐，没有别的办法，只有忍耐。她唯一的武器是美貌，可是现在她失去了武器，只能任人欺凌。

在巫姜的压迫下，公主虚有王后之名，却穿着破旧的麻衣，干着侍女做的粗活，吃着粗粝的食物。没有人帮公主，也没有人同情她，大家都忙着去讨好巫姜，奉承巫姜。

甚至，连大英雄也嘲笑公主道："既然你都没有一个王后的样子了，不如自行退后，让巫姜当王后吧。"

公主绝望极了。

这一年，大英雄从西王母那儿讨来了不死之药，据说吃了不死之药可以永葆青春、长生不死，甚至可以登天成仙。

大英雄打算与巫姜服下不死药，一起长生。

公主趁着大英雄与巫姜开宴会庆祝长生时，偷了不死之药，吃了下去。

公主服下了不死之药，感到了岁月逆流，青春重新回到她的身上。她感到身体也在逐渐变轻，似要乘风而去。

大英雄和巫姜大怒，想要杀死公主。

公主微笑着乘风而去，道："我会在天上看着你们一日一日衰老死亡。巫姜，对你来说，衰老比死亡更可怕，你自求多福。"

公主来到了仙界，因为她十分美丽，神仙们都很喜欢她，给她建了一座宫殿居住。

宫殿华丽而空旷，虽然十分冷清，但也挺好。

公主住在宫殿里，望着人间。

岁月飞逝，巫姜老了，皱纹爬上了她的额头，大英雄又迷恋上了另一个年轻貌美的河伯之妻，又将新的河伯之妻娶作王妃。大英雄万般宠爱新欢，把巫姜置之脑后，巫姜备受冷落，十分凄凉。巫姜没有公主幸运，她与不死之药没有机缘，只能在衰老之中抑郁而死。不多久，大英雄也衰老死亡了。凡尘之中，任何人都逃不过生老病死。

公主望着人间，日复一日，年复一年。世人都说公主窃灵药飞升，独自住在天宫之中该如何寂寞与后悔，但事实上完全相反。公主一点儿也不寂寞，一点儿也不后悔，反而感激上苍让她得到了不死之药，永葆青春与美貌。

岁月静好，公主十分满足，最大的乐趣就是望着镜子中自己美丽的容颜，陶醉于其中。她那么美丽，永远美丽，无论是神仙，还是凡人，看见了她之后，无不惊叹她的美，称赞她的美。她骄傲而满足。

然而，有一天，公主在照镜子时突然发现她的脸上开始出现蟾蜍一样的疙瘩，疙瘩很快蔓延到全身，她震惊而害怕。

公主一天一天变得丑陋，如同一个人形的蟾蜍，全身上下都分泌着腥臭的黏液。她不明白这是怎么回事，思来想去，应该和吃下的不死之药有关。

不死之药是西王母之物。

公主急忙去往昆仑山，求教西王母。

西王母告诉公主，世上并没有什么不死药，公主吃下的只是她炼制的不死药试验品之一。当年，大英雄向她讨要不死之药，她就顺势把这个她也不知道会产生什么效果的不死药赐给了他。

公主十分害怕，也十分绝望。

西王母告诉公主："不死之药的药引是肉灵芝，也就是太岁肉。世间疑难杂症，欲治先溯本，你可以先吃下太岁肉试试，说不定能复原。"

西王母送给公主太岁肉，公主抱着死马当作活马医的心态，横下心吃了。结果，公主脸上、身上蟾蜍一样的疙瘩都消失了，她恢复了本来的模样。

西王母告诉公主，这可能是因为不死之药里添加了金蟾液，公主吃下不死之药，所以引发了蟾蜍之疾。蟾蜍之疾会不定期地复发，要想根治一时半会儿恐怕没有办法，但要暂时缓解还是可以的，太岁肉有效，以后复发时再吃太岁肉就可以暂时压制蟾蜍之疾了。

神仙与天地齐寿，蟾蜍之疾复发也是几百年一次了，有太岁肉压制，公主有很多时间可以研究根治蟾蜍之疾的方法。

西王母安慰了公主许久，公主才稍微宽心。

公主拜谢了西王母之后，离开了昆仑山，回了自己的宫殿。

公主不再用漫长的岁月来俯视人间了，开始在自己的宫殿里开辟药圃，遍种奇花异草以及各种珍奇药材，还找了一只白兔来捣药。公主不时地去往昆仑山，向西王母学习医药之理、炼丹之术，想办法根治自己的蟾蜍之疾。

可是，几千年过去了，公主的蟾蜍之疾仍然没有得到根治，还会不定期地复发，她活得十分忧愁，因为总是担心蟾蜍之疾发作，自己变得丑陋。她唯一的解药是太岁肉，只有太岁肉能在蟾蜍之疾发作时拯救她。

素衣女子讲完了，她的眼眸中沉淀着岁月都化不开的浓烈哀伤。

众人沉默地望着篝火，屋外的雨声格外喧嚣。

元曜忍不住道："这位公主好可怜。"

小男孩儿道："接下来，谁讲故事？"

中年男子欲言又止，最后还是开口了："我来讲。"

中年男子的故事是这样的。

很久很久以前，有两兄弟，他们的父母过世得早，他们相依为命，感情非常深厚。

那时候，正是部族混战的乱世，世人颠沛流离，生离死别。两兄弟在乱世艰难度日，挣扎求生，看多了生离死别，相携逃难到安宁的天台山中，定居下来。

兄弟俩很快融入了当地的村子里，以种田养羊为生，日子倒也温饱安宁。他们发誓，此生此世直到永远，都绝不分开。

有一天，弟弟在天台山上放羊，突然遇到了一位仙人。不知道为什么，仙人看中了弟弟，一定要度他成仙。

仙人对弟弟道："成仙之后，就可以长生不死，远离世俗苦难。你有仙骨，是千年难遇的奇才，如今机缘到了，该归天位。"

弟弟对于成仙很好奇，一听成仙之后能长生不死，远离世俗苦难，就更动心了。弟弟同意了跟仙人去石室山修炼，因为走得匆忙，没来得及回村子跟哥哥道别，甚至连那一群羊都还在山中吃草。

弟弟不知所终之后，哥哥十分伤心，到处寻找弟弟的下落。哥哥四方打探，为了一丁点儿不知道真伪的线索东奔西走，一次一次地燃起希望，又一次一次地堕入绝望。

世人都劝哥哥道："你弟弟说不定放羊时被山中的野狼叼走了，早就死了，或者是被路过的蛮族抓走入伍，死在战场上了，找也无益，不如算了。"

哥哥道："我与弟弟发誓同生共死，永不分离。如果他还活着，我一定要找到他。如果他死了，找到了他的埋骨之所，我就自绝于世。无论生死，我都要找到他。"

哥哥找了弟弟四十年，从一个青年变成了一个白发苍苍的老人，近乎疯魔般地寻找弟弟，从未放弃。

有一天，哥哥遇见了度化弟弟的那位仙人。仙人见哥哥对弟弟情深义重，就告诉了哥哥他弟弟在天台山中，已经得道成仙了。

于是，哥哥回到了天台山，这一找之下，果然遇见了也在寻找他的弟弟。哥哥已经是白头翁，弟弟却还是乌发人，兄弟俩分离半世，一见之下，抱头痛哭，发誓永不再分离。

弟弟带着哥哥一起在天台山修仙，希望哥哥也能成为神仙，这样他们就能一起长生不死，永不分离了。可是，哥哥没有仙骨，也没有仙缘，无法成仙，无法长生。

哥哥自己倒是淡然看待生死，道："人从落地出生，上天赐给的寿命是三万三千八百天，不过百岁。生死有命，无须徒劳。"

弟弟却不甘心，不希望哥哥死去，不希望哥哥离开他。他一想到将来漫长无涯的生命之中他形单影只，茕茕孑立，就觉得孤独而悲伤。如果失去了哥哥，他做神仙还有什么意思？不老不死枯守着岁月又有什么意义？不如做回凡人，与哥哥一起经历生老病死，倒更为圆满。

然而，神仙也不是想做就做、想不做就不做，天界有严苛的规矩，没有人可以违背。弟弟不能不做神仙，那只好想办法让哥哥长生了。

弟弟毕竟是神仙，仙界有很多奇迹，弟弟四方打探，终于找到了长生之法。他无力违背天意让哥哥成仙，却可以逆改人寿让哥哥长生。

弟弟找到的长生之法是太岁肉，让哥哥每隔百年吃一次太岁肉，就可以无限地延长哥哥的生命，让他陪伴自己。

哥哥吃下太岁肉，不仅逐渐恢复了青壮年的容貌，还不知不觉地逃脱了生死轮回，活了几千年。他不是神仙，却与神仙齐寿。

哥哥与弟弟愉快地在山中修仙，过着安宁的日子。他们有时候也会戏耍进山砍柴的樵夫，比如晋朝有一位樵夫到石室山砍柴，兄弟二人故意在青霞洞前布局弈棋，吸引樵夫观看。

樵夫对下棋很有兴趣，看见两位仙风道骨的中年男子在下棋，就放下斧头和木柴在一旁观看。

弟弟促狭一笑，给了樵夫一小片太岁肉，让他吃了。樵夫顿时感到神清气爽，不再觉得饥渴，入神地看棋。

一局棋完毕，樵夫准备挑柴火回家，却看见砍柴的斧头的斧柄已经烂尽了，对弈的兄弟两人也不见踪迹。

樵夫很奇怪，下山回村了。不知道是不是错觉，他觉得村子比他进山砍柴时繁荣多了。他走进村子，一个人都不认识，众人也不认识他。

樵夫急忙回家，他家倒还在，但跟他进山砍柴时完全不一样了。他家院子里坐着一个白发老头儿正在逗小孙子玩，樵夫赶紧询问，老头儿起身答话。一问一答之下，樵夫蒙了，老头儿眼泪汪汪，直喊樵夫爷爷。

原来，樵夫在山中看了一局棋，世间已经过了一百多年。樵夫进山砍柴时，他的儿子才刚学会走路，如今孙子都满头白发了。

哥哥与弟弟隐居在天台山中，被世人传为一双神仙。然而，实际上，只有弟弟是神仙，哥哥只是靠太岁肉延长生命而已。

每当太岁现世之时，弟弟就去人间为哥哥找寻太岁肉，以延长哥哥的生命。

中年男子讲完了故事，大家仍旧对着篝火沉默不语。

第四章　王　子

元曜忍不住道：“不知道为什么，小生觉得这位哥哥其实也很可怜。”

中年男子一愣，问道：“为什么这么说？”

元曜道:"因为,故事里,弟弟从没有问过哥哥愿不愿意长生。"

中年男子道:"这不用问,哥哥当然是愿意的。"

元曜道:"弟弟是神仙,有神仙的眼界和心态,自然觉得长生是一件普通的事情。哥哥是凡人,在他的眼里和心里,长生是一件违背常理的事情。哥哥活了几千年,虽然有弟弟陪伴,终究还是会有身为人类的孤寂感,设身处地一想,总觉得很可怜。"

中年男子陷入了沉思。他的眼前浮现出哥哥站在天台山悬崖峭壁上的身影,有好几次他分明看见他身体前倾,似乎要跳下万丈悬崖。他的侧影是那么孤绝,那么寂寞。

可是,每当他问起时,哥哥总是温柔地笑道:"我在看飞鸟呢。"

"我在看悬崖之下的那朵优昙花。"

"我在看山中的蜉蝣。"

他去找过,悬崖之下没有飞鸟,没有优昙花,蜉蝣倒是有。

哥哥是在注视那些朝生暮死,生命短暂的美丽小虫吗?他在羡慕它们吗?他活够了吗?

他从来没有问过哥哥的想法,就自私地让他陪自己活着。他告诉自己,这是为了哥哥好,世人对长生求之不得,他把长生送给了哥哥。而其实,他只是害怕孤寂,想要哥哥陪着他罢了。

他不敢开口询问哥哥的真实想法,也对哥哥不经意间表现出的厌世之举视而不见。他害怕知道真相,害怕真相是他一直用长生囚禁着哥哥。

中年男子喃喃道:"我不想知道真相。"

小男孩儿拍手笑道:"下一个故事。"

美男子道:"我来说一个故事吧。比起前几位的故事,我讲的故事很简单,不过很痛苦。这种痛苦,没有经历过的人,没有办法感同身受。"

众人抬头望向美男子,美男子开始讲故事了。

从前,有一个王子。王子饱读诗书,聪慧异常,深得国君的喜爱。王子学问广博,有治世之才,十五岁时,便凭借智慧让邻国还回了强占的土地,为举国上下所称赞。国君十分高兴,立王子为太子。

国君疼爱王子,王子也敬重国君,父子之间的关系十分融洽。然而,世间总有一些奸佞小人为了自己的利益谋害别人,一些朝臣和后妃为了自己的利益经常在国君耳边说王子的坏话。国君一开始不为所动,但是架不住别有用心之人天天说,这些流言蜚语潜移默化地影响了国君,国君开始与王子有嫌隙了。

恰好当时谷、洛二水泛滥，不仅民间，连皇宫也受到了洪水的威胁，国君与众人商议治水。

国君打算用壅塞的方法，伐木建坝堵水。

王子反对国君这一做法，道："不可，曾听自古为民之长者，不堕高山，不填湖泽，不泄水源，天地自然有其生生制约之道。禹的父亲鲧用壅塞的方法治水，完全失败，劳民伤财，累祸苍生。父王，难道你要效仿愚蠢的鲧吗？"

其实，王子的说法很有道理。但是，因为小人的谗言，国君已经对王子心生不满，再加上王子直接说国君愚蠢，国君非常恼怒。

国君盛怒之下，把王子从太子废黜为庶人，还把他赶出了国都，扬言一辈子都不要再见到他。

王子本来身体就孱弱，被国君废黜之后，内心十分苦闷。不到三年，王子就抑郁而终。

王子死了之后，鬼魂来到地府。可是，泰山府君说王子的名字不在地府的名册上，不收王子的鬼魂。王子没有办法，只好游荡在人世间。

王子虽然死了，却还心系国君，十分挂念国君。他去了皇宫，看望父亲。

自从得到王子的死讯，国君就悲伤得不能自持，不思茶饭，夜夜悲哭。其实，把王子废黜为庶人并赶出王都之后，国君就一直在后悔，但出于一国之君的尊严，总是拉不下脸面收回成命。这三年里，国君看着自己其他的儿子，就总是想起被他赶去蛮荒之地的王子。每一年除夕家宴，一大堆妻妾儿女齐聚，总是少了王子的身影，国君就难以开怀。国君非常想念王子，但总是被"国君之威"所碍，拉不下脸面拟诏书让王子回来。

这一年，春寒料峭，比往年任何一个春天都要冷，似乎夏天永远不会来了。国君想起王子自小身体孱弱，最怕寒冷，而蛮荒之地，苦寒无比，国君心中十分牵挂王子，半夜常常惊醒。

经过一番激烈的思想斗争，国君终于放下了所谓的"君威"，重拾慈父之心。他拟了一道诏书，让王子回王都，并且恢复他的太子之位。

可是，造化弄人，这道诏书还没发出，王子病逝的噩耗却先传回了皇宫。国君听了，如遭晴天霹雳，顿时悲从中来，因为悲恸，生生地吐了一口血。

国君为王子举行了隆重的葬礼，日日夜夜悲痛伤怀，自疚欲死。

王子看着国君为自己的死而悲痛自责，茶饭不思，一日一日消瘦下去，也悲痛得哭了。他仍旧敬爱自己的父亲，不希望他因为自己的死而一蹶不振，更不希望他因为自责而不顾惜身体，一日一日憔悴下去。

王子本想以鬼魂之身与国君相见，可是人鬼殊途，国君看不见他。

王子十分伤心，离开皇宫，来到洛水之畔，去找他的旧友——浮丘公。大家都说浮丘公是一位仙人，在王子看来，浮丘公即使不是仙人，也是一位对世间万物无所不知，无所不晓，能够通天彻地的奇士。

王子对浮丘公道："我想复活。"

浮丘公并没有觉得惊讶，问清了状况，慢条斯理地道："别人也许不能复活，但你可以。因为，地府名册里没有你的名字。"

王子十分高兴，急忙问道："那我该怎么做？"

浮丘公道："你不要高兴得太早，听我说完。作为朋友，我不能害你，我把其中的利弊给你说清楚，你自己取舍。"

王子心中微凛，问道："什么利弊？你但说无妨。"

浮丘公道："复活之法是吃下太岁肉。太岁肉是世间灵物，凡人吃一片可以多活百年，一直吃的话，可以长生。你已经死了，可是你的灵魂尚未归地府，吃下太岁肉可以让你的灵肉合一。太岁肉会让你的灵魂与身体结合，就如同活着时一样。但是，这不是真正的复活，世间没有起死回生之术，一旦你吃下太岁肉，你的灵魂就再也无法离开你的身体了。这是很可怕的事情。"

王子不解地道："这不是很好吗？为什么会可怕？"

浮丘公的神色突然变得严峻起来，他道："灵魂永远无法离开身体的意思是即使你的身体腐烂生蛆，骨肉剥离，最后只剩一架白骨，你的灵魂也栖居其上，承受肉体逐渐消亡的痛苦，无法离开。"

王子疑惑地道："肉体消亡了，我还活着吗？"

浮丘公道："既活着，又死了。既死了，又活着。你将如行尸走肉，游荡于人世间。"

王子一愣，思索了一会儿，下定了决心。

"我愿意，请让我复活吧。"

浮丘公给了王子太岁肉，让王子给自己的尸体吃下。因为王子已经死一个月了，尸体已经有些腐烂了，王子吃下太岁肉，肉身与灵魂合一时，有那么一瞬间，他切实地感受到身体腐烂的剧烈痛楚，痛入心扉，夺魂蚀骨。

然而，痛楚也只是一瞬间，太岁肉的神奇功效让王子的身体由腐烂逐渐愈合，一切渐渐恢复如常，王子似乎真的复活了。

　　不过，也只是似乎而已，王子并没有真正复活。他只是一个活死人，他的身体不会再成长，永远保持现在的模样。并且，为了保持身体不腐烂，他必须吃各种丹药以及太岁肉。从今以后，他不是人，也不是鬼，只是一个活死人。

　　王子没有办法以这副模样回到国君身边，长伴国君左右，但他又不希望看见国君因悲伤自责而天天悲哭。

　　王子想了一个办法。他找到了一个名叫柏良的老朋友，对柏良说道："请你去告诉我父王，七月七日这一天，请他在缑氏山等我，我要与他告别。"

　　柏良见王子复活，十分震惊，也十分高兴，急忙跑去皇宫告诉了国君。

　　国君非常高兴，心里宽慰了许多，也开始吃东西了。

　　到了七月七日那一天，国君带人等候在缑氏山脚下，只听见如同凤鸣的笙曲在半空中回响。不多时，王子乘着白鹤出现了，徐徐降落在山顶上。

　　国君远远地望着山顶，但见王子的音容笑貌宛如生前，不禁老泪纵横。他想接近王子，却无法登上险峻的山峰。

　　王子告诉国君，自己并不是死了，而是得道成仙了，请国君千万不要自责伤心，要好好振作起来。王子还诉说了对国君的敬爱与思念，并且表示他因为成仙而不能长伴国君，尽孝膝下，感到十分抱歉，他希望国君福寿安康，希望国家繁荣昌盛。

　　与国君诉完衷情之后，王子与国君拱手告别，骑上白鹤，飘飘然消失在白云蓝天之中。王子从云彩中落下两只绣花鞋，算是他临别时留给父亲的纪念。

　　国君泣不成声，但心中的死结终于解开了。

　　世人都说王子已得道成仙，其实王子过的却是活死人的日子。他孤独地行走于人世间，无法选择死亡，他的灵魂也无法离开身体，身体一旦腐坏，他就痛苦得难以忍受。

　　为了保证身体不腐坏，王子炼制各种丹药，吃下各种丹药。他发现太岁肉的作用比丹药的好，而且能让身体保持长时间不腐坏。于是，每逢太岁现世，他总会去找太岁肉。

　　美男子的故事讲完了。

　　大家仍旧沉默地望着篝火，不发一语。

元曜忍不住道："这位王子太可怜了。"

小男孩儿咯咯地笑道："还有没有好听的故事？"

第五章　沧　海

女冠笑了笑，道："既然大家都讲了，那贫道也来讲一个吧。其实，贫道确实是去长安拜访道友，今夜机缘巧合之下，误入此山。对于大家所求，贫道并无贪念，也不需要。今夜大家夜雨话长生，也是缘分，贫道对于长生略有感悟，也说几句好了。"

不知道什么时候，屋外的雨变小了，雨声温柔了许多。

女冠开始讲故事了。

从前有一个少女，她出生在栖霞山下，拥有快乐的童年和少女时代。少女心性平和，淡静如海，没有什么欲求，唯愿此生如同天下所有的女子一样，相夫教子，生老病死。

然而，造化总是弄人。少女追求平凡，上苍却给了她不凡。一个机缘之下，太上老君度化少女成仙了。

少女性格温和，对于生命中的任何事情都包容接受，包括成仙这件事。大家听说少女成仙了，都十分羡慕她，还设下祠堂祭拜她。少女没有高兴，也没有不高兴，只是淡然接受命运的安排。

少女成仙之后，跟着太上老君学习炼制丹药，跟着西王母学习仙术，岁月如流水一般过去。不，神仙根本没有岁月的概念，神仙与天地齐寿。少女虽然稀里糊涂地成仙了，但心还是人类。她还没有想清楚一些事情，而成仙之后的所见所闻，让她又心生更多的疑问，她心中始终充满了对天地万物的疑问。

少女喜欢在人间行走。她十分善良，看见人们遭受灾厄，便会出手相助。很快，少女的事迹便在人间流传，苦厄的人们都信奉她、尊敬她。

少女喜欢行走人间，是因为她喜欢看人间的生老病死，那是她曾经渴求、如今却得不到的平凡。

岁月如梭，少女仍旧想不明白长生的奥义，也想不明白天地万物的生息轮回。少女也不知道自己活了多久，只记得她站在东海边看过三次沧海变桑田。她几次路过蓬莱，每一次蓬莱池水都会比她上次看见时浅却一半。人世间，已经换了无数朝代。

少女站在苍穹之巅，心中越来越觉得迷惑和悲哀。她并没有永生的喜悦，相反她只感到一阵寂灭的哀伤。

少女一直游走在仙界与人间，带着自己的疑问，去寻找永生的答案。

女冠的故事讲完了，大家仍旧沉默。

元曜道："神仙的长生与人类的长生是不一样的，因为神仙有神仙之道，换一个角度思考，也不是太悲哀。"

女冠笑了，道："施主很有悟性，贫道思考了很多年才明白的道理，施主只听了一个故事便一语道破了。贫道一直在以人道思考仙道，思考了很多年，不明白天地万物的奥义。朝菌不知晦朔，蟪蛄不知春秋，而上古之大椿者，以八千岁为春，八千岁为秋。如今想来，道法自然，才能开阔心野，免堕于寂灭。"

元曜道："小生虽然不明白道长在说什么，但听上去似乎很有道理。"

小男孩儿也不笑了，陷入了沉默。

众人也非常沉默。

外面的雨不知道什么时候已经停了，天地间一片寂静。

老妇人笑道："哎呀！雨也停了，天也快亮了，各位也该做好行路的打算了。童儿，你是想留在婆婆这儿，还是跟他们走？你还在蓝田山中，婆婆自然保护你，你一旦离开蓝田山，即使被人欺负，婆婆也管不着了。"

小男孩儿撒娇般地笑道："婆婆，你也给俺讲个故事吧。"

老妇人笑道："老身是山野之人，没有什么故事可讲。不过，如果没有老身，这世间倒也不会有任何故事。"

小男孩儿不依不饶，笑道："婆婆，婆婆，你就讲讲嘛。"

老妇人还是笑着推辞道："老身的故事，也就是一些带领族人游徙求生，开疆辟土之事。唯一可讲的，也就是老身生了一儿一女，因为天灾变故，世间只剩他兄妹二人，他们结为夫妇，又繁衍了子子孙孙。老身的故事都是一些洪荒往事，那时候的人心思简单，只要能够在天灾地祸、毒蛇猛兽之中活下来，就已经很满足了。人心简单，故而没有曲折的故事，还是不说了，免得你们这些年轻人听了，会感到枯燥乏味。"

老妇人不想说故事，大家也就不勉强。老妇人又让小男孩儿决定去留，小男孩儿指着元曜笑道："哈哈，他还没讲故事呢。"

元曜苦着脸道："大家的故事都那么精彩，小生实在没有故事可讲。"

小男孩儿笑道："讲猫捉老鼠，狐狸和兔子的故事也行。"

屋外又下起了绵绵细雨，篝火仍在熊熊燃烧。

元曜绞尽脑汁地编故事，想起了傍晚在后院看见的蜉蝣，道："那小生来编一个蜉蝣的故事好了。"

小男孩儿拍手笑道："好呀，好呀，你快讲啦。"

元曜没有办法，只好瞎编道："从前，有一只蜉蝣，它跟很多蜉蝣生活在一起，大家都栖息在一片广袤的水泽之中。蜉蝣早上出生，很快就度过了童年、少年时期，这期间它交了很多朋友，也遇到了心爱之人。大家在一起生活得很愉快。到了傍晚时分，蜉蝣飞入虫群中与心爱之人结合，产卵于水中。太阳下山之后，蜉蝣就死了。蜉蝣的一生虽然短暂，但它经历过喜怒哀乐，也明白了爱与珍惜。比起上古之大椿，蜉蝣的生死皆在一瞬，但纵使短暂，也是它的一生。"

元曜讲完了蜉蝣的一生，众人又皆若有所思。篝火仍在熊熊燃烧，映照出众人各怀心思的脸。

小男孩儿歪着头，想了想，笑道："比起你们冗长无趣的故事，这书生的故事倒是简单有趣。俺决定跟这书生走。"

元曜微愣，道："小生这是想不出故事瞎编的。不过，你跟小生走也好，小生送你回家，免得你父母着急。"

白姬听见小男孩儿打算跟元曜走，十分开心，道："诸位也都听见了，不是我强求，是他自愿跟我走。"

中年男子冷哼一声，道："他是想跟这书生走，不是跟你走。"

白姬咧嘴一笑，道："我跟轩之同路，他跟轩之走，就是跟我走。"

中年男子道："我不同意。"

素衣女子道："奴家也不赞同。"

美男子道："这一次，我不能空手而归。"

女冠没有说话，冷眼旁观。

老妇人抱着小男孩儿，指着元曜，问道："你可想好了，真的要跟他走？"

小男孩儿笑嘻嘻地点头，道："就是他了。"

中年男子、素衣女子、美男子面面相觑，均露出不善的神色。

中年男子望着小男孩儿，道："童儿，我再给你一次机会重新考虑，不要逼我用强硬的手段。"

素衣女子柔声道："童儿，跟阿婶走，阿婶那儿有琼花仙草、奇珍异宝，全部都送给你。"

美男子阴森地道："小弟弟，哥哥很需要你。你跟哥哥走。"

白姬不高兴了，道："他说了跟轩之走，也就是跟我走。他已做出选择，你们还这么百般阻挠的话，不要怪我不客气了。"

中年男子、素衣女子、美男子、白姬四人互相对峙，局势瞬间变得剑拔弩张。

元曜反应再迟钝，也嗅出事情不对劲了：不就是送一个跟父母失散的孩子回家吗？为什么这些人这么争先恐后，还闹得剑拔弩张？！

女冠笑了，站起身来，道："这件事与贫道无关，贫道还是赶路去了，先告辞了。"

女冠走到门边，打开门一看，外面还在下雨。她不想淋雨，走也不是，留也不是，站在门边举棋不定。

中年男子抽出腰间悬挂的宝剑，长剑光寒如水。

中年男子道："也罢。那就只有能者居之了。"

素衣女子的广袖无风自舞，她望着小男孩儿的眼神十分痴狂。

素衣女子笑道："能者居之，最好。"

美男子看似表情平静，实则也暗暗蓄势。

白姬笑了，红唇如血，道："我就知道，最后还是会变成这样。"

四个人眼看就要动手，元曜不明所以，不知道该怎么办。小男孩儿吓得躲进老妇人的怀里，直道："婆婆，婆婆，好可怕呀！"

老妇人动怒了，雷声道："都给老身住手！老身是这蓝田山的主人，这小娃娃来到蓝田山里，老身就知道蓝田山会因为他的出现而生出事端，故而下来探看。结果，果然如此！人啊，为什么总是有那么多不切实际的贪欲呢？效法上古之人，心思简单一点儿不好吗？如今，这小娃娃是我华胥氏的客人，他想跟谁走，就跟谁走，这蓝田山中谁敢阻拦，无论仙人、凡人，还是非人，就都是跟我华胥氏为敌，先打碎我这把老骨头，你们再抢、再争！"

华胥氏？！元曜心中大惊。古籍里有记载，华胥氏是上古时期华胥国的女首领，为了部族的生存与天地八荒进行抗争。她是伏羲与女娲的母亲，炎帝与黄帝的远祖，被大家誉为"始祖母"。据说，上古时期华胥氏的故里是在蓝田山，这位老妇人是华胥氏？！

见华胥氏如此震怒，中年男子、素衣女子、美男子、白姬也都不敢放肆了。毕竟，这蓝田山是华胥氏的地盘，而得罪了华胥氏，就是与包括伏羲、女娲在内的所有上古神祇为敌。

白姬眼珠一转，立刻站在了华胥氏这一边，笑道："老夫人真是杀伐决断、雷厉风行，不减当年上古第一女首领之神威，让人敬仰！龙祀人全听老夫人的。太岁现世，百年难见，太岁的去处该由太岁自己选择和决定，我们不可强求。"

元曜又是一惊：太岁？什么太岁？难道是刚才大家故事里吃了可以长生的那个太岁吗？他从古籍中倒是读到过，太岁即岁星，是掌管人间吉凶祸福的星辰，传说太岁星运行到哪儿，相应的下方就会出现一块肉状物，也就是太岁。太岁之肉又叫肉灵芝，据说人类吃了之后，可以长生。

元曜忍不住颤声问道："谁？谁是太岁？！"

小男孩儿指着自己，咯咯笑道："是俺。俺是太岁。"

元曜张大了嘴巴，半天说不出话来。

第六章　华　胥

中年男子、素衣女子、美男子听白姬拍华胥氏的马屁，还同意由太岁自己选择去处，不由得气不打一处来。刚才太岁一再表示要跟元曜走，也就是跟白姬走，这条狡诈的龙妖当然乐得跟华胥氏联手压制他们三人。

中年男子、素衣女子、美男子三人生气归生气，但理智还是有的。他们低头沉思，各自在心中打着算盘。

再三权衡利弊，素衣女子先放弃了，道："也罢。我广寒宫中尚有未吃完的太岁肉，还可以再撑几百年，这一次就算了。得到更好，得不到也无妨。"

素衣女子摘下面纱，露出美丽绝世的容颜。元曜一看，还认得，这女子正是去白玉京那一次在月宫里见过的嫦娥。

嫦娥为什么要找太岁？元曜想了想，明白了什么，又是吃了一惊。

元曜惊道："嫦娥仙子，难道你故事里的那位公主就是……？"

嫦娥凄然道："没错，就是我自己。偷吃不死之药，飞升到月宫，却染上了蟾蜍之疾。世人只见到我美好的一面，却不知道我也有丑陋不堪之时。我不畏惧死亡，畏惧的是衰老与丑陋。"

元曜只好安慰道："天界那么多法力通天的仙人，月宫里又有那么多世间难寻的灵药，仙子的蟾蜍之疾，会有办法治好的。"

嫦娥笑道："借元公子吉言。这次虽然没有得到太岁，但听大家说故事，也受益匪浅，心中颇多感悟。"

嫦娥的目光依次扫过华胥氏、白姬，她道："华胥老夫人威震天人两界，我敬仰老夫人，故而退让。下一次太岁出世，我志在必得。"

说完，嫦娥便起身走向门边，径自经过女冠身边，走进了夜雨之中，消失不见了。

见嫦娥放弃了，中年男子有些慌了，美男子脸色阴晴不定，不知道怎么取舍。白姬一人已经够难对付了，如今华胥氏也为她撑腰，太岁也不想跟他们走，天时地利人和一样都不占，完全没有胜算。更何况，他二人还彼此为敌，都是孤家寡人，现在强夺太岁，实在是太不明智。

美男子有些打退堂鼓了，可是心中还是不甘——如果吃不到太岁肉，他将会比死还痛苦，他没有退路。

这时候，站在门边的女冠开口了，笑道："王子乔，我有太岁肉，是西王母早些年送给我的，我可以给你。你不要跟他们争了，你是凡人，争不过他们的。"

美男子转头望向女道士，道："麻姑，你为什么愿意送我太岁肉？"

元曜又吃了一惊：得道升仙能吹笙作凤鸣的王子乔？三次见沧海变桑田的麻姑？！原来，这两个人也不是寻常之人！

麻姑道："一来，你与贫道山中相遇，算是有缘。二来，听了你的故事，你为了父亲不因你的死而伤心自责，甘愿落到如今活死人的境地，饱受痛苦煎熬，这份至孝之心，令贫道感动，贫道不忍看你受苦，故而愿意赠你太岁肉。"

王子乔大喜，道："多谢仙姑。此恩此德，晋没齿难忘。"

麻姑道："不必客气，不过是送你一件贫道用不着的东西罢了。跟贫道走吧，贫道先去长安拜会了道友，再回栖霞山给你太岁肉。"

王子乔急忙走到麻姑身边，但他心中还是觉得受之有愧。

"晋该怎么报答仙姑大恩？"

麻姑笑道："路上多为贫道吹几首笙曲就是报答了。贫道喜欢听你吹笙。"

王子乔答道："愿为仙姑吹笙，直到永远。"

麻姑笑道："不要说永远。人类说永远，不过是一辈子一百年，而我们这种不死的存在说永远，那就真的是永远了。"

说话之间，麻姑和王子乔推门离开了。

茅屋之中，只剩中年男子、白姬、元曜、华胥氏、太岁五个人了。

中年男子见只剩自己一个人与其余四人对峙，心中有些没有底气，但脸上平静如水。

元曜忍不住开口道："这位兄台，你肯定也不是凡人，不知是哪位神仙？"

中年男子道："我是赤松子。我有一个兄长，叫赤须子。我早已成仙，不生不灭，我来找太岁不是为了自己，而是为了我兄长。"

元曜虽然知道中年男子肯定不是凡人，但听说他是赤松子，还是吃了一惊。

雨师赤松子，能入火自焚，随风上下，还曾教神农氏祛病延年之术，炎帝的女儿跟着他学习道法，也成了仙人。这样的神仙，也会有不能解决的烦恼？！

元曜道："小生觉得令兄心中真正的想法比长生更重要。"

听元曜这么说，赤松子心乱如麻。如果不是今日元曜提点，他永远都不会想赤须子到底愿不愿意长生，他是不是用长生永远禁锢了兄长。

白姬看出赤松子内心的动摇，笑道："轩之说得很有道理。赤松子，你不能如此自私，只顾自己的感受，不顾赤须子的想法。不如你先回去跟赤须子讨论清楚了，再来寻求太岁。说不定到那时，你也不需要了。"

赤松子思索半晌，终于也决定放弃了。

"也罢。有些问题，一味逃避也不是办法，总得问清楚，才不会被心魔所困。"

赤松子头也不回地离开了。

白姬松了一口气，笑道："碍事的终于都走了。太岁归我了。"

太岁气鼓鼓地瞪着白姬，扑进华胥氏的怀里，道："婆婆，俺不跟她走。俺要跟这书生走。"

白姬笑道："别淘气，我跟轩之同路，你跟他走，就是跟我走。"

元曜挠头，不知道该说什么。

华胥氏不高兴了，对白姬道："想当年，老身的女儿在不周山下炼石补天之时，你还是一条不知世事的小龙。如今，你也活了一些年岁，经历了一些事情，该知道人外有人，天外有天。这小娃娃要跟这后生走，是他的天命，老身不拦着。这后生要跟你走，是你们的缘分，老身也不拦着。不过，如果你要欺负这小娃娃，逼他做他不想做的事情，老身知道了，绝不饶你。"

白姬赔笑道："老夫人教训得是。太岁既然愿意去缥缈阁玩耍，我一定好好招待太岁，不会怠慢，更不敢在太岁头上动土。"

华胥氏道："既然你做出承诺，老身也就信了。时间也不早了，老身也该去歇着了，你们等天亮就回长安吧。"

说完，华胥氏起身，披上斗笠，也推门离开了。

白姬、元曜、太岁坐在篝火边，静静地等待天亮。

太岁十分害怕白姬，一直黏着元曜，不肯撒手。

元曜笑着安慰太岁道："不要害怕。白姬虽然凶了一些，但也是一个好人。天亮了，我们就带你回长安找父母去。"

太岁红了脸，道："俺骗了你，俺没有跟父母走散，俺父母在太岁族里呢。"

元曜笑道："原来没有走散，那太好了。你叫什么名字？"

太岁答道："封八郎。"

元曜笑道："原来是八郎。小生姓元，名曜，字轩之。"

封八郎怯生生地叫道："元公子。"

元曜笑道："八郎小小年纪，为什么离开父母跑来人间？"

封八郎道："俺也不愿意来人间，但这是规矩。每当岁星现世，太岁族里就得有一个太岁来人间待一阵子，这叫应星辰之序。这一次轮到俺来，俺没有办法，躲不掉，只好来了。"

"原来是这样呀！"小书生恍然，想了想，又问道，"太岁族在什么地方？离人间远不远？"

白姬闻言，悄悄地竖起了耳朵。

封八郎道："太岁族的所在之地，为了族人的安全，俺不能告诉你，这是一个大秘密。天地之间，包括神仙，都不知道太岁族的所在之地。"

如果大家知道太岁族在哪里，估计为了长生不死，都一窝蜂地拥去抓太岁了吧？元曜想。

封八郎伸出手指戳了戳元曜，道："元公子，你会吃俺的肉吗？"

元曜大惊，道："啥？！"

封八郎嘟着小嘴，道："吃下俺的肉，可以长生不老。元公子，你难道不想吃吗？"

元曜连连摆手，道："不，不，小生不吃。你一个活生生的小娃娃，小生怎么吃得下口？再说，小生也不想长生。"

封八郎道："俺割一片肉给你也没关系，反正还会再长出来。"

元曜听得头皮发麻，白姬却笑道："八郎，轩之不要你的肉，你给我好了。我会很温柔地割你的肉，让你感觉不到疼痛。"

封八郎被吓得哇哇大哭，元曜生气地道："白姬，你不要吓唬八郎！别忘了，还有华胥老夫人在呢，如果你为了太岁肉谋害八郎，即使八郎不去告状，小生也一定去替八郎申冤。"

白姬不高兴地道："轩之，你这个月没有工钱了。"

元曜号道："为什么？！"

白姬道："因为我心情不好。"

元曜小声地嘀咕道："你心情好的时候，也从没按时给小生发过工钱。"

不知不觉，雨也停了，天也亮了。蓝田山中绿树成荫，山泉叮咚，朝阳之中还弥漫着一股若有若无的水汽。

白姬、元曜、封八郎动身回长安城，步行出深山，到了平坦开阔的地方，白姬召唤了两匹天马，与元曜一人一匹，封八郎坐在元曜身前，三人打马回长安了。

第七章　太　岁

白姬、元曜、封八郎回到缥缈阁时，已经是中午时分了。

缥缈阁，大厅中，离奴正坐在柜台上津津有味地吃着香鱼干。看见白姬、元曜、封八郎进来了，离奴细眸微眯，道："主人，您又带太岁回来了？这次这一个有点儿小，还是一个活的？！"

白姬笑道："活的更新鲜，小的更水灵，吃起来更美味可口。"

封八郎被吓得牙齿咯咯打战，直往元曜怀里扑。

元曜大声道："白姬，不许吓唬八郎！"

白姬打了一个哈欠，道："困死了。我上去睡觉。离奴，盯着这小太岁，别让太岁跑了。"

"是，主人。"离奴道。

元曜也有些困了，打算去里间小睡一会儿。

封八郎一直黏着元曜，不肯离他半步。离奴按照白姬的吩咐，一步不离地盯着封八郎，也不肯离开半步。被一个小孩子和一只猫围着盯着，元曜没办法睡着，只好哄封八郎道："小生昨晚一夜没合眼，现在得休息一会儿了。八郎，你去后院玩儿，后院里有花有草，草丛里有蟋蟀，好玩着呢。"

封八郎点点头，去后院玩去了。离奴也一溜烟跟了出去。

终于清净了，元曜倒头睡着了。

元曜睡得迷迷蒙蒙之间，听见后院有哭闹声。他浑浑噩噩地飘向后院，想知道发生了什么事。

元曜飘到后院，但见离奴正扑住了一个大肉团，一猫一肉团正在草丛里厮打，十分闹腾。

微风吹过，碧草低伏，那肉团白如脂肪，头尾俱全，与黑猫厮打时，还能发出人声。

黑猫道："给爷一块肉，爷要做太岁鱼！"

肉团哭道："你想得美！"

黑猫道："敬酒不吃吃罚酒！那爷只好来硬的了！"

肉团看见元曜，哭道："元公子，救命！"

元曜冲过去阻止黑猫，道："离奴老弟，你何苦为难一个肉团？"

黑猫道："书呆子，你不想吃太岁鱼吗？吃了你就长生了。爷是为了你才想做太岁鱼，反正少一块肉太岁也不会死。"

元曜心疼地望着大肉团，道："你看，它头尾俱全，又能发出人声。你割它的肉，它会疼。让别人痛苦的事情，小生不做。"

"书呆子是个大笨蛋！"黑猫一溜烟跑了。

元曜醒过来时，已经是下午光景了，他坐起身来，伸了一个懒腰。

封八郎坐在元曜旁边，双手托腮，笑嘻嘻地道："元公子，你醒了。"

"嗯，睡得真舒服。"元曜伸了伸胳膊，注意到封八郎白嫩的脸上有几道抓痕，奇道："八郎，你的脸怎么了？"

封八郎嘟着小嘴道："野猫抓的。"

元曜转过头，发现离奴也在旁边，正眼睛一眨不眨地盯着封八郎，还在奉白姬之命"盯着"太岁。

元曜忍不住道："离奴老弟，都这个时辰了，你还不去做饭？待会儿白姬醒了，饿着肚子吃不到晚饭，又得扣你工钱。"

黑猫挠头，道："没有工钱，就买不到香鱼干了。书呆子，反正你也醒了，你盯着太岁，爷去厨房做饭。"

"好的。你快去吧。"元曜道。

黑猫飞快地跑进厨房做饭去了。

元曜起身，去大厅的货架上拿了菩提露，细心地用菩提露给封八郎涂抹伤口，又拿了点心给他吃。

"离奴老弟虽然有时候凶巴巴的，但其实也是一个好人，八郎你不要怪离奴。"元曜替离奴道歉道。

封八郎愁眉苦脸地道："俺也不求别的，只希望星辰归位时能活着回去。"

"什么意思？"元曜不解地道。

封八郎忧伤地道："俺们太岁在人界、非人界都被传得十分神奇，俺们一现世，许多奇人异士会通过占卜得知俺们的行踪，来捕捉俺们。他们都非常厉害，俺们逃不了，只能认命。不少太岁来到人界之后，就再没有回太岁族了。俺听俺爹说，族人们是被人类和非人杀死了。也有很多太岁鲜血淋漓、缺胳膊少腿地回了族里，虽说俺们有再生能力，可是也很疼。族里的人都说，人界是一个非常可怕的地方。这一次，俺被太岁星选中，来人间历练。俺很害怕，可又不能不来，俺爹告诉俺，如果一堆人争抢俺，俺就挑一个善良的人，跟着他走，应该能保命。善良的人即使想吃太岁肉，也不会杀死太岁。俺爹说，保住性命最重要，少几片肉算不了什么。俺比较幸运，降于蓝田山，有华胥婆婆庇护。俺降世才三天，来蓝田山找俺的人和非人就已经来来去去了好几拨，元公子你们出现之前，华胥婆婆已经帮俺挡了许多恶人了。那些人很厉害，很可怕。那一晚，婆婆本打算将你们也挡走，可是俺不想再连累婆婆了，婆婆为了保护俺跟恶人斗法，耗损了许多修为，已经很累了。俺挑中了你，出现在你们面前，跟你来了缥缈阁，是希望能够活着等到岁星归位，回去太岁族。"

"太岁好可怜！"元曜忍不住哭道。

"元公子，你会保护俺吗？"封八郎怯生生地问道。

"小生一定保护你！"元曜承诺道。太岁实在太可怜了，他不想封八郎因为世人的欲望而被伤害。

不知何时，白姬已睡醒走下楼来。她一袭雪白单衣，长发因为刚睡醒而没有细梳，只随意用一根碧玉簪绾住，垂坠的青丝遮住了她美丽的侧颜。

白姬下楼，正好看见了这一幕，潋滟的黑瞳森寒如水，红唇挑起一抹微笑的弧度。

白姬笑眯眯地道："小太岁，轩之没有能力保护你，我有。"

"俺不叫小太岁，俺叫封八郎。"封八郎纠正白姬道。

白姬笑道："八郎，别怪我没有提醒你，从你踏进长安城的那一刻起，千妖百鬼的眼睛可都盯着你呢。这些人会把你吃得连骨头都不剩，只有我能保护你。"

封八郎扭头道："不需要你，有元公子保护俺。"

元曜挠头，窘道："八郎，其实，小生也还得靠白姬保护。白姬，你就不要吓唬八郎了，八郎既然来到缥缈阁，你就保护一下八郎嘛。"

白姬笑道："我是生意人，从不白干活。不瞒轩之，我需要一片太岁肉，如果八郎肯给我，我就留下八郎，不然，八郎就得离开缥缈阁。轩之不放心的话，可以跟八郎一起走，反正他要你保护呢。"

此时此刻，元曜和封八郎如果一起离开的话，恐怕前脚刚踏出缥缈阁一步，马上就会被垂涎太岁肉的人与非人吃得骨头都不剩。

元曜不敢走，央求白姬收留封八郎，白姬坚持要一片太岁肉做交换。

元曜没有办法，只好问封八郎的意见。封八郎见元曜左右为难，也明白离开缥缈阁凶多吉少，只好含泪同意了。

"不，我突然改变主意了。我要一百片太岁肉。"龙妖诡笑，伸出舌头舔舐火焰般的红唇，道，"正好肚子饿了。今天晚上烤太岁肉吃，雪白肥嫩的太岁肉，刷上秘制的西域香料，用果木炭烤得外焦里酥，入口即化。"

封八郎吓得哭着跑了。

"白姬，你不要吓唬八郎！你寿命这么长，吃不吃太岁肉都没有区别！"元曜吼道。

"开个玩笑而已，轩之不要生气。"白姬伸手堵住了耳朵，侧头道。

夕阳西下，云淡风轻。

白姬、元曜、离奴、封八郎坐在回廊下吃晚饭。离奴做了清蒸鲈鱼、富贵水晶虾、清风荠菜汤、雕胡饭，封八郎从来没有吃过人类的菜肴，一开始不敢吃，鼓起勇气尝了一口之后，就停不下筷子了。

黑猫不高兴地道："太岁居然也吃鱼！喂，这鲈鱼很小，你少吃一点儿！"

白姬笑道："离奴，远来是客，让八郎吃。我们作为主人，不能待客不周。"

元曜笑道："八郎，太岁平时都吃什么？"

封八郎道："吃土。"

元曜噎住。

封八郎胃口很好，一个人吃掉了大半桌饭菜。

弦月东升，夏夜风清。

白姬、元曜坐在后院乘凉赏月，小黑猫和封八郎在草丛中玩耍。元曜从水井中拉出浸西瓜的大木桶，把西瓜拿出来，用胡刀切成片，盛在琥珀盘里，给众人端去。

封八郎很喜欢吃西瓜，一个人吃了大半个。

离奴不高兴地道："主人，咱们好像养了一只饭桶太岁。"

白姬笑道："让他吃。能吃，是福。"

元曜无奈道："白姬，你是想把八郎养胖了，好割八郎的肉吧？"

白姬顾左右而言他，笑道："轩之，今夜的星星格外明亮。"

元曜道："白姬，今晚没有星星。"

白姬笑道："啊！我看错了，是流萤。"

"小生没看到流萤。"

"那一定是神仙们的眼睛。"

"神仙们偷窥缥缈阁干什么？"

"现在，不只神仙，恐怕很多凡人也在偷窥缥缈阁呢。"白姬的嘴角微微扬起，声音缥缈如风。

"小生有一个问题不明白。"

"轩之问吧。"

"你之前说你是为了一位客人去找太岁肉，那位客人呢？"

"他还没来呢。快了，也就是这几天了。"

"他是什么样的人呀？"

"他来了，轩之就知道了。"

第八章　长　生

光阴如箭，几天过去了，白姬口中的那位客人并没有来缥缈阁，反倒是不少人与非人闻风而动，冲着太岁来缥缈阁了。

打走了一开始来的几拨人之后，白姬连生意都不做了，费尽心血地布下结界，隐藏了缥缈阁。这样，所有人都看不见缥缈阁了。

白姬、元曜、封八郎基本不踏出缥缈阁一步，只有离奴隔三岔五地偷溜出去买条鱼，迅速地出去，飞快地回来，也不敢在外面多停留。

元曜有些担心，道：“白姬，缥缈阁关门闭户，那位客人怎么进来？”

白姬笑道：“无妨，我早就在门外挂了长生灯，他能看见，也能进来。”

缥缈阁外，一盏写着“长生”二字的纸灯笼随风摇曳，流苏飞扬。无论昼夜，长生灯永远明亮。

这一天傍晚，吃过晚饭之后，元曜又站在后院看蜉蝣落尸，哀叹生命的短暂易逝。白姬和封八郎坐在回廊下玩樗蒲，离奴在厨房里收拾碗筷。

突然，长生灯灭了，有客人上门。

白姬侧头笑道：“终于来了。”

“谁来了？”元曜好奇地问道。

白姬笑道：“姑且叫他长生客吧。我和八郎去招待他，轩之，你去厨房拿一把锋利的胡刀来里间。”

元曜一愣，点头道：“好。”

元曜去厨房取了胡刀，穿过回廊，走到里间。

里间中已经燃起了灯火，蜻蜓点荷屏风旁，白姬和一名男子相对跪坐着，封八郎坐在旁边玩一个玉如意。

元曜把胡刀放在青玉案上，顺势朝男子望去。男子三十余岁，皮肤光洁，面色红润，正是鼎盛之年。可是，男子的黑发中有星星白鬓，而伸出衣袖的双手也布满鸡皮似的皱纹，看上去十分诡异。

男子面容刚毅，五官如同刀斧雕琢出的一般冷峻，他漆黑的眼中沉淀着无尽的恨意，让人望而生畏。不经意间望去，又会发现他的眼中充满了萧瑟与死寂，让人无端地绝望。

白姬笑道：“您来了，我就放心了，真担心岁星走了，您还不来。”

长生客用空洞的声音回答道：“我还想活着，当然会来。”

白姬笑道："虽然我不明白您为什么如此痛苦地坚持活着，但既然长生是您的愿望，而您又走进了缥缈阁，那我替您实现。"

长生客望向封八郎，道："这次的太岁是这个孩子？"

白姬点头，笑着对封八郎招手："八郎，过来。"

封八郎不肯过去，拿眼睛望元曜。

元曜猜想白姬是要取封八郎的肉，他有些于心不忍，但仔细一想，如果不是白姬保护，他与封八郎此刻恐怕早已被千妖百鬼分食殆尽，连小命都没有了。割一片肉总比丧命好，而且太岁被割掉的肉还可以长出来，不会危及生命。

元曜点点头，封八郎才走到白姬身边。

白姬摸摸封八郎的头，笑道："不要害怕，只是割一小片肉而已，不会伤害你的性命。"

封八郎乖乖地爬上青玉案，坐下躺平。

白姬拿起胡刀，拔刀出鞘。

刀锋如水，映得满室生寒。

一个错眼之间，元曜看见躺在青玉案上的封八郎化作了一个磨盘大小的肉蘑菇。大蘑菇肉身雪白，层层叠叠，似乎有生命般地卷缩舒展。

白姬用胡刀轻轻划过太岁的身体，太岁感到疼痛，颤抖了一下。太岁被刀锋划过的地方，流出雪白的黏液，白姬割下了手掌大小的一片肉。

"好了。"白姬笑眯眯地道。

"痛死俺了！"太岁哭着爬起来跑了。

眼见一个大肉蘑菇哭着爬过自己脚边，跑向后院了，元曜十分担心，拔脚去追。

后院中，碧草起伏，太岁趴在草丛里伤心地哭。

元曜走过去，安慰道："八郎，别哭了，没事了。"

"元公子，俺想吃西瓜，还想吃金乳酥。"太岁不开心地道。

元曜笑道："金乳酥没有，这个时辰点心铺早就关门了，即使让离奴老弟偷溜出去，也没办法买到。西瓜倒是有，小生去给你切好端来。"

元曜去井边抱西瓜，将瓜拿去厨房切。太岁在草丛中喊道："元公子，别拿割俺肉的那把刀切瓜，不然俺吃不下。"

"知道了。"元曜答道。

元曜把切好的西瓜用琥珀盘盛着，端给了太岁。太岁看见又红又水灵的西瓜，顿时忘了疼痛，大口大口地吃起瓜来，心情好了很多。

元曜见封八郎没事了，又很好奇神秘的长生客，于是去厨房端了一盘西瓜，拿去了里间。

里间中，长生客还没有走，正跟白姬对坐说闲话。太岁肉已经不见了，不知道是被长生客吃了，还是被他收起来了。

元曜把盛着西瓜的琥珀盘放在青玉案上，然后站在一边。

白姬道："您打算一直活着，直到天地毁灭吗？"

长生客道："是的。我心中的恨，直到天地毁灭也不会消弭。既然她是神仙，与天地齐寿，我没办法弑仙，只能一直活下去。"

白姬道："不孤独吗？"

长生客道："很孤独。不过，我习惯了。"

白姬笑道："活着也好。可以看人世变迁，沧海桑田。"

长生客叹了一口气，道："最近，我开始不会做梦了。以前，我睡着了还会做梦，梦见一些往事，梦见一些故人。现在入睡之后，梦境总是一片漆黑，无边无际的黑暗，让人无端地陷入空寂。"

白姬笑道："不做梦也好。反正，人生本来就在梦中。"

长生客道："您知道吗？其实，我很痛苦，一直活在世界上，走过天涯海角，遇见无数的人与非人，却没有谁可以永远与我在一起。最终，他们都会死去，只留我一个人还在人世间。我越来越不敢靠近有生命的活物，哪怕是一棵树，活物的生命都有穷尽，而我的生命漫长无涯，与他们产生交集，他们的死亡会带走我的心。我是一个空心人，没有家人，没有朋友，只有一个永远的仇人。可笑的是，支撑着我活下去的，是那个仇人。"

白姬道："痛苦谁都有。想开一些，就好了。"

长生客叹了一口气，道："也只有来您这儿，才能跟您说说这些陈年闲话，希望您不要听得烦闷。"

白姬笑道："我也觉得人生漫长，故人多半凋零，没什么人可以谈心。"

长生客道："我时常感到迷茫，我爱的人和我恨的人拥有同一张脸，时光漫长无涯，我都分不清楚了，爱和恨都模糊了。可是，每当我想死的时候，那股深刻的恨意又涌出我的心，像火焰焚烧我的骨血，支撑着我继续活下去。我的从前没有尽头，将来也没有尽头，现在是一片虚无，虚无之中有一团怒火，这就是我的长生之路。"

白姬道："活得久了，有些事情难免会模糊，但是，重要的事情还是会越来越深刻的。"

白姬与长生客闲聊了许久，直到深夜时分，长生客才离开。

长生客站起身，从地上拿起斗笠扣在头上，向白姬告辞道："下一次再见，不知道是几百年之后了，也不知道还能不能再相见。"

白姬笑道："如果有缘，一定还会再见。轩之，替我送客。"

"是。"元曜应道。

元曜将长生客送到门口，忍不住问道："客人，您是人，还是非人？"

长生客笑道："我是人。"

元曜问道："白姬曾在荒山夜雨中讲过一个长生的故事，说一个人因为小时候吃了八天太岁肉，所以活了八百年。他因为妻子的背叛与折磨，而仇恨成仙的妻子，故而一直因为仇恨而继续吃太岁肉活着。那个人是您吗？"

"是的。"长生客笑道。

"一直活着是怎样的感受呢？"

"岁月漫长，而人生静止。"长生客笑道。

元曜不明白，但也问不清楚，心中十分迷惑。

长生客笑道："告辞。有缘再见。"

"啊，再见。"元曜作了一揖，道。

长生客的身影渐渐消失在长巷尽头，融入了无尽的黑暗之中。

这一声再见之后，他们很可能是真的无法再相见。长生客下一次来缥缈阁应该是几百年之后，那时候元曜已经不在了。

小书生心中突然有些伤感，对于人世，对于生命，对于长生，对于永远，他完全不明白，也没法明白。

元曜回到里间时，白姬正坐在青玉案边吃西瓜。

元曜在白姬对面坐下，迷惑地问道："白姬，这位长生客究竟是谁？"

白姬笑道："他姓篯，名铿，你们人类称他为彭祖。"

元曜吃惊地张大了嘴巴，道："一死生为虚诞，齐彭殇为妄作，他就是那位活了八百年的彭祖啊！"

白姬笑道："不止八百年，他现在都快活了四千年了。"

元曜更吃惊了。

白姬叹了一口气，诉苦道："轩之，这一笔生意我做得可亏了。都三千多年了，还没有'果'，以后恐怕也没有'果'。"

元曜想了想，道："彭祖还活着，这本身就是'果'。彭祖活了八百年，世人已经觉得他很长寿了，如今小生知道他老人家竟然还活着，一时之间真有些接受不了。白姬，你说为什么世间会有生命短暂的蜉蝣，也有

245

生命漫长的天龙，更有与天地齐寿的神仙呢？为什么大家的生命不是一样长呢？"

白姬想了想，道："世间的人与事得有万般变化，世界才会有趣。如果什么都一模一样了，世界就是一潭死水，世界也就死了。世间万物不同，各种变化参差不齐，才是世界生命力的源泉，也是世界的'长生'。"

"什么意思？小生不懂。"元曜又蒙了。

白姬笑道："简单来说，轩之可以把世界看成一位'长生客'，无论蜉蝣、人类，还是天龙、神仙，大家都会消亡，唯有世界长生。而我们的消亡与后代的诞生，就是世界源源不断的生命力。"

元曜问道："白姬，你也会死吗？"

白姬笑了，道："佛都会寂灭，更何况天龙。我当然会衰老死亡，不过是在很遥远的未来，轩之恐怕没办法参加我的葬礼了。"

元曜感到有些伤心。

白姬又笑了，道："不过，轩之可以先把奠礼送了。轩之，你打算送多少？我从你的月钱里扣。"

元曜半晌无语，生气地吼道："小生才不会给你送奠礼！"

白姬不高兴地道："轩之真小气。"

第九章　星　隐

长生客走了之后的几天里，元曜还陷在对生命的迷茫之中，心中产生许多空茫与迷惑。

封八郎见元曜一直浑浑噩噩，十分担心他，道："元公子，你要不要吃一片俺的肉？吃了，你就可以活很多年了。你现在想不通的事情，说不定以后就能想通了。"

元曜拒绝道："还是算了，一切当顺应自然之道。小生才二十岁，还有六十年的光阴可以拿来思考不明白的问题。况且，小生如果吃你的肉，你又要疼了。"

封八郎道："如果是元公子想吃俺，再疼也没关系。俺想你吃俺的肉，其实有一点儿私心。"

元曜不解地问道:"什么私心?"

封八郎道:"星辰归位了,俺就会回去。下一次岁星现世,应该是几百年之后,万一下一次还是俺来人间,俺找不到元公子了,会觉得很寂寞。"

元曜也觉得很伤心,安慰封八郎道:"即使小生不在了,缥缈阁也在,白姬还在,离奴老弟还在,你来找他们,他们会保护你的。别看他们平时凶巴巴的,其实都是心地善良的好人。"

封八郎不开心地道:"俺只想找元公子,不想找白姬和离奴。"

元曜摸摸封八郎的头,笑道:"都一样啦。"

吃午饭的时候,离奴担心地道:"主人,离奴这几天偷溜出去买鱼时,都看见牛鼻子和五公子在西市徘徊,八成是得到太岁在缥缈阁的消息了,牛鼻子想长生想疯了,在找缥缈阁抓太岁。牛鼻子的道行不是唬人的,万一他破除了主人您的结界,跑进缥缈阁杀猫屠龙抢太岁,这可不是闹着玩儿的。而且,还有一大堆觊觎太岁的人和非人,说不定哪天他们就进来了,都是麻烦。"

封八郎有些害怕,一边吃饭,一边躲到元曜身边。

元曜也有些担心,道:"离奴老弟,不如最近你还是少出门,免得跟国师撞见,被他收了,也免得被其他觊觎太岁的人抓走。"

离奴笑道:"书呆子放心,爷机灵着呢,牛鼻子抓不着爷,其他的人更抓不着爷。"

白姬不高兴地道:"都说太岁临头,当有祸事,我算是明白确实如此了。自从太岁进门,缥缈阁关门隐市,快半个月没做生意了,一文钱都没赚,还倒贴钱养太岁。这也就罢了,更令人苦恼的是越来越多法力高深的人和非人为了太岁来西市找缥缈阁了,他们都不是好对付的,我都感到结界松动了。"

离奴道:"那该怎么办呢?主人,要不咱们把太岁丢出去?谁爱抢谁抢去,反正咱们也不需要太岁了。而且,太岁每天还吃那么多东西!"

封八郎闻言,也不敢吃饭了,吓得哇哇大哭。

元曜急道:"白姬、离奴老弟,万万不可这么做!把八郎丢出去,八郎就没命了。"

白姬望着封八郎,眼珠一转,计上心头。她愉快地笑了,道:"之前,只想着长生客的事情,倒白白浪费了那么多天赚钱的好机会。八郎,你看,你在我这儿待了那么多天,我拼命保护你不说,还每天好吃好喝地供着你,对你不薄吧？"

封八郎想摇头，但又害怕白姬生气，会把他丢出去，只能点点头，不敢作声。

白姬笑道："八郎，你也该报答我几天了，对不对？"

封八郎摇摇头，又点点头，无助地望着元曜。

元曜忍不住道："白姬，你到底在打什么主意，不妨直说。"

白姬笑道："我是商人，自然想应市而动，谋求利益。既然大家都想得到太岁肉，也都知道太岁在缥缈阁，那我就顺水推舟了。不瞒轩之，我打算卖太岁肉，发一笔小财。"

元曜生气地道："你疯了？！八郎这么小，有多少肉可卖？你这不是要八郎的小命吗？！"

白姬笑道："谁说卖真的太岁肉了？只要八郎往大家面前一站，表示自己是真太岁就行了，至于肉……哈哈，反正他们也吃不出来，随便弄一点儿什么肉糊弄过去就是了。"

"可是……"元曜还要阻止。

白姬笑道："没有什么可是啦。轩之，等我发财了，给你涨工钱。"

黑猫赶紧道："主人，离奴帮您发财，您也给离奴涨工钱吧。"

白姬笑道："没问题。"

元曜还挣扎着反对道："可是……"

白姬笑道："轩之，闭嘴。"

离奴骂道："书呆子，闭嘴！"

封八郎没有反对，元曜反对无效，卖假太岁肉的事情就这么定下来了。

下午，离奴按白姬的吩咐偷溜去集市，来来回回了好几趟，买了十斤肥猪肉、三大桶鲜羊奶。

元曜被白姬逼迫，坐在后院切猪肉。元曜按白姬的吩咐把猪肉切成三种大小，一种巴掌大小，一种半个巴掌大小，一种手指大小。

封八郎被白姬逼迫现出原形，与切好的猪肉一起泡进装满羊奶的大水缸里，太岁分泌的黏液与羊奶混合，浸透了猪肉。

最后，白姬把封八郎捞起，在八郎全身上下缠上绷带，洒上羊奶。

傍晚，吃过晚饭之后，白姬打开了缥缈阁的结界，开门迎四方之客，卖假太岁肉。

本来就在西市到处找太岁的人与非人蜂拥而至。

白姬定下了价钱，大片的太岁肉一百两金子，中片的太岁肉五十两金子，小片的太岁肉十两金子。

元曜负责接待客人，白姬负责收金子，封八郎扎着绷带坐在柜台上，让大家验看太岁真伪。离奴负责守在封八郎身边，以免有人心怀不轨，浑水摸鱼，直接咬太岁。

不到三天，十斤猪肥肉，不，太岁肉就卖完了。光臧跟狮火买了十片大的，鬼王派玳瑁买了五片中等的，连九尾狐王也派胡十三郎买了三片小的。黄金堆满了里间，白姬高兴得眉开眼笑。

离奴问道："主人，还要不要再去买十斤猪肉继续做太岁肉？"

白姬笑道："算了，见好就收，金子已经够了。诡计在于多端，如果一招一直使用，就会被拆穿。更何况，天星移位，也到了八郎该回家的时候了。"

封八郎呆呆地坐在地上，这几天已被一众想要吃太岁的人与非人吓傻了。

元曜心疼地道："八郎，你没事吧？"

封八郎愣愣地道："俺还好。元公子，到了该告别的时候了。"

元曜道："你回太岁族也好，大家都想吃你，你回去了就安全了。"

封八郎舍不得元曜，抱着元曜号啕大哭。

岁星归位的那一夜，白姬、元曜、离奴给封八郎设宴饯行。

夏夜风清，碧草如茵。

白姬、元曜、离奴、封八郎坐在后院饮宴赏月，木案上有丰盛的佳肴和点心，都是封八郎爱吃的东西。

白姬有些舍不得封八郎，道："八郎啊，你回去是归天位，我也就不虚留了。下次岁星现世，如果出来的还是你的话，记得还来缥缈阁。"

元曜把玉露团、金乳酥之类的点心用油纸包起来，装进包袱里，道："八郎，这些都是你爱吃的点心，带着路上吃。"

离奴道："可惜，没做成太岁鱼。八郎，你给爷几片肉吧，爷晒成太岁干，将来做太岁鱼。你看，你在缥缈阁吃胖了一大圈，带着这么多赘肉赶路也辛苦，不如切下来给爷算了。"

封八郎吓得大哭起来。

元曜苦着脸道："离奴老弟，八郎都快要走了，你就不要再吓唬八郎了。"

白姬笑道："八郎不哭，我们吃饭喝酒，唱歌跳舞。"

白姬伸袖拂过庭院，草丛中突然出现四名绿衣乐师，他们跪坐在草地上，一个拿箜篌，一个抱琵琶，一个吹排箫，一个击古磬，开始演奏动听的乐曲。一个晃眼之间，八名金衣舞娘出现在庭院的中央，开始踏着碧草翩翩起舞，舞姿优美动人。

一些夜游的妖鬼看见庭院中的歌舞，忍不住停下了脚步，加入其中。白姬只好吩咐离奴去拿更多的美酒，招待参加酒宴的非人。

月上中天，缥缈阁的后院中聚集了被美酒美食吸引而停下脚步的千妖百鬼，大家无视乐师与舞姬，随性唱歌，纵情跳舞，玩得十分欢快。

白姬跳舞，离奴纵歌，封八郎看见大家玩得很开心，也开心地笑了。

元曜还在为封八郎打包路上吃的点心。他一想到封八郎此次一走，即使再回人间，也是百年之后，他们再也没法相见，就忍不住心中惆怅。

夜空中，天星东移，东南方一颗金色的星辰悄无声息地隐入云中不见了。

封八郎望着还在往包袱里塞点心的元曜，忍不住笑了。他心中也有些悲伤不舍，道："元公子，你真的不吃俺的肉吗？"

元曜笑道："不吃。"

封八郎靠近元曜，在元曜的耳边悄声道："那俺告诉元公子一个秘密。"

元曜好奇地道："什么秘密？"

封八郎悄悄地说了一句话，惊得小书生跳了起来。

白姬以余光瞥见了这一切，不动声色地笑了。

封八郎笑着对元曜道："俺已经告诉了你太岁族的所在之地，你想见俺可以来太岁族找俺。不过，你千万不要告诉别人。"

元曜点点头。封八郎这么信任他，他很感动，暗暗发誓绝不把太岁族的所在之地透露给任何人，以免给太岁带来危险。

封八郎拉着元曜去妖鬼之中跳舞，因为周围的妖鬼太多，元曜和封八郎跳着跳着就分散了。

当金色的岁星彻底隐入夜空中不见踪迹时，封八郎也消失在了千妖百鬼之中。

白姬望着封八郎消失的地方，嘴角浮起一抹微笑。

离奴坐在火炉边，正专心致志地为参加宴会的妖鬼烤鱼。

元曜不知道封八郎已经走了，还在群魔乱舞之中寻觅封八郎的踪影。

第十章 尾 声

当月沉西方，千妖百鬼逐渐散去时，元曜还在着急地寻找封八郎，担心封八郎被参加宴会的妖鬼偷偷地吃了。

白姬见了，笑道："轩之别找了，八郎已经走了。"

元曜听了，望着自己给封八郎打包的点心，心中怅然。

"这就走了吗？八郎都没跟小生告别，也没有带路上吃的点心。"

白姬笑道："因为告别太悲伤，直接走显得不那么伤感。点心带不带无所谓，反正是往土里走，路上也没法吃。"

元曜十分伤心，忍不住流泪。

白姬安慰元曜，道："轩之不要伤心，反正八郎告诉了你太岁族的所在之地，如果你想念八郎，我带你去见就好了。"

元曜转头望向白姬，道："你怎么知道八郎告诉了小生太岁族的所在之地？"

白姬以袖掩唇，道："不瞒轩之，当时我站在你们的下风向，正好听见了。不过，我没有听清楚具体位置，不如轩之告诉我？"

元曜生气地道："这是八郎的秘密，小生才不会告诉你。白姬，偷听别人说话，有违圣人的教诲，不是君子所为！"

白姬笑道："我是女子，不是君子。"

元曜道："女子也当与君子一样！"

白姬撇嘴道："轩之真迂腐！"

元曜抬头望着夜空，不知道为什么，想起了月宫中的嫦娥，想起了天台山的赤松子、赤须子，想起了此刻应该还在长安城中某处访友的麻姑和王子乔，想起了此刻不知在何处踽踽独行的彭祖。他们活了那么多年，天地浩大，生命无涯，不知道他们心中孤不孤独、寂不寂寞？

元曜转头望向正举杯喝酒的白姬、正在火炉边烤鱼的离奴，觉得如果没有白姬和离奴，他即使只能活一百年，也会感到十分孤寂。没有重要的人和事填满生命，长生也是一件无比孤独、有缺憾的事情；有了重要的人和事，短暂的生命也会很充实圆满。生命，还真是一个玄妙的问题，他还得花很多时间思考。

白姬笑道："轩之在想什么呢？"

元曜道："小生在想人生人死，花开花落。"

白姬也陷入了沉思。

元曜忍不住问道："白姬，你在想什么呢？"

白姬道："我在想龙生龙死，花开花落。"

"人和龙有区别吗？"

"区别大着呢。不过，在生死这种事情上也一样，我们都活不过天地，都很孤独。"

"白姬，谢谢你。"

"咦，轩之为什么谢我？"

"因为有你在，小生的一生就不孤独了。"小书生开心地道。

白姬望着元曜，温柔地笑了。

"有轩之在，我的生命似乎也不那么无趣了。"

天星隐没，碧草起伏，一阵夜风吹来，夏天又要过去了。

第六折

浮世床

第一章　人　驴

夏木荫荫，蝉声阵阵。

白姬去太平公主府参加夏花宴，缥缈阁中，离奴在后院的花荫下睡着了，元曜和韦彦坐在里间喝茶、吃点心以及聊天。

韦彦刚从许州公干回长安，交完了差事，得了几天闲暇，就来缥缈阁淘宝以及找元曜玩。

元曜和韦彦一边喝茶，一边聊起韦彦在许州的见闻。

"轩之，你吃过人肉吗？"韦彦眨了眨眼道。

元曜一愣，摇头道："没有。丹阳为什么有此一问？怪可怕的。"

韦彦神秘兮兮地道："我吃过。在许州，一不注意就会吃到人肉。"

元曜又是一愣，道："今年风调雨顺，五谷丰登，没听说许州闹饥荒啊？光天化日，朗朗乾坤，杀人屠肉还给人吃，这还有没有王法了？！"

韦彦笑道："轩之别急，你听我细细道来。"

韦彦在许州公干时，有一天下午无事，跟同僚去酒肆喝酒。当地的人爱吃驴肉，酱驴肉、熏驴肉、驴肉汤、驴肉馅饼都是当地的美食。

韦彦与同僚点了熏驴肉、驴肉馅饼，一边闲聊，一边喝酒。酒肆老板从一个驴贩子手中买了三头驴，打算杀掉一头，请来了屠夫，在后院烧水、磨刀，张罗着杀驴。

同僚内急，去后院上茅厕。

韦彦一边喝酒吃肉，一边等着。不多时，同僚回来了，他的脸色有些不对劲。他见韦彦正在吃驴肉，不由分说，结了账拉着韦彦走了。

韦彦还没有吃饱，有些不高兴。同僚也不解释，拉着韦彦一路走回驿站，才面如土色地道："韦兄，以后不要再吃驴肉了。"

"为什么？"韦彦不解地问道。

同僚忍不住呕吐了半晌，才惊恐地道："那不是驴肉，是人肉！我亲眼看见他们在后院杀人！"

韦彦愣住，道："光天化日，在后院杀人？这也太大胆了吧！"

同僚颤声解释道："不，其实是驴！那驴一边逃，一边说人话！哎呀，我也搞不清楚是驴还是人！"

韦彦听糊涂了，道："他们杀的到底是人是驴？"

同僚犹疑了一下，道："是会说人话的驴！"

"驴妖？"

"不，是人。我当时悄悄地躲着看，那驴说自己是赶路的旅人，在路上被黑店坑了，店主图财害命，以法术将旅人变作驴，然后卖了。更可怕的是酒肆老板和屠夫都见怪不怪，把驴给杀了！一想到我们吃的驴肉是人肉，我就……"

同僚又呕吐了起来，几乎把苦胆都呕了出来。

韦彦闻言，十分震惊。他好歹也是朝廷官员，不能眼看着杀人之事发生而不管，急忙带人去酒肆查证。

韦彦、同僚带了一大帮人去酒肆查杀人事件，酒肆老板大呼冤枉，韦彦等人搜查了酒肆，除了一头刚杀的死驴，什么也没有查出来。

韦彦验看了驴尸，那确实是一头死驴，并不是死人。韦彦又查看了在马厩吃草的两头驴，确实是驴，并不是人。

韦彦怀疑同僚喝多了，在后院产生了幻觉。同僚也一脸迷茫，开始怀疑人生。这件事最后不了了之。

韦彦在许州公干时仍旧吃驴肉，可是他的同僚宁可吃素，再也不碰驴肉了。

韦彦和同僚公干完毕回长安的路上，在驿站偶遇一个老捕快，与他说起了许州驴人之事。老捕快告诉他们，江湖人不在许州吃驴肉，因为许州有术士为了劫财，专门将旅人变作驴马，然后掺在真驴马里卖掉。大部分百姓不知道此事，会误买人驴，杀掉吃肉。有少数人即使知道，因为不想白费了买驴钱，也照样杀掉人驴。因为这是传言，没有实际证据，又涉及怪力乱神，根本没有办法查证。不过，事实是不少旅人经过许州时，莫名其妙地人间蒸发了。

这次，换韦彦呕吐了，同僚庆幸自己没再吃驴肉，但想起之前吃过，又十分恶心。

元曜听完了韦彦的叙述，不由得心寒。

"这也太可怕了！幸好，丹阳你平安无事地回来了。"

韦彦道："这个世界其实很黑暗。人一不留神，就失踪了，都没地方找去。不只许州，长安每年也有许多失踪人口，生死不知。以前，我看卷宗时，也没往心里去，现在一想，真是不由得恐惧。谁知道那些人会不会也被变成驴马，被别人吃掉？轩之，你要注意安全，没事不要到处乱走。"

"丹阳，你也是。"小书生关切地道。

韦彦待到下午就回去了，元曜总想着许州人驴事件，有些心神不宁。

离奴做好晚饭时，白姬回来了，三人坐在后院的回廊下吃晚饭。

白姬见元曜心事重重，笑道："轩之怎么胃口不好？"

元曜道："白姬，小生今天听丹阳说许州有旅人被变作驴马，心情很压抑。"

白姬笑道："大千世界，各种事情每天都在发生，轩之如果都去介怀的话，那还真是活不下去了呢。"

元曜道："听丹阳说，长安每年也有人失踪。白姬，你知道吗？"

白姬笑道："长安城中，人与非人熙熙攘攘，天下人来了去，去了来，失踪一些人，也是正常。"

元曜道："失踪的人是被非人吃了，还是被术士变驴马了？"

白姬笑道："谁知道呢。各种各样的生，牵系着各种各样的死，都是随机发生。"

元曜叹了一口气，道："总觉得能够活着是一件不容易的事情。"

白姬笑道："轩之不要担心太多，在生命终结之前，好好地活着就是了。"

离奴一直没有说话，不知道在想什么，这时突然开口道："主人，既然人能变驴，那离奴能去抓几个人，把他们变成鱼吗？"

"不行！"白姬和元曜异口同声地道。

"哦。"离奴不高兴地继续吃鱼。

天空湛蓝如洗，没有云，也没有风。

白姬站在缥缈阁的后院，元曜站在她旁边，离奴也蹲在一边。

因为很少打理，院落中除了疯长的野草和生命力旺盛到自己长出墙边的野蔷薇外，没有什么别的花。

白姬参加太平公主府的夏花宴之后，深受启发，打算在后院养些花草，一来赏心悦目，二来陶冶情操。

白姬不知道种什么花，也不知道怎么种，就叫元曜和离奴一起来商量。

元曜也不会种花。他想起襄州老家的院子里有一株紫藤，春季花垂如帘，十分美丽，便道："不如，搭一个架子种紫藤花？"

离奴本来就讨厌花花草草，一听这话，骂道："死书呆子，一到春天，那紫藤花粉乱飞，花瓣落得到处都是，你来打扫？"

元曜讷讷，不敢作声。

白姬道："离奴，你说种什么花？"

离奴想了想，道："主人，依离奴之见，院子里已经有阿绯这棵桃花树了，就不用再种什么花了。如果您非要种花，不如挖个池塘，养一些睡莲好了。睡莲很好看，又是佛花，池塘里还可以养鱼。"

元曜道："离奴老弟，挖池塘可是一个大工程，以后还得定期清理池塘，还不如种紫藤花省事呢。"

离奴道："池塘可以养鱼呀！鲫鱼、鲢鱼、鲈鱼、鳜鱼都养一些，养得肥肥的，就不用每天去集市买了。"

元曜道："池塘里养鱼也是养锦鲤之类的观赏鱼，谁家池塘里养吃的鱼？"

离奴道："就你事多，反正都是鱼，养什么都一样。"

白姬道："挖池塘养睡莲太麻烦，搭花架养紫藤也费事，都不好。"

元曜道："那怎么办？"

白姬想了想，道："胡十三郎喜欢花花草草，很擅长种花以及布置庭院。不如，请十三郎来吧，问一问十三郎的意见，再做决定。"

元曜没有反对。

离奴很想反对，但又不敢反对。

于是，白姬派离奴去翠华山请胡十三郎来缥缈阁，特意叮嘱离奴要有礼貌，不要跟胡十三郎打架。

离奴去翠华山请胡十三郎，傍晚时才回来。离奴是独自回来的，怒气冲冲，身上有抓挠出的血痕，嘴角还有红色的狐毛。

离奴一回来就躲进厨房去做晚饭，元曜也不敢问。直到吃晚饭时，白姬问起胡十三郎，离奴才支支吾吾地道："主人，离奴跟那只臭狐狸路上走散了，臭狐狸八成会晚些时候到。"

元曜用脚指头想都知道，离奴肯定半路跟胡十三郎打起来了，自己先跑回来了。不知道胡十三郎伤得重不重？

白姬肃色道："离奴，别的时候我不管，但现在十三郎是我请来种花的客人。你不许对十三郎无礼！等十三郎来了，你如果再跟十三郎起冲突，不管原因在谁，你都一百年不许吃香鱼干！"

黑猫耷拉下耳朵，道："是，主人。谁叫那只臭狐狸会种花，离奴不会种呢，离奴容忍臭狐狸几天也就是了。"

白姬赞道："胸怀宽广，才是好猫。"

听白姬夸奖，离奴又开心起来了，胃口很好地吃起了清蒸大黄鱼。

不知道为什么，他们一连等了数日，也不见胡十三郎上门。

元曜道："离奴老弟，难道十三郎生你的气，不来缥缈阁种花了？要不，你再去翠华山走一趟，向十三郎赔个礼，再请十三郎来？"

离奴骂道："爷才不去！叫那只臭狐狸来缥缈阁种花是瞧得起狐，自狐狸还不来，真是给了臭狐狸脸，那家伙还端起臭架子了！"

白姬道："十三郎不是小气的人，不会因为跟离奴打了一架就不肯来缥缈阁了。可能是路上有事耽误了，我们再等等吧。"

于是，白姬、元曜、离奴一边过日子，一边等胡十三郎。可是，一连数日过去了，胡十三郎一直没来。

第二章　失　狐

这一天上午，闲来无事，白姬望着一片碧绿的庭院，打算先种几株芍药。

炎炎夏日，白姬懒得出门，便吩咐元曜去买花苗。

元曜只好停下读书，出门去买花苗。

西市没有卖花苗的，东市的花市上才有，元曜只好顶着毒辣辣的日头，徒步去东市。

东市跟西市一样，也是商贾云集，邸店林立，各种货物琳琅满目，非常繁华。不过，东市主要服务于达官贵人，大多为唐人经营的商铺，井然有序。西市服务于平民大众，各国商人云集，鱼龙混杂。

元曜来到了花市上，但见许多花匠、花农在货卖各种花苗、花种，也卖花盆、花锄、花肥等物。

元曜在一个花农处买了一株红芍药，花农送了他一只装了泥土的花盆，并把芍药苗插在花盆里。

闲来无事，时间还早，元曜跟花匠们聊起了养花种草的话题，想学一些经验。花匠们很热情，告诉元曜种芍药的注意事项，又告诉了他什么时节种什么花，庭院的什么位置该种什么花。

炎夏日长，大家又聊起了长安城中哪位达官贵人家的花园美，因为花匠们偶尔会被雇去给朱门大户整理和扩植庭院里的花草，所以大家对长安城各家的花园都颇为了解。有人说是太平公主府，有人说是相府，有人说是武侯府，有人说是幸王府，众说纷纭，莫衷一是。

卖给元曜芍药苗的花农道："说到花园的精心设计和布置，自然是王侯世家华美，但说到花多花好，还数曲池坊的黄先生家第一。"

众人一听，都纷纷表示赞同。

元曜不知道黄先生是谁，众人告诉了他。

长安城的花匠花农，大都知道曲池坊的黄先生。黄先生特别喜欢花，家中种了很多花，几乎各种名贵品种都有，并且还有很多大家都叫不出名字的异品。

黄先生是一个沉默寡言的老头，每天深居简出，大部分时间在自己的庭院里侍弄花草。黄先生的花苗十分出名，大家都争相购买，黄先生卖花看心情，心情好就卖一些，心情不好就不卖。黄先生的珍品花苗，许多达官贵人千金难求。

参观过黄先生庭院的人不多，但只要见过的人都表示黄先生的花园实在是太美了，各种各样的鲜花绽放其中，美得如同仙境。

元曜听了，有些神往。他想，如果胡十三郎仍旧不来缥缈阁的话，他可以推荐白姬去找黄先生，请黄先生来布置一下缥缈阁的后院，顺便向黄先生买一些花苗。不过，这位黄先生行止非同寻常，恐怕不太好请。但是，白姬也不同寻常，只要她想请，总会有办法。

元曜与花匠们聊得十分投机，一个花匠见小书生为人和气，送了他一株不知名的小花苗，将苗插在芍药旁边。

元曜低头一看，这是一株开着蓝色花朵的小绿苗，那蓝色花朵像一顶小草帽。元曜的花卉知识有限，不认识这是什么花。

"这是什么花？挺可爱的。"元曜笑着问道。

花匠笑道："不知道，我今早在曲池坊的路边捡的。这花苗根是断的，不知道插不插得活，就送你了吧。"

原来是花匠都不认识的草帽花！

元曜道谢之后，收下了不知名的花苗。

见时候已经不早，元曜抱着花盆离开了。

元曜走在回缥缈阁的路上时，突然听见有人说话，是一个男子的声音。

"唉！总算逃出来了！可是这副模样，回不了家。"

声音近在耳畔，元曜四下一望，却没有人。

小书生正在纳闷，只见他抱着的花盆中的那株草帽花正随风摇曳，挣扎出土壤。

那草帽花唉声叹气，转而又哭哭啼啼。

"怎么办，回不了家了……"

元曜盯着草帽花，草帽花也仰起花朵，望向元曜。

"是你在说话吗？！"元曜吃惊地问道。

"糟了！被人看见了！会被抓回去！"那草帽花吓了一跳，挣扎出花盆，跳下地，飞快地跑了。

元曜望着草帽花跑远的身影，吃惊地张大了嘴。

难道是花妖？可是，花妖为什么要跑？元曜见多了花妖树怪，并不害怕，但是一头雾水。他低头看了看芍药花，见它并没有逃跑的迹象，也就不管草帽花，径自回缥缈阁了。

元曜刚走进巷子，远远地就看见缥缈阁门口吊了一个东西。他走近一看，吃了一惊，那竟是一只栗色的狐狸。仔细一看，小书生认得这只狐狸，正是胡十三郎的四哥——栗。

栗见元曜正抬头看自己，火气十足地道："看什么看，没见过狐狸吗？！"

"呃！栗兄弟，你怎么又被吊在缥缈阁外面了？！"元曜奇怪地问道。

听见元曜这么一问，栗被触动了心伤，又挣扎着破口大骂道："臭龙妖！缥缈阁就是一家杀人放火，吃狐狸不吐骨头的黑店！可怜十三那个傻瓜被你蒙骗，如今惨死在缥缈阁，死不见尸，有冤无处诉！如今，我来找我兄弟，你心虚了，仗势欺人把我挂在缥缈阁外！有种，你把我也杀了，否则我将来成为九尾狐王，一定会带领狐族踏平缥缈阁，屠龙宰猫，给十三报仇！"

元曜听蒙了，不知道发生了什么事。

黑猫听见栗在外面叫骂，跑了出来，十分生气，一跃而起，挠了栗一爪子。

"安静点儿！再乱号，爷就把你吃了！"黑猫凶恶地道。

栗忍着剧痛，嘴硬道："就凭你这区区一只猫也敢说吃我？不怕大风闪了猫舌！"

黑猫炸毛，亮出利爪，又要跳起来挠狐狸。

元曜急忙拦住黑猫，劝道："离奴老弟，你别动气。栗兄弟，你也少说两句。谁能告诉小生，到底发生了什么事？"

白姬不知道什么时候出来了，听见元曜问，说道："轩之有所不知，栗这家伙没头没脑地跑来缥缈阁吵闹，说我们杀了十三郎。我说我还等着十三郎来种花呢，栗听不进去，一直吵闹，我只好把栗吊起来了。可是，被吊起来了，栗还在吵闹，真是让人不得清净。"

离奴生气地道："主人，对待这些粗蛮无礼的野狐狸根本不必客气。依离奴之见，栗再吵闹不休，就把栗丢进蒸笼里，大火蒸上一会儿，这臭狐狸就安静了。"

栗脸色微变，突然安静下来了。

元曜道："栗兄弟一向无事不来缥缈阁，肯定是有什么误会。不如，你们先把栗兄弟放了，大家进去坐下来好好说。"

栗道："还是说人话的讲道理，不像龙啊猫啊，毕竟不是人，所以不干人事。"

"你……"离奴生气，还要去挠。

白姬以眼神制止了离奴。

元曜道："栗兄弟，你自己也不是人，就少说两句吧。"

白姬不高兴地道："进来说话吧。"

绳索应声而断，狐狸掉在了地上，疼得直哼哼。

里间中，蜻蜓点荷屏风旁，白姬、元曜、栗围着青玉案坐着，离奴站在一边盯着栗。

栗道："十三那家伙很久没回家，也没消息传来。前几天，父亲做了一个梦，梦见十三死了，十三在梦里跟父亲哭诉道别，十分悲伤。父亲有通幽之能，梦一向有预知性。父亲醒了之后，十分不安，让人打探十三的行踪，这一打探，才发现十三失踪了，不知道去了哪里。十三孝顺乖巧，即使贪玩离开长安，也不可能不留下消息，惹父亲担忧。思来想去，追根溯源，父亲发现十三最后是跟这只黑猫走了，说是去缥缈阁种花。可是，之前打探的人也没发现十三在缥缈阁，这不是很奇怪吗？父亲做事一向瞻前顾后，怕得罪人，没有铁证不敢来缥缈阁探问。我知道了此事，就先来问了。十三明明是跟这黑猫离开翠华山的，你们居然不承认十三来过，可见你们心虚，十三说不定早就被你们谋杀了，狐骨埋在缥缈阁里呢！"

白姬道："我之前是让离奴去翠华山请了十三郎来缥缈阁，但十三郎一直没有来，我们也在等十三郎。无缘无故，我们杀十三郎干什么？"

栗道："十三那张狐皮很漂亮，或许你贪谋狐皮，下毒手杀了十三。可怜十三是个傻瓜，自己跑来送狐皮。"

白姬不由得生气，却笑道："瞧你这话说的。比起红狐皮，我更喜欢栗色狐皮，今年长安流行栗色，栗色狐皮才能卖个好价钱。"

栗不寒而栗，闭嘴了。

元曜担心地道："十三郎失踪了，这可如何是好？十三郎会不会遇到危险了？！"

白姬也有些担心，道："我就说十三郎怎么不来缥缈阁，原来是失踪了。"

离奴想了想，道："不可能啊！那只臭狐狸虽然道行比不上爷，但也不至于低微到会遭遇危险。再说，放眼长安，也没人敢动九尾狐。会不会是那只臭狐狸自己跑去哪里玩耍，因为玩迷糊了，忘了给家里报信？"

栗道："不可能，十三绝不会这样不顾大家，失踪大半个月，音信全无，让大家担心。"

白姬道："说起来十三郎也是因为来缥缈阁帮忙而失踪，不知道也就罢了，既然知道了，我不能不管。栗，你回去告诉老狐王，就说我会帮着找十三郎，一有消息，我会派离奴去翠华山通知老狐王。"

栗想了想，同意了。

栗十分讨厌缥缈阁，不想久留，告辞走了。

栗走了之后，白姬、元曜、离奴一起讨论胡十三郎的去向。

白姬道："离奴，那天你跟十三郎在路上发生了什么事？是不是你把十三郎……"

离奴急忙道："主人，那天，那只臭狐狸跟离奴来缥缈阁，像往常一样，我们在路上吵起来，打起来了。离奴没有杀臭狐狸，虽然咬了臭狐狸一口，挠了臭狐狸几下，但臭狐狸也咬了离奴，挠了离奴，算是扯平了。我们打了一架，不想一起走，臭狐狸说自己来缥缈阁，离奴寻思着臭狐狸又不是不知道路，就先回来了。离奴绝对没有杀那只臭狐狸，臭狐狸失踪与离奴无关！"

元曜道："多少还是有关系。你不跟十三郎打架，不跟十三郎分开走，十三郎也不会失踪了。"

离奴瞪了一眼元曜，道："闭嘴！"

元曜讷讷，不敢再作声。

白姬道："轩之言之有理。十三郎失踪，是离奴你的过错。你去找十三郎，从现在开始，直到找到为止，不许吃香鱼干。"

离奴苦着脸道："主人，长安城这么大，离奴上哪儿去找这只臭狐狸？更何况，说不定这只傻狐狸被人拐走了，被卖去给江湖术士表演杂耍，天下这么大，离奴难道要追踪到天涯海角去不成？！"

白姬肃色道："离奴，不许推脱责任！找十三郎的事情，就交给你了。""是，主人。"离奴委屈地答应了。

吃过了晚饭之后，离奴就出门去找胡十三郎了。

第三章　失　猫

夜云空蒙，月华流银。

元曜小心翼翼地把芍药花苗移种到院子里，浇了一些水。白姬见了，十分欢喜，但又担心这芍药不能种活。

元曜道："听花匠们说，曲池坊的黄先生爱花成痴，擅种百花，不如去向他请教种花？"

白姬道："还是请胡十三郎吧。毕竟，还是熟人靠谱。"

"白姬，十三郎会不会真的遇见危险了？"

白姬道："不知道。虽说九尾狐族在非人界是大族，一般妖鬼不敢猎狐，可是长安城中千妖百鬼伏聚，什么样的妖鬼都有，总有意外发生。希望十三郎平安无事。"

"离奴老弟已经去找了，但愿十三郎只是贪玩，忘了给家里报平安。"元曜忧心忡忡地道。

元曜望着随着夜风摇曳的芍药花，道："白姬，漂亮的花总让人心情愉悦，你说花是一种什么样的存在呢？"

白姬笑了，道："花，是梦。"

"什么意思？"元曜不解地问道。

"一朵花，就是一场梦，像人的一生。"

"人的一生也是一场梦吗？"

"不知道。我是龙，不是人，没法体会人的一生。不过，在我看来，世间之人就如同这花，从生到死，盛开凋零。一个盛衰生死的轮回之后，又是另一个盛衰生死的轮回，我总在看花开花落，也在看人生人死。所以，总觉得花如梦，梦如人生。"

"听起来似乎很玄奥。"小书生有些迷茫。

白姬笑道："人生，就是一件玄奥的事情呢。"

小书生站在花前月下，陷入了对人生的思考之中。

第二天早上，离奴还没有回来，元曜只好去集市上买了一些樱桃饆饠，当作他和白姬的早饭。

对于离奴没有回来的事，白姬和元曜也不是太在意，毕竟狸奴去找胡十三郎也得花时间，顾不上回家也正常，一切以找狐为重。

没了离奴做饭，白姬、元曜大部分时间在外面吃，或者买饆饠回去吃，反正没饿死。

直到第七天，离奴还没有回缥缈阁，并且音信全无，白姬和元曜有些担心了。

元曜哭丧着脸道："白姬，离奴老弟怎么也失踪了？会不会出事了？"

白姬摇着牡丹团扇，道："这事也奇怪。先不说离奴一向机灵善遁，离奴的道行在千妖百鬼之中也不差，不至于莫名其妙地就音信全无了。"

元曜想了想，道："会不会十三郎真的被拐卖了，跟着江湖术士到处卖艺，离奴老弟得到消息，离开长安去追了？"

白姬道："不会。若是追出长安，离奴肯定会先传消息回来，不至于失踪七天没消息。"

元曜哭道："早知道如此，就不让离奴老弟去找十三郎了。这下不仅狐狸没了，连猫都没了。"

白姬安慰元曜道："轩之不要着急。既然离奴也失踪了，往好的方面想，离奴说不定已经找到十三郎了，两妖正在一起呢。"

一想到离奴和胡十三郎水火不容，一见面就打得你死我活，元曜更愁了，道："离奴和十三郎在一起就打架，还不如不在一起呢。"

白姬坐不住了，自己出去打探消息了。

元曜坐在缥缈阁里读《论语》，因为担心离奴和胡十三郎，根本静不下心来，无法读进圣贤书。于是，小书生放下圣贤书，跑到后院去浇花。可是，因为他不擅长种花，芍药花苗已经奄奄一息了。

傍晚，白姬回来了，神色凝重。她并没有打探到离奴和胡十三郎的消息。

元曜十分担心，连晚上的睡梦中都是离奴和胡十三郎被拐卖了，一猫一狐被迫跟随江湖术士四处流浪卖艺，每天吃不饱，穿不暖，还被术士鞭打，两妖自己还打架，十分悲惨可怜。

元曜在梦中流下了眼泪，第二天心情也十分不好。

白姬一上午都在里间摆弄龟甲，一言不发，神情严肃，看得出她十分担心离奴和胡十三郎。中午，白姬跟元曜打了一声招呼，出门去了。

元曜正坐在缥缈阁中发愁，韦彦来了。

韦彦抱来了一盆花，神情有些兴奋。他把花盆放在元曜面前，道："轩之，你认识这种花吗？"

元曜低头望去，但见花盆中长着一株蓝色的花，那花朵是草帽的形状，看起来有些眼熟。不过，不知道为什么，蓝色的草帽花被韦彦用绳索死死绑住，固定在花盆里，仿佛它会逃走似的。

"不认识。"元曜摇头，继而又问道："丹阳，你把花绑着做什么？"

韦彦道："怕它逃了呀。"

元曜想了想，突然记起了这株蓝色草帽花。数日之前，他在东市花市买芍药花苗时，花匠送了这株草帽花给他。半路上，这株草帽花口吐人言，然后逃走了。

元曜问道："丹阳，你在哪儿弄到这株花的？"

韦彦坐下来，喝了一口元曜的茶，才道："我三天前在路上捡的。当时，我一个人走在路上，冷不丁看见这株花在草丛中走来走去，还口吐人语，说什么'迷路了，回不去了！怎么办呀？！'，我就跑上前去，把它捉住了。我把它带回家，它不说话了，无论我怎么逗弄，它也不开口。一到深夜，它就哭，并且还想逃走，我只好把它绑住了。我从来没有见过这种花，问家里的花匠们，他们也不认得它。白姬见多识广，我猜她应该知道，就特意抱它来问一问。"

元曜道："丹阳你来得不巧，白姬出门了。"

"没事，我等她回来。她干什么去了？什么时候回来？"

元曜叹了一口气，道："离奴老弟和胡十三郎失踪了，她去打探消息了，不知道什么时候回来呢。"

韦彦惊道："那只黑猫和红狐狸终于私奔了？！"

因为一起经历过不少事件，韦彦也知道离奴和胡十三郎是猫妖和狐妖了。他一向喜爱诡异事物，倒也不觉得害怕，只觉得有趣。

元曜道："瞧你这话说的，离奴老弟和十三郎是双双失踪，不是一起私奔。"

韦彦道："双双失踪和一起私奔有区别吗？反正都是一起不见了。"

元曜道："这中间还是有很大区别的。"

元曜、韦彦坐着闲聊，等白姬回来。因为旁边有一盆花，两个人聊着聊着就说起了种花。

元曜道："白姬打算在后院种花，可是十三郎也没来，小生又不擅长种花，刚种下没几天的芍药花苗都枯萎了。不知道丹阳你有没有听说过曲池坊的黄先生，听说他很擅长养花，小生寻思着得向他讨教呢。"

不知道为什么，当元曜说起曲池坊的黄先生时，蓝色草帽花很激动地抖了一下。

韦彦道："以前没注意，这几天倒是听我府里的花匠说起过，黄先生在花匠、花农之中十分有名，大家都知道他。我府里的花匠不知道这花的名字，还建议我去问黄先生呢。"

蓝色草帽花闻言，拼命地挣扎起来。

元曜望着在绳索的束缚下不停地挣扎着的蓝色草帽花，不由得张大了嘴。

"丹阳，这花好像受到了惊吓！"

韦彦见了，拿手指去戳草帽花，笑道："我知道你会说话，快说句话呀！"

草帽花忍耐了一会儿，终于开口道："不要去曲池坊的黄家！那儿非常可怕！去了之后，你就回不来了！"

元曜又一次张大了嘴巴。

韦彦听了，笑道："为什么不能去？你说来听听？"

草帽花战战兢兢地道："因为，我就是从黄先生那儿逃出来的！"

韦彦好奇地问道："你是什么？是花妖吗？为什么要从黄先生那儿逃出来？难道黄先生是坏人吗？"

草帽花不再开口了。

韦彦不甘心，又拿手去戳草帽花，草帽花还是不开口。

韦彦又威胁草帽花，说要把它送到黄先生那儿去，草帽花依旧不开口。

韦彦没有了办法，气鼓鼓地望着草帽花。

元曜见事情离奇，道："丹阳不要着急，白姬擅长与非人打交道，等她回来，就知道事情的原委了。"可是，韦彦坐不住了。他对曲池坊的黄先生产生了浓烈的兴趣。

"轩之，现在时辰还早，我们去曲池坊拜访黄先生吧。"韦彦提议道。

元曜推辞道："白姬不在，离奴老弟也不在，小生得留下看店，不能离开缥缈阁。"

韦彦不依不饶，非得拖小书生去曲池坊。

"轩之真是重色轻友，离开一会儿又有什么关系？现在时辰还早，我的马车停在巷子外面，来回一趟很快。"

小书生没有韦彦力气大，被他拖出了缥缈阁，登上马车，去曲池坊了。

缥缈阁中，蓝色草帽花仍在花盆中摇曳，似在挣扎，却又逃不出花盆。

第四章　黄　宅

曲池坊毗邻曲江池，是一处幽静的所在。韦彦、元曜乘马车来到曲池坊，打听到了黄先生的住处，韦彦让马车等在原处，与元曜步行而去。

黄先生的家在曲江边，位置十分偏僻，独门独院，周围没有邻居，只有高耸的院墙。

黄家宅院周围绿树成荫，花草成堆。黄家的大门十分古旧，也许是因为附近花草树木太多，又人迹罕至，所以黄家显得格外幽深，斑驳的院墙与老旧的大门仿佛把人世与岁月都隔绝了，被围墙围住的世界似乎是一场梦。

韦彦敲了敲门，过了一会儿，大门吱呀一声打开了。一个老头站在门边，面无表情地道："你们找谁？"

韦彦道："我们来拜访黄先生。"

老头道："吾就是，你们有何贵干？"

韦彦道："我们听说先生您的府上有不少名贵花种，想求买一些。"

黄先生本来想拒绝，但突然瞥见了韦彦身后的元曜，死气沉沉的眼睛一下子亮了，态度大变。

黄先生笑道："那两位进来看看吧。"

"好。"韦彦兴奋地道。

黄先生打开大门，让元曜和韦彦进去。

黄先生家十分古旧，却也堂皇，高楼的飞檐直刺天空，斑驳的墙上爬满了青藤，大树枝繁叶茂，几乎遮蔽了天空，庭院中长满了各种花花草草，有幽丽的兰花、清雅的百合花、繁艳的芍药花、妖娆的锦带花。草丛之中还点缀着蛇目菊、龙胆、石竹、飞燕草，整个庭院看上去多姿多彩，美丽如梦。

没有一丝风，元曜走过庭院时，一块石头旁边，有一株黑色的猫耳花静静地盛开着。猫耳花旁边长着一株火红色狐尾巴花，不知道为什么，那株狐尾花在元曜和韦彦经过时激动得摆来摆去。

可惜，元曜和韦彦都没有发觉。

黄先生带元曜和韦彦走进客厅，客厅十分宽敞，但光线十分幽暗。客厅里摆满了各种各样的花，没有任何家具摆设，除了一张宽大的罗汉床。

元曜感到十分奇怪：谁家会把客厅布置成这样？！这黄先生还真是一个奇怪的人。

黄先生笑道："吾习惯了鳏居，没有仆人，两位自便，吾去沏茶。"

说着，黄先生就出去了。

元曜和韦彦面面相觑。

韦彦小声地道："轩之，这黄先生十分诡异。"

元曜道："确实有些奇怪。不过，他雅爱花草，想来与寻常人会不同一些。"

韦彦小声地道："轩之，我看这黄先生恐怕不是人！你没发现他的行止十分僵硬吗？仿佛是一个木偶！你注意观察，他的表情只有两种，一种是笑，另一种是没有表情！"

"丹阳，你想多了。"小书生宽慰韦彦，不过他心底也有些疑惑恐惧，所以语气并不坚定。

元曜四下观望，目光掠过一众争奇斗艳的鲜花，落在了那一张罗汉床上。那是一张剔红百花浮雕的罗汉床，看不出是什么材质，光泽似木又似玉。

一个晃眼之间，元曜似乎看见罗汉床上逸出袅袅青烟，青烟之中浮出无数幻魅的影像，有人，有动物，有植物，但他仔细一望，又什么都看不见了。

元曜正在心中纳闷，黄先生端着茶回来了。

元曜抬眸望去，发现黄先生确实如韦彦所言，一举手一投足都非常僵

269

硬，脸上也没有任何表情，仿如行尸走肉。

一对上元曜的视线，黄先生立刻换上了一副笑脸，因为表情转换得太快，他看上去更加诡异了。

元曜没来由地心底发寒。

黄先生笑道："两位请坐，请用茶。"

韦彦一屁股坐在了罗汉床上，元曜只好走过去，准备在韦彦身边坐下。可是，在元曜要坐下的一瞬间，窗外飘进来一片火红色的花瓣，落在了元曜脚边。

元曜低头一看，那花瓣形似狐尾。他忍不住弯腰去捡花瓣，便没有坐上床。

韦彦坐上罗汉床的刹那身体一颤，神思似乎有些恍惚。

黄先生不动声色地将两只芙蓉翠叶茶盏放在了罗汉床上的木案上，笑道："请饮浮生茶。"

韦彦神思恍惚地道："浮生茶？这茶的名字真别致。"

元曜还盯着手中的火红色狐尾花瓣，奇道："这世上还有像狐尾的花？！"

黄先生笑道："花如梦，梦如人生，浮世众生形形色色，什么样的人都有，什么样的花都有。"

元曜点点头。

黄先生笑着对元曜道："请坐。喝茶吧。"

韦彦已经端起芙蓉翠叶茶盏，喝了一口浮生茶。他的神情似迷似醉，似笑似痴。

元曜察觉韦彦的异样，伸手推了推他，道："丹阳，你怎么了？你没事吧？"

韦彦的嘴角浮起一丝诡异的微笑，他回头望了一眼元曜，眼睛里只剩下眼白，十分可怖。他向元曜伸出手，但似乎没有了力气，一下子倒在了罗汉床上。

元曜骇得头皮一下子似要炸裂开来，急忙推搡韦彦，急呼道："丹阳！丹阳！"

黄先生立在罗汉床边，静如泥塑，没有表情。

韦彦的身体先是僵直，继而蜷缩成一团。与此同时，罗汉床上发出奇异的光芒，光芒如水纹一般荡漾。如水波的光芒温柔地包裹了韦彦的身体，让他逐渐沉入了床中。

小书生拼命地想抓住韦彦，但韦彦似一个幻影一般，根本无法抓住，逐渐消失了。

韦彦消失的地方生起一团紫烟，烟雾中浮出一株紫色的花。紫花的根须没入床中，枝叶与花朵随风摇曳，花朵还似有生命般地律动。

元曜又急又怕，转头对黄先生喝道："你……你是妖怪？！你把丹阳怎么了？！"

黄先生闻言，机械地转头与元曜对视，他的眼中也只有眼白，没有瞳仁。

黄先生没有回答元曜，只是咯咯地笑，笑声在大厅中回荡，令人毛骨悚然。

小书生吓得夺门而逃。他不明白发生了什么事，也不知道韦彦是死是活，只知道他留在这里也没有办法，只能逃出去找白姬，说不定还能救回韦彦。

小书生飞逃出客厅大门，可是他一踏出门之后，又进入了大厅，眼前还是满大厅的诡异，一张奇怪的罗汉床，床上是一株紫色花卉，床边站着身体僵直、没有瞳仁的黄先生。

小书生只好又找准大门跑出去，可是一踏出大门，他的眼前又是同样的景象。

当小书生反反复复地跑，跑到满头大汗、筋疲力尽，也没有逃出大厅，他的心顿时绝望了，明白自己无法逃出生天了。

小书生十分疲累，颓然坐在地上，大口大口地喘气。

黄先生一步一步地走来，居高临下，面无表情地用眼白盯着元曜，道："吾从来没有看见过这么美的花，太美了！"

元曜的牙齿因为恐惧而打战，他害怕得说不出话来。最终，小书生鼓起勇气，颤声问道："你，会吃了小生吗？"

黄先生面无表情地道："不会。吾不吃你，只需要你的梦。吾喜欢人与非人的梦，吾要你做吾的花，给吾你的梦。"

元曜的头摇得跟拨浪鼓似的，他惊呼道："不！小生不要做花！"

黄先生面无表情地道："这可由不得你。不过，吾还是希望你心甘情愿地做吾的花，因为你是吾见过的最美丽的花，有着世间独一无二的颜色。"

"你到底是什么妖怪？！求求你放了小生！"小书生哀求道。

黄先生道："吾是众生的梦。吾不能放过你，因为你实在太美了。"

小书生心中发苦，想了想，道："小生是从缥缈阁来的，如果小生不回去，白姬会找到这儿来的。"

黄先生仍旧面无表情，道："缥缈阁也只是一场梦而已。你之前捡到的火红色狐尾花瓣，是一只九尾狐。有一只黑猫寻九尾狐而来，黑猫似乎跟你一样，是从缥缈阁来的，也成了吾的花。白姬来了，也会成为吾的花，因为人与非人都逃离不了梦境。"

元曜的脑袋嗡一下子蒙了：火红色的狐尾花莫不是胡十三郎？！胡十三郎居然被黄先生变成了花？！离奴也在这里被变成了花，失踪了这些天，竟是被困在这里变作了离奴最讨厌的花？！

小书生不由得从心底感到绝望：胡十三郎、离奴都逃不了，更何况是他？他现在逃不出去，没办法给白姬传信，白姬根本不会来救他们。更何况，听黄先生的口气，他似乎并不把白姬放在眼里，白姬就算是来了，恐怕也是凶多吉少。

元曜颓然地坐在地上。

黄先生道："吾带你去看看浮生之梦，也许你就愿意留在这里做吾的花了。既然你是从缥缈阁来的，吾先带你去看黑色猫耳花的梦境。"

黄先生机械地走出大厅，元曜一听要带他去见离奴，急忙起身跟上。

元曜浑浑噩噩地跟着黄先生来到庭院里，心中既好奇、又恐惧。

夕阳近黄昏，庭院里的各色鲜花在晚风中摇曳，发出无声的呐喊。

一人一花，一花一梦。

一株黑色的猫耳花在风中摇曳，似乎睡着了，十分安静。

黄先生伸出手，爱抚猫耳花。

"你看得见它正在做的梦吗？静下心来看。"

元曜盯着猫耳花，什么也看不见，但过了一会儿，他宁神静心之后，却仿佛融进了花之中一样，看见了一个奇妙的梦境。

第五章　猫　梦

猫梦之中，还是夏商年代，人与非人同行于世，不分彼此。

一只小黑猫孤独地走在荒野的路上。它已在人世间流浪了很久，作为一只修炼了五百年的猫妖，它的猫生没有宏大的志向，只要每天吃鱼吃到饱，它就很满足了。一生吃到各种各样的鱼，是小黑猫猫生唯一的梦想与乐趣。

小黑猫到处寻找各种美味的鱼。听说九州之外有沧海，沧海之中有陆地上没有的各种各样的鱼，它十分神往。它又听说沧海之中有龙族，龙族是海之王，沧海之中所有的鱼都是龙族的。而当时，千妖百鬼之中有一个传说，说是龙族之王来到了陆地，因为龙族之王曾在沧海掀起腥风血雨，佛祖惩罚龙族之王不能入海，只能在人间收集"因果"。

小黑猫心念电转：如果能打败龙王，把龙王收为属下的话，那自己就拥有沧海之中所有的鱼了。那样，小黑猫就可以吃遍世间所有的鱼了。那样，小黑猫就不会在冰雪覆盖山川河流的寒冬因为抓不到鱼而挨饿了。自从父亲过世之后，小黑猫与妹妹因为脾气不合，从此天各一方，不相往来，已经独自流浪了很久，有时候也会觉得孤独。小黑猫觉得，收一条龙做属下似乎也不错，龙可以替自己抓鱼，还可以陪自己说话。

那时候人世的都城在斟鄩①，打听到龙王在斟鄩，小黑猫就去找龙王了。

斟鄩虽然说是都城，但也并不富丽繁华，除了皇宫，大多数房舍简陋质朴，唯有城墙修筑得高大而坚固。城墙之外住着奴隶，城墙之内住着贵族和平民。

小黑猫很少跟人类相处，来到斟鄩，满目都是人，有些不习惯。小黑猫向妖鬼们打听龙王，妖鬼们众说纷纭，莫衷一是。

有妖鬼说龙王化身为人，住在城里做买卖。有妖鬼说龙王是一条暴龙，居住在城外的山里，凶恶残忍，以捕杀妖鬼和人类为乐。也有妖鬼说龙王其实是神明，住在皇宫的神殿里享受人类的祭拜。

小黑猫找了几天，从城外到皇宫，从城里到郊外，也没找到龙王。

这一天，小黑猫在郊外的河边抓鱼。不知道为什么，明明河里有很多的鱼儿游来游去，但小黑猫就是抓不着。小黑猫肚子饿得咕咕叫，坐在河边生着闷气。

不知道什么时候，一个眉目如画的白衣女子走了过来，笑盈盈地望着小黑猫。

---

① 斟鄩，《竹书纪年》中所载夏朝君主太康、仲康、桀所居都城。

小黑猫抬眸望去，但见这女子一袭白衣，翩然如仙。她的双眸漆黑如鸦羽，左眼角下有一颗血一样鲜红的泪痣。她虽然在笑，但眼底空洞而荒芜。

　　"听说，你在找龙王？"白衣女子笑道。

　　小黑猫点点头。小黑猫不仅讨厌人，也不喜欢亲近非人，所以本想跑走，但是不知道为什么，女子身上有一种猫很喜欢的味道，似乎是很多鱼。小黑猫想了想，便不跑了。

　　"你为什么要找龙王？"白衣女子笑道。

　　小黑猫道："爷缺一个抓鱼的仆役，正好龙王可以胜任。"

　　白衣女子打量了小黑猫几眼，笑得更深了。

　　"你的愿望是龙王做你的仆役，还是吃鱼？"

　　"吃鱼。"小黑猫不假思索地道。

　　白衣女子勾了勾手指，一条小鱼从河里蹦了出来，正好落在小黑猫的嘴边。

　　小黑猫十分饥饿，张口吃了鱼。

　　白衣女子摸摸小黑猫的头，笑道："你的愿望实现了。"

　　小黑猫伸出舌头，舔了舔唇，道："还没有呢！爷想吃更多的鱼！爷想有吃不完的鱼！"

　　白衣女子笑道："我可以实现你的愿望。不过，世间之事，都是一物换一物，我让你有吃不完的鱼，你给我什么呢？"

　　小黑猫想了想，道："爷会做鱼，蒸鱼、煮鱼、烤鱼，爷都会做。爷的厨艺可好了，你给爷吃不完的鱼，爷做鱼给你吃。"

　　白衣女子想了想，想起在人间的这些年来，因为不会做饭，总是吃妖鬼填肚子。这对于收集"因果"似乎不太好，找一个会做鱼的仆役似乎也不错。

　　白衣女子眼珠一转，笑道："可以。不过，除了做饭，你还得打杂，帮我干各种杂活。"

　　小黑猫道："可以，只要鱼管够。"

　　白衣女子笑道："那就先结一百年的契约吧。"

　　白衣女子拿出一块木简，用匕首在上面刻下了五个文字：鱼、猫、奴、百年。

　　白衣女子让小黑猫在木简上刻下名字，小黑猫不认识人类的文字，随手拍了一个猫爪印。

"你叫什么名字？"白衣女子收好木简，笑眯眯地问小黑猫。

"阿离。"小黑猫道。

"那以后，就叫离奴吧。"白衣女子挥手，许多鱼活蹦乱跳地跃出河面，跳到小黑猫面前。

小黑猫无比欢喜，吃得心满意足。

"我该怎么称呼你？"小黑猫吃饱之后，打着饱嗝问白衣女子。

"你叫我主人就行了。"白衣女子笑道。

"主人。"小黑猫欢快地叫道。

"离奴，时候不早了，我们该回缥缈阁了。"白衣女子笑道。

"主人，缥缈阁是什么地方？"

"是你以后要待的地方。"

"缥缈阁在哪里？"

"缥缈阁在世人的梦里。"

千山叶落，孤雁低旋，白衣女子和小黑猫走在余晖之中，一路踏过荒烟蔓草。

小黑猫突然停住了脚步，道："主人，离奴突然想起了还有一件事情没有办妥。"

"什么事？"

"离奴还得去找龙王，让它龙王离奴的仆役。等离奴收了龙王做仆役，主人你就有两个仆役了。"小黑猫认真地道。

"不必去找龙王了。刚才忘了告诉你，主人我就是龙王。"白衣女子的眼睛笑得眯成了一条缝。

"啊！"小黑猫惊得跳了起来。

龙王笑眯眯地道："快走吧。再过一会儿，就要关城门了。"

小黑猫脑中一团糨糊，发现吃鱼的愿望虽然实现了，但事情似乎变得相反了。龙王没有成为小黑猫的仆役，小黑猫反倒成了龙王的仆役。不过，小黑猫转念一想，反正猫生有鱼，做主人和做仆役也没什么区别。

小黑猫欢快地跑向白衣女子，跟她一起回缥缈阁了。

元曜惊得张大了嘴巴：这是真的吗？！原来离奴竟是这么沦为白姬的奴仆的！这只小黑猫也太好骗了吧？！那条狡猾的龙妖就这么轻易地得到了一只猫使唤？！

元曜忘记了危险，心念电转。过了一会儿，他回过神来时，发现小黑猫的梦境又变作了另一番场景。

缥缈阁中，小黑猫躺在铺天盖地的鱼中，肚皮吃得圆滚滚的。黑猫除了吃鱼，就是睡觉，元曜发现自己也在黑猫的梦里，是黑猫的奴仆，黑猫在使唤他、奴役他，兴致来了，还骂得他狗血淋头。在奴役他时，黑猫表情十分满足，十分愉快。

元曜很生气，大声道："离奴老弟，请不要在梦里也使唤小生！"

可是，梦里的小黑猫根本听不见小书生说话，仍然在颐指气使地使唤梦里的小书生。

元曜回过神来时，他正站在黑色的猫耳花旁边，黄先生站在他的右边，面无表情地注视着他。

夕风清浅，庭院中的花草摇曳如梦。

元曜注意到黑色猫耳花旁边有一株火红色的狐尾巴花。他心念一动，问道："这……这不会是胡十三郎吧？"

黄先生道："你说是，那就是吧。"

元曜凝神望向狐尾花，又一次融入狐尾花的梦境。

那是一片很美丽的梦境，翠华山山色碧绿，空谷幽美，一群灵慧的九尾狐栖居其中，生活得自由自在，无忧无虑。

一只火红色的小狐狸有一个很好的朋友，那是一只温柔善良的小黑猫。小狐狸和小黑猫从不打架，每天一起在花丛中快乐地玩耍。两个好朋友春天奔跑在原野上一起看繁花盛开，夏天的夜里一起坐在荷花塘边数星星，秋天一起吃山里的野葡萄，冬雪皑皑时，一起去繁华的长安城里看元宵灯会。

小狐狸和小黑猫是世界上最好的朋友，从不吵架，相亲相爱。

元曜又张大了嘴巴：胡十三郎在梦里居然与离奴成了好朋友？！日有所思，夜有所梦，难道胡十三郎在内心深处渴望与离奴做朋友？！

元曜回到了现实之中，望着脚边各种各样的鲜花，一想到每一株花都是一个人或非人，就不寒而栗。

元曜望着面无表情的黄先生，颤声道："你为什么要把大家都变成花呢？"

黄先生道："因为，吾喜欢浮生之梦。吾喜欢美丽的事物，众生会变化消亡，梦却是永恒的。每天观看大家的梦境，别有一番趣味。"

元曜颤声道："大家都死了吗？"

黄先生道："死人是不会做梦的。有些花不好养，养着养着就没有梦了，吾会把没有梦的花卖掉。"

元曜望着满庭院的鲜花，想到这些花其实是人，心中无限恐惧。

"你……你要把小生也变成花吗？"

"你，必须成为吾的花。"黄先生面无表情地道。

皓月如霜，落下惨淡白光。

黄先生伸出手，抓住元曜，将他拖进了大厅。

元曜拼命挣扎，但黄先生的手好似铁箍一样，他的力气也大得惊人，小书生根本挣扎不开，只能无力地任黄先生拖走。

大厅中夜风习习，有栀子花和夜来香的香味幽幽传来。因为没有点灯，黑幽幽的厅堂内唯有罗汉床发出诡异的荧光，四周的花卉如尖叫一般发出喋喋的笑声。

罗汉床上，韦彦变作的紫花无声地盛开着，花朵上螺旋形的纹路仿佛是人一生幽秘无尽、环环相扣的梦境。

黄先生把元曜拖上罗汉床，逼迫他坐下。在坐上罗汉床的刹那元曜感到似乎有无数只手从罗汉床上伸出，紧紧地攥住了他，让他动弹不得。

黄先生端起冷掉的浮生茶，将幽碧的茶水灌入了元曜口中，元曜挣扎不掉，吞下了两口茶。不一会儿，元曜感到整个人渐渐恍惚起来，似乎逐渐沉入了床中。

白姬，救命！元曜在心中发出最后的呐喊。

在黑暗中幽幽发光的罗汉床上，一朵纯净透明如琉璃的花缓缓绽开，美如梦境。

"啊，太美了！"黄先生立在夜风中，面无表情地道。

第六章　浮　生

光宅年间，东都洛阳、西京长安，俱是风烟鼎盛、繁华旖旎之都，尤其是长安，号称当时东方世界最大的都市，与西方大秦国的王都遥遥相应，如同镶嵌在世界最东方和最西方的两颗明珠。

世间清明，除了人与动物，从无魑魅魍魉。动物也不通人语，并无灵犀。

元曜奉母遗命，从襄州到长安投亲会考，谋求前程。他来到韦府，受到了韦氏一家的热情接待。韦德玄十分顾念旧情，韦夫人郑氏也通情达理，夫妻二人对待元曜非常好，他们按照婚约，定下日期，让元曜与韦非烟完婚。

元曜与韦非烟成婚之后，在韦家温书备考。韦非烟温柔贤惠，知书识礼，与元曜琴瑟和谐，相敬如宾。

第二年春天，元曜果然考中了功名，春风得意马蹄疾，一日看尽长安花。时光如流水，元曜在凤阁为官，转眼已是三载，韦非烟也为元曜生下了一双儿女。

春夏秋冬，四季流转，元曜在宦海浮浮沉沉，人生也几度跌宕起伏，等他回过神来时，已是耄耋老人。他仍在长安做官，一生虽有起伏，倒也不好不坏地活着。

在别人看来，元曜的一生十分圆满，仕途畅达，儿孙满堂。元曜却总觉得他似乎忘记了一些重要的人和事，这使得他的内心十分空虚，而人生也并不圆满。

元曜的一生不惧神，不怕鬼，但他很害怕水，也很害怕猫。他一直回避这两样事物，他从心底感到恐惧。

最后，在一场没有花开的冬雪里，元曜白发苍苍、笑容满面地离开了人世。

第二天，又是同样的梦境。

这一次的梦境，与第一次的梦境略有不同。时值高宗时期，元曜的父亲元段章因为请立武氏为后而被武后重用，位居高位。

元曜生在长安，长在长安，出生于仕宦之家，从小锦衣玉食，仆从环绕，人生没有半分风霜苦楚。

元曜成年之后，奉父母之命，与从小定亲的韦家二小姐韦非烟完婚。韦非烟温柔贤惠，二人相敬如宾，继而生下了一儿一女。

元曜经历了荣华富贵、宦海风波，人生几度浮沉之后，已经垂垂老矣。他一生富足安逸，儿孙满堂，可是他的内心深处仍觉得有一些无比遗憾的缺失，他似乎忘了生命中最重要的人和事。

他这一生不惧神，不怕鬼，但很害怕水，也很害怕猫。他一直回避这两样事物，从心底对它们感到恐惧。

第三天，还是同样的梦境。元曜娶妻生子，生老病死，一生宦海沉浮，最后归于黄土。有时候，元曜觉得人生之中有些事情很熟悉，仿佛在什么地方经历过一样，但细想又没有经历过。跳脱出来看，却是他一直在轮回经历之前的梦境。

元曜变成了花之后，一次一次地在梦里重复经历人生。从生到死，细节有时候不一样，但轨迹大体相同。浮生如梦，梦如浮生，他在梦里无法醒过来，以为那是真实的人生，但其实他醒过来之后，会发现现在才是一场梦。

元曜不知道自己做了多久的梦，依稀记得某一世他抬头望向苍穹时，有一条白龙的幻影在云间昂然游过。

有人在虚空中呼唤他的名字："轩之！"

声音熟悉，却缥缈。

他想仔细一听，却又再也听不见了。

一生一梦，一世一轮回。元曜总觉得灵魂深处少了一些什么。他遗忘了重要的人和事，沉溺在浮生之梦中，生死轮回，无法醒来。

这一场梦境之中，元曜还是一个垂髫小儿，站在襄州老家的院子里，抬头望着那木架上美丽的紫藤花。

浮生如梦，梦如浮生。以元曜此刻七岁的年纪，他无法产生太多对于人生沉浮的感悟，可是不知道为什么，他此刻有浮生如梦的沧桑之感。

小元曜正在发呆，紫藤花突然抖了一下，一朵蓝色的草帽花挣扎了出来。草帽花发现小元曜，竟然口吐人语："天哪！元公子，终于找到你了！"

花会说话？！

小元曜从未见过如此异状，吓得哇的一声哭了出来，转身跑了。

草帽花急忙跳下紫藤架，在后面追赶，一边追，一边在后面喊道："元公子，你别跑！我好不容易才混进你的梦里找到你！大家可都指望你了！"

小元曜跑回母亲王氏的房间，吓得瑟瑟发抖。正在做针线活的王氏见了，放下手中的绣样，温柔地笑道："你这是怎么了？又在哪儿调皮了？"

小元曜嗫嚅着说不出话来，直往王氏怀里扑。

"娘亲！"

"曜儿乖！"王氏抚摸小元曜的头，温柔地道。

母亲温暖的怀抱让小元曜觉得安心，他正要把草帽花说人话的事情忘了时，眼睛却瞥见王氏的绣样。那绣样是一朵蓝色的草帽花，那草帽花竟在布帛上抖了抖，对元曜口吐人语："元公子！你跑得真快，我差点儿没追上！"

元曜又被吓哭了，并在王氏怀里昏死过去。

王氏大惊，一边摇晃幼子，一边呼喊仆人："快来人啊！曜儿怕是中了风邪，快去叫老爷来！"

小元曜醒过来时，已经是掌灯时分。元段章和王氏见元曜醒了，才放下心来，仆人们忙忙碌碌，乳母伺候元曜吃了晚饭。

小元曜浑浑噩噩，但心情平静了许多，正当他以为会说话的草帽花是一个幻觉或一场梦时，正在弯腰拨灯芯的乳母突然回过头，她的头变成了一朵蓝色草帽花。

草帽花口吐人语，道："元公子，你醒醒呀！大家都指望着你了呀！"

小元曜又哇哇大哭，元段章、王氏、一众仆从又手忙脚乱了起来。

一连数日，这朵怪异的草帽花都出现在小元曜的生活里。它从茶杯里冒出来，摇曳在铜镜里，长在丫鬟们的头上，从墙上挂的古画里冒出来，甚至在草丛中飞舞的蝴蝶，它们的翅膀上也是蓝色草帽花的形状。所有的人都看不见草帽花，听不见草帽花说话，只有小元曜能看见、能听见。

小元曜一开始十分害怕，后来也渐渐不害怕了，偶尔还和草帽花说说话。

小元曜道："你是妖怪吗？为什么要找我？"

草帽花叹了一口气，道："我是……唉！我是一个苦命人！大家都睡死在浮世床上了，我只能找元公子你了。"

"大家是谁？"

"白姬、离奴、韦公子、胡十三郎，还有好多好多人。"

"谁是白姬、离奴、韦公子、胡十三郎？"小元曜一头雾水地问道。

"唉！元公子，他们都是你的好朋友。"草帽花垂下花朵道。

"小生不记得有这些朋友。"小元曜迷茫地道。

"元公子，你不记得别人也就罢了，可不能不记得白姬。她为了救你，也来了曲池坊的黄先生家，也沦陷在浮世床的幻境之中，变成了一株花，不得解脱。现在，白姬也在幻梦之中醉生梦死呢！唉！我真不该告诉白姬你去了黄先生家，这下子全完了，大家都迷失在浮生梦里了！"

小元曜吓得直哭："我不明白你在说什么……"

草帽花急忙道："元公子，你先别哭闹！唉！你不从这个浮生梦里醒来，是不会记得现实中的人和事的。"

"我好害怕！"小元曜心中生出莫名其妙的恐惧感，他的周围虽然什么也没少，但他仿佛正在失去这整个世界。

"元公子，你相信白姬吗？"蓝色草帽花问道。

"我……我不认识白姬。"小元曜哭道。

草帽花带着小元曜来到后院的井边，道："白姬是一条龙，与元公子有着很深的因缘。白姬为了救元公子，也被困入了梦境中，现在只能靠元公子了。"

当草帽花说到白姬是一条龙时，小元曜的脑海中浮出了无数幻影，他仿佛看见一条龙的身影昂然游过苍穹。那是生生世世始终出现在他梦中的景象，无论轮回多少次，都会出现。他忘了白姬，却始终有龙的身影深深地烙印在他的灵魂里，永远抹不去。

草帽花指着水井口，对元曜道："跳下去，你就能从浮世之梦中醒过来了。"

小元曜十分害怕，不敢跳下井，即使他只是小孩子，也知道跳下水井就会淹死。

草帽花着急地道："元公子，别磨蹭了！跳下去，你就能醒过来了。"

小元曜还是害怕地摇头。

草帽花道："你不醒过来，大家都在梦里。你现在是在梦里呢。元公子，为了白姬，跳下去吧！"

小元曜望着黑黢黢的井口，那井口似乎有一股神秘的力量，让他一边害怕，一边却又忍不住靠近。

"轩之，快醒醒！"

"书呆子，快醒醒！"

"元公子，快醒醒！"

井中似乎有无数幻音传来，令元曜感到熟悉却又陌生。

井中似乎有元曜最珍贵的东西，那是这个世界所没有的。可是，井中同样潜伏着死亡，可怕的死亡。生和死，此岸与彼岸，他必须跋涉过死亡之川，才能抵达彼岸，去寻回他珍贵的东西。

死亡，非常可怕。

而遗忘了珍贵的事物，却比死亡还让人难受。

元曜感到有水的气息从井底传来，那般熟悉，那般温柔。他一步一步走向井边，从井口跳入了井底。

元曜的耳边传来了乳母的哭喊惊叫声："快来人啊！少郎君掉到井里去了！"

虚虚实实，真真假假。

梦里梦外，前世今生。

冰冷刺骨的井水灌进小元曜的喉咙里，他难受得无法呼吸，头脑中一片空白。蓝色草帽花在他眼前浮动，形状越来越扭曲，他的意识也越来越模糊，最终沉入一片黑暗之中。

第七章　梦　醒

啊！元曜一下子惊醒过来，睁眼望去，眼前是一片百花丛生的庭院。

现在正是晚上，如水的月光洒落在庭院里，庭院之中开满了幽丽的兰花，清雅的百合花，繁艳的芍药花，妖娆的锦带花。草丛之中还点缀着蛇目菊、龙胆、石竹、飞燕草。

元曜想起了一切，这是黄先生的庭院，他和韦彦来曲池坊拜访黄先生，结果都被诡异的黄先生变成了花。他做了好多场梦，每一场梦都是一生，可是每一生、每一世都没有白姬和离奴，后来草帽花出现了，让他跳入井底，从浮生梦中醒来，回到了现实世界。

现实世界，与醒不来的梦，又有什么区别呢？元曜一时之间陷入了恍惚，堕入了空境。

"元公子，你不能又回去啊！大家还指望你来拯救呢！"一个焦急的声音响起，将昏蒙的元曜又拉回了现实。

元曜定睛一看，说话的竟是蓝色草帽花。

元曜的周围都是花花草草，草帽花隐藏其间，只露出一朵花来。

元曜自己也变成了一株盛开的花，他的花瓣透明如琉璃，在月光下美如幻梦。

元曜把花瓣转向草帽花，奇怪地问道："这到底是怎么一回事？你又是什么妖怪？！"

草帽花四顾，低声道："现在不是说话的时候，我简单地说吧。元公子，白姬为了救你，也来到了这里，也在浮世床上被变成了一株花。在这黄宅里的所有花，都是人变的，这些人都在梦里，生生世世醒不过来。我也是一个被变成花的可怜人，不知道是幸运，还是不幸，我醒了过来，逃走了。可是，逃走了也没有用，我一直是花的模样。我非常苦恼，可又不敢回黄宅，趁着白姬因为元公子来黄宅，也悄悄地跟来了，本来指望白姬救元公子的同时也把大家变回人，谁知道她反倒被变成了花，真是让人发愁。我本来十分绝望，但看见元公子的梦境有一丝缝隙，就拼尽全力，钻进元公子的梦里，把元公子带回来了。我想着元公子如果能进入白姬的梦里，把她唤醒，说不定事情还有转机。"

元曜焦急地问道："白姬在哪儿？"

草帽花道："白姬是新花，应该还在浮世床上。在浮世床上的花入梦不深，说不定还有转机，如果被移到土壤中，要唤醒就麻烦了。"

元曜担心白姬的安危，恨不得插翅飞去浮世床上。可是，他挣扎了半天，却动不了，低头一看，他化作的那株花正扎根在土壤里，根本不能移动。他抬头向草帽花望去，发现草帽花并没有在土里扎根，能四处走动。

元曜着急地道："草帽兄，小生动不了，这该如何是好？"

草帽花已经开始动手帮元曜挖花根了。还好，元曜所化这株花的根系不深，草帽花三下五除二就将根系挖出来了。不过，草帽花不细心，动作十分粗暴，碰断了元曜的几条根，把元曜疼得直叫唤。

元曜在月光下伸展了一下枝叶，活动了一下根系，发现自己移动起来十分灵敏。

元曜看准了路，想要去大厅之中救白姬。

草帽花想了想，却道："元公子，且稍等！你是一个凡人，梦境也平和宁静。白姬是一条龙，梦境里不知道会出现什么。非人的世界，我们人类理解不了，最好先唤醒一两个非人一起去，胜算大一些，免得到时候我们两个反倒迷失在白姬的梦里出不来，那就全完了。"

元曜急着去找白姬，可是一听草帽花的话似乎很有道理，他也犹豫了。就在元曜正思考怎么办的时候，他无意间瞥见不远处有一株黑色猫耳花、一株红色狐尾花正在月光下摇曳。

元曜顿时拿定了主意，反正离得近，不如顺路先去把离奴和胡十三郎唤醒，再一起去白姬的梦里。离奴和胡十三郎是非人，有两个非人一起进入白姬的梦境，如果他和草帽花遇到变数或不测，也能够多两个帮手一起对付。

元曜和草帽花走向猫耳花，来到离奴身边。

黑色猫耳花静静地盛开在月光下，一动不动。

元曜发愁道："怎样做才能唤醒离奴老弟呢？"

草帽花道："必须先进入离奴的梦境之中。"

元曜愁道："怎么进入离奴老弟的梦境啊？"

草帽花也犯愁，道："不知道。"

元曜道："不知道？那你是怎么进入小生梦里的呢？"

草帽花道："不瞒元公子，不知道为什么，你这朵花跟别的花不一样。我靠近你，想着进入你梦里，就进入了，别的花都不行，再靠近也进入不了梦境。这也是我叫醒你而不叫醒别人的原因。总觉得，元公子你跟世人略有不同。你看，大家的花朵都五颜六色，只有你开出的花是透明的。我总觉得，只有元公子你能拯救大家。"

元曜拉长了苦瓜脸，原来这草帽花也没有救大家的方法。草帽花叫醒他，只是因为他最好叫醒罢了，可是他并不认为自己能救大家。白姬都搞不定的事情，他又怎么能搞定呢？

一想到白姬，元曜又担心起来，心里顿时涌出了无尽的勇气。无论如何，还是试一试吧，总不能让那条龙妖一直沉睡，他的世界无论梦里梦外，都不能没有她。

元曜望着黑色猫耳花，在心中默念离奴的名字。须臾之间，一个恍惚，他竟进入了离奴的梦境。

梦境之中，缥缈阁后院的水井边，离奴正拎着一条大黄鱼，准备将鱼杀了清蒸。

元曜正好是这条大黄鱼。

离奴一边哼着小曲，一边准备杀鱼。

大黄鱼哭丧着脸道："离奴老弟，别杀鱼了，快醒醒吧！"

离奴吃了一惊，道："这条鱼怎么口气像书呆子？！"

大黄鱼道："这条鱼就是小生！离奴老弟，你现在是在梦里，快醒醒，白姬有危险，被困在了浮世床上，咱们得去救她！"

离奴张大了嘴，冷静了一下，问道："那你说，爷要怎么醒过来？"

元曜想了想，记得自己是跳进井里才醒过来的，虽然不知道跳井对离奴管不管用，但也没有别的办法，只能试一试了。

大黄鱼道："你跳进井里，也许就能醒过来了。"

离奴闻言，直接啪——的一声，用刀背把大黄鱼敲晕了。

离奴一边杀鱼，一边骂道："这条破鱼，不仅口气像书呆子，还跟书呆子一样呆傻！跳下井就淹死了，爷又不傻，跳个鬼的井！想忽悠爷跳井，下辈子吧！"

大黄鱼在离奴刀下死不瞑目。

元曜一下子清醒过来。他正站在月光下的庭院中，黑色猫耳花在他身边摇摆。

叫醒离奴失败了，元曜心中十分无奈，不知道怎么办才好。

草帽花鼓励元曜道："元公子不要灰心，再试一试吧。人在浮生梦中，无法分清虚幻与现实，我当时叫醒元公子，也试了好几次呢。"

元曜想了想，也没有别的办法，只好准备再一次进入离奴的梦境中。就在这时，黑色猫耳花旁边的红色狐尾花突然剧烈地摇摆起来。

红色狐尾花口吐人语，是胡十三郎的声音。

"元公子？是元公子吗？！"

元曜望向狐尾花，但见狐尾花的花心有一圈莹润的光芒，声音正是从光芒中发出的。

"十三郎？！"元曜吃惊地道。

狐尾花惊喜地道："真的是元公子！太好了！"

元曜奇道："十三郎，你失踪之后，大家都很担心你。原来，你竟也在这里被变成了花！大家变成花之后都沉睡在梦里，你是怎么醒过来的？！"

狐尾花道："那日跟那只臭黑猫分开之后，某就一个人进城了。路过曲池坊时，被这里的花木吸引，某一边惊叹长安城竟有这样的地方，一边走了进来。因为想着白姬叫某去种花，而某识花有限，就拜访了黄先生，不料黄先生好诡异，某被他骗到了浮世床上，变成了一株花。九尾狐族有灵珠，可保神志清醒，某虽在浮生梦中轮回生死，可偶尔还能靠灵珠清醒一两个时辰。清醒时，某发现自己被变成了花，周围都是花，无法逃出去，也无法求救，真是绝望！某眼看着那只笨黑猫来这里找某，也被浮世床变成了花，某对这个充满傻猫的世界绝望了！之前某看见你和韦公子也来了，拼命地摇晃花朵想提醒你们有危险，还拼尽全力飘出一片花瓣到你身边，可是你们没有明白某的警示。某刚才醒过来，正好听见元公子的声音。元公子，你也被变成花了呀？"

元曜苦恼地道："不只小生变成了花，连白姬也被变成花了呢！小生正要唤醒离奴老弟，一起去救白姬！"

狐尾花道："什么？白姬也被变成花了？！那某也来帮忙！"

元曜道："太好了！当务之急，得先唤醒离奴老弟！"

狐尾花摇摇摆摆地道："元公子，你先把某拔出来，某跟你一起去唤醒那只臭黑猫！"

元曜和草帽花一个挖土，一个用力，急忙把狐尾花拔了出来。

狐尾花离开了土壤，在月光下伸展着枝叶，礼貌地道："多谢元公子！"

元曜道："十三郎不必客气，快来一起唤醒离奴老弟吧。"

第八章　龙　王

月光下，元曜、狐尾花、草帽花一起围在黑色的猫耳花边，元曜准备再一次进入猫耳花的梦境。

一个恍惚之间，元曜又来到了离奴的梦里。他发现胡十三郎和草帽花并没有跟来，看来真如草帽花所说，并不是谁都能进入浮生梦。虽然不知道为什么他能自由进入离奴的梦里，但只要能进来，总算是有希望。

离奴的梦境是缥缈阁中。

夏日炎炎，离奴正躺在后院的回廊下悠闲地吃着香鱼干，元曜跪坐在旁边给离奴打扇，整个后院挂满了各种各样的鱼，连草地上都堆满了各色香鱼干。

离奴一边吃香鱼干，一边使唤元曜，一会儿让他去拿冰块上来，一会儿让他给自己揉头顺毛，一会儿又骂他偷懒不干活。离奴梦境里的元曜不敢作声，逆来顺受地被离奴使唤。

元曜见了，十分生气，灵机一动，飘过去附在梦中的自己身上，开口道："离奴老弟，请不要再使唤小生了！"

离奴一愣，骂道："反了你了！死书呆子，你居然还敢顶嘴？！"

离奴伸爪挠小书生，小书生一边抱头逃跑，一边道："离奴老弟，你不要再做梦了！快醒醒吧，我们得去救白姬！"离奴道："主人在二楼睡觉，又没遇到危险，为什么要救她？！"

元曜苦口婆心地道："说来话长。离奴老弟，你现在在一场浮生梦之中，快点儿醒醒吧！"

离奴骂道："书呆子，你读书读昏头啦！爷又没睡觉，本来就醒着呀！"

元曜急得不知道该怎么说，如果他又让离奴去跳井，估计离奴会直接挠死他。

就在这时，天空中的浮云突然汇聚，逐渐变成了一条大鱼的形状。

元曜和离奴停止了追打，都惊呆了。

大鱼迎风而动，向缥缈阁卷来。它盘旋在离奴的头上，张开巨口，把满脸惊愕的黑猫吞了下去。

离奴就这么没了，元曜急得要哭，大鱼突然变化了模样，变成了一只九尾狐。

胡十三郎的声音从天空传来。

"元公子，你不要着急，那黑猫已经被某吞下，某分了灵珠一半的灵力给那黑猫，那黑猫一会儿就会醒了。趁着臭黑猫的梦境还没有崩塌，元公子，你赶紧从梦里出来吧！"

胡十三郎的话音刚落，天上的九尾狐形状的云就消散了。

元曜感到周围的梦境正在变得缥缈，似乎要消失。他想了想，鼓起勇气在离奴的梦里大声道："离奴老弟是世界上最懒最馋、脾气最臭的黑猫！"

喊完之后，元曜觉得心里舒服了很多。离奴总是欺负他，无论是在现实之中，还是在浮生梦里，他不敢反抗。如今能在离奴的梦里吼上一句，不管离奴听不听得见，他郁闷的心情也畅快了许多。

一个恍惚之间，元曜回到了曲池坊黄先生的庭院里。他还是一株透明的花，蓝色草帽花、红色狐尾花都在，黑色猫耳花如梦初醒，在月光下伸展花叶。

猫耳花打着哈欠道："好像做了一场好长的梦。"

元曜喜道："离奴老弟，你醒了？！"

离奴盯着元曜道："爷不是在做梦吧？这株花的口气怎么像书呆子？！"

元曜摇摆着花枝道："离奴老弟，你没有做梦，就是小生呀。"

狐尾花骂道："臭黑猫，为了让你清醒，某把灵珠的灵力分了你一半，你不要再做白日梦了，赶快一起去救白姬吧。"

猫耳花吃惊地道："主人也来了？！"

元曜道："是啊！白姬也被黄先生变成了花，我们赶紧去，说不定事情还有转机。"猫耳花一听白姬出事了，急得挣扎跃动，可是因为花根埋在土壤里，它无法动弹。

猫耳花见琉璃花、狐尾花、草帽花都在月光下愣着，急道："你们还傻愣着干什么？快把爷拔出来啊！"

琉璃花、狐尾花、草帽花如梦初醒，一个挖土，两个用力扯，合力把猫耳花拔了出来。

四株花见四下无人，看清了道路，悄悄地穿过庭院，跑向大厅。

风不鸣枝，月色清润。

琉璃花、猫耳花、狐尾花、草帽花悄悄地来到大厅外，大厅的门虚掩着，里面隐隐有光。

猫耳花就要往里冲，琉璃花、狐尾花、草帽花急忙拦住猫耳花。元曜道："离奴老弟，先别莽撞，先看看黄先生在哪里。如果被他逮住了，我们恐怕又得被困进浮生梦里。"

狐尾花小声地道："这么晚了，黄先生想必休息了。"

草帽花眼尖，透过大厅的门缝看见了里面的情形。浮世床上白光如水，黄先生扑倒在床边，似乎昏死过去了。

"嘘！你们跟我来！"草帽花小声地道。

草帽花小心翼翼地从门缝挤了进去，琉璃花、猫耳花、狐尾花急忙跟了上去。几株花一进入大厅，就被眼前的景象惊呆了。

大厅之中，浮世床上，一株雪白的花静静地盛开着。那白花光芒万丈，十分耀眼。白花的根茎扎于浮世床上，并覆盖了整张浮世床，向四面八方延伸开去，密密麻麻地铺满了整个大厅的地面，甚至爬上了墙壁。

黄先生扑倒在地上，身上缠满了花根，不知生死。地上的各种花草都枯萎了，只剩白花与浮世床在较劲。

琉璃花、猫耳花、狐尾花、草帽花都惊呆了。

元曜首先回过神来，跑到扑倒的黄先生身边，低头望去，不由得又吃了一惊。

黄先生根本不是人，而是一具真人大小的木偶。它表情僵硬地睁着眼，空洞的眼睛望着深邃的黑暗。

元曜又向罗汉床上望去。那雪白的花静静地却又放肆地绽放着，在黑暗之中十分耀眼，晶莹的白光由花枝花叶的纹路扩散开去，使整个大厅都浮现出幽魅的光。

这朵白花是白姬吗？！

嗯，这一定是白姬！除了那条天龙，还有谁即使变作了花，也有压倒一切的惊人气势？

草帽花望着盛开的白花，道："元公子，白姬的梦境跟你的梦境很相似，有无数的缝隙，似乎可以进入呢。不过，能不能唤醒白姬，就不一定了。"

元曜道："我们四人一起进入白姬的梦境，试一试吧。"

猫耳花、狐尾花、草帽花点点头，四朵花鼓足勇气，一起进入了白姬的梦境。

白姬的浮生梦会是什么样子呢？是缥缈阁里她与自己、离奴琐碎的日常，还是长安城中千妖百鬼的各种欲望？

元曜的念头刚一浮起，他的眼前就出现了一幕惊人的景象。

那是白姬的梦境。

天地分裂，洪荒始开，在一片苍茫的大海之中，有一座巨鲸驮着的海岛。巨鲸驮着海岛，在沧海之中游荡。

鲸岛之上，有一片怪石嶙峋的荒凉峡谷。峡谷是暗红色的，堆满了人与非人密密麻麻的尸体。四条巨龙盘桓在山谷之中，望着天上。

天空之上，风起云涌，有两条龙正在激斗，一条白龙，一条赤龙，赤龙的身体比白龙大出三倍。两条龙在天空殊死搏斗，龙火飞卷，大海风起浪涌，天空风云遽变，不时有龙吟如雷，蓝血飞洒，让人不寒而栗。

赤龙暴虐，白龙嚣狂，天地之间因这一场争斗而变得肃静。

不知道过了多久，当天与海皆成幽蓝时，赤龙悲鸣一声，从天空重重地摔到了鲸岛上。

鲸岛之上，峡谷断裂，赤龙横卧在地上，它的龙躯残破不堪，头颅也几乎断裂了，冰蓝色的龙血覆盖了暗红的土地。

赤龙还有一丝气息，无神的巨目深深地望着天空。

天空之中，白龙翩然飞至，化作一个白衣女子。

白衣女子面无表情，垂下灼灼金眸望着被自己打败的赤龙，用鲜红如血的唇，吐出冰冷的话语。

"吾打败你了，龙王。"

赤龙发出微弱的悲鸣。

之前观战的四条巨龙飞腾而至，静静地望着眼前的一切。

赤龙闭上了眼睛。

就在赤龙闭眼的那一瞬间，一团冰蓝色如王冠般的火咒从赤龙身上腾起，飞向白衣女子。

白衣女子伸出双臂，欣然接纳，王咒没入了她的胸口。

驮岛的巨鲸发出一声吟啸，那吟啸在冥冥沧海之中传远，向海中万物宣告，新的龙族之王诞生。

从此，天地六合，众生皆知，白龙取代赤龙，成了龙王。

在白龙的气势之下，观战的四条天龙尽皆臣服，将赤龙的尸体踩在脚下，对新的龙王顶礼膜拜，山呼龙王六合尊圣，寿与天齐。

"当上了龙王，好像也挺无趣的。这个世界，太无趣了。"白衣女子烦闷地自语道。

白衣女子再度化身为龙，盘踞于鲸岛的最高处，俯视着整座鲸岛，注意到堆积如山的尸体。

白龙想起了什么，问道："吾来鲸岛上挑战赤龙时，你们好像在举行什么活动？吾看见了不少人类。"

东方之龙恭敬地道："回龙王，我们在举行祭祀。赤龙性情残暴，喜欢食人，这鲸岛上的人类尸骨都是赤龙吃剩下的，这些人类是四海之内各个部族送来的祭品。这一次祭祀的祭品赤龙还没来得及吃，就被您……"

"吃人很有趣吗？"白龙问道。

东、南、西、北四海之龙面面相觑，不知道该怎么回答。

东方之龙道："龙王您试试就知道了。反正，这些人类都是您的祭品。"

白龙道："把祭品带上来。"

一群衣衫褴褛的青年男女被带到了白龙面前，因为看见山谷下赤龙巨大的尸体而吓得魂不附体，战战兢兢地抬头仰望新王。

白龙虽然巨大，但看上去美丽而温柔，它的金眸似乎荡漾着水波，映照出尘世间的芸芸众生。

白龙招手，一个精壮的青年应势而动，走出了人群。

青年走到白龙面前，仰头望着白龙。

白龙也俯视着青年。

青年被白龙注视着，觉得白龙看上去比赤龙温柔许多，赤龙的暴虐四海皆知，作为祭品被送来鲸岛的他早已对生绝望，可是造化神奇，情势逆转，在他即将赴死之时，龙族突然换了新王。如果这新龙王有一颗慈悲之心，不会吃人的话，那他就能活着，甚至说不定还能回到部族，能再度看见他心爱的姑娘。

青年正沉浸在对生的渴望之中，突然觉得胸口一凉，低头一看，白龙尖利的爪子刺透了他的胸膛，他火焰般的鲜血顺着龙爪滴在地上。

生和死，只在一瞬间，人的一生如同浮生一梦。

白龙杀死了青年，张嘴吃掉了他，其余的祭品吓得呜呜咽咽地哭了起来。他们不该期冀白龙比赤龙慈悲，因为杀掉了暴虐赤龙的白龙，绝对不可能慈悲，只会比赤龙更加暴虐和残忍。

白龙伸出舌头，舔舐滴血的爪子。

"吃人倒是没什么乐趣，但是杀人很有趣。不像冰冷的龙血，人类的鲜血真温暖，颜色也鲜艳，像火焰一样。火焰让这个无趣的世界变得有趣了。哈哈哈——"白龙疯狂地笑道。

只为了感受人类鲜血的温暖，白龙杀掉了男女祭品各九十九人。

"从今以后，人类各部族每年祭品的数量增加十倍。如不照办，则灭族。"龙王如此道。

东、南、西、北四海之龙皆不寒而栗。

从此，鲸岛上的尸体堆积得更多了，甚至连鲸岛周围的海水都被染成了红色，如同海洋之中腾起的火焰。

第九章　金　翅

元曜、离奴、胡十三郎、草帽花站在云层之上，吃惊地望着梦境中的白龙。

元曜十分震惊，浮生之梦如同人的一世，梦境是人的过去、现在和未来。他做梦也没有想到白姬过去竟如此残忍。他虽然与白姬朝夕相处，却完全不了解这条白龙的过去，他心中涌起无尽的伤怀：白姬不能入海，是不是就是佛祖对她过去所造杀孽的惩罚？她在人间道收集根本不可能完成的，与恒河沙数相等的"因果"，是不是也是她的业果？如果，他能够早些遇见她，能不能阻止她犯下这一切过错，让她不再背负罪孽与惩罚，永远喜乐平和？

想到了这里，元曜突然冲了出去，来到了残忍暴虐的白龙面前。离奴、胡十三郎、草帽花吓了一跳，一时之间来不及阻止，只好任他去了。

"书呆子是个大笨蛋！现在冲出去只会被主人杀掉啊！"离奴惊恐地道。

"元公子真勇敢！白姬好可怕！"胡十三郎揉脸道。

"还好，是梦境。"草帽花喃喃道。

元曜冲到白姬面前，与巨大的白龙对视，毫无畏惧。

"白姬，你不能再杀人了！你是一个好人，不该做错误的事情，看见你做坏事，小生很伤心！"元曜大声道。他浑然忘了这只是白姬的一场梦，过去的事情早已发生，他在梦里面阻止白姬，无论成败，都是徒劳。

白龙笑了，金眸凝视着元曜，笑道："这一个祭品是从哪儿跑出来的？好有活力，他的血一定很温暖。"白龙伸出利爪，瞬间穿透了小书生的心脏。

小书生用悲哀的眼神望着白龙，拼尽最后的力气，道："白姬，你……不要再杀人了。"

白龙疯狂地撕碎了小书生。

元曜回过神来时，发现自己站在大厅之中，他的身体仍旧是一株花瓣透明的琉璃花。猫耳花、狐尾花、草帽花围在他的身边，似乎很着急的样子。

看见元曜动了，猫耳花才松了一口气，道："太好了，书呆子回来了。"

狐尾花道："白姬的梦好可怕！"

草帽花沉默不语。

元曜心中悲伤，掩面而泣。

草帽花道："元公子，不要灰心，再进白姬的梦里去试一试吧。"

元曜木然地点头。

月光淡如烟幕，大厅之中的白花在罗汉床上发出炽烈白光，整个大厅似乎都被笼罩进一场梦中。

元曜、离奴、胡十三郎、草帽花再一次进入白姬的梦里。

天火如织，八荒动乱，白姬的梦里是一片血与火交织的沧海。沧海之中，漂浮着成千上万的尸体，有人类的，也有非人的。

天空之中，无数生灵正在厮杀，有神祇，有天龙，有妖灵，有人类……这一场战争是一场浩大的灾难。

这兵荒马乱的情景把元曜、离奴、胡十三郎、草帽花吓呆了。

元曜四处张望，看见一条白龙正被一条铁锁束缚在虚空之中，白龙拼命地挣扎，放肆地怒吼，天地之间风云变色。铁锁上带着倒刺，倒刺深深地刺入白龙的血肉之中，冰蓝色的龙血如溪流般顺着铁锁蜿蜒而下。

白龙用冰冷的金眸注视着天地六合之间的血腥厮杀，倏然仰头狂啸，啸吟声让神祇与天龙，人类与妖灵之间的战斗愈加激烈，白龙的眼底是寸草不生的荒凉死寂。

夕阳映残血，元曜、离奴、胡十三郎、草帽花置身在这一场血腥的厮杀之中，不知道该怎么办才好。

元曜怔怔地望着在天上挣扎的巨龙，不知道为什么，心中抑制不住地悲伤，眼泪不断地涌出眼眶。

离奴愁道："来得真不是时候，看现在这情形是没法叫醒主人了。"

胡十三郎揉脸道："没想到白姬的梦总是这么可怕！"

草帽花道："不如，还是先离开这场梦吧。"

元曜没等草帽花说完，已经朝白龙被囚禁的地方跑去。

白龙忍受着碎骨裂肤之痛，挣脱了铁锁，正欲向云天之上飞去。正在这时，云天之上卷出另一条巨大的铁锁，再次向白龙卷去。

元曜眼看着布满倒刺的巨大铁锁将要再次伤害白龙，没有来得及思考，挺身而出，迎向巨大的铁锁。

小书生的身体太小，根本挡不住巨大的铁锁，但是铁锁在碰上小书生的刹那缠绕小书生的身体几圈，将他紧紧缚住。

白龙因此逃出生天，狂吼着冲向云霄。

小书生则被布满尖刺的铁锁束缚住，铁锁不断地收紧，小书生痛苦极了，感到身体正因为巨大的压力而碎裂成千万片。

在失去意识的瞬间，小书生抬头向白龙望去，白龙也正好回眸望向他，金眸中有瞬间的迷惑，似乎也有刹那的温柔，继而又变得空洞和冰冷。

小书生望着白龙飞往云天之上的矫健身影，身体碎作千万碎片，他却温柔地笑了。

元曜回过神来时，发现自己仍在大厅之中，还是一株透明的琉璃花，猫耳花、狐尾花、草帽花仍旧围在身边。

元曜望向罗汉床上的白色花朵，发现白花仿佛一轮明月，散发出的光芒更加炽烈了，甚至连罗汉床似乎也被白光穿透，恍如一块巨大的白玉。

猫耳花、狐尾花、草帽花都愁眉苦脸，不知道怎么办。

草帽花忧心忡忡地道："白姬的花开得太诡异了！白姬的梦境也太可怕了！要唤醒白姬，不是一件容易的事情。元公子，你已经在离奴的梦境里死过一次，在白姬的梦里死过两次了。虽说在梦里死亡是虚幻的事，可是你看，你已经落下三片花瓣了。如果你再在白姬的梦里死去，恐怕在花瓣全部凋落之后，即使白姬醒过来了，你也再无法恢复人形了。"

元曜无法看见自己的模样，但从猫耳花和狐尾花担忧的沉默之中也明白了草帽花所言非虚。如果，他再在白姬的梦中死去，恐怕就再也无法恢复人形了。不过，即使是这样，元曜也愿意继续进入白姬的梦中，因为在他心里，白姬比他重要。

离奴道："要不书呆子你就别去了，让爷去唤醒主人吧。"

元曜毅然道："不，小生也要去！"

说着，元曜又一次进入了白姬的梦境之中，草帽花、猫耳花、狐尾花急忙跟了上去。

这一次，白姬的梦境中不再是腥风血雨，也没有天地浩劫，而是一片蓝色的宁静大海，与一座巨山之下的岛屿。

天地之间悬挂着逆流而上的五色瀑布，大海之中有飞翔的鱼群，岛屿上碧树环绕，沙滩如黄金般闪烁。

元曜环顾四周，不知道这是天上，还是人间。

金色的沙滩上，静静地坐着一个白衣女孩儿。

小女孩儿六七岁年纪，梳着双髻，鬓发微垂。

小女孩儿望着海天尽头，不知道在想什么，她的眼眸是金色的，在左眼角有一颗如血泪痣。

元曜还没反应过来，猫耳花倒是先明白了，松了一口气，道："书呆子，这小女娃可能是小时候的主人。太好了，小女娃主人比长大了的主人看上去正常多了，也好糊弄多了。"

狐尾花道："小时候的白姬好可爱呀！"

草帽花忧心忡忡，没有作声。

小女孩儿发现了四朵花，侧过头，望着四朵花，奇怪地问道："你们是……什么？"

元曜道："白姬，我们是你的朋友。"

小女孩儿迷惑地道："谁是白姬？吾叫祀人，没有朋友，也不认识你们。"

元曜道："白姬，你现在在一场梦里，等你醒过来，你就认识我们了。你必须从梦里醒过来！"

小女孩儿气鼓鼓地道："吾醒着呀！"

猫耳花道："小主人，书呆子嘴笨说不清楚，还是离奴来说吧！您现在看见的都是假象，您得跳进井里淹死，才能从浮生梦里醒过来。主人，咱们在长安，都着了曲池坊黄先生的道儿，被变成了花，困在浮生梦里，回不了现实！"

狐尾花道："等等，黑猫，这里哪里有水井让白姬跳？再说，白姬是天龙，跳进水里也淹不死……"

"呃！"猫耳花一时被噎住了，说不出话来。

小女孩儿睁着大眼睛望着四朵花，十分迷茫。

突然，云天尽头传来一声鸟类的巨啸，一只巨大的金翅鸟出现在沧海尽头。

小女孩儿脸上闪过一丝恐惧，眼珠一转，道："既然你们说是吾的朋友，那大家来玩游戏吧。"

元曜苦着脸道："白姬，现在大家都命悬一线，没有心情玩游戏。"

猫耳花道："既然小主人说要玩游戏，那就玩游戏吧！"

狐尾花欢呼道："某最喜欢玩游戏了！"

草帽花愁道："元公子说得对，现在没有心情玩游戏。白姬大人，您得赶快醒过来呀！"

小女孩儿眨了眨眼，笑道："虽然不明白你们在说什么，但如果你们陪吾玩游戏，吾就醒过来。"

四朵花闻言，也没有别的办法，都同意玩游戏了。

小女孩儿伸手拂过四朵花，一道白光闪过，元曜被变成了一条琉璃龙，离奴被变成了一条黑龙，狐十三郎被变成了一条红龙，草帽花被变成了一条蓝龙。

小女孩儿笑道："这是沧海之中的囷龙岛，岛上都是天龙，所以变成天龙比较方便行动。我们来玩捉迷藏，你们分别往四个方向跑，吾来捉你们。"

浮云之中的金翅鸟飞得越来越近，已经可以清楚地看见它的模样，但见它嘴如鹰喙，头戴尖顶宝冠，两翅呈金红色，向外展开，遮天蔽日。

小女孩儿急忙道："事不宜迟，大家快跑吧！"

元曜、离奴、胡十三郎、草帽花没有想太多，分别从东、西、南、北四个方向飞走了。

金翅鸟正好是从西方飞来囚龙岛的，离奴化作的黑龙离金翅鸟最近，金翅鸟振翅去扑黑龙。

小女孩儿见金翅鸟在西方追黑龙，迅速地化作一条白龙，追着元曜化作的透明龙，向东方飞去。

金翅鸟飞速追上黑龙，伸爪捉住了黑龙，黑龙还没来得及反应过来，就被金翅鸟啄进了嘴里。

"主人好坑猫！"黑龙在被金翅鸟吞进肚子里的一瞬间，含恨道。

金翅鸟吃掉了黑龙，转头去追离自己最近的红龙。红龙看见黑龙被吃掉了，吓得跑不动，金翅鸟一个展翅就追上了红龙，张口将红龙吃进了嘴里。

"某为什么要被鸟吃掉？！真是一场噩梦！"红龙挣扎着死去了。

金翅鸟又去追蓝龙，蓝龙比较机灵，见情况不对，急忙掉头朝白龙和透明龙的方向飞去，然而还没有追上白龙和透明龙，半路就被金翅鸟追上了。

蓝龙连救命都来不及喊出，就被金翅鸟吃进了肚子里。

金翅鸟继续追白龙和透明龙，但是因为吃黑龙、红龙、蓝龙花了一些时间，白龙和透明龙又与金翅鸟的方向相反，所以追了半天，金翅鸟还是跟白龙和透明龙保持着一定距离。

元曜一边飞，一边觉得后面不对劲，想停下来转头看看，却被与他并头共飞的小白龙喝止道："别回头！快跑！不然会被金翅大鹏鸟吃掉！"

元曜吓了一跳，问道："金翅大鹏鸟为什么要吃小生和白姬你？"

白龙道："这囚龙岛上的天龙都是金翅鸟的食物，金翅鸟一天要吃掉一百条天龙！"

元曜又惊恐，又生气，道："啊！那你还把小生、离奴老弟、十三郎、草帽兄都变成天龙？！白姬，你就不能不坑人吗？！"

白龙扭头道："是你们自己突然出现，说一些莫名其妙的话，吾才把你们变成龙。吾不叫白姬，叫祀人！"

"这下可怎么办？！"元曜一边逃，一边恐惧地道。

"只能逃啦！"小白龙一边飞逃，一边道。

元曜飞得满头大汗，道："小生飞不动啦！白姬，这只是一个梦，不如被金翅鸟吃掉算了，何必跑得那么辛苦！"

小白龙一边飞逃，一边道："你说得没错，反正是一场梦，不如你停下来让金翅鸟吃掉吧！"

元曜道："为什么要小生停下来被吃掉，你为什么不停下来呢？"

小白龙道："因为吾又不傻！"

元曜生气地吼道："你把小生当傻子吗？！"

元曜生气之下鼓足了力气，拼命地向前飞，超过了小白龙。

小白龙落在了后面，毕竟年纪小，体力有些不支，渐渐地落了下风。

第十章　心　湖

金翅鸟越飞越近，展开的双翅遮云蔽日，尖利如刀刃的喙中发出刺耳的嘶鸣。

金翅鸟一个俯冲，向小白龙啄去，小白龙拼命逃跑，向元曜接近，却仍旧被金翅鸟的喙咬住了。

在金翅鸟咬住小白龙的瞬间，电光石火之间，小白龙抓住了元曜的尾巴。

云天之上，时间仿佛定格了一般，金翅鸟咬住了小白龙，小白龙抓住了透明龙的尾巴。金翅鸟巨大如山，被叼在它嘴里的小白龙仿佛是一条蚯蚓。

透明龙哭丧着脸道："白姬，你快放手啊！"

小白龙一边挣扎，一边颤声道："不能你一个人跑掉……救救吾，吾不想被吃掉……"

元曜转头望去，在金翅鸟巨大如山的身形之下，小白龙显得楚楚可怜，金眸中充满了恐惧。

元曜想起了前两场梦境，梦中的白龙是那么暴戾恐怖，充满了地狱业火般源源无尽的强大力量，仿佛要吞噬四海八荒。现在的小白龙正常多了，原来小时候的白姬也挺弱小，也会害怕。

小白龙放开了元曜，元曜却不想独自逃跑了。他觉得小白龙有点儿可怜，不能丢下小白龙不管。他想救小白龙，可是自己又打不过金翅鸟。

情急之中，元曜转头冲向金翅鸟，决定以身饲鸟。如果金翅鸟来吃他，小白龙就可以趁机逃走了。

然而，元曜是一条透明龙，金翅鸟眼神不好，看不见他。无论元曜怎么扭动身体想引起金翅鸟的注意，金翅鸟也看不见他。

金翅鸟仰起巨大的头颅，打算把小白龙吞进肚子里。小白龙身不由己地在鸟喙中滑下去，发出一声声悲哀的龙吟。

透明龙急忙飞身而去，抓住了小白龙，半个身体也没入了鸟喙之中。

金翅鸟的喉咙通往一个黑色深渊，深渊的尽头是死亡。小白龙和透明龙绝望地滑下深渊，即将堕入死亡。

虽然这只是一场梦，可是元曜在死亡的逼近下感受到了死亡带来的痛苦与绝望，他的脑海中响起草帽花说过的话。

"元公子，你已经在离奴的梦境里死过一次，在白姬的梦里死过两次了，虽说在梦里死亡是虚幻的事，可是你看，你已经落下三片花瓣了。如果你再在白姬的梦里死去，恐怕在花瓣全部凋落之后，即使白姬醒过来了，你也再无法恢复人形了。"

如果这一片仅剩的花瓣落下，他恐怕会永远地沉睡在浮生梦中，再也无法恢复人形了，再也无法醒来了。

朝朝暮暮，梦生梦死。

一如夜露，浮生如斯。

如果他再也无法醒来，那就再也无法回到缥缈阁，再也无法看见白姬、离奴、韦彦、胡十三郎这些好朋友了，他的心顿时哀痛如死。他望着一样因濒临死亡而恐惧绝望的小白龙，喃喃道："白姬，对不起，小生无能，没能救你。再见了。"

元曜闭目等死。

小白龙突然睁大了双眼，望着虚空之中的某一处。

虚空之中，万道白光闪过，刺痛了金翅鸟的眼睛。金翅鸟还来不及看清楚是怎么回事，一个庞然大物从天而降，笼罩了金翅鸟。

那是一条如山岳般巨大的白龙，白龙踏破虚空而来，金目灼灼，须鬣载张，周身环绕着莲华业火，仿佛整个天穹都是白龙的陪衬。跟这条庞大的白龙比起来，囚龙岛仿佛只是一个花园里的假山，金翅鸟也不过是一只在假山上叽叽鸣叫的金丝雀。

白龙张开巨口，吞下了金翅鸟，也吞下了小白龙和元曜。

元曜被无尽的黑暗笼罩，陷入了虚无之中。

滴答——滴答——黑暗之中，有水滴的声音幽幽地响起。

元曜睁开了眼睛。他感到十分乏力，仿佛生命力都消失了一般，整个人如同陷入了泥潭。他拼尽全力望向四周，发现自己是湖中央的一株花。

湖水无边无垠，漫延向黑暗深处，水中倒映着一轮明月，如梦似幻，似假还真。

元曜这株花孤零零地长在水中，花的周边漾起一圈圈涟漪，空寂的黑暗让人无端恐惧。元曜觉得自己的生命力逐渐流逝在这黑暗之中，感到越来越乏力，越来越困倦。

元曜低头望去，从水中的倒影中看到自己只剩下一片花瓣了，而且仅剩的一片花瓣也摇摇欲坠。元曜有些心慌，明白如果仅剩的花瓣也凋落的话，自己就会沉入湖底，永远沉睡。

永远沉睡，多么可怕的事情，世间还有那么多他想要体验的美好事情呢。春有百花，夏有繁星，秋悬皓月，冬覆白雪，都是那么美好的人间之景，他还没有看够。白姬的狡诈与偶尔的善良，离奴的霸道与偶尔的温柔，韦彦的自私与偶尔的温暖，胡十三郎的乖巧与偶尔的火暴……都是他生命中的美景，他也还没有感受够，怎么能就此沉睡，永不醒来？！

元曜一边内心挣扎，一边更觉得困倦乏力。

黑暗之中，一双纤纤玉手从虚空伸过来，轻如飞烟，拂过水中央的透明残花。它用指甲划破自己的掌心，掌心流出冰蓝色的血液，血液中开出了美丽的白色花朵。

掌心花汲取着血液的养分，白色渐渐褪去，花瓣缓缓地变得透明起来。当花瓣纯净透明如琉璃一般时，另一只手把花瓣撕扯下来，将犹带着淋漓鲜血的花瓣，粘到了琉璃花上。

花瓣连接着血肉，每从掌心撕扯下一瓣花瓣，那双手就疼得一阵颤抖。

忍耐着极度的疼痛，那双手将琉璃花修复完整，然后悄无声息地缩回了黑暗的虚空之中，来如飞花，散似烟。

元曜感觉到生命力渐渐恢复，体内涌出源源不绝的力量，精力充沛万分，仿佛刚出生的婴孩。

黑暗之中有一缕光，仿佛是生命的呼唤。

元曜拼尽全力，向光明扑去。

元曜醒过来时，发现自己正处在黄先生家的大厅里，躺在那张诡异的浮世床上，并且已经恢复了人的形态。四周十分寂静，且空无一人，甚至也没有了植物。

离奴呢？胡十三郎呢？蓝色草帽花呢？元曜有些害怕，又十分担心，急忙坐起身来。他低头看去，发现浮世床似乎和之前不太一样了，一丝妖异的气息都没有了，仿佛变成了一张普通的床。

元曜再仔细一看，发现浮世床的四脚被一条云链锁住，白色的云链上还浮动着血红的咒文。

元曜有些好奇，鬼使神差地，伸手去摸那浮动血色咒文的云锁。

就在元曜的手碰上云锁的刹那，浮世床上妖芒大炽，床剧烈地颤抖起来，还有一阵一阵仿佛痛苦哀号的声音破空传来。

元曜吓得从浮世床上跌落下地，惊愕且恐惧，望着妖异的浮世床，在地上一点儿一点儿地向后挪动。

啪！有一只手拍在了元曜因恐惧而发抖的肩膀上。

啊！元曜吓得惊叫起来。

一个熟悉的声音传来："轩之不要害怕，它已经被我的囚云锁锁住，不会再把你变成花了。"

元曜心中一暖，急忙回头，果然看见了一个无比熟悉又无比想念的人。看见这个人，他的所有恐惧不安都烟消云散，他遭受的所有苦难似乎都得到了报偿，他激动得落泪，哭道："白姬，你回来了，真是太好了！"

白姬笑眯眯地道："轩之既然醒了，就不要偷懒了，快出来帮忙干活吧。"

元曜问道："干什么活呀？离奴老弟、十三郎、草帽兄呢？还有黄先生和浮世床是怎么回事？"

白姬叹了一口气，愁道："说来话长。离奴和十三郎在外面种花呢，人手不太够，轩之也去帮个忙吧。"

元曜懵懵懂懂地答道："好。"

白姬幽幽地望了一眼妖光逐渐暗淡的浮世床，转身走向了庭院。

元曜爬起来，浑浑噩噩地跟着白姬走了出去。

在走出大厅的时候，白姬笑道："为免轩之害怕，还是先提醒轩之一句，外面的花长得跟普通的花有点儿区别。"

元曜已经走到了庭院里，放目望去，顿时头皮发麻，一股寒气渗透全身。

夕阳近黄昏，高楼的飞檐直刺天空，斑驳的墙上爬满了青藤。庭院中仍旧长满了花花草草，只是这些花花草草长得实在太诡异吓人了。幽丽的兰花长着人脸，清雅的百合花长出了人的手臂，繁艳的芍药花垂吊着人的大腿，妖娆的锦带花有两只人耳朵。草丛之中还点缀着有头发的蛇目菊、有嘴巴的龙胆、有鼻子的石竹、有眼睛的飞燕草，整个庭院看上去奇形怪状，恐怖如噩梦。

离奴已经恢复了猫形，胡十三郎已经恢复了狐状，一猫一狐正忙忙碌碌地给满庭院的人花浇水施肥，满头大汗，都没有时间吵嘴打架。

元曜吃惊得嘴巴都合不上，正要问白姬这到底是怎么回事，一朵蓝色草帽花跑了过来，高兴地道："太好了，元公子你终于醒了！"

元曜盯着草帽花，发现它跟之前略有区别，因为它的草帽之下，长了一张人脸。这是一张男子的脸，有点儿沧桑，眼睛很小，嘴巴很大。

元曜冷静了一会儿，才接受了草帽花现在的模样。他满腹疑问，却又不知道从何问起，只好苦着脸对草帽花道："多谢草帽兄惦记，小生已无大碍，不过这到底是怎么一回事？"

白姬懒洋洋地对草帽花道："现在是逢魔之刻，正是非人结界最脆弱的时刻，我去看一看能不能找到出路，你跟轩之解释一切吧。"

草帽花道："是，白姬大人。"

白姬走向了庭院深处，一袭白衣被夕阳的余晖染成了淡淡的金色。周围的人花密密麻麻，张牙舞爪，将她单薄的身影渐渐吞没。

草帽花对元曜述说了一切。

原来，在元曜、离奴、胡十三郎、草帽花不停地徘徊在梦境里拯救白姬时，化成一株白花的白姬自己也正在跟浮世床的力量对抗。浮世床吞噬了她，她就反噬浮世床；浮世床催眠了她，她就在梦里蚕食浮世床；浮世床企图控制她的意识，她就把自己的根系逐渐扑满缠绕整张浮世床。

最终，浮世床无法把白姬变成一场梦境，反而被白姬反噬到妖力溃散，也就是这个时候，元曜正在梦境之中跟小白姬一起就要被金翅鸟吃掉。那条踏破虚空而来的、巨大如山岳的白龙就是白姬，她在千钧一发之际把元曜从死亡的梦境之中救了出来。

因为琉璃花已经只剩一片花瓣了，白姬把琉璃花移入自己的心之湖，用自己的生命滋养它，用自己的龙血灌溉它，又耗费妖力开出了血肉之花，将充沛的生命力以花瓣的形式续接到琉璃花上。琉璃花精力充沛之时，元曜便恢复了人形，也恢复了生命。

浮世床妖力溃散的一瞬间，黄先生宅院里的所有人变成的植物都显出了一部分人形，而非人幻化的猫耳花和狐尾花直接恢复了的原样。

浮世床似乎有一股很深的执念，即使惨败，也不愿意认输，更没打算放过自己庭院里的人花。黄先生的宅院变成了一个牢笼，无论白姬、离奴、胡十三郎、草帽花怎么走，也走不出去。

虽然知道这是结界幻化的迷宫，而放在平时白姬打破结界、走出迷宫易如反掌，但是此时此刻，白姬因为与浮世床对抗，又耗费妖力救元曜，所以现在十分虚弱，一时无法破除结界。

庭院里的人花没有摆脱诅咒，仍旧是植物的样子。没有了黄先生用妖力灌溉，人花枯萎的速度有点儿惊人，一旦植物枯萎，那么这个变作植物的人便死了。

要是在以前，白姬是不会管这些人花的死活的，可现在不知道为什么，她看了一眼昏迷的元曜，又打算继续耗费妖力灌溉这些人花，维持人花的生命力。离奴和胡十三郎看不下去了，第一次意见保持一致，代替白姬用妖力灌溉人花。

一猫一狐把妖力注入井水里，在花与梦的囚牢里辛勤地灌溉着濒死的人花。

现在，人、非人、植物都被浮世床困在这座亦真亦幻的庄园里，就像陷入了一场环环相扣的噩梦里，不得生，不得死，不得出路。

元曜听了这一切，心中百味杂陈，一时之间陷入恍惚之中。

天上云卷云舒，花园之中人花摇曳，元曜突然分不出自己是仍旧身处花梦之中，还是已回到现实，一切仍旧虚幻如梦。或许，现实其实也是一场浮生梦？

元曜的心堕入虚无，不知归路。

白姬突然从人花丛深处走出来，一身雪色，身姿翩然，长发如墨，金眸灼灼。

隔着丛丛妖异的人花，白姬与元曜互相凝望。在注视着白姬的金眸时，元曜仿佛一瞬间醍醐灌顶，分清了真实与虚幻，辨出了现实与梦境。

白姬的金眸之中，沉淀着现实，铭刻着真实。

对元曜来说，与白姬相遇的大唐光宅元年才是现实，与白姬、离奴在缥缈阁收集"因果"的岁月才是真实，其他的浮生之梦都是虚幻。如果，这其实也是一场梦，那他愿意沉睡在这一场梦境之中，永不醒来。

第十一章　黄　木

白姬伸出手，在发呆的小书生面前晃悠，笑道："轩之，你怎么又变得呆头呆脑了？"

白姬的手掌心有一道深深的伤痕，皮肉翻卷，还残有血迹。

想起了黑暗之中，以掌心血肉开出花朵的那双手，元曜心中发酸，道："白姬，你手心的伤是为了救小生留下的吧？"

"轩之不必难过，只是小伤而已，等出去了敷点儿药就好了。"白姬笑眯眯地道，停顿了一下，又道，"不过，买伤药的钱，我会从轩之的工钱里扣。"

元曜一时之间气结，悲伤憋在心头，上不去，下不来，只好吼出来。

"都什么时候了！你还惦记着小生的那几吊月钱？！"

白姬掩唇诡笑："嘻嘻。"

离奴在人花丛中大声道："主人，只要能出去，离奴以后不要月钱了！用灵力浇花太累了！"

胡十三郎也有气无力地附和道："白姬，以某的道行，其最多只能再支持两天了。再找不到出路，不仅救不了这些人，某自己也要妖力耗尽而亡了。"

白姬叹了一口气，道："浮世床是建木所成，建木是沟通天地的神木，亘古存在。浮世床的力量来自人类的梦境，源源不绝。以我现在残存的妖力，我恐怕没有办法破除这一场浮生梦的囚笼回到现实。而且，一旦浮世床的力量彻底恢复，我们就会再度被变成花，再也无法醒来了。"

离奴气呼呼道："一张破床也来成精作怪！主人，反正那破床现在被您的锁云链绑住了，我们去把床砸了不就完事了吗？"

胡十三郎揉脸，道："你是傻子吗？如果砸了床能得救，白姬早就把它砸烂了，还费劲绑着它干什么？"

离奴理亏气势不亏，骂道："闭上你的狐嘴，多浇点儿花！"

白姬又转身走向人花丛深处，道："我再想一想办法吧，总会有办法的。"

元曜帮不上白姬什么忙，又担心跟上去会吵着她，就去帮离奴、胡十三郎浇花。

离奴和胡十三郎提着木桶，木桶里装着普通的井水，一猫一狐拿着水瓢从木桶里舀水浇花。普通的井水在水瓢之中变成了亮晶晶的银白色，离奴和胡十三郎小心翼翼地将灵力之水浇在每一株人花的根部，每一株都只浇一点儿。

可是，庭院之中的人花实在太多了，很节省地浇，要做到雨露均沾，离奴和胡十三郎也因为耗费妖力过多而变得越来越虚弱了，嘴唇也苍白了许多。

元曜是人，没有妖力，变不出灵力之水，浇的井水对于人花没有任何用。

离奴嫌弃地骂道："死书呆子，真是没用！不要碍手碍脚的，一边去，爷烦着呢！"

胡十三郎温柔地道："元公子，你刚醒过来，身体还很虚弱，不如你去厅堂休息一下吧。"

元曜知道自己帮不上什么忙，留下也是碍手碍脚，只好回大厅去了。

大厅之中黑暗而昏蒙，只有那一张被锁云链绑住的浮世床闪动着幽幽的光。

元曜对着浮世床席地而坐，心乱如麻。

坐着坐着，元曜渐渐地睡着了。

睡梦之中，元曜听见有人在哭，而且还有人在叫："轩之——"

那声音很熟，不是韦彦又是谁？！

元曜这才想起一番虚实变换的折腾之后，他几乎已经把韦彦给忘了。当时，韦彦跟他一起来到这别院，遭了黄先生的暗算，被变成了花。

韦彦还好吧？元曜心中有点儿愧疚，大声喊道："丹阳，丹阳，你还好吧？你在哪里呀？"

"轩之？！是轩之吗？我在这里呀，你快来——"韦彦的声音充满了惊喜，仿佛溺水的人抓住了一根救命的稻草。

元曜循着韦彦的声音在黑暗中摸索前进，走了一会儿，他的眼前微微有些亮光。

元曜抬头一看，天上悬挂着一轮朦胧的新月，他正置身在一片森林之中，森林十分幽深，也十分安静。森林的草地上开满了鲜花，五颜六色，千姿百态。

韦彦站在花海之中，看见元曜走来，便哭道："轩之，这究竟是什么鬼地方？怎么走不出去呀？"

元曜茫然道："小生也不知道这是什么地方。丹阳，你怎么会在这里？"

韦彦垂头丧气地道："我一直都在这里。怎么走，也走不出这片森林。"

元曜抬头四望，这里只有朦胧的月色、昏暗的森林、怒放的花海，却不知道这是什么地方，自己从哪儿来，又该往哪儿去。

不一会儿，花海上腾起一片白雾，白雾如霜，弥漫开来。

元曜有些吃惊，韦彦却道："轩之别怕，这些花又作怪了。这只是一些奇怪的影像，没有危险。"

白雾之中，有各种奇怪的影像出现，仿如海市蜃楼，又似乎是一场皮影戏，这些影像以花海为幕，在讲述某个奇诡的故事。

那是一个部落，部落所在的村庄坐落在一片开满鲜花的山坡上，周围是崇山峻岭，长满了参天古木。这个部落有着古老的信仰，供奉着一株古老的大树——建木。

黄木是这个部落的祭司。

祭司的使命是守护建木，并且与建木魂梦相通，以梦境为媒介占卜，在打猎、征战、疾病之类的大事情上，为部落预知凶吉祸福。

这个蛮荒的时代，各个部落混战，在战争之中，不同部落的信仰也融合在了一起，不断有新神诞生，也不断有旧神被遗弃。

在黄木担任祭司的时候，部落中的有些人已经抛弃建木，开始信仰新神了。

随着信仰建木的人越来越少，黄木与建木魂梦相通的次数也越来越少，他得到的启示也越来越少，他的预言也渐渐变得不再准确。在一次与蛮族的战争之中，因为黄木预言错误，部落吃了败仗，大量的战士殒命，被蛮族夺去了许多粮食、牲畜与女人。

从此之后，部族的人不再信仰建木，也不再尊奉黄木，甚至迁怒黄木，将谬言作为罪名，把他贬为了奴隶。

作为奴隶，黄木住在肮脏的地方，穿着破烂的衣裳，吃着跟牲畜一样粗粝的饮食，干着最辛苦的粗活。

黄木渐渐变得没有梦境，无法再与建木魂梦相通，仅有的梦里只剩下漫山遍野的鲜花。漫山遍野的鲜花，是黄木日耕夜作、吃糠咽菜的辛苦日子之中的唯一慰藉。

有一天，黄木又梦见了建木，建木启示他，部落将发生一场大瘟疫，这场大瘟疫将夺去部落最后一个人的性命。瘟疫的来源是蛮族给部落之主送来的一批牲畜，蛮族的巫师在牲畜上下了恶毒的诅咒。

黄木十分震惊，急忙将建木的启示告诉部落之主。然而，黄木匍匐在地上将头都磕破了，部落之主也没有相信他，或者说不愿意相信他。上次战败之后部落失去了大量牲畜，现在寒冬来了，部落急需牲畜来度过漫长的寒冬。

在这一年的冬天，部落中瘟疫蔓延，老者失其幼，幼者失其怙，死者无数。连部落外那片开满鲜花的山坡上，也横七竖八地倒卧着无数的尸体。部落之中充满了悲哀、恐惧、绝望和死亡，人们在亲人离世的巨大的悲恸和对疾病与死亡的无能为力中，把愤怒和怨尤的矛头指向了黄木和建木。

黄木是部落的祭司，为什么不保护大家？一切都是黄木的错！这场死亡的灾难，都是黄木造成的。建木是部落的守护神，为什么不保护大家？一切都是建木的错！

在一个白雪皑皑的日子里，剩余的部族之民把黄木带入深山，绑在了建木之上，他们的愤怒化作火焰，将黄木与建木一起焚毁了。

熊熊烈焰之中，参天巨木被烧得如同一把火伞，树干与枝叶发出濒死的呻吟。熊熊烈焰之中，黄木痛苦地哀号，他的身体因为火焰的焚烧而蜷曲，逐渐化作焦炭。

黄木望着火焰之外，人们的脸上带着残忍的笑意、麻木的冷漠和浓稠的恶毒。死亡仿佛是一剂致幻的迷药，黄木在濒死时仿佛看见火焰外的大家都变成了鲜花，那些花儿带着美丽的梦境，仿佛部落外山坡上的鲜花，在他的眼前摇曳。

花儿摇曳生姿，比人类可爱多了。

花儿如此纯洁美丽，比肮脏的人类干净多了。

如果，把人类都变成花儿就好了。

人类的梦境单调无趣、丑陋不堪，花儿的梦境却美如幻境、让人着迷。

啊，如果可以，就让人类都变成花吧。

那么，这个世界就不会如此冷漠，如此丑恶，如此让人绝望。

因为建木是上古巨树，它的枝叶太过庞大，再加上冬天风势极大，建木燃烧的火焰没法控制，很快连周围的树木也都燃烧起来。参加焚木大典的部落之民逃跑不及，不断地被火吞没，发出绝望的哀号。

寒风凛冽，火焰如潮，很快整片森林都燃烧起来了，火焰甚至逐渐蔓延到了下面的村庄，很快村庄也燃烧起来了。

火在村庄之中横冲直撞，留在家里的病弱的部族之民没有办法逃跑，在痛苦绝望之中葬身火海。

部落之主也逃跑不及，在葬身火焰时蓦然想起黄木的预言——部落将发生一场大瘟疫，这场大瘟疫将夺去部落最后一个人的性命。

一开始这是瘟疫的预言，最后却变成了建木的诅咒。只要是天意，无论是预言，还是诅咒，无论过程如何曲折，最后终会兑现。

火海在森林与村庄之中蔓延开来，火焰汲取了人类生命的养分，似花瓣般层层绽开，整片火海仿佛一朵绽放至极艳的鲜花。

火焰的鲜花凋零之后，大地上只剩一片焦黑的废墟，冬雪如棉絮般降落，将一切的丑恶掩盖在纯白之下。

部落所在之地从此变成了荒凉的死地，无人进来，也无人出去。

不知道过了多久，一株嫩绿的小芽在原先建木生长的地方破土而出，这株绿芽逐渐生长，一年一年，最后长成了一棵大树。这棵大树长得很像建木，但不是建木。

又不知道过了多久，世间已变换了无数朝代，一些伐木工来到了这片森林，看中了这棵参天大树，将大树砍伐，做成了木料。木料几经辗转，到了一个匠人手中，匠人把木料做成了一张罗汉床。

罗汉床非常美丽，上面是剔红百花图，光泽似木又似玉。

就在罗汉床完工的那一天，罗汉床的纹饰之中突然睁开了一双眼睛，匠人和他的家人们在靠近罗汉床时，都变成了花。

罗汉床上的眼睛爱怜地看着这些人类变成的花，罗汉床是如此爱他们，如此沉迷于人类的生命、花儿的梦境。

第十二章　庄　周

整部皮影戏在花海之中落幕，森林中依旧是白雾缭绕，月光依旧如水流淌，只是满地的鲜花都凋谢了。

仿佛幻象中的火焰之魔也吞噬了这片花海，又仿佛是这片花海耗尽了生命力，只是为了讲述这个故事。

元曜吃惊地张大了嘴巴，不明白这一切是怎么回事，这个幻境里的故事是什么意思？难道这就是浮世床的来历？

元曜一头雾水，忍不住问韦彦道："丹阳，这到底是怎么一回事？"

韦彦将头摇得跟拨浪鼓一样，道："不知道，一直都这样子，等过一段时间，这些花儿又会这么作怪！"

元曜道："不管怎么样，我们得想办法离开这儿！"

韦彦垂头丧气地道："不知道该怎么离开呢。"

元曜正在愁闷，突然耳边传来白姬的声音。

"轩之，把血滴在幻境里。"

"什么？什么幻境？"元曜迷茫地道。

韦彦苦着脸道："轩之，你自言自语地跟谁说话呢？"

元曜道："白姬。小生听见白姬的声音了。"

韦彦一扫愁苦的表情，开心地道："太好了，有救了，白姬说什么了？"

白姬的声音再一次在小书生耳边响起："轩之，你在浮世床的梦里，我进不去。你把血滴在地上，我就能进去了，因为你现在的身体里，流着我的血。"

元曜道："好的，小生明白了！"

元曜伸出手来，打算咬破自己的手指滴血，可他比画了半天，却咬不下去。

韦彦急道："轩之，白姬说什么了？"

元曜道："白姬让小生把血滴在地上，这样她就能进来了。小生……咬不下口，丹阳你身上有没有带着刀？"

韦彦听罢，一把拉过小书生的手，张开口狠狠地咬去。

鲜血四溅，洒了一地。

"啊啊啊——疼死小生啦！"小书生哭喊道。

鲜血没入地面的一瞬间，一道耀眼的白光照亮了这片虚无的幻境，所有的雾气都散去了，所有的鲜花都枯萎了。

白姬袅袅婷婷地站在荒芜之地上，对着虚空道："别躲藏了，出来吧。"

虚空之中缓缓显出一个瘦削的人影，薄如纸片，淡如轻烟。

元曜仔细看去，觉得这个人影有些像那个木偶黄先生。

人影凝望着白姬，白姬也凝望着这个人影。人影被一条云雾般的绳索绑缚着，绳索上布满了符咒。

白姬的手上也环绕着符咒。

人影挣扎，想要摆脱身上的云索，但身上的云索越来越紧。

僵持了一会儿，人影终是放弃了挣扎，垂头丧气。

人影缓缓开口，声音仿如叹息。

"吾输了，花宅的结界也破了，你们现在随时可以离开了。不过，吾有一个愿望。"

白姬深深地望着黄先生，道："你，有什么愿望？建木，不，应该叫你黄木，或者黄先生。"

黄先生道："吾想要一场梦。"

白姬道："你已经拥有那么多梦了。"

黄先生道："不，那些都不是吾的梦。吾，从来没有梦。这么多年来，吾一直在痛苦与煎熬之中度过，不曾忘记临死的绝望，不能忘怀火焰焚骨的痛苦。别人的梦只能暂时慰藉吾，却不能消除吾永恒的心哀痛楚。白姬，缥缈阁是实现世人愿望的地方，请您慈悲为怀，赐吾一场能够消除痛苦的梦吧。"

白姬露出一抹诡笑，道："可以。但是，缥缈阁的规矩，一物换一物，你拿什么来交换呢？"

黄先生道："浮世床里有建木的种子。吾能存在至今，收纳浮世众生之梦，全都是靠建木的种子。如果是您的话，应该能够种出建木，早已消失于世间的建木，足够交换一场梦了。"

白姬双眸一亮，笑道："成交。"

黄先生如释重负，嘴角缓缓浮起一丝解脱的笑意。

森林的幻境慢慢崩坏，一切的景象如轻烟般散去，一点儿一点儿地消失。

元曜回过神来，发现自己正站在大厅之中，白姬站在他的身边，黄先生也在，但是不见了韦彦。不过，被锁云链束缚住的浮世床上，多了一株紫色的花。

白姬抬手拂过虚空，黄先生身上和浮世床上的锁云链尽皆消失不见了。

白姬对黄先生道："解开人花的诅咒，让所有人复原。"

黄先生点点头。

黄先生走到浮世床边，在浮世床上躺下，他的身体逐渐融入浮世床之中，仿佛冰块逐渐融化于沸水，缓缓消失不见。

在黄先生消失在浮世床上时，浮世床突然光芒大炽，木纹上睁开了一双诡异的眼睛。

浮世床光芒如水浪，绵绵不绝地流下床沿，漫延开来。水浪穿过大厅，向开满人花的庭院涌去，气势如虹，光华万丈。

首先，浮世床上的紫色花朵变回了韦彦的样子。

韦彦如梦初醒，伸了个懒腰，从床上起身，对白姬和元曜道："我好像做了一场好长好离奇的梦。"

元曜松了一口气，道："丹阳你醒了就好。"

白姬嘻嘻诡笑。

紧跟着，庭院之中光浪所过之处，长着人脸的兰花变成了一个清俊少年，长出了人的手臂的百合花恢复成了一个妙龄少女，垂吊着人腿的芍药花变成了一个妖娆妇人，有两只人耳的锦带花变成了一个肥胖男子。有头发的蛇目菊、有嘴巴的龙胆、有鼻子的石竹、有眼睛的飞燕草都渐渐地恢复成了原本的人样。

人们如梦初醒，难以置信地互相看着彼此，确认了自己仍旧真实地活着之后，喜极而泣，纷纷奔逃出了黄先生的宅院。

花花草草骤然恢复人形，又纷纷奔逃而去，害得正在用灵力浇花的黑猫与火狐狸吓了一跳。离奴和胡十三郎这才发现困住花宅的结界不见了，急忙飞奔回大厅，打算叫上白姬和元曜一起逃走。

大厅之中，白姬、元曜站在浮世床边，神色复杂。

韦彦也一脸懵懂地站着。

离奴恍然大悟，道："爷说结界怎么突然没了，原来是主人打败了这破床啊！"

胡十三郎激动地揉脸，道："太好了，终于可以回家了！"

白姬笑道："再做一件事情，就可以回家了。"

离奴问道："主人，还要做什么事情？现在，哪有比回家吃鱼更重要的事情呢？"

元曜道："白姬答应给黄先生，也就是这张浮世床一场梦，得做完这件事情才能回去。"

离奴惊奇道："一张破床也要做梦？！而且，这破床把我们害得那么惨，不劈碎了它就已经很仁慈了，还让它做梦？"

浮世床上的眼睛生气地盯着离奴。

白姬笑道："离奴，做人要学会宽恕，以德报怨是一种美德。"

元曜喃喃地道："你怎么会有美德那种东西？如果没有建木种子，只怕你早就以牙还牙，把黄先生劈碎了。"

白姬笑道："轩之你在说什么？"

元曜一怵，急忙道："没说什么。白姬，还是快点儿让黄先生进入梦乡吧，你看黄先生都等不及了。"

浮世床上的双眸灼灼，浮世床极度渴望着一场属于自己的梦境。

白姬笑了笑，道："要让浮世床入梦，还缺一个东西。"

元曜道："缺什么？"

就在这时，一株长着人脸的蓝色草帽花飞奔来到大厅之中，气恼地哭道："为什么大家都变回了人，就我还是花？！"

白姬笑了，道："就缺它了。"

元曜一愣，问道："什么意思？"

白姬没有理会元曜，对草帽花笑道："你知道你为什么没法变成人吗？"

草帽花哭着摇头道："不知道。"

白姬笑眯眯地道："因为你根本不是人类呀。"

草帽花哭道："不可能，我是人类，我的脸还在呢！我也还记得我是谁，来自哪里！"

白姬笑道："你是谁？来自哪里？"

草帽花哭道："我姓庄，名周，字子休，来自宋国的蒙地。"

这株草帽花是庄周？是那个写《逍遥游》与《齐物论》的庄子？！

"啊？草帽兄你是庄子？！"元曜吃惊地张大了嘴巴。

离奴撇嘴道："什么桩子，爷我还是柱子呢！"

胡十三郎和韦彦迷茫地望着这一切。

"你，真的是庄周吗？"白姬笑眯眯地望着草帽花，声音缥缈如梦。

草帽花想了想，小眼睛之中似乎有些迷茫，有些不确定地肯定道："我

311

来自宋国蒙地，我叫……庄周？"

"你再想一想？"白姬笑容更深了。

草帽花的心中充满了迷茫，它在思绪的迷雾之中探寻真相，迷雾深处有什么东西翩跹而来。真相很近了，很近了。

那翩跹而来的，是一只蓝色的蝴蝶。蝴蝶遍体幽蓝，翅膀上的花纹形如草帽。

草帽花豁然开朗，沮丧地道："啊，我想起来了！我不是庄周，我是庄周梦里的蝴蝶！怪不得我变不回人的模样。"

白姬伸手拂过草帽花，草帽花缓缓失去了人面花的模样，变成了一只美丽的蓝色蝴蝶。

白姬笑道："是呢，你是庄周之蝶，只有你能从浮生梦里醒来，只有你能进入所有人的浮生之梦，也只有你才能让浮世床入梦。"

蓝蝴蝶翩跹飞舞，在所过之处撒下梦幻般的光点，美丽极了。

蓝蝴蝶飞到浮世床上，将蓝色的光点撒在浮世床睁着的双眼上，那双灼灼的眼睛仿佛累极了一般缓缓地闭上，沉入了一场孜孜以求的梦境。

浮世床入眠的刹那，整张床无声地碎成齑粉，齑粉飘落在地上。

一阵清风吹来，齑粉飘扬四散，地上露出了一颗碧绿的果实。

这正是建木的种子。

白姬拾起建木的种子，愉快地笑了。

第十三章　尾　声

夏夜，缥缈阁。

云淡风轻，星斗如棋。

白姬、元曜坐在回廊下饮酒，离奴在草丛里跳来跳去，庄周之蝶在草丛中飞舞。

那天浮世床入梦之后，大家就离开了黄宅。胡十三郎回翠华山了，韦彦回韦府了。白姬、元曜、离奴回缥缈阁，庄周之蝶也跟着飞回了缥缈阁。

长安城中突然出现了一批奇怪的人，其中不乏之前各地失踪的人。这些人自称来自各地，自称来自前朝各代，自称做了一场梦就到了现在，这令坊间震惊了一阵子。不过，不久之后，这个新闻也变成了旧闻，这些梦醒之人也都渐渐地淡出了人们的视线，因为长安这座千妖伏聚、百鬼夜行的都城从来不乏更血腥香艳、奇诡有趣的闲谈。

元曜从黄宅回来之后，总是在思考梦与人生的关系，可是他智慧有限，也思考不出什么。

白姬回来之后，打消了在缥缈阁种花的念头，每天都在房间里打坐休养生息。

离奴也把之前元曜种的芍药苗拔出来扔掉了，挥舞着拳头扬言道："爷看见花就头疼！从今以后，缥缈阁里有花没猫，有猫没花！"

庄周之蝶也在缥缈阁里待着，每天不是飞来飞去，就是停在桃树上思考蝶生。

素瓷杯中装着百花酒，酒液倒映着幽玄的月光，水波不兴。

白姬伸手拿起素瓷杯，将月光饮入喉中，红唇勾起一抹愉悦的笑意。

"轩之，今晚的夜色很美，酒也十分醇美呢。"

元曜喝了一口清酒，但觉入口清冽，又有一丝花香回味。

"在梦里，喝不到这么美的酒，还是醒着好啊。"小书生忍不住感慨道。

白姬嘻嘻诡笑，道："说不定，现在我们还在梦里呢。"

元曜笑道："那这场梦，小生不想醒来。"

白姬望着浩渺的星空，喃喃道："如果，每个人都能活在自己喜欢的梦里永不醒来，也是一件幸福的事情啊！"

元曜突然想起了什么，犹豫了一下，才开口道："白姬，小生有一件事情，不知道该不该问。"

白姬转头望向元曜，眼神里充满了如水的温柔。

"轩之问吧。"

元曜鼓起勇气问道："这个，那个，你变成花的时候，小生和离奴老弟、十三郎、蝴蝶兄进入了你的浮生梦，场景有点儿吓人。白姬，你以前不会真的杀了那么多人吧？"

白姬凝望着元曜，眼神十分温柔。

过了一会儿，白姬才笑道："苦海无边，回头是岸。放下屠刀，立地成佛。每一个生命都是值得敬畏的。"

白姬没有否认，元曜心中十分难过，但是又想到白姬如今好像改变了很多，没有梦里那么暴戾残忍，也从未见她无端地伤人性命。这一次，她还拼尽全力救了自己，宁可妖力大损也要救所有被变成花儿的人类，足见她的本性并不坏。上苍有好生之德，可能她在人间道收集"因果"，就是上苍给她的一次自我救赎的机会，让她改过自新、立地成佛？

元曜道："白姬，龙非圣贤，孰能无过？过去的事情已经发生了，也没办法改变，只要你改过自新，多做善事，多帮助别人，还是可以做一条好龙的。"

白姬笑眯眯地道："我从不认为我有过错呀。不过，既然轩之这么说了，那我就努力做一条好龙吧。"

小黑猫在草丛里吼道："离奴也要做一只好猫！"

庄周之蝶飞舞过来，口吐人言。

"白姬，叨扰了几天，今夜我打算向你辞行。"

元曜忍不住问道："蝴蝶兄打算去哪儿？"

庄周之蝶道："我来自梦里，自然是要去梦里了。"

白姬红唇挑起一丝诡笑，道："你又找到了一个梦之宅？"

庄周之蝶尴尬一笑，道："什么都瞒不了白姬。"

白姬笑道："喝一杯酒再走吧。"

庄周之蝶飞过白姬的酒杯，翅尖拂过百花酒，酒水荡漾出一片旖旎的光影。

庄周之蝶笑道："这一次，在东方，又是一个充满梦境的地方。我以梦为生，以梦为乐，只有在充满梦的地方才能感到满足。"

白姬笑道："去吧。这一次，你可不要在梦境之中又忘了自己是蝴蝶。"

"蝴蝶和人，谁又在谁的梦中呢？"

庄周之蝶在夜空之中飞远，只剩下一点儿蓝色荧光。

"蝴蝶和人，谁又在谁的梦中呢？"元曜喃喃地重复庄周之蝶的话语，觉得其中禅意无尽。

白姬也喃喃道："我和轩之，谁又在谁的梦中呢？"

一阵风吹来，夏草起伏，归于无声。

番外 鬼胎

一

长安，缥缈阁。

夏日风清，缥缈阁里没有什么生意，白姬昨天出门，今天还没回来，也不知道干什么去了。

离奴吃饱了香鱼干，蜷在后院的阴凉处睡觉。即使没有生意，元曜也不敢学离奴偷懒，把货架打扫了一遍，又把地板擦洗了一遍，才坐下来，捧着一杯凉茶，一边温习《论语》，一边反省自己最近的言行有没有违背圣人之训。

白姬诡诈，离奴荒诞，缥缈阁又是一处欲望流经的虚实难辨之所，小书生身处其中，难免也做了一些有违圣人教诲的事情。他深深地做了反省，决心好好地规正自己的言行，不再近墨者黑，被白姬、离奴诓向歧途。

元曜正在摇头晃脑地背《论语》时，有一个人走进了缥缈阁。元曜抬头一看，来者是一个穿着褐色衣服的小老头儿。

老头儿约莫花甲年纪，他的身材非常矮小，穿着褐色短打，背着一个不大不小的包袱。老头儿抬头四望，发现缥缈阁里只有元曜，满是皱纹的脸上堆起了一抹笑，问道："不知道白姬在不在？"

元曜急忙起身，礼貌地道："白姬出门未归，不知道老人家找她有什么事？"

老头儿眼中闪过一抹不易察觉的幽光，笑道："也没有什么事，老朽受人之托，给缥缈阁送点儿野果。"

说着，老头儿把包袱取下来，在元曜面前打开，包袱里是五个拳头大小的紫红色野果。野果晶莹透亮，好像是李子，却又不像，散发着成熟果实特有的香甜味道，十分诱人。

元曜问道："这是谁送给缥缈阁的？请老人家明示，等白姬回来问起，小生才能回答。"

老头儿笑了笑，没有回答，忽然消失了。

元曜感到奇怪，但也没有多想，把野果随手放在柜台上，继续沉浸在《论语》里。

过了一会儿，元曜感到有些饥渴，抬头一看，茶杯里的清茶已经被喝完了，素瓷盘里的点心也被吃光了。

小书生本来十分勤快，可这时候突然犯了懒，不想去厨房烧水泡茶，也不想去拿点心。他顺手拿起一个老头儿留下的野果，咬了一口。

野果入口清甜，甘香怡人，元曜心情愉快。

吃完一个野果，元曜本想再吃一个，但是想到这是别人送来缥缈阁给白姬吃的，白姬还没有吃，他已经先吃了一个，本就有些不妥，如果再吃一个，那就更说不过去了。再说，这么美味的野果，一定要让白姬和离奴也尝尝。

念及此，元曜打消了再吃一个野果的念头，把包袱里的野果拿到后院，汲了清凉的井水，把野果清洗干净，用一个青瓷荷叶盘盛着。

元曜刚把野果放在里间，突然有人在外面大喊："轩之！轩之你在吗？"

元曜一听，是韦彦的声音，他随口答道："丹阳，小生在里间。"

韦彦急匆匆来到里间，见元曜正把一盘野果放在青玉案上。他来得匆忙，有些饥渴，随手拿了一个野果，一口咬下去。

三下五除二地吃完野果，韦彦咂咂嘴，道："这是什么果子？真好吃，我再来一个！"

小书生闻言，急忙把果盘从韦彦伸出的手边移走，道："这是别人送来缥缈阁的，不知道是什么果子，一共就只有五个，白姬还没吃过呢。"

韦彦没有拿到果子，不高兴了："轩之重色轻友。"

小书生辩解道："没有的事！小生只是觉得应该给白姬留一个。"

韦彦站起身，拂袖而去，道："轩之喜欢诗词，今天本来想邀轩之去参加上官昭容的品诗宴，结交文人雅士，但是轩之如此重色轻友，不带轩之去了。"

"小生没有重色轻友，丹阳你不要误会。"小书生急忙追出去解释，但是韦彦已经负气离开缥缈阁了。

元曜回到缥缈阁，有些遗憾，毕竟上官昭容举办的品诗宴会会聚天下才子，对他来说很有吸引力。

元曜刚在大厅中坐下，突然又有人，不，有狐来访。

一只小红狐狸从容地走进缥缈阁，它的嘴里衔着一只竹篮。小狐狸来到元曜跟前，放下竹篮，礼貌地道："元公子好。"

元曜起身，笑道："十三郎怎么有空来缥缈阁玩？"

小狐狸也笑道："今年翠华山的杨梅结了不少，某做了一些杨梅蜜饯。平日多蒙白姬和元公子照顾，特意送蜜饯来给白姬和元公子尝尝。"

元曜笑道："小生先替白姬谢过十三郎了。"

小狐狸笑道："元公子不必客气。某做得不好吃，还请不要嫌弃。"

元曜笑道："十三郎太谦虚了，白姬时常夸你的蜜饯做得好吃呢，还要离奴老弟去翠华山向你请教做法。"

小狐狸揉脸，哼了一声，道："某才不会把做蜜饯的秘方教给那只自大的臭黑猫！"

"说谁臭呢！死狐狸！不好好待在你的荒山里，又跑来缥缈阁兴风作浪！"离奴的声音突然响起。

黑猫睡足了午觉，来到里间，准备吃点心。谁知道点心还没吃到，先遇上了死对头。

胡十三郎听见离奴骂自己，十分生气，道："臭黑猫，某来给白姬和元公子送杨梅蜜饯，关你什么事？！"

黑猫毫不示弱，道："只要你的狐爪踏进缥缈阁，就关爷的事！"

黑猫和红狐狸吵作一团，眼看又要打起来，元曜急中生智，急忙从青瓷荷叶盘里拿起两个野果，一个递给离奴，一个塞给胡十三郎："大热天的，不要打架啦，吃个野果消消火！"

离奴刚睡醒，有些倦怠，本来也不太想打架，见元曜递来野果，张口就吃了。

胡十三郎心性善良，如果不是离奴逼迫，一般不会先动手，见元曜给自己野果，礼貌地接了，说了一声"谢谢元公子"，才咬了一口。

小狐狸一边吃野果，一边道："这果子真甜，某从来没有吃过，也从来没有见过。"

黑猫嘲笑道："这果子都不认得，没见识的乡巴佬。"

小狐狸生气道："那你说这是什么果子？"

黑猫窘了一下，才开口道："这种果子缥缈阁一天要吃三五斤，爷从来没有往心里去。书呆子，你告诉臭狐狸这是什么果子。"

元曜哪里答得上来，怕离奴生气挠他，支支吾吾半天，才道："小生也不知道。"

离奴生气地骂道："没用的书呆子。"

胡十三郎看不下去了，替元曜打抱不平："你自己都不知道这果子叫什么，骂元公子做什么？不要仗着元公子心肠好、脾气好，你就总欺负他。"

黑猫嚣张地道："爷骂书呆子关你屁事！这是缥缈阁，不是翠华山，什么时候轮到狐狸来说三道四了？"

胡十三郎气得发抖，道："缥缈阁里有白姬做主，也轮不到你横行霸道！"

黑猫和红狐狸正吵吵闹闹，白姬悄无声息地飘了进来。

元曜看见白姬，松了一口气，终于不用担心黑猫和红狐狸打起来了。

白姬穿着一身雪色石斛纹长裙，披着半透明鲛绡披帛，绾着朝天髻，簪着一朵犹带露珠的雪栀子。她脸上没有表情，似乎有什么心事，眼角的泪痣红如血滴。

看见白姬走进来，离奴和胡十三郎停止了吵闹，但白姬似乎没有注意到离奴和胡十三郎。她走到元曜对面，坐了下来，一手支在青玉案上，另一只手顺手拿起青瓷荷叶盘里的野果，旁若无人地吃了起来。

元曜关心地道："白姬，你没事吧？"

听见元曜的声音，白姬才回过神来，抬头望了一眼四周，笑道："呀！我已经回到缥缈阁了吗？十三郎怎么有空来缥缈阁玩？"

胡十三郎把来意说了一遍，白姬感谢了胡十三郎，并留小狐狸吃晚饭。有离奴在，胡十三郎根本吃不下晚饭，礼貌地婉拒，并告辞了。

元曜送走了胡十三郎之后，回到了里间。

白姬还坐在青玉案边发呆，野果已经被吃完了。离奴蹲在白姬旁边，闭目养神。

元曜走到白姬对面坐下，关切地问道："白姬，你没事吧？怎么一副神不守舍的样子？"

白姬开口道："在轩之眼里，我是一个好人，还是一个坏人？"

元曜答道："当然是好人呀。"

虽然，有时候喜欢做坏事。小书生在心里补充。

白姬叹了一口气，道："可是，在千妖百鬼眼里，我是一个坏人！"

元曜好奇地问道："为什么这么说？"

白姬道："昨晚是月圆之夜，南山中有一场山精树妖的宴会。这场宴会是为了庆祝南山山神的生日，本来一切好好的，大家都很开心，可是后来鬼王来了。轩之还记得离奴从月宫带回来的月饼吗？我送月饼给鬼王吃害鬼王拉肚子的事鬼王还耿耿于怀，在宴会上故意找碴儿，让我很不开心。

山妖们酿的美酒太好喝，我多喝了几杯，不知道怎么回事，越看鬼王越不顺眼，就跟鬼王打起来了。我们在南山打了大半夜，树动山摇，飞沙走石，最后我把鬼王打晕丢下了悬崖。因为酒劲上来很困，我就在南山中睡着了，今天早上醒来一看，吓了一大跳——南山被毁了一大半，惨不忍睹。我觉得山神肯定很生气，没脸见山神，就回来了。回来的路上，我还听见长安城的百姓说，南山昨夜突然崩塌，恐怕是妖魔作祟，得去祭祀山神，让山神镇妖。我更加惭愧了。"

元曜冷汗如雨："南山崩塌没有伤到人吧？"

白姬道："山妖树怪一向避忌生人，开妖宴的地方是深山老林，没有住户，山崩不曾伤人。不过，一些树妖和山怪就遭殃了。山神估计很生气。"

离奴舔着爪子道："主人不必自责，依离奴看来，一切都是鬼王的错。"

元曜道："白姬，这个事情，你得去向山神道歉。"

"山神正在气头上，现在还是不要去的好，等过几天再说吧。"白姬望着元曜，可怜兮兮地道，"轩之，你看我还能做一个好人吗？"

元曜只好答道："古人云，知错能改，善莫大焉。白姬，你只要知错能改，保持一颗良善的心，还是能做一个好人的。"

白姬道："那就过几天再去向山神道歉吧！离奴，你去打探一下鬼王死了没有，如果鬼王死了，我们也得去饿鬼道吊唁，他不仁，我们不能不义。"

"是，主人。"离奴领命去了。

元曜嘴角抽搐了一下：如果鬼王真的死了，这条打死鬼王的龙妖怎么好意思去吊唁？！

白姬伸了一个懒腰，飘上二楼补觉去了。

元曜觉得好像有什么事情忘了跟白姬说，想了半天却想不起来。过了一个时辰，他看见空空如也的青瓷荷叶盘，才想起无名老翁送来的野果。不过，五个野果都已经被吃完了，他该怎么向白姬汇报呢？

吃晚饭的时候，离奴说鬼王生死不知，下落不明，饿鬼道乱成了一锅粥，白姬没往心里去。元曜也向白姬说起野果的事情，白姬心事重重，也没往心里去。她甚至都忘了自己也吃了一个果子。

元曜以为这件事情就这么过去了，谁知道并不是。

第二天，白姬、元曜、离奴觉得身体有些不舒服，无端地感到疲倦，十分嗜睡，不时地恶心呕吐，还特别嗜食酸东西。

一开始，他们也没太在意，以为是炎夏体乏而已，后来这种症状一直持续，变本加厉，离奴都快把苦胆水吐出来了。

白姬一边吃着胡十三郎送来的杨梅蜜饯，一边道："轩之，去把光德坊的张大夫请来缥缈阁，让他给咱们看看，咱们不会得了时疫吧？！"

元曜一边吃着杨梅蜜饯，一边道："妖怪也会得时疫？！"

白姬道："不怕一万，就怕万一。"

元曜起身道："好吧，小生去走一趟。小生觉得这杨梅蜜饯不够酸，不知道这时节西市有没有酸石榴卖，小生顺路买一点儿回来。"

白姬一听酸石榴，口齿生津，道："没有酸石榴，买一些酸枇杷回来也行。"离奴一边呕吐，一边道："书呆子，爷想吃酸李子。"

元曜拿了三吊钱去光德坊请张大夫，正好张大夫没有什么事，就跟着元曜到缥缈阁出诊。

元曜在西市买了三斤酸石榴、三斤酸枇杷，三斤酸李子，他一个人拿不过来，请张大夫帮着拎。一把年纪的张大夫看着这一堆酸果，光是想想，牙根都酸软了。

夏日炎热，缥缈阁里没有什么生意，白姬斜卧在蜻蜓点荷屏风边小睡，离奴也趴在青玉案上睡觉。

见张大夫来了，白姬懒洋洋地起身相迎，又吩咐离奴去泡茶。离奴有气无力地去泡茶，元曜在井边洗了一盘酸枇杷，将枇杷端进了里间。

跟白姬寒暄完毕，张大夫一边喝茶，一边笑着问道："不知道是哪一位身体染恙，需要老夫看诊？"

白姬笑道："我们三人都有病，烦请张大夫给看看。"

张大夫愣了一下，环视了一下白姬、元曜、离奴，笑道："一个一个地来。请问，谁先看？"

白姬伸出手，笑道："先给我看吧。"

张大夫从出诊的工具箱里拿出脉枕，白姬把手放在脉枕上，张大夫伸出手来，开始把脉。

张大夫一边把脉，一边问症状，白姬都一一回答了。

过了片刻，张大夫将手拿开，笑道："恭喜！恭喜！白姬姑娘，你这是有喜了！"

白姬、元曜、离奴一起张大了嘴巴。

元曜心中酸涩，道："白姬，你行止不检点，有违圣人的教诲。趁着还来得及，赶紧去找孩子的父亲，在孩子出世之前把亲成了，免得左邻右舍说闲话。"

离奴号道:"主人,你不能这么突然就要生一个小主人啊!离奴还没做好侍奉小主人的心理准备!"

白姬笑着问张大夫:"您老会不会瞧错?这是不可能的事情。"

张大夫捋着白胡须,笑道:"不会错。脉象如珠滚盘,再加上你又呕吐嗜酸,一定是有喜了!老夫行医半世,绝对不会诊错喜脉。"

白姬揉了揉太阳穴,苦恼而迷惑。

张大夫笑道:"接下来是谁?"

元曜觉得生无可恋,苦着脸道:"小生。"

张大夫给元曜把脉,把着把着,脸色开始不对,瞪大眼睛望着元曜,一脸惊疑和恐慌。

元曜已经心如死灰,此刻张大夫即使诊出绝症,他也不害怕,死了就不会心酸了。

元曜道:"小生得了什么病?请张大夫直言。"

张大夫坐立不安,吞吞吐吐:"元……元公子,你……你也有喜了!"

白姬、元曜、离奴再一次张大了嘴巴。

元曜号道:"张大夫,小生是须眉男子,怎么可能有喜?!你肯定搞错了!"

张大夫道:"老夫行医大半辈子,绝对不会搞错,确实是喜脉!"

元曜号道:"你一定是搞错了!这种有违世间常理、有违圣人教诲的事情,小生没办法接受!"

被诊出喜脉还不如被诊出绝症,死了算了。小书生在心中流泪。

白姬劝元曜道:"轩之要接受现实。你看,我都已经接受我有喜的现实了。"

"去!你是女子!小生是男子!小生没法接受!"元曜生气地道。

张大夫道:"元公子,你不能因为不能接受,就逃避现实。"

离奴急忙把手放在脉枕上,道:"既然主人、书呆子都有喜了,张大夫你快替离奴看看离奴是不是也有喜了!"

张大夫替离奴把了一会儿脉,难以置信地张大了嘴,艰难地道:"你……你也……有喜了!"

离奴不仅接受了现实,还很高兴:"太好了!离奴生的孩子正好可以侍奉主人生的孩子,离奴就不用担心同时侍奉两个主人了!"

元曜苦着脸提醒道:"离奴老弟,你是男子,怎么生孩子?!"

离奴不高兴地道:"男子怎么不能生子了?!生孩子又不是什么困难的

事情，离奴也可以呀！"

元曜也不懂生孩子的事情，没办法用语言反驳离奴，只好不作声了。

张大夫一边开安胎药，一边对缥缈阁里三个有喜的人道："从你们的脉象上看，已经三个月了，今后要好好养胎，注意饮食，注意休息，然后就没什么大碍了。"

白姬谢过张大夫，吩咐元曜送张大夫回去，顺路抓药。

元曜送张大夫回去之后，在安福堂按照方子抓了几服安胎药。这一路上他都浑浑噩噩的，脑子一片空白。

元曜回到缥缈阁时，白姬、离奴悠闲地坐在里间，正狂吃酸枇杷和酸李子。元曜见了，放下安胎药，也拿了一个酸石榴，坐下来剥着吃。

元曜苦着脸问道："白姬，这到底是怎么回事？"

白姬迷茫地道："不知道。"

元曜苦着脸问道："那该怎么办？"

白姬迷茫地道："为今之计，我们也只好先把孩子生下来再做打算了。"

元曜苦着脸道："既然你都这么说了，也只好如此了。"

"不知道，会生出什么东西。"这一句话，白姬说得缥缈如风，只有她自己能够听见。

晚饭时，破天荒的，除了清蒸鲈鱼之外，离奴居然炖了人参乌鸡汤给大家补身子。虽然离奴炖鸡汤的手艺不如做鱼，鸡汤十分难喝，但是为了肚子里的孩子，元曜还是强迫自己喝了两碗。

因为有孕在身要早睡，白姬、元曜、离奴三人也不再喝酒赏月了，一起站在后院里仰头干了一大碗安胎药，各自去睡了。

又过了两天，白姬、元曜、离奴三个人肚子渐渐地大了起来，看起来像怀胎五个月了。

二

首夏清和，芳草未歇。

元曜在安福堂抓了几服安胎药，走在回缥缈阁的路上。他穿着宽大的衣袍，还戴了一个幂羅①遮住脸和全身，以免被路人发现他有孕在身，引来耻笑。

这几日思前想后，元曜怎么都觉得不正常，认为白姬、他、离奴有喜肯定是妖怪作祟。可是，白姬、离奴本来就是妖怪，怎么也会被妖怪作祟呢？现在，他心乱如麻，也不知道怎么办，只好听天由命。

路过西市，元曜又买了六斤酸葡萄，因为有三个有喜的人，缥缈阁里的酸果消耗得特别快。

元曜一边走，一边在心中苦恼：以后到了临盆时，免不了要请稳婆，他生的是人，离奴生的是猫，都还好说，白姬生一个蛋，这可怎么糊弄过去，才能不被人说闲话呢？！

元曜走到巷口时，看见韦彦的马车停在大槐树下，车夫正在悠闲地纳凉。因为元曜戴着幂羅，车夫一时间也没认出他来。

丹阳来缥缈阁淘宝了？元曜垂了头，不好意思跟车夫打招呼，走进了巷子。

走到缥缈阁门口，元曜踌躇了半响，不敢进去。如果被韦彦知道他身怀六甲，韦彦肯定笑掉大牙，又会拿他打趣，他就没脸做人了。

元曜在缥缈阁门口站了半天，最后决定不进去，转身要走。谁知，他还没迈步，离奴发现了他，大声骂道："死书呆子！回来了又不进来，又想去哪儿偷懒？"

"嘘！"元曜赶紧进去，拉住离奴，道，"离奴老弟，你小声一点儿！"

离奴扯着嗓子喊道："为什么要小声？"

元曜捂着离奴的嘴，道："丹阳应该在吧？小生现在这副有孕在身的样子，不想见他，怕被他讥笑。"

离奴道："有什么关系？！韦公子也有喜了呀！大家都有喜了，有什么不好相见的？"

元曜张大了嘴巴。

放下了东西，取下了幂羅之后，元曜奔向了里间。

---

① 幂羅，妇女出行时，为了遮蔽脸容，不让路人窥视而设计的帽子。其多用藤席或毡笠做成帽形的骨架，糊裱缯帛，有的为了防雨，再刷以桐油，然后用皂纱全幅缀于帽檐上，使之下垂以障蔽面部或全身。

里间中，蜻蜓点荷屏风旁，白姬和韦彦相对坐着，白姬一边吃着酸石榴，一边听韦彦说话。韦彦一边说话，一边抹泪，南风跪坐在旁边劝慰。

韦彦哭道："自从被光德坊的张大夫诊断出有喜，我就住在客栈，不敢回家。现在我肚子越来越大，恐怕瞒不住客栈里的人，实在是苦恼万分。白姬，你快替我想个办法，这样下去实在没脸见人。"

白姬道："韦公子，不是我不帮你，我也没有办法。你看，我自己也莫名其妙地有喜了。"

韦彦道："你是女子，有喜也正常，跟轩之成个亲就能掩人耳目了。我是男子，有喜会被大家说闲话和嘲笑。"

白姬指着闷头走进来的小书生，道："唉，别提轩之了，他也有喜啦。"

韦彦回头一看，见元曜拉长了苦瓜脸走进来，小腹隐隐凸起，不由得张大了嘴巴。

元曜在青玉案边坐下，望着同样小腹隐隐凸起的韦彦，心中有苦说不出。

白姬道："不只轩之，离奴也有喜了。"

韦彦停止了哭泣，奇道："居然不是我一个人！"

元曜心中发苦，答不上话。

白姬低头在沉思什么，没有说话。

韦彦道："如今我这副模样，实在不敢继续待在客栈，惹人闲话，更不敢回家，惹父亲大人发怒。白姬，你收留我一段时间吧，等生下孩子，我就离开。反正你们都要生孩子，也不多我一个人，就捎上我一起，也好有个照应。"

白姬懒洋洋地道："本来缥缈阁只卖宝物，不提供食宿，但韦公子是熟客，我就破例一次。一天十两银子，是最低的价钱了。"

韦彦号道："一天十两银子，你怎么不去抢？！"

白姬笑道："我这不是正在趁火打劫吗？喀喀，韦公子说笑了，我是良民，不是劫匪。一天十两银子，已经很便宜了，还得包您的伙食呢，有喜的人吃得多，伙食费可不是一笔小数目。"

韦彦恨得牙痒，但这种情况他也没有别的办法，只能挨白姬宰。

韦彦道："好吧，十两银子就十两银子！南风，你去客栈把我的衣物拿来。"

白姬笑道："南风公子不能住下来，只能韦公子您一人。"

南风忧心地道："我家公子有孕在身，行动不便，我不在他身边，谁伺候他？"

白姬笑道："按规矩，缥缈阁不能留生人，留下韦公子，已经是破例了。"

南风还要再言，韦彦已经不耐烦地摆手道："南风，你把我的衣物拿来之后就回府去，父亲问起我，你就说我在缥缈阁跟轩之研习四书五经，长进学问，暂时不回家住了。"

"是，公子。"南风领命去了。

南风走了，白姬、元曜、韦彦围坐在青玉案边，默默无言地狂吃酸葡萄，以发泄心中的惊忧与郁闷。

时光静好，转眼又过了三天，白姬、元曜、离奴、韦彦四个人的肚子已经像怀孕八个月那么大了，生活上有诸多不便，也只能应付着过。

这一天早上，吃过早饭之后，四个人照例并排站在后院，干了一碗难喝得要死的安胎药。离奴换上一身女装，梳了一个堕马髻，挺着大肚子去集市买菜。最近，离奴外出干脆作女人打扮，避免路人围观讥笑。

韦彦挺着大肚子坐在后院生炉子，准备熬四个人中午喝的安胎药，他反正也没事可做，以此打发时间。

白姬挺着大肚子坐在青玉案边拨算盘，清算最近的账目。

元曜挺着大肚子坐在大厅的柜台后面，一边看店，一边读《论语》。

元曜心中惊疑烦恼，根本读不进去《论语》，觉得他将要产子的事情十分怪诞。

元曜正在苦闷，突然有一道红影踏进了缥缈阁。元曜低头一看，来的是一只怯生生的小红狐狸。小红狐狸的脸上挂了一张面纱，两只眼睛滴溜溜地转，眼神有些羞涩。

小红狐狸走到元曜面前，并爪坐好，道："元公子好。"

元曜有孕在身，不方便起来招呼，坐着笑道："十三郎来缥缈阁玩吗？"

小红狐狸伸爪摘掉面纱，苦恼地道："某不是来玩的。某有苦恼，希望白姬能够帮忙。"

"怎么回事？"元曜关切地问道。

小红狐狸犹豫了一会儿，才道："元公子没有看出某与平日有什么不同吗？"

元曜定睛望去，但见小红狐狸毛色似火，油光水亮，与平日没有什么不同。不过，他仔细观望，却发现小红狐狸的腹部高高隆起，似身怀六甲。

元曜张大了嘴巴，惊道："十三郎，你不会也有喜了吧？！"

小红狐狸疯狂揉脸，道："大夫是这么说的。这件事情太荒诞，某不敢惊动父亲，已经躲出翠华山好几天了。怕遇见熟人，被说三道四，某出行时也只好以面纱遮脸，苦不堪言。"

元曜安慰小狐狸，道："十三郎不用担心，大家同病相怜，都这么过日子，苦不堪言。"

"元公子什么意思？"小狐狸不明白元曜的话。

元曜道："白姬、小生、离奴、丹阳都有喜了，大家都在缥缈阁待产呢。"

小狐狸惊得跳了起来，道："原来不是某不正常吗？"

元曜苦恼且迷惑，道："小生也不知道，反正自从进了缥缈阁，就没有正常的事情发生。"

于是，缥缈阁中又添了一只怀孕待产的小狐狸。因为胡十三郎实在没有地方可去，白姬收留了胡十三郎，反正也只是添一个碗一双筷子的事情。

元曜倒是有些担心，离奴一向与胡十三郎水火不容，待会儿离奴回来，得知胡十三郎留下来住，一定会很生气，说不定还要与胡十三郎打起来。大家都是有孕之身，只怕会动了胎气。

然而，离奴回来，带着一脸惊惧，看见胡十三郎，也来不及和胡十三郎生气。离奴径自跑到白姬面前，报告道："主人！不好了！"

"发生了什么事？"白姬心平气和地问道。

离奴大声道："离奴听说鬼王回来了！鬼王还活着呢！"

白姬笑道："鬼王没那么容易死。"

离奴忧心忡忡地道："之前，主人您把鬼王打下悬崖，鬼王肯定怀恨在心，会来缥缈阁报仇雪恨。现在主人您身怀六甲，离奴也大着肚子，恐怕打不过鬼王和恶鬼们，这可如何是好？"

白姬闻言，也开始忧心："鬼王狡诈，如果得知我们现在的情况，必定会挑我们生子之时动手，到时候我们毫无抵抗之力，必定全都被鬼王打死。"

离奴着急地道："这可怎么办呢？以鬼王的性格，到时候缥缈阁肯定被鬼王灭门！啊啊！主人，离奴完全不想死啊！"

白姬问元曜，道："轩之，依你之见，该怎么办？"

元曜苦着脸道："这是你们非人之间的恩怨，小生怎么知道怎么办？"

离奴眼睛一转，有了主意，道："主人，依离奴之见，先下手为强，趁着现在我们还能动，还能打，先去饿鬼道把鬼王收拾了，以绝后患。"

元曜苦着脸道："离奴老弟，你确定你们现在这副模样还能跟鬼王斗法吗？万一动了胎气，可是一尸两命，不是闹着玩儿的。"

白姬道："轩之言之有理，不能贸然行事，我现在也没有把握能干掉鬼王。"

离奴失望，道："那我们只能坐以待毙了。"

白姬叹了一口气，道："先不要轻举妄动，以不变应万变。"

夕阳西下，灯火通明。

缥缈阁中，白姬、元曜、离奴、韦彦、胡十三郎挺着大肚子坐在后院吃晚饭。

离奴因为忧心鬼王来灭门，也没有心情跟胡十三郎打架，破天荒地包容了胡十郎住在缥缈阁。胡十三郎吃不惯离奴的猫食，也许是因为有孕之人惺惺相惜，离奴竟也允许胡十三郎使用厨房做了几道小狐狸自己喜欢吃的菜肴。

木案上的菜肴十分丰盛，有离奴做的鲈鱼脍、乳酿鱼，有胡十三郎做的葱醋鸡、八仙盘、汤洛绣丸，主食是御黄王母饭，饭后的甜点是奶酪浇鲜樱桃。

白姬没有什么胃口，跳过了主食菜肴，直接吃奶酪浇鲜樱桃。

元曜见了，劝道："白姬，你不能挑食，多少要吃点儿主食，才有力气生孩子。"

白姬道："轩之自己多吃一些吧。你也有孕在身，不吃饱没力气生孩子。"

离奴也没什么胃口，始终提心吊胆，怕鬼王乘虚而入，跑来灭门。

胡十三郎和韦彦吃得很欢快，尤其是韦彦，自从住进缥缈阁，他明显长胖了。

五个人正在吃晚饭，突然有客来访，来客是一只玳瑁色的猫，正是离奴的妹妹玳瑁。玳瑁见缥缈阁的大厅、里间都没人，径自来到了后院。

玳瑁心事重重地来到后院，看见缥缈阁一众人围着木案吃晚饭，一个一个都挺着大肚子，明显是身怀六甲的样子，顿时吓得毛都竖起来了。

"白姬、笨蛋哥哥，你们在搞什么鬼？！"玳瑁惊恐地道。

玳瑁是鬼王最得力的下属，地位在恶鬼道的百鬼之上，一向喜怒不形于色，令大家都惧怕。而此刻，玳瑁看见缥缈阁里一众妖人挺着大肚子的诡异情形，真的吓到了。

白姬看见玳瑁，笑道："真是稀客，来得早不如来得巧，我们正在吃晚饭，玳瑁你也来吃点儿。离奴，去添一副碗筷。"

离奴看见玳瑁，一扫心头的阴霾，高兴地道："早知道你要来，我就多做几个菜了。你等一下，我这就去拿碗筷。"

玳瑁矜持地坐下，制止道："不必麻烦了，我吃过了。我来缥缈阁有正事。"

离奴笑得像哭，道："不会是鬼王今晚要来灭门，让你先来打探敌情吧？玳瑁，我可是你亲哥哥，现在如你所见，怀着你外甥，你可不能六亲不认、赶尽杀绝。"

玳瑁冷汗如雨，望了一眼身怀六甲的众人，道："我是背着鬼王偷偷来的，没想到，你们也成了这样。"

白姬眼睛一亮："也？"

玳瑁咬了咬牙，才小声道："鬼王也有喜了。"

白姬问道："这是怎么回事？

玳瑁道："白姬，鬼王去南山赴山神寿宴，跟你打了起来，以致南山坍塌的事情你还记得吗？"

白姬点点头。

玳瑁继续道："那你可知道山神有多愤怒？"

白姬勉强挤出一点儿笑容，道："自己的山被毁，山神肯定会很愤怒，因为身怀六甲，我还没有去向山神道歉，所以山神究竟愤怒成什么样子，我还不太清楚。"

玳瑁道："你清不清楚不重要，反正你也跟鬼王一样被山神报复了。只是可怜了我这笨蛋哥哥，也跟着你受苦。"

白姬不解地道："山神什么时候来报复我了？"

玳瑁叹了一口气，道："你这不是有喜了吗？肯定跟鬼王一样，也是吃了山神的鬼胎果。"

那一晚，鬼王被白姬打下悬崖，半死不活地被压在坍塌的巨石下。鬼王正闭目养神积蓄力气准备破山而出，被愤怒的山神看见了，山神逼鬼王吃了一个紫红色的野果，才放鬼王离开南山。

鬼王吃了鬼胎果之后，肚子一天大似一天，化为人形去光德坊看诊，被行医多年的张大夫诊断出有喜了。鬼王十分惭愧，怕被千妖百鬼说闲话，每日躲在福地不见人，一天一天地颓废下去。

玭瑁十分着急。玭瑁一向倾慕鬼王，不希望鬼王颓废下去，虽然万分不情愿，也悄悄地来到缥缈阁，找白姬求助。然而，玭瑁一来缥缈阁就看到了这种诡异的场景，不由得有些失望：白姬自己都成了这副模样，还能帮助鬼王吗？

白姬恍然大悟，拍额道："我就说怎么会莫名其妙地有喜了，原来是吃了鬼胎果！可是，我不记得吃过那种东西呀？"

元曜突然想起了什么，大声道："小生明白了！原来那位送野果的老翁是山神！"

白姬记不起来这件事，问道："怎么回事？"

元曜道："就是你跟鬼王打架，毁掉南山的第二天，有一个老翁送了五个野果来缥缈阁，小生问他，他也不说他是谁，留下野果就走了。小生吃了一个，丹阳吃了一个，离奴老弟和十三郎也各吃了一个，白姬你自己也拿一个吃了。那野果是紫红色的，甜美多汁，你们忘了吗？"

离奴、胡十三郎、韦彦都想起来了。

"啊！那个野果是鬼胎果？！"

"天哪！某居然吃了鬼胎果！"

"原来，吃野果也能怀孕！"

白姬也想起来了，道："当时只顾着说话，没注意吃的是什么，还以为是轩之买回来的西域水果呢！"

玭瑁道："你们吃了鬼胎果，所以怀了鬼胎！"

白姬脸上露出惊恐之色，道："如果那是鬼胎果，那就糟糕了！噩梦才刚刚开始！"

元曜惊道："什么意思？"

离奴道："怀了鬼胎，生下来不就完事了吗？"

韦彦道："生孩子虽然是噩梦，但咬咬牙也就忍过去了。"

小狐狸疯狂揉脸。

白姬叹了一口气，道："你们有所不知，鬼胎是生不下来的，得一直受苦。吃下鬼胎果之后，无论男女，无论人与非人，都会像怀孕一样，体内开始孕育鬼胎。这个鬼胎，是你心中的恶念。鬼胎成长的速度一天如同一个月，十天后鬼胎就成熟了，噩梦也就开始了。"

元曜、离奴、韦彦、胡十三郎一起惊恐地问道："什么噩梦？"

白姬欲言又止，最后终于开口道："鬼胎成熟之后，会一直住在我们的身体里，吸收我们的恶念。如果我们产生恶念，或者做坏事，鬼胎就会在我们身体里长大，我们会疼得死去活来，只有产生善念，鬼胎才能平静下来。鬼胎果是神仙度凡人时最严厉的法器与最残酷的考验，可以让一个坏人脱胎换骨，变成一个好人。山神居然用这个东西来对付我和鬼王，可见有多愤怒。我真不该一时大意，吃了鬼胎果，看来只能改邪归正，做一个好人了。"

元曜、离奴、韦彦、胡十三郎闻言，不以为意。

元曜道："只要不做坏事，就不会痛苦了。"

离奴道："离奴一向是好猫，不怕鬼胎。"

韦彦道："我不做坏事了，也就没事了。"

胡十三郎揉脸，道："既然大家都不害怕，某也不害怕！"

还是玳瑁旁观者清，问道："白姬，你有没有办法恢复如常？"

白姬苦恼地道："要恢复如常，只有两个办法，一个是靠自己，一个是去求山神，找山神帮忙。"

玳瑁问道："什么意思？"

白姬一边吃着奶酪浇鲜樱桃，一边发愁道："据说鬼胎成熟之后，如果宿主十天之内不产生恶念，也不做坏事，鬼胎吸收不了'恶'滋养自己，就会枯竭而亡。到时候，鬼胎自然消失，人也会恢复如常。但这也只是据说而已，因为从来没有人做到过，世间没有人一点儿恶念都没有。另一个方法就是借助外力去求山神了，山神是神仙，终归有办法解决鬼胎。"

玳瑁不死心地问道："缥缈阁内没有什么宝物可以让鬼胎消失吗？"

白姬叹了一口气，道："没有。"

鬼王高傲自大，一定不会低头去求山神，只怕要受许多苦了。玳瑁非常烦恼，无心再待在缥缈阁，告辞离开了。

玳瑁走后，白姬突然一反常态，开始大吃大喝了。

元曜不解地问道："白姬，你怎么突然有胃口了？"

白姬一边啃鸡腿，一边道："掐指算来，吃下鬼胎果也八天了，还有两天鬼胎就成熟了，鬼胎一成熟，我们就没有好日子过了。最后两天的好日子，大家不吃喝玩乐还等什么呢？"

元曜、离奴、韦彦、胡十三郎闻言，吃得更欢快了。

树荫满地，流莺一声。

时光如梭，转眼又过了五天。

白姬、元曜、离奴、韦彦、胡十三郎早已过了临盆期，却还挺着圆滚滚的大肚子。

元曜一开始还没有将白姬的话放在心上，这两天才深有所悟。从前天开始，他便觉得腹中似乎有一个活物，会随着他的心念而动。如果他心无杂念，倒也还好，一旦心有恶念，尤其是离奴使唤他做事，他心中开始腹诽离奴时，便会瞬间腹痛如刀绞。当然，每当此刻，离奴自己早已先疼得满地打滚了，并且鬼胎又大了一圈。

白姬的日子也不好过。每当有客人来买东西时，因为宰客成习惯，控制不了坏念头，她就会肚子疼得做不下去生意，只能元曜来帮忙，价钱公道地把货物给卖出去。元曜劝白姬少打坏主意，以保身心健康，白姬听了，也没什么用，鬼胎一天一天更大了。

离奴更不好过。以前，缥缈阁中只有元曜，离奴只要找元曜的碴儿就行，现在多了死对头胡十三郎，离奴时不时还得去找胡十三郎的碴儿。离奴满脑子坏心思，满肚子坏水，每天疼得死去活来，也改不过来。不到两天，离奴的鬼胎已经比离奴自己都大了。

韦彦倒是没有做任何出格的事情，每天在缥缈阁吃吃喝喝，悠闲度日。可是，诡异的是，他没做坏事，没说坏话，每天也不时地肚子疼，疼得他直不起腰来，腹中的鬼胎一日大过一日。

元曜十分不解，跑去问白姬为什么韦彦没做坏事，肚子也疼。

白姬道："鬼胎论迹，也论心。韦公子一肚子坏水，肯定日子难熬，轩之还是不要知道太多为好。"

元曜和胡十三郎的日子要好过许多，除了跟离奴斗气时，他们的鬼胎会疼一下，其他的时候倒也还好。离奴跟胡十三郎斗气的时候比跟元曜斗气的时候多，所以胡十三郎的鬼胎也渐渐地大了起来。

因为五个人之中元曜过得最轻松，甚至鬼胎竟不知不觉地小了起来，所以缥缈阁中大部分的杂活由他来干。见白姬、离奴、韦彦、胡十三郎每天很难受，行动也不方便，元曜自愿承担各种杂活，没有怨言。他打从心底希望能减轻众人的痛苦，因为他们都是他的好朋友。

元曜也劝过白姬去向山神赔礼道歉，请求山神拿走众人的鬼胎，可是白姬一直拖延，不置可否。元曜只好每天向着南山的方向虔诚祈祷，替白姬向山神道歉，祈求山神原谅。

这一天，元曜照例提着竹篮去集市买菜，最近离奴行动不方便，买菜跑腿之类的事情都由他来做。元曜没有穿女装，他的小腹虽然还微微隆起，但已经好了很多，不会引起路人侧目。

一路走过去，元曜照例给街边的乞丐施舍了两文钱，有老妇人跌倒，他急忙过去搀扶，有旅人迷路，他热心指路。看见饥饿的流浪猫狗，他也给它们喂了一些手边正好有的食物，树上有鸟窝倒了，他急忙爬上去扶正，以免嗷嗷待哺的幼鸟跌落摔伤。

他平时做这些善事并没有什么，如今做这些善事却让他的肚子渐渐地小了下去，尤其是每次他的心因为他收到被帮助者和善的笑容、温暖的目光、真诚的感谢而感到愉悦时，他的鬼胎就会枯萎，渐渐消失。

元曜买了一些新鲜的胡瓜、青菜、一块豆腐，又去买了五斤樱桃饆饠。自从鬼胎成熟之后，缥缈阁内的众人就不再吃荤腥了，因为一吃荤腥，他们的肚子就会疼如刀绞，令他们根本不敢下口。元曜猜想，大概杀生也是一种恶，所以为了避免肚子疼，他们只能吃素。

元曜买完吃食，提着竹篮，走在回缥缈阁的路上。突然，一只玳瑁色的猫拦住了他的去路，正是离奴的妹妹玳瑁。

玳瑁眼神阴郁，脸色也十分不好，放下嘴里叼的一包东西，望着元曜，道："离奴那家伙还好吧？这包山鼠干是离奴爱吃的东西，替我拿去送给离奴。"

元曜答道："离奴老弟苦不堪言。玳瑁姑娘，与其送山鼠干，还不如你亲自去探望，离奴老弟会更高兴。"

玳瑁道："鬼王身体抱恙，饿鬼道的所有事情都压在我身上，我一天到晚琐事缠身，没空去缥缈阁。再说，见了面，我们也会吵架，不如不见。"

元曜关心地问道："鬼王还好吗？"

玳瑁叹了一口气，道："鬼王的鬼胎已经比鬼王自己还大三倍了。每天过得痛不欲生，鬼王打算以大礼祭拜山神，祈求山神原谅。六畜玉帛都已备齐，只差一篇祭文了。元公子，你文采好，又知道事情原委，不如替鬼王写一篇道歉祭文吧。事成之后，玳瑁必有重谢。"

对于鬼王的遭遇，元曜感同身受，心生不忍，道："行。祭文小生愿意代笔，重谢就不必了，只希望鬼王去祭祀山神时顺便也替白姬求个情，缥缈阁里也有五个身怀鬼胎的人，大家都不容易。"

玳瑁想到了离奴，道："没问题。祭文我今晚遣人去取。"

"可以。"元曜同意了。

三

夏木繁盛，芳草萋萋。

缥缈阁中，白姬挺着大肚子结跏趺坐在里间入定，只有入定才没有杂念，不会惊动鬼胎。

韦彦挺着大肚子，靠在回廊里，以诵读经书来减少杂念，以免惊动鬼胎。

离奴挺着大肚子在厨房熬粥，一边熬粥，一边数豆子，以此来减少杂念。

胡十三郎挺着大肚子在打扫庭院，一边打扫庭院，一边唱歌。

元曜不敢惊动众人，怕打破安宁，惊动众人的鬼胎。

元曜把菜篮子放入厨房，退到了里间，找来笔墨纸砚，开始替鬼王写献给南山山神的祭文。

"日明惊天，江河奔淌。南山之南，九州之央。"元曜一边写，一边念道。

白姬见元曜在写东西，忍不住凑过来看。

"轩之在写什么？"

元曜道："鬼王打算去祭拜山神，玳瑁姑娘托小生写一篇祭文。"

"鬼王要去祭祀山神了？！"

白姬心念电转，不知道想到了什么，突然腹疼如刀绞。一大滴一大滴的汗水冒出白姬的额头，她捧着肚子哀号不已："哎哟——哎哟——"

元曜赶紧搀扶白姬，劝道："这都什么时候了，你就别打鬼主意了，保住性命要紧！"

白姬忍着剧痛道："虽然轩之言之有理，可是我不能让鬼王比我先恢复。鬼王如果比我先恢复，缥缈阁就保不住了！哎哟——疼死我了——"

元曜劝道："那你也不能打坏主意！依小生之见，去向山神道歉吧。"

白姬痛呼道："哎哟——容我再想一想——"

一个下午过去了，白姬依旧结跏趺坐入定，却不知道在想什么，三番五次地肚子疼，疼得她呼痛不已。

元曜见了，十分心疼，但也只能苦劝白姬不要再打鬼主意。

元曜的祭文很快就写好了。他在祭文的结尾特意为白姬写了几句："有彼龙女，诚心悔伤。三日伏拜，笃思衷肠。望惟山神，宽宏大量。死生为阂，恕其鲁莽。登高祭祀，天地酬觞。敬畏拜告，伏惟尚飨！"

傍晚吃饭时，离奴听说鬼王要去祭祀山神了，吓得没有胃口了，唉声叹气地担心鬼王恢复之后，会乘虚而入，杀来缥缈阁灭门。因为小黑猫想得太多，小黑猫的鬼胎又变大了，疼得小黑猫跑去草丛中滚来滚去。

晚上，玳瑁派了鬼王的使者魇来取祭文。

魇是一只乌鸦。

元曜把祭文交给了乌鸦。

乌鸦道谢之后，衔着祭文飞走了。

离奴见了，忍着肚子疼，把小书生骂了一个狗血淋头。

"死书呆子！反了你了！居然为鬼王写祭文？你不知道鬼王是缥缈阁最大的敌人吗？！"

小书生道："为什么不能为鬼王写祭文？将心比心，大家感同身受，鬼王身怀鬼胎也怪可怜的。这件事说到底，白姬也有过错，小生也在祭文中替白姬向山神道歉了。"

小黑猫肚子疼得满地打滚，连骂小书生的力气也没有了。

这一晚，鬼王去南山祭祀山神了。一整个晚上，南山的方向阴云蔽天，妖气盖月，直到第二天破晓，鬼王的阵仗才散去。

时间过得很快，转眼又过了七天。

这七天里，除了元曜，缥缈阁里身怀鬼胎的四人仍旧在艰难地熬日子。元曜的鬼胎奇迹般地消失了，他是一干吃下鬼胎果的人中唯一一个恢复原状的人，因为他没有恶念，所以鬼胎无法存活，就消失了。

白姬见了，感慨不已。

"轩之，你真是一个特别的人。除了你，这世间还从未有过吃下鬼胎果之后自行复原的人。"

离奴跳进元曜怀里，哭道："书呆子，快把复原的秘诀告诉爷吧，爷疼得受不了了！"

韦彦痛苦地道："轩之，你帮我复原，我就替你赎身，说到做到，绝无虚言！"

胡十三郎揉脸道："元公子真了不起！好羡慕元公子！"

元曜道："哪里哪里，小生只是没有杂念，想得少而已。你们也少思少虑，鬼胎自然就没了。"

因为元曜康复了，所以缥缈阁里所有的活儿全都压在了他肩上。小书生毫无怨言，每天勤劳地干活儿，替大家分忧。

鬼王虽然摆出大阵仗祭祀了南山山神，可是似乎没有什么用。听说山神没有原谅鬼王，鬼王还是身怀鬼胎，苦不堪言。

白姬、离奴听说了这件事，放心了许多。

因为鬼胎发作实在太痛苦，白姬变得温柔善良了许多，也不虚价宰客了，也不随意使唤捉弄元曜了，每天安安静静，本本分分。

离奴也变得和气可亲了起来，不再跟元曜吵架，也不再跟小狐狸打架，连说话都变得轻言细语了。

韦彦也是每天如老僧入定，过得心如止水。

元曜有时候会觉得鬼胎果其实是一件好东西，如果世人都吃下鬼胎果，那大家就都不会有坏心思，也不会再做坏事，世界就会变得平静温和，没有戾气。

自从元曜恢复之后，白姬从仓库中翻出了一卷竹简，在房间里通宵研读之后，一连几天人影全无，不知道干什么去了。

元曜有些担心白姬，天天对着南山焚香祭拜，诚心祷告，希望山神原谅白姬，宽恕鬼王，也祈祷离奴、韦彦、胡十三郎早些好起来。

这一天，离奴、韦彦、胡十三郎都在午睡，元曜独自在大厅摆放货物，突然一个人走进了缥缈阁。

元曜抬头一看，这是一个穿着褐色衣服的小老头儿。老头儿约莫花甲年纪，身材非常矮小，穿着褐色短打，满是皱纹的脸上表情似笑非笑。

元曜还记得老头儿，老头儿正是之前送来鬼胎果的南山山神。

元曜急忙迎上去，作了一揖，道："小生见过山神大人。"

山神望着元曜，似笑非笑："老朽也是第一次见到吃下鬼胎果之后自行痊愈的人。后生，你真是浊世中的一股清流。"

元曜垂首道："山神大人过誉了。小生只是心性愚笨，不善思考，所以心里没什么杂念而已。"

山神笑道："你替鬼王和龙王写的祭文老朽读了，你每天为龙王焚香祷告的心意老朽也收到了。难为你一片真挚之情，老朽的气也消了，特意送来五枚合虚丹，吃下之后，昏睡七天，鬼胎自消。"

说完，山神留下一个小葫芦瓶，就消失了。

元曜向着虚空作了一揖，道："多谢山神大人。"

元曜急忙把合虚丹拿给离奴、韦彦和胡十三郎，他们一听合虚丹可以治愈鬼胎，不管三七二十一，急忙吃下了。

337

吃下合虚丹没多久，离奴、韦彦、胡十三郎就倒地睡着了。

元曜见离奴、韦彦、胡十三郎横七竖八地睡在里间，且还得昏睡七天，觉得不雅观。一想白姬反正不在，小书生就把离奴、韦彦、胡十三郎一一抱去了白姬的房间里，安置在白姬的床上。安置好了三人，元曜把小葫芦瓶放在枕头边，里面还剩两粒合虚丹。

元曜侧头，发现枕边有一卷竹简，记得这是白姬几天前特意从仓库里翻出来的，有些好奇，打开看了看。竹简上记载着移山大法，小书生有些吃惊：白姬几天不见踪影，莫不是移山去了？！

元曜十分担心，平时白姬去移山倒海地折腾倒也罢了，如今她身怀鬼胎，挺着大肚子，怎么去移山？！

元曜想叫醒离奴，让离奴去打听一下白姬的动向，可是离奴昏睡如死，根本摇不醒。

元曜十分担心白姬，但又不知道去哪儿找她。他没法静下心来，在缥缈阁内走来走去，寻思办法。最后，他决定出门去南山看一看，找一找白姬。

元曜寻思要带一粒合虚丹在身上，万一路上碰到白姬了，好让她服下，早一点儿减轻她的痛苦。

元曜来到白姬房中，准备取他放在枕边的合虚丹。可是，刚走到床边，他就吃了一惊——床上除了韦彦、黑猫、红狐狸在昏睡之外，不知什么时候竟多了一条小白龙。

小白龙白如云朵，蜷在床上，正在发出轻微的鼾声。

元曜查看了一下小葫芦，发现其中只剩一枚合虚丹了，应该是小白龙回来之后，吃下合虚丹，睡着了。

看见白姬平安无事，元曜松了一口气，嘴角不由自主地浮出一丝微笑。他见床上的一龙、一猫、一人、一狐睡得香甜，想到他们还要再睡七天，又去取了毛毯给他们盖上。

一想到接下来要独自度过七天，元曜感到有些寂寞无趣，就去仓库翻了一堆书卷，准备读书消磨时间。

这七天里，元曜过得虽然寂寞，倒也自在。没有离奴做饭，他每天去西市买饼饠或馄饨填肚子。

缥缈阁这几天也没什么生意，元曜闲得无聊时，会去买一些点心回来，泡茶喝，可是没有白姬和离奴，他总觉得茶也不好喝、点心也不好吃。

元曜深刻地体会到如果失去白姬、离奴、韦彦、胡十三郎，他将变得多么寂寞。

这一天下午，元曜正在大厅里看书，玳瑁突然来了。

因为没人说话，小书生看见平时害怕的玳瑁都觉得十分亲切，热情地招待。

玳瑁把一包山鼠干和三粒血红色药丸放在青玉案上，道："元公子，这包山鼠干是给离奴的，这三粒魂丹是给你的。你之前替鬼王写了祭祀山神的祭文，虽然没有什么作用，但终归辛苦你了。这是鬼王让我送给你的谢礼，小小心意，不成敬意。"

元曜客气地推辞道："举手之劳而已，不足言谢。不过，什么是魂丹？"

玳瑁咧嘴一笑，道："魂丹是人类生魂炼成的丹药，吃了可以促进修为，延年益寿。因为元公子是读书人，我还特意挑了几个十分有才学的才子的生魂为您炼魂丹呢，元公子吃下魂丹，说不定还能增进学问。"

元曜一听，吓得连连摆手，道："不！不！鬼王的好意小生心领，请把魂丹拿回去，小生无福消受！"

玳瑁笑道："元公子真是心性纯善，不愧是鬼胎果都奈何不了的人。玳瑁跟您开玩笑呢，这三粒丹药不是魂丹，是人参丹，是由人参、灵芝之类的药材炼制而成，吃了可以益气活血，延年益寿。"

元曜还是摇头不收。

玳瑁笑道："元公子不要不相信，魂丹只对妖鬼有补益作用，元公子是人类，吃了也没有用，加之炼制魂丹非常不易，鬼王才不会送你魂丹呢。这人参丹是鬼王的一番心意，请您一定要收下。"

元曜见玳瑁坚持送他人参丹，觉得再推辞下去不礼貌，只好收下了。

元曜问起鬼王的近况，玳瑁一脸愁容，说鬼王仍旧被鬼胎所苦，生不如死。

元曜想起自己被鬼胎折磨的日子，十分同情鬼王。他对玳瑁道："山神前几日送来了合虚丹，可解鬼胎之苦。山神送了五粒丹，小生已经好了，用不着了，把自己那一粒送给鬼王，愿鬼王早日康复。"

玳瑁闻言，喜不自胜。

"如此，多谢元公子。"

元曜上楼取了合虚丹，将丹给了玳瑁。

"听山神说，服下合虚丹，昏睡七日，鬼胎自消。"

玳瑁急忙告辞，飞快地回去了。

元曜站在缥缈阁外，望着玳瑁猫飞速远去的身影，在心中祈祷鬼王早日康复。

七天很快就过去了。

这一天中午，元曜坐在青玉案边，一边啃着刚买回来做午饭的羊肉饼饢，一边看《论语》。他一边看书，一边朝手上的饼饢咬了一口，却没咬着。

元曜转目一看，一条小白龙正在咬他的饼饢，一口将饼饢吞掉了大半个。

元曜生气地道："白姬，你又偷吃小生的饼饢！"

小白龙吃下饼饢，道："啊啊，轩之真没有同情心，我七天没吃东西了。"

元曜道："那也不能偷吃小生的饼饢！"

小白龙伸了一个懒腰，道："这一觉睡得真舒服，精力充沛。"

元曜听了，知道白姬没事了，心里很高兴。他道："离奴、丹阳、十三郎他们还没醒吗？"

"还没呢。我先醒，就下来了。"小白龙伸爪拿饼饢，拿了几次，都拿不动饼饢。

元曜见了，把手中的饼饢凑到小白龙嘴边，道："喏，吃吧。"

"轩之真好！"小白龙就着小书生的手，又咬了一口饼饢。

"白姬，你怎么不变成人形？"

小白龙道："不瞒轩之，之前我去替南山山神补山，因为身怀鬼胎，所以使用法术格外耗费妖力，回来又昏睡了七天，如今没有妖力保持人形。"

元曜奇道："补山？山也能补？！"

小白龙道："用移山大法补。向天山山神、昆仑山山神、泰山山神借石头，移到南山来，把倾塌的山补上。南山山神见我诚心悔过，勤劳补山，才原谅了我，肯送合虚丹来缥缈阁。"

"原来如此，怪不得山神突然送来合虚丹了！"元曜道。日夜不停地移石补山，这条龙妖肯定累得不轻吧？早知今日，当初她何必去跟鬼王打架，毁了南山？

"白姬，你什么时候才能恢复人形呢？"

小白龙叹了一口气，道："这次补山妖力耗损太多，估计还得保持这个样子一两个月。"

幸好不是变成白姬本来的天龙模样，不然缥缈阁里都塞不下白姬。元曜在心中想。

"白姬，你不要发愁，其实你变成小龙模样也挺可爱呢。"

"我还是喜欢人形，比较美貌。"自恋的龙妖如此道。

"呃。"小书生被噎住了。

为了早日恢复美貌的人形，小白龙吃完饽饦，就去后院打坐调息，修身养气去了。

不多时，韦彦也醒了，下楼来了。

元曜定睛望去，发现韦彦的大肚子已经不见了，整个人恢复如常。

"太好了！丹阳，你也恢复了呀！"元曜高兴地道。

哈哈！韦彦十分高兴，又很饥饿，坐在元曜旁边，狼吞虎咽地吃了两个饽饦，就告辞了。

"我出来这么多天，父亲大人肯定担心我了，我得回去了。凤阁那边我也得去报个到，旷工这么些日子，哪怕是闲职，再不去，只怕都保不住了。"

"去吧，去吧。"元曜笑道。

"轩之，改天再来缥缈阁看你。"韦彦匆匆走了。

不多时，小狐狸也醒了，揉着脸走下来。

"元公子好。"

元曜笑道："十三郎也恢复了呢。"

小狐狸十分高兴，走到青玉案边坐下，礼貌地道："一切都是托元公子的福。啊，某肚子好饿！"

元曜把只剩两个饽饦的盘子推到小狐狸面前，笑道："吃吧。"

小狐狸吃完了饽饦，决定回翠华山，去后院向白姬告辞之后，才离开了。

离奴睡到傍晚还没醒，元曜不禁有些担心：大家都醒了，为什么离奴还没醒呢？难道合虚丹对离奴没有用，离奴不会醒了？

元曜站在白姬床边，望着四爪朝天、昏睡不醒的小黑猫。一想到离奴可能醒不来了，元曜就觉得十分伤心，忍不住流泪。

元曜正在哭，黑猫突然翻了一个身，睁眼醒了。

黑猫醒来，发现自己没有了大肚子，十分高兴，一见元曜在哭，又拉长了脸，骂道："死书呆子！你哭什么丧？爷睡着的这几天，你肯定不好好干活，又偷懒了吧？！"

元曜破涕为笑，道："太好了！离奴老弟，你终于醒了！"

离奴骂道："别套近乎！快去干活！主人回来了没有？那只臭狐狸和韦公子呢？"

元曜笑道："白姬回来了，比你醒得早，一下午都在后院吐纳养气。丹阳和十三郎也比你醒得早，都已经回家了。"

小黑猫伸了一个懒腰，跳下了床，道："爷饿了，快去集市买鱼，爷来做晚饭。"

元曜道："现在都傍晚了，集市早就散了，买不到鱼了。"

小黑猫生气地一跃而起，伸爪挠小书生。

"买不到也要去买！你这死书呆子，一天到晚只知道偷懒不干活！"

小书生一边逃，一边生气地道："这个时辰打死小生，小生也不敢出门犯禁。离奴老弟你想吃鱼的话，自己去河边抓！"

离奴实在太想吃鱼了，去后院跟白姬打了一个招呼之后，就真的跑到河边抓鱼去了。

晚上，离奴做了一锅野菜鲫鱼汤，鱼汤十分鲜香。小白龙就着汤盏喝着鲜美的鱼汤，对离奴的手艺赞不绝口。离奴十分开心。

因为许久没有喝到离奴做的鱼汤，元曜居然觉得鱼汤十分美味，默默地多喝了两碗。

离奴见了，骂道："死书呆子，爷叫你去买鱼你推三阻四，现在喝起鱼汤来倒是接二连三，一天到晚不干活，只知道吃！"

元曜不敢反驳。

小白龙道："轩之除了吃，也还会读圣贤书，做一个好人。离奴，我想了想，觉得我们以后得跟轩之学做人，做一个好人。"

离奴道："主人，离奴学不会。"

小白龙道："我也学不会，但是，经过这次磨难，终归得学一学。"

离奴道："既然主人学，那离奴也学。书呆子，快把做好人的方法说出来。"

元曜喝了一口鱼汤，道："多帮助别人，少打坏主意，做到这两条，就差不多了。"

小白龙若有所思，突然想到了什么，问道："我记得山神答应给我五粒合虚丹，我、离奴、韦公子、十三郎各吃下一粒，那么还有一粒呢？"

元曜一边喝鱼汤，一边道："小生送给鬼王了。听玳瑁姑娘说，鬼王也被鬼胎折磨得苦不堪言，怪可怜的，小生就送给鬼王了。"离奴闻言，气不打一处来，又把小书生骂了一个狗血淋头。

"死书呆子！你喝着爷做的鱼汤，心却向着鬼王，反了你了！那鬼王不安好心，天天琢磨着缥缈阁里的宝物，恨不得屠龙杀猫，霸占缥缈阁，你居然还帮鬼王？！"

小书生刚要开口辩驳，小白龙开口道："这一次，我也有错，鬼王也是受害者，合虚丹给就给了，就当我做一次好人，帮一次鬼王了。"

小书生道："还是白姬通情达理。"

小白龙垂首道："轩之谬赞了。"小黑猫生气地道："书呆子，你的意思是爷蛮不讲理？！"

小书生苦着脸道："小生不是那个意思。"离奴想了想，对小白龙道："主人，鬼王吃下合虚丹，必定要昏睡七天，机会难得，不如我们趁机去饿鬼道灭了鬼王，以绝后患。"小白龙道："鬼王昏睡了，饿鬼道必定是玳瑁主事。玳瑁必定拼死保护鬼王，保护饿鬼道。离奴，你想跟玳瑁打得你死我活吗？"

离奴叹了一口气，道："真烦恼，摊上了一个不省心的妹妹！算了，这次饶鬼王一命。"

一人、一龙、一猫继续品尝鱼汤。

"以后，我要做一个好人。"小白龙道。

"离奴要做一只好猫。"小黑猫道。

"小生……小生继续做一个好人。"小书生道。

一阵风吹来，树木落叶，秋天又快到了。